भोर होने से पहले

(कहानी–संग्रह)

भोर होने से पहले

मिथिलेश्वर

भारतीय ज्ञानपीठ

सजिल्द पहला संस्करण : 1994
सजिल्द दूसरा संस्करण : 2022
सजिल्द तीसरा संस्करण : 2024

भारतीय ज्ञानपीठ
लोकोदय ग्रन्थमाला : ग्रन्थांक 562

प्रकाशक
वाणी प्रकाशन ग्रुप
4695, 21-ए, दरियागंज, नयी दिल्ली-110 002
फ़ोन : 011-23273167, 23275710
ईमेल : sales@vaniprakashan.in

ISBN : 978-93-5518-502-0

भोर होने से पहले
(कहानी-संग्रह)
मिथिलेश्वर

BHOR HONE SE PAHALE
(Short-Stories)
by Mithileshwar

मुद्रक : आर. टेक ऑफ़सेट प्रिंटर्स, दिल्ली-110 032

आवरण-शिल्पी : सत्यसेवक मुखर्जी

Price : INR. 595

मित्रवर
सत्येन्द्र सिन्हा को
सप्रेम !

नेपथ्य से

'भोर होने से पहले' नामक यह कथा-संग्रह मेरा आठवाँ कहानी-संग्रह है। इसमें मेरी पन्द्रह नयी कहानियाँ सम्मिलित हैं। इन्हें इस संग्रह में प्रस्तुत करते हुए मुझे वे दिन बरबस याद आ रहे हैं, जब ये कहानियाँ विषय रूप में प्राप्त हुई थीं और मेरे अन्दर जीते हुए अपने सृजन के लिए मुझे प्रेरित और परेशान करती रही थीं। अब जबकि इन कहानियों के सृजन-कार्य से मैं उबर चुका हूँ और ये पाठकों की चीज़ बन चुकी हैं, क्या यह कह सकता हूँ कि इनके सृजन की प्रेरणा और परेशानी से मैं बरी हो गया हूँ ? शायद हाँ। शायद नहीं। दरअसल, इनमें से हर कहानी की रचना के वक़्त मुझे यह लगा था कि इसकी पीड़ा से मैं उबर रहा हूँ, इसका दर्द अब बाहर निकल रहा है। लेकिन लिख चुकने के बाद लगता कि कोई कसर बाक़ी रह गयी है। यह अच्छी तरह नहीं लिखी गयी। शायद यह और बढ़िया हो सकती थी। इस कसर की पूर्ति के लिए ही किसी-किसी कहानी पर तीन-तीन, चार-चार बार कार्य कर चुका हूँ। लेकिन यह कसर पूरी तरह कभी नहीं पूरी हुई है। काश ! मेरी यह कसर कभी पूरी होती; मुझे लगता है, इस कसर की वजह से ही कभी-कभी किसी लिख चुके विषय पर भी नयी संवेदना और नये दृष्टिकोण के तहत मुझे पुनः लिखना पड़ता है।

'भोर होने से पहले' इस संग्रह की सबसे लम्बी और नामित कहानी है। लेकिन इसका यह अर्थ कदापि नहीं है कि इस कहानी को ही आप इस संग्रह की सर्वश्रेष्ठ कहानी मानें। अपने मन की किसी अज्ञात प्रेरणा के तहत इस कहानी के नाम पर मैंने इस संग्रह का नाम रख दिया है। कोई ज़रूरी नहीं कि आप मेरी प्रेरणा और नामकरण को ही श्रेष्ठता-क्रम का आधार मानें। इस सन्दर्भ में मैं पाठकों की राय और निर्णय को ही सर्वोपरि मानता हूँ। कहने की आवश्यकता नहीं कि किसी रचना की श्रेष्ठता का क्रम या उसके स्तर-निर्धारण का कार्य आप जैसे प्रबुद्ध पाठकों एवं आलोचकों का ही है। इसमें स्वयं सर्जक की दखलन्दाज़ी बेमानी ही साबित होती है।

इस समय पुनः मुझे नेपाल से आये उस ईमानदार, कर्मठ और निर्भीक बहादुर की याद आ रही है, जो राँची होते हुए एक व्यक्ति के सम्पर्क में भोजपुर के हमारे गाँवों में आया था। उसके साथ उसकी बेटी भी थी। वह चाहता था कि जिस किसी के यहाँ रहे, दोनों बाप-बेटी साथ-साथ रहें। प्रारम्भ में ऐसा हुआ भी। जिनके साथ वह आया था, उनके यहाँ कुछ समय तक अपनी बेटी के साथ ही रहा। लेकिन बाद में उनके यहाँ दो आदमी की गुंजाइश न रह जाने के कारण उनके परिवार पर विश्वास कर, अपनी बेटी उनके यहाँ रख वह स्वयं मेरे गाँव आकर, मेरे यहाँ रहने लगा। वह अपनी बेटी के हाथ पीले करना चाहता था, इसीलिए मज़दूरी करके पैसे बटोर रहा था। लेकिन उस घर के मनचले छोकरों ने उसकी बेटी को इस लायक नहीं रहने दिया और बात खुलने पर सारा दोष उस घर के चरवाह के माथे मढ़ दिया। इस घटना से बहादुर बहुत दुःखी था। मेरा भी मन व्यथित हो गया था। उसका दुःख धीरे-धीरे मेरे मन में भी उतरता चला गया था और इस विषय से सम्बन्धित अनेक सवालों और समस्याओं ने मुझे बेधना शुरू कर दिया था। बहादुर के अपने यहाँ से चले जाने के कुछ वर्षों बाद तक भी मैं उसके दर्द में भीगे सवालों और समस्याओं को सुलझा नहीं सका था। वैसे उक्त घटना से सम्बन्धित कोई और घटना जब भी मुझे सुनने को मिलती, मेरे अन्दर बहादुर-पुराण खुल जाता और उसमें संशोधन-परिवर्द्धन शुरू हो जाता। शायद इसीलिए विषय प्राप्त होने के कई वर्षों बाद 'भोर होने से पहले' कहानी लिखी गयी। विषय के अनुसार मेरा अन्दाज़ था कि यह छोटी या सामान्य कलेवर की औसत कहानी होगी। पर लिखते वक़्त यह सुरसा के मुँह की तरह बढ़ती चली गयी और मैं चाहकर भी इससे जल्दी निपट नहीं सका। यह पर्याप्त लम्बी कहानी बन गयी। 'साप्ताहिक हिन्दुस्तान' में धारावाहिक छह किस्तों में प्रकाशित हुई।

इस कहानी की रचना के दौरान मुझे यह अनुभव हासिल हुआ है कि कविताओं की तरह कहानियों में भी प्रतीकों, बिम्बों और उपमाओं का सार्थक प्रयोग किया जा सकता है तथा इसकी वजह से आंचलिक यथार्थ को और अधिक सजीव बनाया जा सकता है। गाँवों में अब ज़मींदारी नहीं और ज़मींदारों का शासन भी नहीं। लेकिन सामन्ती उसूल और सामन्ती जीवन-पद्धति अब भी है। लिंग-भेद की वजह से नर को श्रेष्ठ और नारी को हेय समझने का दृष्टिकोण पूर्णतः बरकरार है। गाँव की आम मान्यता के अनुसार, "गाय ही खूँटे पर बाँध कर रखी जाती है, साँड़ नहीं।" नारी को लेकर गाँवों की इस विचारगत जड़ता तथा आर्थिक और जातिगत विषमता एवं सामन्ती शोषण को लेकर संघर्ष भी हो रहे हैं। यह ठीक है कि ग्रामीण जनता को अभी कई तरह के संघर्ष झेलने हैं, कई लड़ाइयाँ लड़नी हैं। सम्भव है, ये लड़ाइयाँ देर तक चलें। लेकिन भोर तो

होनी ही है। इस बीच 'भोर होने से पहले' की पीड़ा हमें व्यथित करती ही रहेगी। उस पीड़ा की यातना-कथा हम आपको सुनाते ही रहेंगे। हालाँकि 'भोर होने से पहले' की कथा की संवेदना का उत्स भोर की ललाई की ओर ही प्रयाण है, इसीलिए उसकी संवेदना के साथ मैं देर तक बहता रहा···।

'वैतरणी भौजी' 'भोर होने से पहले' की घटना के और पहले ही मेरे गाँव में आयी थी। मेरी कहानी में वह अकेली है। किन्तु मेरे गाँव में कई नामों और कई रूपों के साथ कई-कई बार वह आयी है। मेरी माँ बताती है कि हम सभी भाई-बहनों के जन्म के समय सौरी-घर में एक वैसी ही औरत रहती थी। धरती पर हमारे आने के बाद अपनी माँ के अतिरिक्त जिस दूसरी माँ का हृदय हमें गोद में लेकर ममता से उमड़ आता था, वह वही औरत थी। मेरे छोटे भाई के जन्म के अवसर पर तो उसकी सूखी छातियों में दूध उतर आया था। आश्रय और पनाह की खोज में भटकी ऐसी नारी-काया को मेरे गाँव के जिन लोगों ने 'वैतरणी भौजी' बनाया है, उन्हें मैं कभी माफ नहीं करूँगा। यह एक कहानी क्या, इस तरह की दर्जनों कहानियाँ लिख-लिखकर उन्हें 'कठघरे' में खड़ा करता रहूँगा।

'अध्यापन' अध्यापक-जीवन के मेरे अनुभवों पर आधारित कहानी है। पहले मैं स्वतन्त्र-लेखन में था। बाद में कॉलेज-प्राध्यापक के कार्य से आ जुड़ा। दरअसल शिक्षक का पद मेरी दृष्टि में सर्वाधिक उपयोगी और सार्थक पद था, इसीलिए इस पद का चुनाव मैंने किया था। पर कॉलेज में आने के बाद मैंने पाया कि अध्ययन-अध्यापन और कुछ बनने-करने का माहौल वहाँ से तिरोहित होता जा रहा है। कॉलेज और विश्वविद्यालय डिग्री प्रदान करने के लिए कारखाने बनते जा रहे हैं। छात्रों ने अध्ययन, मनन और चिन्तन तथा शिक्षकों से जानने, समझने और सीखने की अपेक्षा डिग्री प्राप्त करने के अन्य कई सहज और आसान मार्गों का आविष्कार कर लिया है। शिक्षक भी अपनी सार्थक भूमिका और अपने दायित्व से कहीं अधिक रुचि अपनी वेतन-वृद्धि एवं प्रोन्नति में रखने लगे हैं तथा अध्ययन-अध्यापन से इतर कार्यों में। फिर भी अभी कुछ वैसे शिक्षक एवं छात्र हैं जो इस माहौल को बदलना चाहते हैं और पूरे मन से इस कार्य में लगे हुए हैं। अगर वैसे शिक्षक न होते तो शायद 'अध्यापन' कहानी की रचना मैं नहीं करता। ऐसे ही एक शिक्षक कैलाशचन्द्र को लेकर 'अध्यापन' कहानी की रचना की है। सचमुच यह सुख और सन्तोष का विषय है कि कलाशचन्द्र जैसे शिक्षकों की निरन्तर वृद्धि होती जा रही है। कहने की आवश्यकता नहीं कि ऐसे शिक्षक ही नये वातावरण की कारगर पृष्ठभूमि तैयार कर रहे हैं। दरअसल, नये वातावरण को बनने से और देर तक रोका नहीं जा सकता। उमस के अधिक बढ़ जाने के बाद आँधी आने और वातावरण को सामान्य बना जाने की क्रिया क्या किसी के रोके कभी रुकी है?

'आनन्द मोहन वर्मा बेहोश हैं' कहानी की रचना के प्रेरक तत्त्व नगर-जीवन

के मेरे कटु और विषैले अनुभव ही रहे हैं। मैंने सोचा कि नगर में कार्यरत एक संवेदनशील व्यक्ति के समूचे जीवन के अनुभवों को प्रस्तुत करते हुए उसके मन पर लगी चोटों को गिना जाय। लेकिन जब मैं लिखने लगा तो प्रतीत हुआ कि उसकी चोटों को गिन पाना असम्भव है। शायद बड़े कलेवर का उपन्यास लिख कर ही ऐसा किया जा सके। इसीलिए उक्त कहानी में उसकी कुछ मुख्य चोटों तक ही मैंने अपने को सीमित रखा। इसके अतिरिक्त इस कहानी की रचना के दौरान यह आशंका भी मेरे मन में खटक रही थी कि ऐसे संवेदनशील व्यक्ति का अन्त कहीं पागलपन में न हो। मैं चाहता था कि ऐसा अन्त न हो। लेकिन अन्ततः ऐसा ही हुआ। जिस समय यह कहानी मैं लिख रहा था उस समय राँची विश्वविद्यालय के कुछ तेजस्वी शिक्षकों के साथ मेरी खूब वैचारिक बहसें हुआ करती थीं। ऐसा माहौल बन गया था कि शाम चार बजे हम बैठते थे और रात नौ बजे तक हमारी बहसें चलती रहती थीं। शायद यह उन बहसों का ही परिणाम था कि जाने-अनजाने कहानी वैचारिक वक्तव्यों से प्रभावित हो गयी है। इसकी रचना के बाद मैं इस सत्य से अवगत हो गया हूँ कि किसी रचना के सृजन के वक़्त हमारा जिस तरह का चिन्तन और आचारण होगा, किसी-न-किसी रूप में उसका प्रभाव उक्त रचना पर अवश्य पड़ेगा। इस कहानी के सृजन ने सचमुच मेरे संवेदनशील मन को बहुत कचोटा है, बहुत आहत किया है।

'रास्ते' कहानी की प्रेरणा अनमेल विवाह की समस्या से उपजी है। मैं वैसे अनेक नव-दम्पतियों को जानता हूँ, जिनमें कन्याएँ अत्यन्त सुन्दरी और सुशीला हैं, लेकिन वर उसी अनुपात में बदरूप और बेढँगा ! ये शादियाँ दहेज की विभीषिका के परिणाम के रूप में हमारे सामने मौजूद हैं। वे जो जला दी गयीं या छोड़ दी गयीं उन्हें एक ही बार मरना और झेलना पड़ा। हालाँकि उनके साथ जो सलूक किया गया, वह मानवता के नाम पर कलंक है। लेकिन जिन्हें बदरूप और बेढंगे पति के साथ जीवन-भर झेलने के लिए विवश कर दिया गया है, क्या उनकी व्यथा कम है ? इस सन्दर्भ में मुझे यह आम जवाब मिला है कि लड़कों को क्या देखना ! वे तो घी के लड्डू होते हैं। घी के लड्डू टेढ़ो भलो ! इसीलिए 'रास्ते' कहानी में मुझे लगा कि सुचित्रा को अपने लिए स्वयं रास्ते बनाना है, क्योंकि अनमेल विवाह की एक परिणति देह-व्यापार के क़दख़ाने की ओर भी जाती है। इस कहानी के सृजन के दौरान मैंने यह बात सिद्दत के साथ महसूस की है कि अपनी मुक्ति के लिए नारियों को स्वयं पहल करने की ज़रूरत है, तभी वे अपना वाजिब हक़ और उचित दर्जा पा सकेंगी।

'कीर्तनिया बाबा' कहानी की रचना मैंने ग्रामीण पृष्ठभूमि पर आधारित अपनी पिछली सभी कहानियों से हटकर की है। गाँव के जीवन को दुःखद, भयावह, कटु और विषाक्त करनें वाली समस्याओं ने मुझे बहुत सताया है, इसीलिए

लम्बे समय तक मैं उनसे मुक्त नहीं हो सका। मेरी अधिकांश कहानियों में गाँव का वही परिवर्तित यथार्थ (विद्रूप यथार्थ) विभिन्न रूपों में सामने आता रहा। शायद भविष्य में मेरी कुछ और कहानियों में आये। लेकिन गाँव से शहर आने के बाद गाँव का एक ऐसा महत्त्वपूर्ण पक्ष मुझे नज़र आया, जिसके समक्ष शहर की सारी प्रगति बौनी जान पड़ी। अपने उस एक अविस्मरणीय पक्ष की वजह से गाँव मेरी नज़र में महान बन गया।

वैसे शहर में आने के बाद प्रारम्भ से ही मैं यह महसूस करने लगा था कि यहाँ व्यक्ति अपनी पहचान के साथ नहीं, सुविधाओं के साथ जीने की दौड़ में शरीक है। इस क्रम में सुविधाएँ तो वह काफ़ी एकत्र कर लेता है, पर अपनी पहचान खोता चला जाता है। दफ़्तर में उसका पद और घर पर उसका क्वार्टर नम्बर ही उसकी पहचान होती है। उसका निजत्व, उसकी ख़ासियतें, उसका पृथक् अस्तित्व—ये सब फालतू परिचय की बातें बनती चली जाती हैं।

वह दिन मुझे अच्छी तरह याद है, जब महानगरवासी मेरे बड़े भैया स्कूटर दुर्घटना में एक जगह बेहोश हो गये, तो उस शहर का लम्बा साहचर्य उन्हें किसी काम न आया। किसी ने भी उन्हें नहीं पहचाना। दुर्योगवश उस दिन अपने परिचय का कार्ड भी उनकी जेब में नहीं था। लावारिश लाश की तरह वे अस्पताल पहुँचा दिये गये। इधर घर पर उनकी प्रतीक्षा होती रही और बीतते समय के अनुसार हमारी चिन्ता और परेशानी बढ़ती गयी। उन्हें ढूँढ़ने का हर सम्भव प्रयास हमने किया, किन्तु महानगर के पर्वताकार शरीर पर हमारा प्रयास चींटी के रेंगने जैसा ही साबित हुआ। वह तो अस्पताल में पहुँचने के पाँचवें दिन बाद उन्हें होश आ गया और उन्होंने अपना पद और क्वार्टर नम्बर बता दिया, अन्यथा वे गुमनाम ही हमसे जुदा हो जाते···।

मैं आप को बता दूं, 'कीर्तनिया बाबा' कहानी की प्रेरणा मुझे भैया की सिर्फ़ इसी एक घटना से नहीं मिली है, इस तरह की कई घटनाओं का मैं साक्षी और भुक्तभोगी हूँ। आदमी अपने परिचय का कार्ड अपनी जेब में डालकर शहर में निकले, मेरा मन इसे सहने को कतई तैयार नहीं। बचपन में हम अपनी घड़ी और साइकिल पर अपना नाम खुदवाते थे कि वे कहीं खो न जायँ! तो क्या शहर का आदमी घड़ी और साइकिल की तरह ही वस्तु होकर रह गया है? इसी लिए 'कीर्तनिया बाबा' कहानी में मेरे मन के अन्दर जीने वाले कीर्तनिया बाबा जब शहर से अपने ग्रामीण स्टेशन पहुँचते हैं, तो अपनी जेब से परिचय का कार्ड निकालकर टुकड़े-टुकड़े कर देते हैं। अपने गाँव की ज़मीन पर पाँव रखते ही उन्हें लगता है, अब वे किसी परिचय के मोहताज नहीं हैं···। सचमुच अपनी पहचान के साथ गाँव में जीने का सुख गाँव का सबसे बड़ा परिचय है। अगर मैं शहर न आता तो गाँव के इस परिचय से इस रूप में अवगत भी न होता और तब शायद

'कीर्तनिया बाबा' भी नहीं लिखता। इसीलिए 'कीर्तनिया बाबा' कहानी शहर के अनुभवों पर आधारित ग्रामीण पहचान की कहानी है।

'सो दुविधा पारस नहिं जानत' कहानी का अनुभव मेरा निजी अनुभव नहीं है। वह आप सबका अनुभव है—सार्वजनिक अनुभव! क्या आप वैसे लोगों को नहीं जानते जो पिछली व्यवस्था में अभियुक्त थे, अनेक संगीन जुर्म उनके नाम थे, लेकिन नयी व्यवस्था में वे नयी आज़ादी के प्रणेता साबित किये गये—सच्चे राष्ट्रभक्त, सच्चे समाजसेवी। मैं यह नहीं कहता कि जो पिछली व्यवस्था में ग़लत होता है, वह अगली व्यवस्था में सही नहीं हो सकता? या लगाये गये आरोप आरोपित और मिथ्या नहीं हो सकते? यह जाँच-पड़ताल और न्याय-प्रक्रिया का विषय है, व्यवस्था से हटने और सटने का नहीं। अगर व्यवस्था से हटना और सटना ही सब कुछ है, तब फिर व्यवस्था, व्यवस्था न होकर पारस पत्थर होने का भ्रम पैदा करने लगती है। इस भ्रम ने सचमुच मुझे बहुत चिन्तित और परेशान किया था। परन्तु इस सन्दर्भ में एक व्यक्ति का व्यवस्थागत उत्थान-पतन देख मेरा सारा भ्रम जाता रहा। मैं एक ऐसे व्यक्ति को जानता हूँ जो पिछली व्यवस्था में अभियुक्त था। बाद में दूसरी व्यवस्था आने पर उसे महान समाजसेवी और सच्चा राष्ट्रभक्त बना दिया गया। लेकिन पुनः जब तीसरी व्यवस्था आयी तो उसे अभियुक्त के कठघरे में लाकर खड़ा कर दिया गया। इस घटना ने मुझे 'सो दुविधा पारस नहिं जानत' कहानी लिखने की प्रेरणा दी कि व्यवस्था भले ही पारस होने का भ्रम पैदा कर दे, वस्तुतः वह पारस नहीं हो सकती। उसका बनाया सोना एक समय विशेष के बाद पुनः लोहा बन सकता है। बराबर के लिए सोना बने रहने का पात्र वही हो सकता है जो सोना बनने का वास्तविक अधिकारी हो···!

'तीन यार' कहानी की रचना तो मैं करता ही नहीं। घर से कॉलेज जाते हुए प्रतिदिन अपनी गली के नुक्कड़ पर मैं उन तीन यारों को ताश खेलते देखा करता था। नाम, रंग-रूप और क़द-काठी को लेकर वे तीनों एक-दूसरे से पृथक् थे तथा तीन जातियों से आते थे। परन्तु उनमें अद्भुत मित्रता थी। वे तीनों बेरोज़गार थे और मेरे मुहल्ले के दादा बने बैठे थे। शायद बेरोज़गारी ने ही उन्हें ऐसा बनने के लिए बाध्य कर दिया था। लेकिन इसके बावजूद उनमें ऐसा कुछ भी नहीं था जो मुझे लिखने के लिए प्रेरित करें। जब कभी शिक्षित बेरोज़गार भी चोर, डाकू और लफंगे बन जाते हैं। पर जब शहर में बाहर से आये एक चाल-बाज़ ने एक नया कॉलेज खोलकर उन तीनों को तीन अलग-अलग पदों पर नियुक्त कर दिया तो पदगत भिन्नता और असमानता की वजह से वे तीनों एक-दूसरे के प्रतिद्वन्द्वी बनते चले गये। तब उन्हें कोई एक साथ भी नहीं देख पाता था और न उनमें वह पहले वाली मित्रता ही रह गयी थी। किन्तु जब कॉलेज खोलने

वाला छद्मवेशी डोनेशन के रुपये लेकर चम्पत हो गया और उस फर्जी कॉलेज का अस्तित्व मिट गया तो वे तीनों 'पुनः मूषको भव' की भाँति मेरी गली के नुक्कड़ पर अपनी पुरानी मित्रता के साथ नजर आने लगे। इस बिन्दु पर इस तथ्य ने मुझे 'तीन यार' कहानी लिखने के लिए आमन्त्रित किया कि अभाव ही मनुष्य को एक-दूसरे से जोड़ता है और सुविधाएँ उसे एक-दूसरे से काटती हैं···।

'एक और मृत्युंजय' कहानी की प्रेरणा के जनक भी शहर के मेरे अनुभव ही रहे हैं। औद्योगिक-संस्कृति का विकास विज्ञान और राष्ट्र का विकास माना जाता है, परन्तु मुझे लगता है कि जब वह संस्कृति आदमी को संवेदनहीन और मूल्यहीन बनाती है तो उस पर नये सिरे से विचार करने की ज़रूरत है। औद्योगिक-संस्कृति का अवश्य विकास हो, लेकिन मनुष्य के खोने की कीमत पर नहीं। दुनिया विकसित हो जाय और आदमी उसमें छोटा होता चला जाये तो क्या यह उचित होगा? इन्हीं चिन्ताओं ने मुझे 'एक और मृत्युंजय' कहानी की रचना की ओर उन्मुख किया। बाद में जीवन-मृत्यु का प्रश्न भी इसमें आ मिला। दरअसल, हर आदमी यह जानता है कि उसे एक दिन मरना है। फिर भी मरने के दिन तक वह मृत्यु से बचने के लिए प्रयासरत होता है। शायद यही जीवन है। इस बिन्दु पर मेरे मन में यह विचार आया कि अगर कोई आदमी न मरे, अमर हो जाय तो? इस तो ने और औद्योगिक-संस्कृति के भावी कुप्रभाव ने मेरे अन्दर इस कहानी का ताना-बाना बुनना प्रारम्भ कर दिया। इस कहानी में मैंने कल्पना का सहारा अधिक लिया, शायद इसीलिए मेरी अन्य कहानियों से यह आपको भिन्न मालूम पड़े—कुछ-कुछ भविष्य-लेखन जैसा···! लेकिन इस कहानी के सृजन के दौरान मैंने यह जाना है कि जो आदमी अपने युग और समय में नहीं मरता, वह कहीं का नहीं रहता...कि अनियन्त्रित और अमर्यादित औद्योगिक-संस्कृति आदमी को आदमी नहीं रहने देती।

'डॉ० सेन का सपना' कहानी की रचना मैंने राँची में की है। राँची के बरियातू स्थित यूनिवर्सिटी कॉलोनी के एक क्वार्टर में। तब मैं राँची विश्वविद्यालय के अन्तर्गत हिन्दी प्राध्यापक था। उन दिनों राँची में भारतीय विज्ञान कांग्रेस का 71वाँ सम्मेलन हुआ था, जिसकी स्मारिका के हिन्दी खण्ड के सम्पादन का दायित्व मुझे सौंपा गया था। साथ ही मुझ से आग्रह किया गया था कि मैं विज्ञान को केन्द्र बिन्दु में रखकर अपनी एक नयी कहानी स्मारिका में दूं। मुझे लगा था, इस अवसर का उपयोग करना चाहिए। देश और विदेश के वैज्ञानिकों के समक्ष अपनी सोच की एक विज्ञान-कथा प्रस्तुत करनी चाहिए। मन-ही-मन मुझे एक विषय भी सूझ गया था कि विज्ञान की विनाशकारी शक्ति को नियन्त्रित करने के लिए डॉ० सेन नामक एक वैज्ञानिक के अनुसन्धानों को कल्पना के सहारे मूर्त्त रूप प्रदान किया जाय···। लेकिन मैं चाह कर भी

उक्त कहानी तत्काल नहीं लिख सका। मैंने बहुत प्रयास किया। पर हर बार जब कहानी तैयार होने को होती, लगता, बात बनी नहीं। अन्ततः जब स्मारिका प्रेस में जाने लगी, तो अपनी कहानी न देकर जल्दी में एक कथा-रिपोर्ताज लिख कर उसमें दे दिया—'राँची का परिवर्तित यथार्थ और सुकरा मुण्डा की जीवन-दृष्टि'। यहाँ इस बात से मैं रू-ब-रू हुआ कि किसी दिये गये विषय पर एक निर्धारित समय के अन्दर अच्छी कहानी नहीं लिखी जा सकती। शायद कुछ अन्य रचनाकार लिख लें। लेकिन मैं नहीं लिख सकता। मुझे यह अनुभव हुआ है कि मेरे लिए मिले विषय का मेरे अन्तर मन में पकना और कहानी के साँचे में उसका ढलना आवश्यक है। इसके लिए समय की कोई पाबन्दी नहीं होनी चाहिए। यह कुछ महीनों में भी हो सकता है और कुछ वर्षों में भी। शायद इसीलिए उक्त घटना के कई महीनों बाद 'डॉ० सेन का सपना' कहानी मैं लिख सका। हालाँकि स्मारिका छप जाने और साइंस-काँग्रेस का अधिवेशन बीत जाने के बाद उस कहानी के सृजन का कोई भी बाहरी दबाव मेरे ऊपर नहीं रह गया था। लेकिन अन्दर जो बीज अंकुरित हो रहा था, उसे समयानुसार तो बाहर निकलना ही था।

'गंगिया फुआ' कहानी का कथा-बीज मुझे अपनी माँ से मिला है। माँ के अनुसार गंगिया फुआ जैसी एक औरत गाँव के हम बच्चों की फुआ लगती थी। वह मेरे पड़ोस में ही रहती थी, किन्तु जब मैं छोटा बच्चा था, तभी वह दिवंगत हो गयी थी। उसकी पूरी कहानी माँ ने मुझे बतायी है कि कैसे अन्तिम समय में जब उसके घरवाले उसकी सेवा से मुकर, उसके प्रति उदासीन रहने लगे, तो उसने झूठ बोलकर उन्हें अपनी ओर आकृष्ट किया कि उसने काफ़ी रुपये रखे हैं···कि मरते वक़्त वह सब दे देगी···। इसके अतिरिक्त अपने गाँव के एक बाबा का दुःख मैंने स्वयं भी देखा है। वृद्धावस्था में जब उनके वंशज उनकी सेवा-सुश्रूषा से कतराने लगे तो वे कुछ भयभीत कर देने वाली कहानियाँ उन्हें सुनाया करते थे कि एक व्यक्ति का सारा धन अपने नाम करा लेने के बाद उसके रिश्ते के एक परिवार ने बुढ़ापे में उसे मर जाने के लिए असहाय स्थिति में छोड़ दिया···। लेकिन उस बूढ़े के मरते ही उस परिवार पर ऐसी गाज गिरी कि साल-माथ भी न लगने पाया और उस घर से दो-दो जवान बेटों की एक ही साथ अर्थियाँ निकलीं और खलिहान में आग लग कर उस साल का सारा अनाज जल गया। कहने की आवश्यकता नहीं कि अपने गाँव के उस बाबा की कथा और उस औरत की व्यथा ही मेरे मन के साँचे में ढल कर 'गंगिया फुआ' कहानी बनी। इस कहानी के सृजन के दौरान इन दो मुहावरों के यथार्थ की असली ताक़त से मैं अवगत हुआ कि सचमुच डूबते को तिनके का सहारा भी कम नहीं होता और मरता क्या नहीं करता···।

'सिबोंगा की वापसी' कहानी राँची निवास के दौरान ही लिखी गयी कहानी है। व्याख्याता होकर राँची में मेरे पहुँचते ही मित्रों ने कहना प्रारम्भ किया कि अब मुझे आदिवासी-जीवन की कहानियाँ लिखने का अवसर मिलेगा। आदिवासी-जीवन को जानने और आदिवासी-संस्कृति से परिचित होने की इच्छा मेरे मन में भी थी। फलतः वहाँ पहुँचते ही मैं प्रयासरत हो गया। मेरे उसी प्रयास का परिणाम 'सिबोंगा की वापसी' कहानी है—आदिवासी-संस्कृति पर आधारित मेरी पहली कहानी। मेरे पाठकों ने मेरी उस कहानी की पर्याप्त सराहना की। लेकिन मुझे लगा कि अपने क्षेत्र भोजपुर की तरह आदिवासी-क्षेत्र को मैं मज़बूती के साथ पकड़ नहीं पा रहा हूँ। आदिवासी-जीवन में मैं प्रवेश कर सकूँ और उनकी समस्याओं को भलीभाँति पकड़ सकूँ, इसके लिए उनके बीच वर्षों जीने और उनके यथार्थ को लम्बे समय तक महसूस करने की ज़रूरत है, तभी उन पर प्रामाणिक रूप से लिखने का हक़दार हुआ जा सकता है। और वहाँ रहने पर शायद मैं ऐसा ही करता। पर 'सिबोंगा की वापसी' कहानी लिखते हुए ही यह प्रश्न मुझे कचोटने लगा कि अनुभव करके लिखने के लिए राँची में रहकर प्रतीक्षा करूँ या अपने जिये-भोगे सृजन-क्षेत्र भोजपुर में लौट जाऊँ? असल में भोजपुर के अपने सृजन-क्षेत्र की पुकार मैं चाहकर भी अनसुनी नहीं कर पा रहा था, इसी लिए राँची से स्थानान्तरण करा कर पुनः मुझे अपने सृजन-क्षेत्र में आ जाना पड़ा। लेकिन आदिवासी-संस्कृति की उस एक कहानी की रचना के दौरान ही मैंने पाया कि राँची शहर की मिश्रित और औद्योगिक-संस्कृति ने निश्छल आदिवासी-जीवन को दूषित कर दिया है। सचमुच यह कतई मुनासिब नहीं हुआ है। विकास के नाम पर किसी को उसके मूल से काट देना क्या मुनासिब है? क्या अपने मूल से जुड़े रह कर विकास के लिए अग्रसर नहीं हुआ जा सकता?

'नये दम्पती' कहानी की रचना मैंने संवाद-कथा के रूप में की है। मेरे रिश्ते में एक दम्पती हैं, जो अक्सर अपने अधिकारों के लिए एक-दूसरे से लड़ते रहते हैं। हम जब भी उनके यहाँ पहुँचते हैं, पति अपने पक्ष की बात कहते हैं और पत्नी अपने पक्ष की। इस तरह के कुछ और दम्पती मिले। इन दम्पतियों के इस वाक् युद्ध ने ही 'नये-दम्पती' की रचना के लिए मुझे उकसाया। हालाँकि इनके संवादों के बीच पड़ने के बाद मुझे लगा कि संवादों को चाहे अन्य जिन रूपों में जाना जाय, इस बात से इनकार नहीं किया जा सकता है कि संवाद व्यक्ति को उसके अधिकारों एवं सीमाओं का ज्ञान करा देने में भी सक्षम होते हैं। मेरे जानते संवादों की प्रासंगिकता इसी में निहित होती है।

'एक गाँव की अन्तःकथा' कहानी कम, कथा-रिपोर्ताज ज्यादा है। जाड़े की एक शाम जब मैं अपने गाँव में घूम रहा था, तो अचानक मेरे मन में यह ख़याल आया कि मुझे अपने गाँव पर एक कथा-रिपोर्ताज लिखना चाहिए। यह ख्याल

धीरे-धीरे मेरे अन्दर गहराने लगा। फिर गर्मियों की एक दोपहरी मैंने इसे लिख दिया। सचमुच कभी-कभी किसी रचना का प्रवाह ऐसा आता है कि एक ही बैठक में वह पूरी हो जाती है। हालाँकि ऐसा बहुत कम होता है। मेरी जिन चन्द रचनाओं के साथ ऐसा हुआ है, उसमें 'एक गाँव की अन्त:कथा' भी है।

'एक रात एकाएक' भी एक घटना विशेष से उपजी कहानी है।

शायद आप यह जानना चाहेंगे कि इस संग्रह की कहानियों के सृजन की पृष्ठ-भूमि बताने के पीछे मेरा उद्देश्य क्या है। मैं आप को बता दूँ, जब भी मेरी कोई कहानी प्रकाशित होती है, अनेक पाठकों के इस आशय के पत्र मुझे मिलते हैं कि इस कहानी का विषय मुझे कहाँ से मिला? कि यह सच है या काल्पनिक? आदि-आदि। इसीलिए इस संग्रह की कहानियों के सृजन की जमीन से भी आपको परिचित करा देना मुझे आवश्यक जान पड़ा है। इसके अतिरिक्त यह सोचकर भी मैंने ऐसा किया है कि शायद इसकी वजह से ये कहानियाँ पढ़ते हुए आपका स्वाद और बढ़ सके…।

—मिथिलेश्वर

अनुक्रम

भोर होने से पहले

चैत की रात का पहला पहर। मौसम में न सर्दी, न गर्मी। अत्यन्त प्यारा और सुहाना मौसम। शुक्ल पक्ष की चाँदनी में पूरा गाँव नहाया हुआ। घर में, खेत-खलिहान में, बगीचे में, जो जहाँ कहीं भी सोया-बैठा है, इसी बासन्ती मौसम के आनन्द में मस्त है। आम, महुआ और पाकड़ की मोजरें तथा नीम के फूल की खुशबू पूरे वातावरण में व्याप्त है। उस सुगन्ध को लेकर बहने वाली नर्म और गुनगुनी हवा बूढ़े शरीर में भी यौवन का संचार कर रही होती है। हवा के इसी झोंके के साथ 'बेलाड़ी बरम' के पास गाये जाने वाले चैता की कड़ी रह-रह कर कानों में आ पड़ती है—'अमवा महुइया मोजरइले हो रामा चइता मासे !'

शादी के बन्धन में बँधे नये जोड़ों के लिए तो ऐसे मौसम की ऐसी रात प्रकृति ने जैसे उपहार के रूप में भेंट की हो। लेकिन बैंजू के ऊपर इसका कोई असर नहीं। प्रकृति का यह उपहार उसके मन-प्राणों को कहीं से भी आनन्दित और उत्तेजित नहीं कर पाता है। अपने मालिक रविकान्त जी के दरवाजे, मवेशियों को खिलाने वाले नाद-चरण पर चुपचाप बैठा वह आकाश की ओर ताक रहा है। सामने के भूसा वाले घर में उसकी पत्नी बुधनी बनायी गयी खाट पर बैठी उसकी प्रतीक्षा कर रही है। रविकान्त जी के छोटे भाई मनोजकान्त एवं शिवाकान्त ने भूसे वाले कमरे का ही भूसा एक ओर करा कर दूसरी ओर उसके सुहागरात के लिए जगह बनवा दी है। लेकिन शादी की यह पहली रात, जो सुहागरात कही जाती है, बैंजू के लिए मानसिक रूप से अत्यन्त व्यथित कर देने वाली रात लगती है। आज ही उसकी शादी की गयी है। उसने सपने में भी नहीं सोचा था कि अचानक इस तरह उसकी शादी कर दी जाएगी। यह शादी वह नहीं चाहता था। उसने विरोध भी किया। लेकिन उसकी बात नहीं मानी गयी और उसे पूरी तरह सोचने-समझने का अवसर भी नहीं दिया गया। एकदम जल्दबाजी में, मात्र एक घण्टे के अन्दर उसकी शादी कर दी गयी, जैसे गुड्डे-गुड़िया का खेल हो। दरअसल, यह उनके वश की बात थी, इसीलिए उन्होंने यह कर दी। लेकिन शादी मानना और न मानना, उसके वश की चीज है, इसीलिए वह

चिन्तित है कि इस शादी को माने या न माने? इसे स्वीकारे या नकार दे?

बैजू इसी गाँव का है। उन्नीस वर्ष का युवक। मेहनती और होशियार। अपने माँ-बाप की अकेली सन्तान। गाँव में उसका अपना खेत-बधार नहीं। वह गाँव के उस तबके से आता है, जिस तबके के लोग दूसरों का खेत ठीका-बटाई पर लेकर या खेतिहर लोगों के यहाँ बनिहार-चरवाह रह कर अपने जीविकोपार्जन की समस्या हल करते हैं।

बैजू के बाप भी रविकान्त जी के यहाँ बनिहार थे। वह बनिहार होते हुए भी बैजू को गाँव के स्कूल में पढ़ाते थे। वह चाहते थे कि उनका बेटा उनकी तरह बनिहार न बनकर, पढ़-लिखकर नौकरी करे। इस स्थिति में सब कुछ सामान्य ढंग से गुज़र रहा था कि अचानक दुबली होती जा रही उसकी माँ को आरा के बंगाली डॉक्टर ने टी. बी. का मरीज बता दिया था। बैजू के बाप की परेशानी बढ़ गयी थी। मालिक से कर्ज़ ले-ले कर उन्होंने अपनी पत्नी का इलाज शुरू कर दिया था। इस बीच असमय में ही बैजू की पढ़ाई छूट गयी थी। बैजू के बाप कर्ज़ से लद गये थे। लेकिन अपनी पत्नी को बचा नहीं सके थे। पूस की एक भयंकर ठण्डी रात में वह गुज़र गयी थी। उसके गुज़रने के बाद बैजू के बाप भी अधिक समय तक जीवित न रह सके थे। कर्ज़ का बोझ और बैजू के भविष्य की चिन्ता ने उन्हें जल्द ही कमज़ोर बना दिया था। फिर उन्हें खाँसी हो गयी थी। दवा और आराम के अभाव में खाँसी दमे के रूप में तब्दील होती गयी थी। ऐसे ही वक़्त एक दिन हलवाही से लौटते हुए वे मूसलाधार बारिश में भीग गये थे। रात में जाड़ा देकर खूब ज़ोरों से बुखार आया था। बुखार बढ़ता ही गया था और तीसरे दिन वे भी अपनी पत्नी के पास चले गये थे।

माँ-बाप की मृत्यु के बाद बैजू एकदम अनाथ और बेसहारा हो गया था। तब रविकान्त जी के परिवार ने उसे बहुत ढाँढस बँधाया था तथा अपने यहाँ ही उसे रख लिया था। दरअसल, उसके पिता ने जो कर्ज़ लिये थे उसे चुकाने का अब यही रास्ता भी तो था। उस वक़्त उसकी उम्र तेरह साल की थी। वह बनिहारी के लायक नहीं था, इसीलिए गरुआरी के लिए उसे चरवाह नियुक्त कर लिया गया था। गाय, बैल, भैंस आदि मवेशियों को सानी-पानी देना, गोबर पाथना तथा घर-बाहर के छोटे-मोटे अन्य कार्यों का भार उसके ऊपर सौंप दिया गया था। उस दिन से आज तक वह इस कार्य पर बना हुआ है। वह अधिक पढ़ा-लिखा नहीं है, माँ-बाप की असामयिक मृत्यु की वजह से आयी जिम्मेवारी ने उसे समझदार बना दिया है। हर वर्ष हिसाब करता है। इस वर्ष जेठ की पूर्णमासी तक वह पिता के कर्ज़ से मुक्त हो जाएगा। तब वह चाहे तो रविकान्त जी के यहाँ रहे या किसी अन्य के यहाँ या शहर में जाकर मजदूरी करे, वह पूर्णतः स्वतन्त्र होगा। लेकिन इसी बीच अचानक उसकी शादी की यह घटना घटा दी गयी।

बुधनी की कथा बैजू से कुछ भिन्न है। वह रविकान्तजी के यहाँ नौकरानी है। चौका-बर्तन करने, घर-आँगन बुहारने, कपड़े फींचने, तेल-पानी लगाने तथा कूटने-पीसने का कार्य करती है। बैजू की तरह वह भी अनाथ और बेसहारा है। लेकिन गाँव की न होकर, शहर की है, उस पर भी एक जाति की औलाद न हो कर दो जातियों की पैदाइश है। जैसा कि बैजू के साथ-साथ पूरे गाँव को मालूम है कि बुधनी का बाप नेपाली था और माँ आदिवासी। रविकान्त जी अपनी नौकरी से उसे गाँव लाये हैं।

रविकान्त जी का परिवार एक बड़ा परिवार है तथा गाँव के सम्पन्न परिवार में से एक है। वे तीनों भाई अभी तक संयुक्त रूप में ही रहते हैं। रविकान्त जी राँची, हटिया कारखाने में नौकरी करते थे, अब अवकाश प्राप्त कर घर आ गये हैं। उनके छोटे भाई मनोजकान्त और शिवाकान्त उसी वक़्त से घर-गृहस्थी सँभालते आ रहे हैं और अब भी सँभाल रहे हैं। रविकान्तजी तो दालान के बैठके में पड़े रहते हैं। उनके जिम्मे घर का आय-व्यय, लड़के-लड़कियों की पढ़ाई-लिखाई और शादी-ब्याह का कार्य रहता है।

रविकान्तजी जब नौकरी पर थे तो एक अधेड़ उम्र के नेपाली को उन्होंने नौकर रखा था। वे उसे बहादुर कहते थे। रविकान्तजी के अनुसार वह परिश्रमी और वफादार नौकर था। लेकिन विधुर होने की वजह से कभी-कभी विचलित हो जाता था। रविकान्तजी की ओर से उसे जो भी वेतन मिलता था, निकट की एक आदिवासी महिला पर खर्च कर देता था। अन्ततः उस आदिवासी महिला को अपनी ओर आसक्त करने में वह कामयाब हो गया था। फिर रविकान्त जी ने उन दोनों की शादी करा दी थी। अब वे दोनों साथ-साथ रहने लगे थे। बहादुर पूर्ववत: नौकर के कार्य पर बना रहा था और वह आदिवासी महिला भी पहले ही की भाँति गाँवों से सब्जियाँ लाकर हटिया-बाजार में बेचा करती थी। एक वर्ष के भीतर ही उन दोनों से बुधनी का जन्म हुआ। बुधनी का बदन अपनी माँ की तरह पुष्ट और कसा हुआ था तथा रंग अपने बाप बहादुर की तरह गोरा और उसी की तरह भूरी-भूरी, छोटी-छोटी आँखें! लेकिन बुधनी के पैदा होने के कुछ समय बाद से ही बहादुर और आदिवासी महिला के बीच तकरार शुरू हो गयी थी। बहादुर की जीवन-शैली और उसकी रुचियाँ आदिवासी महिला को पसन्द नहीं और आदिवासी महिला की हरकतें और हँड़िया पीना भी बहादुर को गवारा नहीं। दोनों के संस्कार एक-दूसरे से टकराने लगे थे। जब कभी बात आगे बढ़ जाती तो दोनों मारपीट कर लेते। फिर महीनों एक-दूसरे से नहीं बोलते। इस बीच जैसे-तैसे करके कुछ वर्ष गुजर गये। फिर अचानक एक दिन उस आदिवासी महिला ने हटिया में रिक्शा चलाने वाले एक आदिवासी व्यक्ति

से शादी कर ली। शादी के बाद वह अपनी बेटी को लेने के लिए बहादुर के पास आयी। उस समय बुधनी की उम्र पाँच-छः साल की रही होगी। लेकिन बहादुर उसे देने को एकदम तैयार नहीं था। बहादुर ने उस आदिवासी महिला से कहा, "तुमने शादी बना ली। नया खसम पा गयी। नये खसम के साथ जी लेगी—मेरा सहारा तो यह छोरी ही है···।"

इस पर आदिवासी महिला ने कहा—"और तुम शादी बना लोगे तब ?"

बहादुर ने जवाब दिया—"मैं शादी नहीं बनाऊँगा।"

आदिवासी महिला ने फिर कहा—"लेकिन अगर बना लोगे तब ?"

बहादुर ने तैश में जवाब दिया—"तो इस छोरी को तुम्हें सौंप दूंगा।"

बहादुर की यही बात उन दोनों के बीच तय हो गयी। वह अपने नये पति के साथ चली गयी। बहादुर के पास बुधनी रह गयी। दरअसल, उसका नया पति बुधनी को ले जाना भी नहीं चाहता था। बहादुर के खून से पैदा हुई उस छोरी में उसकी कोई ममता नहीं। वह तो नयी ब्याहता के कहने से आ गया था। बहादुर के निर्णय से खुश हो अपनी ब्याहता के साथ लौट गया। और बुधनी ! वह तो अपनी आदिवासी माँ की अपेक्षा अपने बाप बहादुर के गले ही अधिक लगी थी। असल में वह आदिवासी महिला सब्जी बेचने या किसी अन्य कार्य के सिलसिले में सुबह घर से निकलती थी तो फिर रात के अँधेरे में ही वापस आती थी। इस बीच दिन भर बुधनी बहादुर के पास ही रहती थी। उसे खिलाने-पिलाने और उसकी देखभाल करने का कार्य बहादुर के ही जिम्मे था, इसीलिए बहादुर के पास रह कर वह खुश थी।

रविकान्त जी के अनुसार बहादुर बुधनी को खूब मानता था। पहले अपना जो वेतन वह आदिवासी महिला पर खर्च करता था, अब बुधनी में लगा देता था। उसे नये-नये कपड़े, खिलौने और मिठाइयाँ लाकर देता रहता था। लेकिन पुत्री के साथ रहना उसके भाग्य में नहीं बदा था। कुछ समय पश्चात् नेपाल से उसके एक निकट सम्बन्धी के निधन का पत्र आ गया। इस सन्दर्भ में बुधनी को रवि-कान्त जी के जिम्मे सौंप यह कहते हुए वह नेपाल चला गया कि जल्द ही वापस आ जाएगा। लेकिन वह फिर वापस नहीं आया। नेपाल में ही हैजे का शिकार हो सदा के लिए सो गया। इस बीच वह आदिवासी महिला भी बुधनी को ले जाने के लिए दुबारा नहीं आयी। इस स्थिति में रविकान्त के यहाँ ही जन्मी और उनके बच्चों के साथ पली-बढ़ी बुधनी उनके यहाँ से कहीं अन्यत्र जाने को कतई तैयार नहीं हुई। अन्ततः नौकरानी के रूप में वह उनके यहाँ ही रह गयी। जब तक वे नौकरी करते रहे, उनके परिवार के साथ राँची में रही। अवकाश प्राप्त कर गाँव आने लगे तो वह भी आ गयी। तब से आज तक वह उनके परिवार के साथ इस गाँव में ही है। वही बुधनी आज बैजू की ब्याहता बनी भूसे वाले कमरे में बैठी है।

लेकिन बैजू ! रात के सन्नाटे में व्यथित मन लिये नाद पर चुपचाप बैठा अनेक चिन्ताओं एवं विचारों में खोया है। नाद के समीप खड़े नीम के वृक्ष के तने से पीठ टिकाये वह लगातार बीड़ियाँ सुलगाता जा रहा है तथा बीच-बीच में खैनी भी ठोंक लेता है। वह अधिक पढ़ा-लिखा नहीं है। इससे पहले किसी समस्या पर इतना सोच-विचार भी नहीं करता था। परन्तु रविकान्त जी के परिवारजनों ने अचानक बुधनी से उसकी शादी कर उसे सदियों की समझ प्रदान कर दी है। पता नहीं, भूसे वाले कमरे में बैठी बुधनी क्या सोच रही है ? बैजू को तो लग रहा है कि शादी के नाम पर उसके जीवन के साथ गन्दा और घिनौना मज़ाक़ किया है उन लोगों ने—जैसे कुत्ते के समक्ष जूठा और बासी फेंक दिया जाय या दूध में गिरी मक्खी निगल जाने को कहा जाय या अपने मुँह की कालिख पोंछकर दूसरे पर थोप दी जाय या किसी को माध्यम बनाकर मौज़ करने की स्थायी व्यवस्था क़ायम कर ली जाय ! लेकिन वह भी सब समझता है। कोई बच्चा नहीं है। ऐसा धोबियापाट मारेगा कि सब चित हो जाएँगे और वह निकल भागेगा। पर बुधनी ! उसका क्या होगा ? वह जब राँची से आयी थी तो कितनी ठीक थी। कितना अच्छा होता अगर आज वह उसी रूप में होती ! लेकिन रविकान्त जी के घर के छोकरों ने···।

बैजू को अच्छी तरह याद है, बुधनी जब आयी थी तो चौदह-पन्द्रह वर्ष की उछलने-कूदने वाली बछड़ी थी। सुडौल बदन और भरा-भरा उसका मुखड़ा बहुत अच्छा लगता था। उसे देखने के बाद गाँव की औरतें कहतीं—"बड़ी सुघर बिटिया है···रूप-रंग तो किसी रईस खानदान का मिला है, इसे···लेकिन किस्मत की ओछी है···।"

गाँव के मनचले छोकरे उसे देखने के लिए रविकान्त जी के घर के इर्द-गिर्द मँडराने लगे थे। चूँकि वह बहुरिया और घर की लड़की नहीं, नौकरानी थी, इसीलिए घर से बाहर आते-जाते लोग उसे देख ही लेते थे।

गाँव आने के बाद सबसे पहले बुधनी का परिचय रविकान्तजी के परिवार के उन सदस्यों से कराया गया जो कभी राँची नहीं गये थे और जिन्होंने उसे देखा नहीं था। इसी क्रम में बैजू से भी उसका परिचय कराते हुए कहा गया—"यह बैजू है··· इसके माँ-बाप भी भगवान को प्यारे हो गये हैं···यह इसी घर में चरवाह है···"

इतना सुन बुधनी की भूरी-भूरी आँखें एक क्षण के लिए बैजू के चेहरे पर जा टिकी थीं। जाने इन आँखों में ऐसा क्या था कि बैजू अन्दर तक भीग गया था। रविकान्त जी की पत्नी उसे इस तरह बैजू की ओर ताकते देख बोल उठी थीं— "तुम्हारी ही तरह इसके माँ-बाप भी इसे सौंप गये हैं···बड़ा अच्छा लड़का है···।"

पिता की मृत्यु के बाद बैजू को जिस तरह चरवाही के काम में झोंक दिया

गया था, वह सब उसे अच्छा नहीं लगा था। स्नेह और प्यार की जगह छोटे-बड़े कई कार्यों का भार उसके ऊपर आ गया था। इन कार्यों से थककर और ऊबकर एक दिन वह भाग चला था। लेकिन मनोजकान्त एवं शिवाकान्त के कवलेजिहा छोकरों ने उसे बस स्टैण्ड पर धर दबोचा था। घर लाकर उसके ऊपर मार पड़ी थी और कड़ी डाँट लगायी गयी थी—"आइन्दा भागने की कोशिश की तो मारकर हाथ-पाँव तोड़ दिया जाएगा···अगर जाना ही है तो पिता का कर्ज़ चुकाकर जा सकता है···।"

और उसने सोचा था, पिता का कर्ज़ चुकाने के बाद इस घर में एकदम नहीं रहेगा। स्वतन्त्र रूप से मजदूरी करेगा। लेकिन बुधनी के आ जाने के बाद जाने क्यों यह घर उसे अपना लगने लगा था। यहाँ से भागने की उसकी सारी योजनाएँ पानी के बुल्ले की तरह मिट गयी थीं। कठोर कार्य करते हुए भी उसकी थकान जाती रही थी और इस घर में उसका मन लगने लगा था।

शुरू में बुधनी की जो पहली विशेषता बैजू को नज़र आयी थी वह यह कि उठने-बैठने, चलने-फिरने और किसी से बातचीत करने में वह एक सलीका बरतती थी। शायद शहर में रहने की वजह से वह ऐसी बन गयी थी। इस क्रम में गाँव की अल्हड़ और गँवार लड़कियों से वह बिल्कुल अलग दिखती थी। उसके इस सलीके की ओर न चाहते हुए भी बैजू का मन आकर्षित हो ही जाता था।

यह देखकर बैजू को बहुत आश्चर्य होता था कि उसकी तरह बुधनी कभी थकती नहीं थी। सुबह उठने से लेकर रात सोने तक फुर्ती से घर के कार्यों में लगी रहती थी। पूरे दिन वह चिड़ियों की तरह कभी घर से आँगन, तो कभी आँगन से दरवाज़े पर फुदकती हुई नज़र आती थी। इस सन्दर्भ में रविकान्त जी कहते थे कि "आदिवासी ख़ून की बनी है···थकान तो जानती नहीं।" सचमुच गाँव की अन्य लड़कियों की तुलना में उसका परिश्रम देख सब दंग रह जाते थे।

बुधनी के आने से पहले बैजू का खाना घर की बहू-बेटियाँ या मालकिन लोगों में से ही कोई लाकर देती थीं। लेकिन उसके आ जाने के बाद यह कार्य उसी के जिम्मे सौंप दिया गया था। हालाँकि घर के अन्य सदस्यों को पूर्ववत: बहू-बेटियाँ और मालकिन लोग ही खिलाती थीं। इस बारे में बैजू शुरू से ही अनुभव करता आ रहा था कि मालकिन लोग उसे बेमन से और तुनककर खाना देती थीं। उनकी नज़र में वह घर का सवांग नहीं, चारवाह जो था, इसीलिए बुधनी के आने के बाद इस कार्य से वे मुक्त हो गयी थीं। लेकिन इससे बैजू को ख़ुशी ही हुई थी। बुधनी का सान्निध्य उसे मिलने लगा था तथा इसी बहाने उससे एक-दो बात करने की इच्छा भी पूरी होने लगी थी।

शुरुआत के दिनों में ही एक दिन उसे खिलाती हुई बुधनी ने पूछा था—"तुम्हारे माई-बप्पा मरे थे तो तुम कितने बड़े थे?"

बैजू ने कहा था—"बारह-तेरह बरस का।"

उसने फिर पूछा था—"पहले माई मरी थी या बप्पा ?"

बैजू ने कहा था—"माई।"

इस पर उसने पूछा था—"तुम्हें किसकी याद अधिक आती है, माई की या बप्पा की ?"

बैजू ने कहा था—"बप्पा की।"

यह सुन बुधनी की आँखें नम हो गयी थीं। उसने दुःख प्रकट करते हुए कहा था—"मुझे भी अपने बप्पा की ही याद आती है।"

बैजू ने पूछा था—"तुम्हारी माई तो ज़िन्दा है। उसकी याद नहीं आती ?"

बुधनी ने कहा था—"नहीं, वह दूसरे के घर की जाई बन गयी है।"

इस पर बैंजू ने पुनः पूछा था—"तो क्या तुम्हारी माई तुम्हें ले जाने कभी नहीं आएगी ?"

बुधनी ने इसका दो-टूक जवाब दिया था—"वह आएगी भी तो मैं उसके साथ नहीं जाऊँगी।"

इसी तरह एक-दूसरे मे कहते-सुनते वे जल्द ही एक-दूसरे को जानने-समझने लगे थे तथा एक-दूसरे के प्रति सहयोग और सहानुभूति का भाव रखने लगे थे। हालाँकि बैंजू के लिए मालकिन लोगों की ओर से उसे माड़ मिला दाल, बासी भात और बची हुई सब्ज़ी ही मिलती थी। लेकिन इस क्रम में तनिक भी अवसर मिलते ही वह लुका-छिपा कर अच्छा खाना भी उसे खिला डालती थी। इसपर बैंजू मुँह से कुछ कहता तो नहीं था, लेकिन अन्दर-ही-अन्दर उसके प्रति स्नेह और प्यार से भर जाता था। वह मन-ही-मन सोचा करता था कि उसके लिए तो बुधनी इतना कर भी देती है, वह तो उसके लिए कुछ भी नहीं कर पाता है। उसे भी उसके लिए कुछ करना चाहिए लेकिन वह समझ नहीं पाता कि उसे क्या करना चाहिए। चरवाही के एवज में जो दरमाहा मिलता है, उसका हिसाब तो वर्ष के अन्त में होता है तथा वह पिता क कर्ज़ में ही मोजर कर दिया जाता है। इस बिन्दु पर उसने सोचा कि हर साल फागुनी शिवरात के अवसर पर पचमा 'बेलाड़ी बरम' के मेले में जाने के लिए उसे जो चार रुपये मिलते हैं, उससे बुधनी के लिए ही कुछ लेगा। और उसने ऐसा ही किया। अँगूठी की इच्छा व्यक्त करते हुए एक बार बुधनी को उसने सुना था, इसीलिए चार रुपये की स्टील की एक चमकती अँगठी उसके लिए खरीद लाया। लेकिन बुधनी उसे ले नहीं रही थी, कह रही थी—"तुम्हारा दरमाहा तो तुम्हारे बप्पा के कर्ज़ में चला जाता है। फिर तुमने इसे कैसे खरीदी ?"

बैजू ने पैसे मिलने की बात बतायी। इसपर वह बोली—"वह पैसे तो तुम्हें मिठाई खाने के लिए मिले थे ···मैं अँगूठी नहीं लूँगी···।"

अन्त में बैजू अँगूठी लेने के लिए उससे अत्यन्त प्रेमपूर्वक आग्रह करने लगा। तब उसने कहा—"मैं पहनूँगी तो सब पूछेंगे, कहाँ से आयी तो क्या बताऊँगी?"

बैजू ने कहा—"बता देना कि तुमने स्वयं ख़रीदी है···।"

इस पर एक क्षण तक वह सोचती रही। फिर बोली—"अच्छा इस शर्त पर लूँगी कि तुम्हें फिर कोई चीज़ नहीं देनी होगी···।"

बैजू ने उसकी आँखों में देखा। दोनों की आँखें सजल थीं। उसने कहा—"ठीक है, शर्त मंजूर है।"

बुधनी ने अँगूठी ले ली। लेकिन उसके बाद फिर कभी कोई चीज़ चाहकर भी बैजू उसे नहीं दे सका।

रात का पहला पहर बीत रहा होता है। बैजू चुपचाप उसी तरह बैठा रहता है। वह बुधनी के बारे में सोचता रहता है, उसे छोड़ने और अपनाने के बारे में! अगर छोड़ना होगा तो इसी समय कहीं भाग जाना होगा। इस गाँव से दूर आरा या पटना या किसी शहर में, जहाँ मजदूरी करके वह जी लेगा। लेकिन अगर अपनाना होगा तो इसी रात आगे बढ़कर उसे गले से लगा लेना होगा···। लेकिन वह समझ नहीं पाता है कि क्या करे और क्या नहीं करे?

उसे लगता है, बुधनी भी सोयी नहीं होगी। उसकी तरह ही बैठकर अपनी किस्मत पर आँसू बहा रही होगी। उसके मन में आता है कि चलकर बुधनी से कह दे—"बुधनी, तेरे पेट का पाप मेरे माथे मढ़ने के लिए ही लोगों ने इस तरह अचानक तुमसे मेरी शादी कर दी है···।"

लेकिन क्या इतनी सहजता से वह यह कह पाएगा? क्या इस बात को वह आज ही जान सका है, इससे पहले नहीं जानता था? इस बात का क्या जवाब बुधनी देगी, क्या इसका अन्दाजा उसे नहीं है? इसके बाद आगे बढ़ा बैजू का मन पुनः अपनी जगह वापस हो जाता है।

बैजू व्यथित मन से यह विचार करने लगता है कि बुधनी को बचाने में उसने अपनी ओर से कोई कमी तो नहीं की है? क्या उसने उतना जोखिम उठाया है, जितना उसे लेना चाहिए था? क्या बुधनी बिल्कुल निर्दोष है? क्या उसने उतना विरोध किया है जितना उससे वह आशा करता था? और बैजू को एक-एक बात याद आने लगती है—

बुधनी जब से आयी थी, रविकान्त जी के घर के नये छोकरे उसे आँखें फाड़-फाड़कर देखने लगे थे। खासकर शिवाकान्त का लड़का रजिन्दर और मनोजकान्त का विरेन्दर। इसके अतिरिक्त भी इनके अन्य लड़के देखते थे। लेकिन इन दोनों की निगाहों में विशेष शैतानी छलकती रहती थी। रविकान्त जी का तो लड़का सबसे बड़ा था जो शादी-शुदा था तथा पटना में नौकरी करता

था। बुधनी को निहारने वाले छोकरों को देखकर बैजू को ऐसा लगता था जैसे इन सबों ने पहले कभी लड़की देखी ही न हो। वह देख रहा था, बुधनी जिस किसी भी काम में लगी होती थी, कई जोड़ी आँखें उसे घूरती रहती थीं। इन आँखों में जल्द ही उन छोकरों के दोस्त-साथियों की आँखें भी आ मिली थीं। बैंजू के लिए उनका देखना सचमुच उस समय कष्टदायक हो जाता था, जब बुधनी आँगन के इनार पर नहा रही होती थी। उस वक़्त वे छिपकर देखते थे तथा एक-दूसरे को दिखाकर लुत्फ़ लेते थे। ऐसे समय बैजू किसी काम के बहाने उनकी नज़रों के समक्ष आ जाता था। वह नहा रही बुधनी और घूरती उन नज़रों के बीच दीवार बन जाना चाहता था। लेकिन वे चालू लड़के समझ जाते थे। उस पर आँख गुरेरते हुए कहते—"इस तरह आँखों के सामने यम की तरह क्यों खड़े हो जाते हो? जाओ दरवाज़े पर गाय-बैलों को सानी दो···!"

वे छोकरे उसी वक़्त से उसे घूरने के साथ-साथ अवसर ढूँढ़-ढूँढ़कर छेड़ने भी लगे। पीने के लिए उससे पानी माँगते। वह पानी लेकर उनके कमरे में जाती तो पानी लेते हुए उसका हाथ दबा देते या थोड़ा-सा पानी उसके ऊपर छिड़क देते या उसे चिकोटी काट देते। इस पर नागिन की तरह फुँफकार मारती हुई, कस कर उन्हें झिड़कती तथा चिल्लाते हुए आँगन में आ जाती। इस पर वे लड़के दाँत निपोरते हुए अपनी माँ एवं चाची लोगों के सामने सफ़ाई देते कि वे तो हँसी-मज़ाक़ कर रहे थे, इसने तो बात का बतंगड़ बना दिया। इसके बाद मलकिनी लोग बुधनी को समझा देतीं कि हँसी-मजाक़ का बुरा नहीं मानते। नयी उम्र में यह सब चलता है। इसके बाद फिर वही करतूतें। इस स्थिति से तंग आकर एक दिन गरजती हुई बुधनी ने आँगन में कुहराम मचा दिया था। मलकिनी लोगों के सामने रोती हुई बोली थी—"मुझे इन लोगों की हँसी-ठिठोली अच्छी नहीं लगती···।"

इस पर उन लड़कों की भौजाई, रविकान्त जी की बहू ने मज़ाक़ के-से लहजे में कहा था—"इतना लाल-पिअर काहे होती है···हँसी-दिल्लगी कर लेने से तेरा क्या घट जाता है?"

जवाब में उसने कहा—"वे लोग क्यों मुझसे हँसी-ठिठोली करते हैं? मैं उनकी कोई भौजाई तो लगती नहीं हूँ?"

इस पर भौजाई ने हँसते हुए चुटकी ली थी—"समझ ले कि तू भौजाई ही है···बस तेरा सारा खीम ठण्डा हो जाएगा।"

रविकान्त जी की बहू की इस बात पर घर की सारी औरतें हँस पड़ी थीं। बुधनी मन मारे काम में लग गयी थी। उसकी शिकायत को भौजी ने ठिठोली में उड़ा दिया था। इसी तरह और दो-तीन बार बुधनी के विरोध को भौजी ने दिल्लगी में ही ख़त्म कर दिया था। वे नाते में भौजी लगती थीं। मज़ाक़ का

उन्हें पूरा अधिकार था, लेकिन बैजू को भौजी का यह रवैया बहुत ख़राब लगता था। वह जानता था, भौजी जैसी हैं, दूसरों को भी वैसे ही देखना चाहती हैं। अकसर देवरों के कमरों में पड़ी रहती हैं। बैजू ने भौजी के साथ देवरों को ऐसे गन्दे-गन्दे मज़ाक़ करते सुना था और ऐसी हरक़तें देखी थीं कि दंग रह जाता था। बैजू को इस बात की आशंका भी होने लगी थी कि भौजी देवरों के कहने से ही तो ऐसा नहीं कर रही हैं ? एक दिन उसने मनोजकान्त के बड़े लड़के को भौजी से यह कहते हुए सुना था—"भौजी ! यह पहाड़ी छोकरी तो पत्थर की बनी है···लाख ठोकर मारने पर भी टस से मस नहीं होती है···।"

सम्भव है भौजी ने अपने उस देवर की पैरवी में ही यह सब किया हो या स्वयं अपना पाँव भारी होते देख देवरों के लिए मार्ग प्रशस्त कर दिया हो। कुछ भी हो सकता है, लेकिन भौजी के इस तिरिया चरित्तर ने बुधनी को निरस्त्र कर दिया था। उस जैसी सोझिया और निष्कपट लड़की के पास इस खेलाड़-औरत का कोई जवाब नहीं। छेडखानी और हँसी-ठिठोली को नौकरानी की ज़िन्दगी का अंग मान लेने के लिए वह बाध्य हो गयी थी। लेकिन यह बात उसके हलक के नीचे उतरती नहीं थी, इसीलिए जब-तब वह आवाज़ उठाने से बाज़ भी नहीं आती थी। लेकिन उसका परिणाम कुछ भी नहीं होता था। शुरू में आपत्तिजनक लगने वाली वे बातें धीरे-धीरे उस घर की दिनचर्या में इतनी आम हो गयी थीं कि बुधनी द्वारा मालकिन लोगों के बीच उठायी जाने वाली आवाज़ अर्थहीन बनती चली गयी थी।

इस बीच जैसे-जैसे बुधनी के बदन पर जवानी के उभार दिखने लगे थे, वैसे-वैसे उन छोकरों की हरक़तें बढ़ने और विस्तार पाने लगी थीं। किसी काम के दौरान अपने निकट से गुज़रती बुधनी को सुनाकर वे कोई-न-कोई बोल अवश्य बोलते थे। उनके कुछ बोल बैजू को अभी तक याद हैं—"पानी में रहकर मगर से बैर।"

"जिस थाली में खाना, उसी में छेद करना···।"

"वन का गिदड़, जाएगा किधर !"

"बात से नहीं तो घात से···।"

"घर आयी धान, हम करेंगे नेवान···।"

उन्हीं दिनों उन छोकरों ने बैजू से एक ऐसी करतूत की थी जिसे याद कर आज भी उसका मन क्रोध में पागल होने लगता है। वह वैशाख का मौसम था। खलिहान में गवत अभी नहीं टूटा था। घर पर कुट्टी काटने वाली मशीन भी ख़राब हो गयी थी, इसीलिए दरवाज़े पर गँड़ासे से पुआल की कुट्टी काट बैजू मवेशियों को खिलाया करता था। उस दिन भी शाम के गधबेर में ठीहे के पास

बैठा वह कुट्टी काट रहा था। उस वक़्त दरवाज़े पर वह अकेले ही था। मालिक लोग खलिहान से अभी नहीं लौटे थे। उसे इस तरह एकान्त में देख शिवाकान्त का बड़ा लड़का रजिन्दर उसके समीप आ बैठा था और अपनापन में भर कर बोला था—"बैजू ! आजकल मुझसे खिसिआये हो क्या? कभी भर मुँह बोलते भी नहीं हो···।"

उसने जवाब दिया था—"नहीं भैया, यह आप क्या कह रहे हैं ! आप ही के यहाँ का खाता-पहनता हूँ और आप ही से खिसियाऊँगा?"

इस पर रजिन्दर ने अपने आने की भूमिका बाँधते हुए सवाल किया था—"अच्छा बोलो, एक बात कहूँ, मनोगे न?"

बैजू ने जवाब दिया था—"मानने लायक बात होगी तो क्यों नहीं मानूँगा।"

रजिन्दर ने अपने आग्रह को गुड़ की भेली की तरह मधुर बनाते हुए कहा था—"तो क्या मैं तुम्हें कुएँ में कूदने के लिए कहूँगा···जो तुम्हारे लायक बात होगी, वही न कहूँगा !"

बैजू उसके स्नेह में आ गया था—"ठीक है, कहो···मानूँगा।"

इस पर अपनी बात कहने से पहले रजिन्दर ने अपनी जेब से दस का नोट निकालकर बैजू की ओर बढ़ाया था—"इसे रख लो, ··मिठाई खा लेना···।"

यह देख क्षण भर के लिए बैजू सकते में आ गया था। उसकी आँखें आश्चर्य से बड़ी-बड़ी हो गयी थीं। रजिन्दर ने पहले तो कभी ऐसा कोई आग्रह नहीं किया था। वह कौन-सी बात है, जिसे कहने से पहले वह दस का नोट देना चाहता है। उस बात को मानने की जिज्ञास बैजू के मन में तीव्र हो गयी थी। उसने कहा था—"रुपये रखो, पहले बात तो कहो···।"

इस पर रजिन्दर उसके और समीप घुसुकते हुए बोला था, "तो सुनो···किसी से कहना मत···अपने पेट में पचाकर रखना···। बुधनी तुमसे बड़ी हिली-मिली रहती है। खाना खिलाते हुए तुमसे मीठी-मीठी बातें करती है। मुझे तो अपने पास सटने तक नहीं देती। तुम चाहोगे तो मैं भी पार हो जाऊँगा। तुम्हारी बात वह नहीं टालेगी···।"

यह सुन बैजू को ऐसा लगा जैसे उसके पैर की फटी बेवाइयों में किसी ने लहकता हुआ करुआ तेल डाल दिया हो या सानी खाते बैल ने उसके पेट में सींग भोंक दिया हो, गँड़ासी की मूठ पर कसी उसके हाथ की अँगुलियाँ और कस गयी थीं। उसके जी में आया था कि पुआल की तरह रजिन्दर को भी काट कर टुकड़े-टुकड़े कर दे। लेकिन अपनी स्थिति का चेत होते ही वह सँभल गया था—"यह क्या कह रहे हो भैया···बुधनी ऐसी नहीं ! और फिर वह तो आपकी बहन बुचिया और उमा की तरह है।"

बैजू की यह बात सुन रजिन्दर के चेहरे का भाव एकदम बदल गया था—

"क्या कहा बैजुआ ?"

बैजू ने अपनी बात को सहेजने की कोशिश की थी—"ठीक ही कह रहा हूँ भैया···, एकदम वह ऐसी-वैसी नहीं है।"

इस पर रजिन्दर ने निशाना साधते हुए कहा था—"कोई ऐसी-वैसी होती नहीं है बैजू, बनायी जाती है। खाने के लिए चावल को सिझाना ही पड़ता है···।"

इस बार बैजू ने कोई जवाब नहीं दिया था। रजिन्दर ने अब चमकाने की-सी आवाज में कहा था—"बाँट-चोट कर खाओ बैजू···अकेले हड़पने की कोशिश करोगे तो जूठन भी मुहाल हो जाएगा···।"

यह सुन बैजू भी तैश में आ गया था—"ऐसा अधरंग न लगाओ भैया··· तुम धोखे में हो···डिहवार बाबा की क़सम जो मैंने कभी बुरी दयानत उस पर की हो···। मैं गाय की पूँछ पकड़कर भी किरिया खा सकता हूँ।"

रजिन्दर ने पैंतरा बदला था—"बहुत सन्त न बन बैजुआ, तू क्या है, मैं सब जानता हूँ। किरिया तो तुम्हारा उतारा हुआ है। पके गोइया मालूम पड़ते हो। लेकिन कान खोलकर सुन लो, बुधनी को तो पार करना मेरे बायें हाथ का खेल है। जिस दिन चाहूँ, उसे लाँघ जाऊँ। लेकिन मैं चाहता था कि बरियारी से न कर राय-बात से और चुपके-चुपके काम फरिया लूँ। इसीलिए कहता हूँ, छान-पगहा न तुड़ा कर तू रास्ते पर आ जा। फिर तू भी मजा मार और मैं भी ··।"

बैजू को अब और बर्दाश्त नहीं हुआ था। उसने गम्भीर होते हुए कहा था—"मैं नौकर हूँ, आप मालिक हैं, मैं आपको क्या समझा सकता हूँ। लेकिन बुचिया और उमा की तरह बुधनी भी आपकी बहन बन कर ही आयी है। आपके घर के सिवाय न तो उसका कोई दूसरा घर है और न दूसरे भाई-बहन ही हैं। इस स्थिति में उसकी आबरू लूटने की बात आपको कभी नहीं सोचनी चाहिए। क्या बुचिया और उमा के बारे में आप ऐसा सोच सकते हैं ?"

बैजू की यह बात सुन रजिन्दर का खून खौल गया था। उसकी आँखें लाल हो गयी थीं। वह बैजू के ऊपर तत्क्षण टूट पड़ा था—"तेरी ये मजाल···उस दोगली नौकरानी से मेरी बहनों की तुलना करता है ? लात के देवता बात से नहीं मानते···यह ले—और ले···" और वह मुक्के, घूसे से बैजू के ऊपर प्रहार करने लगा था। अपने बचाव के लिए बैजू उठ खड़ा हुआ था। उसके हाथ में गँड़ासी थी। वह रजिन्दर के वार से बचने के लिए अपने हाथ इधर-उधर कर रहा था। इसी क्रम में अचानक गँड़ासी के कोर से रजिन्दर का दायाँ हाथ थोड़ा कट गया था, जिससे खून बहना शुरू हो गया था। बस, रजिन्दर उसके ऊपर इस तरह पिल पड़ा था कि शोरगुल की आवाज़ सुन घर में उपस्थित सभी लोग

आ जुटे थे। फिर रजिन्दर के हाथ से बहता खून और बैजू के हाथ में गँड़ासा देख मनोजकान्त के बड़े लड़के विरेन्दर ने कुछ भी सुनने-समझने की कोशिश नहीं की थी। घर की औरतों द्वारा धर-पकड़ और बीच-बचाव करते-करते उसने बैजू के ऊपर दो-तीन लाठियाँ जमा दी थीं।

शाम गहराने के बाद दालान के कमरे में रविकान्त जी ने तीनों भाइयों के समक्ष बैजू और रजिन्दर को बुलाया। रविकान्त जी ने पहले रजिन्दर से पूछा था—"क्यों मारपीट हुई ?"

रजिन्दर ने बिल्कुल मनगढन्त घटना बतायी थी—"मैं जब दरवाज़े पर पहुँचा तो देखा, नीम के पेड़ से सटकर खड़ा यह बैजू आँगन में इनार के पास बर्तन मल रही बुधनी को हाथ के इशारे से बुला रहा था तथा मुँह से सीटी बजा रहा था। मुझको बहुत खराब लगा। मैंने कहा, 'गाय के नाद में सानी नहीं है, और तू रंगबाजी कर रहा है। चल सानी डाल।' इस पर यह बोला—'जाओ जहाँ जा रहे हो वहाँ, रोब मत झाड़ो, सब लोग मालिक ही बनते हैं।' इस पर मैंने कहा- 'इधर तेरा मन बहुत चढ़ने लगा, जमा दूँगा एक हाथ बस रास्ते पर आ जाएगा।' बस, यह तनकर खड़ा हो गया था—'हिम्मत है तो हाथ छोड़ कर देखो।'

इसके बाद मैंने इसके ऊपर चटकन चला दिया था। लेकिन इसका मिज़ाज तो शोख हो गया है। गँड़ासी चलाकर इसने मेरा हाथ काट दिया।"

अब रविकान्त जी ने बैजू से पूछा था—"क्या यह सच है ?"

बैजू ने कहा था—"नहीं, एकदम झूठ है···।" और उसने सच्ची बात बता दी थी। इस पर रजिन्दर चिल्ला उठा था—"यह सरासर झूठ बोल रहा है···।"

बैजू ने कहा था—"नहीं, आप झूठ बोल रहे हैं।"

रजिन्दर ने कहा था—"फिर झूठ बोलता है !"

बैजू ने कहा था—"आप झूठ बोल रहे हैं।"

अब रजिन्दर ने रविकान्त और भाइयों की ओर संकेत करते हुए कहा था, "देख लीजिए, आप लोगों के सामने ही मुँह लड़ा रहा है। उस समय भी ऐसे ही किया।"

इससे पहले कि रविकान्त जी कुछ बोलते, उनके छोटे भाई शिवाकान्त अपने को रोक नहीं सके थे। बैजू को डाँटने लगे थे—"सचमुच तू बड़ा मुँहजोर होता जा रहा है। हम लोगों के सामने भी मुँह लड़ा रहा है···।"

बैजू चुप हो गया था। उसे लगा था, जैसे पीछे से किसी ने धक्का देकर उसे मुँह के बल गिरा दिया हो। वह न्याय की आशा में टकटकी लगाये रविकान्त

जी की ओर ताकने लगा था। जानता था, मनोजकान्त और शिवाकान्त की तरह रविकान्त जी बिना पक्का सबूत मिले रजिन्दर का पक्ष कभी नहीं लेंगे। इस घर में वही तो एक हीरा आदमी हैं। उनके चलते ही इस घर की इज़्ज़त और बरक़त है।

बैजू की आशा के मुताबिक, एक क्षण तक कुछ सोचने के बाद रविकान्त जी ने कहा था—"तुम दोनों में कौन सच बोल रहा है, इसका कैसे पता चले? ठहरो, मैं बुधनी को बुलाता हूँ!"—और बुधनी वहाँ बुलायी गयी थी। बुधनी ने साफ़ कहा था—"बैजू ने मुझको नहीं बुलाया···।"

इस पर रजिन्दर ने आरोप लगाया था—"यह तो इससे हिली-मिली है, यह कैसे कहेगी।"

यह सुन रविकान्त जी ने रजिन्दर को कसकर डाँट लगायी थी—"बिना देखे यह सब नहीं कहते। इसका क्या सबूत है तुम्हारे पास?" रजिन्दर चुप हो गया था। इधर बुधनी का चेहरा क्रोध से लाल हो उठा था। लेकिन वह खून का घूंट पीकर रह गयी थी। रविकान्त जी को बचपन से ही अपने बप्पा कीत रह मानती थी। उनके सामने अधिक मुँह खोलना नहीं चाहती थी।

रविकान्त ने बुधनी को विदा कर दिया था। फिर बैजू से कहा था—"मैं आज-कल में पता लगा लूंगा कि किसका दोष है? फिर उससे पूछूंगा।"

इस पर मनोजकान्त ने उन्हें सुझाव देते हुए कहा था—"लेकिन इसे कह दीजिए भैया कि घर के सभी लड़के इसके लिए मालिक ही हैं, मालिक लोगों से थेथरई नहीं की जाती···।"

इसके बाद रविकान्त जी ने शिवाकान्त और मनोजकान्त की नाराजगी खत्म करते हुए कहा था—"तुम्हें किसी से अधिक मुँह नहीं लड़ाना चाहिए···कोई तुमसे गाली-गलौज करे या मारपीट तो सीधे आकर मुझसे कह दिया करो···मैं देख लूंगा।"

बैजू दालान से मन मारे बथान की अपनी मड़ई में आ गया था। उसे लगा था, रविकान्त जी असली बात नहीं जान सके हैं। फिर उसे लगा था, शायद जान भी गये हों। लेकिन अपने दोनों जालिम भाइयों के आगे क्या करें? वे अलग हो जायें तो उनके भाइयों के साथ गाँव के लोगों की रोज़ मारपीट हो और रामाधार के लड़कों की तरह कचहरी दौड़ते-दौड़ते वे बेदम बने रहें और खेत-बधार बेचते जायें। लेकिन रविकान्त जी उनसे अलग नहीं हो सकते हैं···।

उस दिन बैजू ने दुःख और पीड़ा में आकर मना कर दिया था कि वह खाना नहीं खाएगा। उसकी तबीयत ठीक नहीं। इसके बाद अढ़ैया हुए बैल की तरह निढाल होकर पड़ गया था। फिर काफ़ी देर तक औंधे मुँह पड़ा रहा था।

अचानक सबके खा-पी चुकने के बाद उसे अपनी मड़ई के पास खुर-खुराहट की आवाज़ सुनाई पड़ी थी। उसने माथा उठाकर देखा था, रात के अँधेरे में उसकी मड़ई के समीप कोई खड़ा था। उसने पूछा था—"कौन है ?"

"मैं हूँ बुधनी।"—धीमी आवाज़ में उसे जवाब मिला था।

वह चौंक गया था—"बुधनी ! तुम ? क्यों आयी हो ?"

बुधनी ने धीमे से ही कहा था—"तुम्हारे लिए खाना लायी हूँ···, तुम्हारे माई-बप्पा इस घर में नहीं कि मनाएँगे और दुलार करेंगे···।"

बैजू ने कहा था—"लेकिन मैंने तो खाना मना कर दिया था फिर तुम कहाँ से लायीं ?"

बुधनी ने बताया था—"अपने खाने में से लायी हूँ।"

बैजू जानता था, बुधनी घर में सबके खा-पी लेने के बाद आखिर में खाती है। अपने उसी खाने में से वह लायी है। बैजू का मन इस आकस्मिक स्नेह से एकदम विगलित हो गया था। उसका गला भर आया था तथा आँखें भीग गयी थीं। उसे लगा था, बुधनी उसके लिए खाना लेकर नहीं, उसके माँ-बाप का मान-दुलार लेकर आयी है। लेकिन तत्क्षण अपने को जब्त कर उसने कहा था—"मैं नहीं खाऊँगा···तुम जल्दी चली जा···कोई देख लेगा तो···।"

बुधनी ने हठ किया था—"खाना ले लो तो मैं चली जाऊँगी। नहीं खाओगे तो तुम्हारा ही नुकसान होगा···।"

बैजू को लगा था, यह नहीं हटेगी। कोई देख लेगा तो और आफ़त आ जाएगी, इसीलिए उसने कहा था—"ठीक है, खाना दे दो···लेकिन इसी शर्त पर लूँगा कि तुम्हें फिर इस तरह खाना नहीं देना होगा···।"

बुधनी ने उलाहना देते हुए कहा था—"तुम अँगूठी का बदला ले रहे हो···।"

बैजू ने उसे विश्वास दिलाया था—"बिलकुल नहीं, मैं सच्ची बात कह रहा हूँ···।"

इस पर बुधनी मान गयी थी—"ठीक है, मुझे शर्त मंजूर है।"

बैजू ने खाना ले लिया था। बुधनी वहाँ से लौट चली थी। लेकिन इसी वक़्त रजिन्दर और विरेन्दर रविकान्त जी को लेकर सामने आ गये थे। वे तो इसी टोह में थे। रविकान्त जी ने लौटती बुधनी से पूछा था—"कहाँ गयी थी ?"

बुधनी को काटो तो ख़ून नहीं। उसका मुँह सूख गया था। भय से वह काँपने लगी थी। काँपती हुई आवाज़ में ही बोली थी—"बैजू को खाना देने।"

रविकान्त जी गरजे थे—"बैजू ने तो नहीं खाने के लिए कहा था···फिर तुम खाना क्यों ले गयी थी ?"

बुधनी ने कोई जवाब नहीं दिया था। उसके ऊपर तो जैसे घड़ों पानी उलीच

दिया गया हो। वह थर-थर काँपती नज़र आयी थी। रविकान्त जी ने कहा था—"रजिन्दर ठीक कह रहा था, जाओ भागो घर के अन्दर। आज के बाद फिर कभी बैजू के पास एकान्त में देखा तो तेरी खैर नहीं···।"

इसके बाद बैजू के पास आकर गरजे थे—"बैजुआ ! आज मैंने अपनी आँखों से देख लिया ··अब झुठाने की कोशिश न करना। रजिन्दर ठीक कह रहा था···। आज से बुधनी तुम्हें खाना नहीं देगी और न उससे तुम कोई बात-चीत ही करोगे। अबकी बार तुम्हें पकड़ लूँगा तो छोड़ूँगा नही।"

उस दिन उसने सोचा था, यह घर अब एकदम रहने लायक नहीं। आज ही यहाँ से भाग चलना चाहिए। अब वह पहले की तरह बच्चा नहीं कि बस स्टैण्ड पर पकड़ा जाएगा। भोर होने से पहले ही किसी शहर में पहुँच चुका रहेगा। वहाँ रिक्शा या ठेला चलाकर या कुली बनकर या नये बन रहे मकानों में मजदूरी कर जी लेगा। रघुआ से शहर के बारे में वह जान गया था। लेकिन बुधनी ! उसका क्या होगा ? क्या उसे इस तरह बीच-मझदार में छोड़कर भागना उचित होगा ? हालाँकि इस क्षण उसके भीतर से यह सवाल भी खड़ा हुआ कि बुधनी उसकी कौन होती है ? उससे उसका नाता ही क्या है ? लेकिन इस सवाल का उत्तर वह आसानी से नहीं पा सका था। उसने अनुभव किया था, उससे उसका कोई नाता नहीं। फिर भी वह उसे अपनी ओर सबसे अधिक खींचती है, उसे छोड़कर वह नहीं जा सकता है।

अगले दिन से बुधनी की जगह उसे बुचिया खाना देने लगी थी। अब वह चाह कर भी बुधनी से बतिया नहीं सकता था। रविकान्त जी ने पूरे घर को यह कड़ी हिदायत दे दी थी कि बुधनी से उसे बतियाने तथा अकेले में मिलने न दिया जाय। बैजू ने महसूस किया था, यह एक तरह की झूठी लांछना थी, उसकी सही आवाज़ को दबाने तथा बुधनी का पक्ष लेने से उसे रोकने के लिए। उसने देखा था, इस लांछना के बाद बुधनी भी सिमटी-सिकुड़ी और डरी-सहमी नजर आने लगी थी, उस बछिया की तरह जिसे मरखाह समझ पहले लोग उसके पास ठेंकते तक नहीं थे, लेकिन अब नाथ देने के बाद उसे वश में कर लिया था। अब चाहकर भी वे एक-दूसरे से अपने सुख-दुख नहीं कह सकते थे। गूँगे-बहरे की तरह सिर्फ़ देख भर लेते थे।

रात का दूसरा पहर गुज़रने लगता है। समूचा गाँव निर्भेद पड़ा है। कहीं किसी के जागने की आहट नहीं। आकाश में तीन डण्डिमवा और सहतवा तारे अपनी जगह बदल चुके हैं। हवा कुछ-कुछ सिहिरावन लगने लगी है। अचानक हवा का एक जोरदार झोंका आता है और नीम के फूल आसाढ़ की पहली बरखा की तरह बैजू पर बरस पड़ते हैं। खुशबू से पूरा नाद-चरण तमक उठता है। हवा के इसी

झोंके के साथ पुरुवारी बगीचे से कोयल की कूक उसे सुनाई पड़ती है—'कुहू-कुहू।' फिर 'बेलाड़ी बरम' के पास गाये जाने वाले चैता की एक कड़ी उसके कानों में आ पड़ती है—'पिआ भइले डुमरी के फुलवा हो रामा चइता मासे।"

बैजू को लगता है, जो बुधनी उसे इतना मानती थी, वह इस समय भी जरूर उसकी राह देख रही होगी। रात में मड़ई में आकर उसे खाना खिला जाने वाली बुधनी को अगर रविकान्त जी ने रोका नहीं होता तो उससे रोज मिलती। वह ख़राब हुई नहीं, की गयी है। उससे उसका लगाव सच्चा है। ऐसी बुधनी का मन तोड़ना ठीक नहीं। चलकर उसे अपना ले और कहे—'चोट खाकर और तड़प-छटपटा कर ही सही, हम मिल तो गये···। अब हमें कोई विलगा नहीं सकता···।"

बैजू, नाद से कूदकर ज़मीन पर आ जाता है। नीम के सूखे पत्ते उसके पाँवों में दबकर चरमरा जाते हैं। शादी के लिए उसे पिअरी धोती और नयी कमीज पहनायी गयी है। उसके पाँवों में आलता तथा आँखों में काजर लगाया गया है। वह अब भी इसी रूप में है। उसे इस रूप में देखकर बुधनी बहुत खुश होगी। उसे भी लाल साड़ी और नथिया-झुमका में बुधनी खूब जँचेगी। माना कि नथिया-झुमका असली नहीं, नकली हैं, लेकिन हैं तो वे नथिया-झुमका ही। अभी उनमें चमक भी तो असली ही जैसी है। बाद में वे चाहे जैसे हो जायँ। आज के बाद फिर उनको कौन निहारता है?

बैजू मुचड़ी धोती और मुड़ी-तुड़ी कमीज़ को झारकर ठीक करता है। नीम के कोमल पत्तों की ओर ताकते हुए एक भरपूर जम्हाई लेता है। फिर सधे हुए क़दमों से भूसे वाले कमरे की ओर चल देता है। जानता है, कमरे के पल्ले भीतर से बन्द नहीं हैं, सिर्फ़ भिड़काये गये हैं। हाथ रखते ही खुल जाएँगे। भीतर जल रही ढिबरी की रोशनी पल्ले की फाँकों से झाँक रही है। लेकिन यह क्या! अभी दरवाज़े से एक बाँस इधर ही होता है कि उसकी आँखों के समक्ष बुधनी का आगे निकला हुआ पेट टुण्ड उठाकर खड़ी बिच्छू की तरह उसका रास्ता रोक देता है। उसे साफ़ लगना है, बुधनी के पेट के भीतर से रजिन्दर, सुखराम, जंगी···आदि छोकरे झाँक रहे हैं, तथा मुसुकी मारते हुए कह रहे हैं—'आ जा बेटा! इस धनहर खेत की अगोरिया में आ जा। धान पक जाये तो काट-कूट कर खेत साफ़ कर देना। फिर हम बिआ डाल देंगे। गुस्सा काहे करता है। खेत तुम्हारा ही है। मालिक तुम्हीं हो···।"

अचानक बैजू को लगता है, जैसे नीम के पत्तों के नीचे छिपे बिच्छू ने उसके अँगूठे में ऐसा डंक मारा हो, जिसकी लहर उसकी देह के पोर में समा गयी हो या कुट्टी काटती हुई उसकी गँडासी पुआल से छटककर उसके हाथ पर आ लगी हो, और वह दर्द से बिलबिला कर ठेहे की बगल में उलट गया

हो। इस स्थिति में उससे अब एक क़दम भी आगे नहीं बढ़ा जाता है। दाँव हारे जुआरी की तरह वह वापस मुड़ जाता है। सचमुच इस शादी के नाम पर उसे खेत की अगोरिया और रखवारी के लिए ही तो तैनात किया गया है। बुधनी के पेट से घूर रही वे कातिल आँखें उसे अन्दर तक बेधती चली जाती हैं। वे आँखें कैसे वहाँ तक पहुँच गयीं और उस पर अधिकार जमा कर बैठ गयीं, इसके कारनामे बैजू को चीरकर रख देते हैं। इस सन्दर्भ में वह सोचता है कि पानी जब सर के नीचे से बहना शुरू हो गया था तो बुधनी ने उससे कहा क्यों नहीं था? इस पर उसे लगता है कि बुधनी से उसका बतियाना तो रोक दिया गया था। फिर वह कहती कैसे? इसके साथ उससे कुछ छिपा भी तो नहीं था। कहा उससे जाता है, जो जानता न हो। उसने तो सब कुछ देखा-सुना है। खेत बेदखली और उसमें जबरन बीजारोपण। उससे कुछ भी छिपा तो नहीं था```। और बैजू का मन उन काली करतूतों के बीच पहुँच कर फिर से आहत होना शुरू हो जाता है।

हँसी-ठिठोली और छेड़खानी के बाद बुधनी को चित कर देने की साजिश उन छोकरों ने शुरू की थी। रजिन्दर अपने इयार सुखराम और जंगी के साथ गुपचुप करने लगा था तथा बिरेन्दर अपने इयार बबन के साथ। बैजू जब उनकी ओर से गुजरता तो वे चुप हो जाते। लेकिन वह लख जाता था। उसने सुखराम को रजिन्दर से यह कहते हुए भी सुना था, 'ऐसा हुमाचा मारो कि दरवाज़ा टूट जाये```एक बार दरवाज़ा तोड़ दोगे तो फिर घर तुम्हारा हो जाएगा।' बैजू के आगे बढ़ते पाँव अचानक ठिठक गये थे। उसे लगा था, भादों के कीचड़ में राह चलते हुए घोंघे से उसका तलवा कर्र से चिर गया हो और वहाँ का पानी खून से लाल हो गया। उसे साफ़ लग गया था, बुधनी को दबोचने के लिए ही ये फन्दा बुन रहे हैं, जैसे बकुली को फँसाने के लिए टाही लगायी जाती है। उसका मन चिन्तित हो उठा था। लेकिन उसने तय किया था, टाही में फँसने से पहले ही ताली पीट कर या ढेला फेंककर वह बकुली को उड़ा देगा, उसे फँसने नहीं देगा। और फिर बुधनी, कोई एक बकुली तो नहीं, जंगल की बाघिन है। क्या मजाल कि कोई छोकरा उससे निपट ले। तोड़-मरोड़ कर रख देगी। लेकिन बैजू को पता भी नहीं चला था और बुधनी पर फन्दा फेंक दिया गया था। उसे उसका तनिक भी मान न हुआ था कि ताली पीटकर ढेला फेंककर वह बकुली को उड़ा सके। उसे तो सब कुछ बाद में मालूम हुआ।

बुधनी के ऊपर जब उन्होंने पहला फन्दा फेंका था, वह जेठ की एक चिलचिलाती दुपहरिया थी। उस दिन रविकान्त जी तीनों भाई दूर के एक गाँव में बुचिया के लिए पहले से देखे-सुने एक लड़के का छेंका करने गये थे। चूँकि छेंके

में तिलक के अधिकांश रुपये दे देने थे, इसीलिए रविकान्त जी तीनों भाई तो गये ही थे, बैजू और विरेन्दर को छोड़कर घर से सब लड़कों को भी साथ ले लिया था, साथ ही गाँव के कुछ गण्यमान्य व्यक्तियों को भी ।

उस दोपहरी में विरेन्दर ने एकान्त देख सबसे पहले बैजू को आटा पिसाने के लिए मिल में भेज दिया था । मिल घर से दूर था । वहाँ जाकर आटा पिसाने का मतलब शाम को घर लौटना था । अब विरेन्दर माथे में दर्द का बहाना बना अपने कमरे में जा लेटा था । उसकी ओर से भौजी ने आकर बुधनी से कहा था कि जाकर विरेन्दर के माथे में ठण्डा तेल मल दे । उस वक़्त बुधनी मालकिन लोगों के साथ बैठी अचार के लिए पहसुल से आम फाड़ रही थी । उसने अपनी जान छुड़ाते हुए भौजी से कहा था—"आप ही मल दो भौजी, मुझसे वे ऐसी-वैसी बोली बोलते हैं···।"

भौजी ने जवाब दिया—"मेरी तबीयत ठीक नहीं···ठीक रहने पर मैं मल ही देती हूँ···तू जा मल दे···। आख़िर तू उन सबों से इतना डरती काहे है··· तू कोई दाल-भात का कौर नहीं कि वे निगल जाएँगे···भाई के पास जाते तो इतना घबराती है···। ब्याह के बाद मरद के पास कैसे जायेगी ?"

भौजी ने उसे फिर निरुत्तर कर दिया था । आदेश और मज़ाक़ दोनों एक साथ···। रविकान्त जी की पत्नी ने भी कहा था—"जा मल दे, बुचिया और उमा की तरह तू विरेन्दर की बहन ही तो है···।"

बुधनी न चाहते हुए भी चल पड़ी थी । इसी घर का नमक खाकर नमक-हरामी कैसे करे ? विरेन्दर के कमरे में पहुँचकर उसकी ठिठोली को अनसुना कर अपना कार्य पूरा करने लगी थी । लेकिन उसने तो एकान्त में उसे निकट बुलाने का जाल रचा था । बड़े से आँगन के चारों किनारे बने ओसारे और उन ओसारों के भीतर कमरे । मालकिनी लोगों के कमरे उस ओर तो लड़कों के इस ओर । कमरे के भीतर कुछ भी हो तो किसी को पता तक न चले । इसी स्थिति का फ़ायदा उठाते हुए विरेन्दर ने अचानक तेल मल रही बुधनी पर एक झटके के साथ हमला कर दिया था, जैसे घात लगाकर बैठा बगुला मछली पर करता है । उसने बुधनी को सँभलकर सतर्क होने से पहले ही पूरी शक्ति से दबोच लिया था । लेकिन वह बाघिन उससे तनिक भी उन्नीस नहीं । अपने नाखूनों से उसका नाक-मुँह नोचते हुए उसकी बाँह में इस तरह कसकर दाँत गड़ायी थी कि वह उसी क्षण बाप-बाप चिल्लाते हुए उसे छोड़कर अलग हो गया था । चिल्लाहट की आवाज़ सुन घर की सभी औरतें तत्काल वहाँ आ जुटी थीं । उन सबों ने देखा था, विरेन्दर की बाँह से खून टपक रहा है तथा पीड़ा से वह कराह रहा है । दूसरी ओर बुधनी क्रोध से हाँफती हुई बाघिन की तरह उसके सामने खड़ी है । रविकान्त जी की पत्नी को देखते ही बुधनी उन्हें पकड़कर बिफर उठी

थी—"अब इस घर में नहीं रहबे मइया। बप्पा रे बप्पा···। यह मेरी आबरू लूटना चाह रहा था मइया। कहाँ चले गये हो बप्पा···।"

बुधनी ने सारी बात रो-रोकर बता दी थी। लेकिन विरेन्दर ने एकदम बिदेशिया नाटक के पलटू की तरह चिल्लाकर और कूद-फाँद कर सच्चाई को बिल्कुल उलट दिया था। उसने कहा था—"बुधनी झूठी है, फरेबी है, चालबाज है···। मैं तो बैजू को धोखेबाज़ और बेईमान कह कर इसे बचे रहने के लिए समझा रहा था। इस पर यह मुझसे झगड़ पड़ी, तो मैंने इसे एक तमाचा लगा दिया। जवाब में यह कटकटा कर मेरी बाँह गपक गयी।"

इस पर भौजी ने कहा था—"छिः-छिः, बाबूजी ने तो बुधनी को बैजू से अलग रहने के लिए मना कर दिया है, फिर भी···।"

बुधनी चिल्ला पड़ी थी—"नहीं भौजी, एकदम झूठी बात है।"

इस पर विरेन्दर गरजा था—"फिर मुँह लड़ा रही है कुत्ती।"

रविकान्त जी की पत्नी बीच में आ गयी थीं—"बुधनी झूठ नहीं बोलती विरेन्दर···।"

चाची की बात सुन हठात् विरेन्दर काँप उठा था, जैसे उसकी चोरी पकड़ ली गयी हो। लेकिन घाट-कियारी का खेला वह छोकरा तत्काल अपना चेहरा रुआँसा कर रोनी आवाज़ में बोला था—"तो क्या मैं झूठ बोल रहा हूँ चाची··· मेरी बात पर आपको विश्वास नहीं, और इस दो पैसे की नौकरानी की बात पर विश्वास हो गया···देखिए, इसने मेरी बाँह को कितना काट दिया है···।" और उसने चाची के सामने अपनी लहू-लुहान बाँह कर दी थी। चाची धर्मसंकट में पड़ गयी थीं। उन्होंने कहा था—"डिटॉल से साफ़ करके मलहम लगा लो।"

इस पर भौजी को फिर अवसर मिल गया था—"कई जगह दाँत धँस गये हैं। दाँत में विष होता है। हे भगवान ! न जाने क्या होगा ?"

विरेन्दर की माँ जो अब तक चुपचाप खड़ी थीं, जैसे उन्हें काठ मार गया लेकिन बेटे की बाँह का मामला आते ही क्रोध में आपे से बाहर हो गयी थीं—"अगर मेरे बेटे को कुछ हुआ तो इस बुजरी को नहीं छोड़ूँगी···यह बहुत छहित-राह है, छहितर पढ़ रही है। बैजुआ इसका भतार है और सब लोग दुश्मन। गाँव घर-टोला-पड़ोस सबके लिए मेरा बेटा ठीक है, और इसके लिए चोर-छिनार बन गया है···मेरे बेटे की पगड़ी लूटने पर तुली है···।"

रविकान्त जी की पत्नी ने विरेन्दर की माँ को चुप कराया था—"अधिक शोरगुल करने से बहुत बेइज़्ज़ती होगी, टोले-मुहल्ले के लोग सुनेंगे तो बात का बतंगड़ बनाने लगेंगे। अभी महटिया जाने में ही कल्याण है। मालिक आएँगे तो जिसकी ग़लती समझेंगे, उसे स्वयं डाटेंगे···।"

इस पर भौजी ने कहा था—"अरे नहीं अम्मा ! बाबूजी से यह सब कहना

ठीक नहीं होगा···छिः छिः, वे क्या सोचेंगे ?"

बुधनी अब अपने को रोक नहीं सकी थी—"चाहे जो हो, मैं नहीं मानूँगी, मालिक से अवश्य कहूँगी···।"

रविकान्त जी की पत्नी ने बुधनी को वहाँ से हटा दिया था और भौजी ने विरेन्दर की बाँह में पट्टी बाँध दी थी। मामला वहीं स्थगित कर दिया गया था। बैजू आटा पिसाकर आया था तो शुरू में उसे कुछ भी मालूम नहीं हो सका था। लेकिन रात होते-होते सब कुछ जान गया था। घर का नौकर था। उससे कोई बात छिपे भी तो कैसे ?

फिर उसे लगा था, जैसे सानी खाती गाय के ऊपर पलानी टूट कर गिर गयी हो और वह बुरी तरह जख्मी हो गयी हो या दतुअन तोड़ते हुए नीम की फुनगी से वह औंधे मुँह ज़मीन पर आ पड़ा हो और उसके आगे के दाँत टूटकर जीभ में धँस गये हों। वह बेचैन हो गया था—क्रोध में पागल और बेचैन ! लेकिन विवश-लाचार ! रविकान्त जी की पत्नी ने उसे लक्ष्य कर लिया था, इसीलिए चेतावनी दी थी—"किसी को कानोकान ख़बर नहीं होनी चाहिए···बैजू ! ज़ुबान पर भी यह बात मत लाना···घर की इज़्ज़त घर में ही रखी जाती है···।"

दूसरे दिन रविकान्त जी छेका करके लौट आये थे। बुधनी से पहले ही अपनी पत्नी से उन्हें सब हाल मालूम हो गया था। उस दिन बैजू को साफ़ लगा था, बुधनी के प्रति रविकान्त जी पति-पत्नी दोनों का मन तनिक भी कठोर नहीं। इस काण्ड से वे बहुत दुःखी हो गये थे। एकदम परेशान और बेचैन !

रात में दालान के कमरे में उन्होंने बुधनी और विरेन्दर को बुलाया था। घर के सयानों को छोड़कर लड़कों को उसमें आने से मना कर दिया गया था। लेकिन बैजू ने दालान के पिछवाड़े जंगले के पास कान सटाकर सब कुछ सुना था। रविकान्त जी के समीप पहुँचते ही बुधनी बिफर पड़ी थी—"मुझे राँची से काहे लायो बप्पा···अब इस घर में मैं नहीं रहबो बप्पा···।"

हठात् रविकान्त जी की आँखें भर गयी थीं। उन्होंने बुधनी को चुप कराते हुए पूरी बात पूछी थी। बुधनी ने सब कुछ बताना शुरू कर दिया था। लेकिन विरेन्दर नहीं चाहता था कि पहले बुधनी ही सारी बात कहे इसीलिए वह बीच में ही उसे रोककर झूठा आरोप लगाने लगा था। इस पर रविकान्त जी ने उसे बीच में बोलने से मना कर दिया था। बुधनी के बाद उन्होंने उससे पूछा था। अब विरेन्दर ने अपनी गढ़ी हुई कहानी तैश में और रोष में सुना दी थी। लेकिन रविकान्त जी की अनुभवी आँखों ने सच्चाई भाँप ली थी। उन्होंने विरेन्दर को धमकाते हुए कहा था—"मुझे सब पता चल गया है विरेन्दर ! झूठ न बोलो··· ग़लती सकार कर माफ़ी माँग लो तो छोड़ दूँगा···।"

अचानक जैसे विरेन्दर की बोलती बन्द हो गयी थी। उसका कण्ठ सूखने

लगा था। फिर अपने पिता की ओर देख उसने पैंतरा बदला था—"मैं झूठ बोल रहा हूँ चाचीजी और यह नौकरानी सच बोल रही है···मैं आपकी किरिया खा कर कहता हूँ, यह मुझसे बैंजुआ का बदला काढ़ रही है। यह झूठी है···फ़रेबी है···आपने तो अभी तक यह देखा ही नहीं कि इसने मेरी बाँह किस तरह काट दी है···अब मुझसे महीनों इस हाथ से लिखा नहीं जाएगा···मेरी परीक्षा छूट जाएगी···आपके डर से ही मैंने इसे छोड़ दिया नहीं तो इसकी नेटी चाँप देता।"

अब विरेन्दर के पिता से चुप नहीं रहा गया था—"इस लौण्डिया के रोने-धोने पर मत जाइए भइया···यह छोकरी बहुत चलबीधर है···आपने बैंजुआ के साथ इसका बोलना-बतियाना रोक दिया है। फिर भी उससे ताकाझाँकी करते हुए इसे मैंने देखा है।"

रविकान्त जी का बढ़ा ग़ुस्सा जैसे एकाएक थम गया था। विरेन्दर को अब और डाँटने का मतलब अपने भाई से उलझना था, जो वे एकदम नहीं चाहते थे। गाँव में अधिकांश भाई एक-दूसरे से अलग हो गये थे, लेकिन रविकान्त जी के इसी गुण के चलते वे एक साथ थे। अलग होने की अपेक्षा साथ-साथ रहना उन्हें ज्यादा पसन्द था, इसीलिए उन्होंने सतर-पतर लगाते हुए पहले बुधनी को वहाँ से विदा किया था—"ग़लती चाहे विरेन्दर की हो या तुम्हारी, अब दोबारा नहीं होनी चाहिए···मैं विरेन्दर से अभी और पूछूंगा···तुम जाओ···अब तुम्हें किसी को तेल नहीं लगाना है और अकेले में उनके कमरों में भी नहीं जाना है··· और हाँ, किसी से यह सब कहना भी नहीं है, लोग सुनेंगे तो तुम दोनों की जग-हँसाई तो होगी ही, हम लोगों की भी नाक कट जाएगी···।"

इसके बाद बुधनी के चले जाने पर उन्होंने विरेन्रद को समझाया था—"ग़लती चाहे तुम्हारी हो या उसकी, कितनी गन्दी बात है···बुधनी बुचिया और उमा की ही तरह इस घर में पली-बढ़ी है। वह नौकरानी ज़रूर है, लेकिन इस घर की बहन-बेटी की तरह ही है। इस घर के सिवाय अब उसका कोई दूसरा घर भी तो नहीं···तुम उससे पहले नहीं लगते तो वह तुम्हें कभी नहीं काटती···अगर बैंजुआ का ही मामला था, तो तुमको उससे क्या मतलब ? हम तीनों भाई समझ लेंगे। देखो विरेन्द्र ! अब हम बड़ों की इज्ज़त रखना और न रखना घर के तुम्हीं लड़कों पर है। आइन्दा से यह सब एकदम नहीं होना चाहिए···।"

उसी रात बैंजू ने रविकान्त जी को अपनी पत्नी के साथ एकान्त में बतियाते हुए सुना था। "अब बुधनी की शादी कर देनी चाहिए नहीं तो ये लड़के इज्ज़त बर्बाद करके छोड़ देंगे···।"

जवाब में उनकी पत्नी ने कहा था—"तो इसमें इतना सोचना क्या ? बैंजुआ से कर दी जाय···।"

इस पर उन्होंने कहा था—"बैजुआ से करना ठीक नहीं होगा··· कोई चपरासी या दउरी-दुकान वाला मिल जाय तो बढ़िया होगा। सुख से रहेगी। अपनी बेटी की तरह साथ रहकर बड़ी हुई है। जल्दबाज़ी में किसी के खूँटे बाँध देना उचित नहीं···। बैंजुआ के पास क्या है···? और फिर बैजुआ से शादी करने पर तो इसे यहीं रखना पड़ेगा··· जिससे घर के लड़कों की मनमानी और बढ़ जाएगी··· लेकिन यह दूसरी जगह चली जाएगी तो न रहेगा बाँस और न बजेगी बाँसुरी···।"

उनकी पत्नी को भी यह बात जँची थी। बैंजू का तो मन रविकान्त जी के प्रति आदर और श्रद्धा से भर गया था। वे उसे देवता लगने लगे थे। लेकिन दूसरी तरफ़ उसे पीड़ा भी हुई थी। माना कि उसके पास कुछ भी नहीं है। लेकिन दिल तो है। फिर उसे लगा कि नहीं, रविकान्त जी ने ठीक ही सोचा है। बुधनी से शादी कर यहाँ उसे रखना, इन छोकरों को खुली दावत देना ही होगा।

बैंजू ने देखा था, दूसरे दिन से सब कुछ ठीक हो गया था। उन छोकरों के माथे तेल न लगाकर तथा एकान्त में उनके कमरे में न जाकर बुधनी बहुत सँभल गयी थी तथा अपने को मजबूत अनुभव करने लगी थी। धीरे-धीरे वह पहले की तरह निर्भय और निश्चिन्त भी हो गयी थी। छोकरों की हरक़तें भी कम होती गयीं थीं। हालाँकि रोज़-ब-रोज़ बढ़ती बुधनी की जवानी को छिप-छिप कर निहारने से वे बाज नहीं आते थे। लेकिन पहले की तरह हरकतें नहीं करते थे। बैंजू को लगा था कि अब वह दलदल से पार हो गयी है। अब नहीं धँसेगी। लेकिन बैंजू का अनुमान सही नहीं हो सका था। मुँह से कुछ न बोलकर वे छोकरे और अधिक घाघ हो गये थे। ऐसे घाघ की हाथी-घोड़ा पचा जायँ और मुँह से डकार तक न लें। उन्होंने ऐसा किया था, जिसके बारे में सपने में भी वह नहीं सोच सकता था। इस बार उन्होंने बुधनी को न सिर्फ़ दलदल में गिरा दिया था, बल्कि सर से पाँव तक उसे कीचड़ से सराबोर भी कर दिया था···

रात अधिया चली है। 'बेलाड़ी बरम' के पास से आने वाली चैता की आवाज़ आनी बन्द हो गयी है। शायद चैता गाकर थके लोग सो गये हैं। बैंजू उसी तरह जड़ बना बैठा रहता है। अचानक एक बिल्ली कहीं से आती है। अनाज और चूहों की खोज में उछलकर नाद-चरण पर चढ़ जाती है। लेकिन वहाँ बैंजू को बैठा देख नीचे कूद जाती है। फिर फाँदकर बगल की छेदवाली पर जा चढ़ती है। वहाँ से उछलकर रविकान्त जी के छप्पर पर चली जाती है। अब छप्पर से आँगन में उतरेगी और दही-दूध की खोज करेगी। इस बिल्ली को कई बार पीटा गया। लेकिन अपनी आदत से बाज नहीं आती है। मालकिनी लोगों से दही-दूध छिपाकर रखने में अगर तनिक भी ग़फलत होती है तो चट कर जाती है···।

बैंजू को भली-भाँति याद है, बुधनी को कीचड़ से सराबोर करने वाली यह दूसरी घटना विरेन्दर की घटना से सात-आठ महीने बाद घटी थी। उस वक़्त असाढ़ का महीना था। खेतों में बीया डाला जा रहा था, अचानक इसी समय बसमातो-फुआ, जो रविकान्त जी की बहन थीं, मुसम्मात हो गयी थीं। उनके ससुराल से ख़बर लेकर जो नाऊ आया था उसी के साथ रविकान्त जी दोनों पति-पत्नी तत्काल वहाँ चल पड़े थे। ऐसे मामलों में वे तनिक भी विलम्ब नहीं करते थे। वहाँ से रविकान्त जी ने दस दिनों के बाद मनोजकान्त के पास एक चिट्ठी भेजा थी कि तुम दोनों भाई अच्छी तरह रोपनी आदि कराना और घर-द्वार तथा खेत-बघार सब देखना। वे बहन के खेतों की रोपनी कराकर लौटेंगे, बहन के बच्चे अभी सरेख नहीं हुए हैं, छोड़ देने पर उनकी खेती चौपट हो जाएगी। ऐसे ही समय में आँधी-पानी वाली एक डरावनी बरसाती रात को वह सब कुछ हो गया था, जिसकी याद से आज भी बैंजू काँटों की घँधोर में पड़कर लहूलुहान हुआ अनुभव करता है। उस रात मनोजकान्त भी अपनी ससुराल में एक लड़के की छठी पर चले गये थे। बैंजू ने घनघोर पानी और उसके साथ चलने वाली तूफ़ानी हवा को देखते हुए जल्द ही मवेशियों को खिलाकर उन्हें सारी-घर में बाँध दिया था तथा स्वयं खाना खा अपनी मड़ई में जा दुबका था। फिर उसे कब नींद आ गयी थी, पता नहीं चला था। उसकी नींद जब टूटी थी, आधी रात का समय था। अकसर उसकी नींद रात के तीसरे पहर में टूटती थी। लेकिन वह बिस्तरे में दुबका रहता था। पौ फटने की ललाई जब आती थी, तब उठता था। लेकिन उस दिन चूँकि साँझ के एकदम सकेरे ही वह सो गया था, इसीलिए आधी रात के आसपास ही जाग गया था।

जाग जाने के बाद बैंजू को भूसेवाले घर की ओर से कुछ खुरखुराने की-सी आवाज़ सुनाई पड़ी थी। वह कान खड़ा कर सुनने लगा था कि आवाज़ भूसे वाले घर से ही आ रही है या उससे सटे हुए सारी घर से। भूसेवाले घर में चूहे हो गये थे, जो कभी-कभी गवत भरका देते थे, जिससे आवाज़ होती थी। लेकिन बैंजू को चिन्ता उसको लेकर नहीं, सारी घर में बँधी गाभिन गाय को लेकर थी। वह बियाने वाली थी। उस पर नज़र रखने के लिए बैंजू को विशेष चेतावनी दी गयी थी। लेकिन बारिश अभी पूरी तरह थमी नहीं थी। ओरियान चूने की आवाज के चलते कुछ भी साफ़-साफ़ सुनाई नहीं पड़ रहा था। बैंजू को असकत लगा था। इस पाँक-पानी में कहाँ उठे। सुबह होगी तो देखेगा! लेकिन उसे फिर लगा था कि अगर गाय बिआ गयी होगी तब? इस बार वह उठकर बैठ गया था, चलकर देख लेना ही ठीक होगा। लेकिन यह क्या! उसके बैठते ही किसी ने उसकी गर्दन में हाथ लगाकर बेरहमी से उसे बिछावन पर पटक दिया था, 'सुत साला! उठेगा तो मुँह में पिस्तौल ठूँस दूँगा···। मुँह बन्द कर चुपचाप पड़ा रह।'

बैजू सन्न रह गया था। काटो तो उसकी देह में खून नहीं। वह आवाज़ से पहचान गया था, रजिन्दर का लँगोटिया यार सुखराम था। उसके मुँह के पास पिस्तौल की नली सटाये खड़ा था। एक क्षण के लिए तो बैंजू कुछ भी समझ नहीं सका था। लेकिन फिर शीघ्र ही बिना किसी के बताये सारा भेद उसके सामने खुलने लगा था। गाँव में चोरी, डकैती, हत्या और बलात्कार के आठ-दस काण्ड वह जानता था। ज़रूर बुधनी पर धावा बोला गया है। लेकिन वह तो घर में सोती है। इस पर जैसे सारे रास्ते बैंजू की आँखों के सामने झलकने लगते हैं। बुधनी रविकान्त जी की पत्नी के कमरे से सटे ओसारे में सोती थी। उनके चले जाने के बाद वहाँ अकेले हो गयी थी। रजिन्दर को यह बढ़िया मौक़ा लगा होगा। बस रात गहरा जाने के बाद उसने बाहर का दरवाज़ा खोलकर सुखराम को बुला लिया होगा। फिर चुपके से बुधनी की खटिया के पास पहुँचकर उन दोनों ने कपड़े से उसका मुँह बन्द कर दिया होगा और उसे टाँगकर भूसेवाले घर में ला पटका होगा। सुखराम बहुत बरियार है। गाँव में चिका, कबड्डी और फनात में आगे रहता है।

बैजू को अब साफ़ आभास होने लगा था, वह आवाज़ भूसेवाले घर की ही है, सार-घर की नहीं। लेकिन बुधनी के साथ ऐसा···। अचानक वह अपने को रोक नहीं सका था। उठकर बैठ गया था। लेकिन सुखराम ने पिस्तौल की नली से उसके मुँह के ऊपर ऐसा प्रहार किया था कि वह भहराकर गिर पड़ा था। उसके आगे के दो-तीन दाँत टूटने से बच गये थे। वह कचकचाकर रह गया था। थोड़ी देर बाद कोई दूसरा आया था। सुखराम के हाथ से पिस्तौल ले वह खड़ा हो गया था और सुखराम चला गया था। यह दूसरा कौन है, वह शुरू में जान नहीं सका था। अचानक उसके घुटने पर मच्छर के काटने से खुजलाहट हुई थी, बस उसका हाथ स्वतः उस जगह बढ़ गया था। इस क्रम में पिस्तौल पकड़े उस हाथ से उसका हाथ जा टकराया था, जिसके गटे पर का माशा उससे छू गया था। अरे, यह तो रजिन्दर का हाथ है! लेकिन वह कुछ बोल नहीं सका था। रजिन्दर ने क्रूरता के साथ उसके हाथ को झटकते हुए पिस्तौल की नली उसके मुँह पर फिर जमा दी थी। रजिन्दर ने उसके पास मुँह से कोई आवाज़ नहीं निकाली थी। कुछ देर बाद फिर कोई आया और रजिन्दर चला गया था। क्या सुखराम फिर आया है? लेकिन नहीं, यह तीसरा जंगी था। रजिन्दर का दूसरा लँगोटिया यार। उसने पिस्तौल की नली से उसका माथा ठोंकते हुए धमकाया—"सुबह भी तुम्हारे मुँह से यह बात नहीं खुलनी चाहिए, नहीं तो गर्दन टीप कर बनास में फेंक देंगे। फिर तुम्हारी लाश का भी पता नहीं चलेगा। और हाँ, अभी उठना भी मत···हम यहीं बैठे हैं···उठते ही तेरा काम तमाम कर देंगे···भोर होने पर ही मड़ई से निकलना···।"

बैजू को लगा था, जैसे इस तूफ़ानी आँधी-पानी में उखड़कर नीम का पेड़ उसकी मड़ई पर आ गिरा हो, जिसके नीचे दबा वह चीखने-चिल्लाने से लाचार, गर्दन कटी गरई की तरह छटपटा रहा हो।

बैजू छटपटाता हुआ देर तक पड़ा रहा था, अपनी मड़ई के पास की ज़मीन अपने खुरों से खुरचते हुए ढाही लगाने को तैयार जगदेव बाबा के जनमरवा भैंसे को खड़े देखते हुए। इस भैंसे ने कितने खेत बरबाद किये, कितने जानवरों की जान ली···कितने किसानों के हाथ-पाँव तोड़े···तब कहीं अन्त में जाकर सिपरसन सिंह के बरछे से मरा। लेकिन सिपरसन सिंह तो पहले ही से तैयार थे। बरछा लेकर बैठे थे। वह तो निहत्था है। इसके अलावे सिपरसन सिंह उस भैंसे को मार कर जगदेव बाबा से निपटने के लिए भी तैयार थे। लेकिन क्या वह निपट सकता है···! खेत की खुराटी में बिच्छू के डंक से तड़फड़ाते लौटन की तरह वह बिस्तरे पर उलटता-पलटता रहा था। पेसुआ बिच्छू ने काटा था। लहर उतरने का नाम तक नहीं लेती। दर्द और दंश को अन्दर ही अन्दर महसूसता वह मुर्दे की तरह पड़ा रहा था।

उत्पात मचाकर बारिश रुक गयी थी। भोर की ललाई आनी शुरू हो गयी थी। ज़रूर हर साल की तरह मिट्टी के कई घर गिर गये होंगे···खेत की मेड़ें डूब गयी होंगी। कई लोग तबाह हो उठे होंगे। लेकिन बिस्तरे से उठने की बैजू की इच्छा जाती रही थी। उठने में तो उसने पहले कभी इतनी देर नहीं की थी, शायद वह अभी और देर तक पड़ा रहता कि शिवाकान्त ने आकर उसे डाँटा—"आज तुझे क्या हो गया है बैजुआ कि इस तरह पड़ा है···गाय-बैल देर से खूँटा तुड़ा रहे हैं···।"

इच्छा न रहते हुए भी अब उसे उठना पड़ा था। बेमन से वह सारीघर में घुसा था और गाय-बैलों को खोलकर नाद-चरण पर ले आया था। फिर उन्हें सानी-पानी देने लगा था। लेकिन दाना तो घर से लाना था। और वह घर के अन्दर जाना नहीं चाहता था। दरवाज़े पर गेंडुर मारकर बैठे गेहुँअन को उसने देखा था। लेकिन मवेशियों को खिलाने के लिए तो घर जाना ही था, इसीलिए हृदय पर पत्थर रखकर चल पड़ा था। लेकिन जाने क्यों उस दिन उसे लगा था जैसे वह घर में न घुसकर किसी ऐसी गुफा में घुस रहा हो, जिसकी खुरदरी दीवारों से देह छिलवाये बिना लौट नहीं सकता···!

आँगन में पहुँचकर बैजू ने देखा था, बुधनी अपनी खटिया के नीचे, रविकान्त जी की पत्नी के बन्द दरवाज़े के पास उकडू बैठी थी, देह से मार गिराई जाघिल की तरह, उदास, निराश और भयभीत। वह बिलकुल उस रधिया की तरह लगी थी, जिसके मृत पति को मुर्दघटिया से फूँककर उसके घर आने पर उसने देखा था। एकदम उसकी तरह ही रो-रोकर सूजी हुई आँखें तथा गम से चढ़ा हुआ

चेहरा। बैजू ने महसूस किया था कि उस पर नजर पड़ते ही बुधनी के होंठ फट पड़ने के लिए काँप उठे थे। लेकिन दाँत भींचकर उसने अन्दर के तूफ़ान को बाहर आने से रोक लिया था। बैजू से अब और नहीं देखा गया था। वह दाना लेकर भागते हुए दुआर पर आ गया था। गाय के खूँटे से टकराकर दाने की हँड़िया फूटते-फूटते बची थी। उसने किसी तरह अपने को नियन्त्रित कर सानी-पानी मिले गवत में दाना छिड़कना शुरू कर दिया था। उसके हाथ दाना ज़रूर छिट रहे थे, लेकिन मन तो गोइँठा के आड़े की तरह धधकने लगा था। उसके जी में आता था कि कहीं से एक देशी पिस्तौल जुटा, उन तीनों को एक ही साथ मुर्दघटिया पहुँचा दे। बहुत तंग आने के बाद सुमरिन ने भी तो यही किया था। एक ही साथ पाँच लोगों को सुला दिया था। उस दिन गाँव की मुर्दघटिया में एक साथ पाँच लाशें फूँकी गयी थीं। सारा गाँव भय से थर्रा उठा था। सुमरिन फरार रहने लगा था। साल भर बाद बाघी बगीचा वाले जंगल में उसे रात में पकड़ा गया था। फिर उसे फाँसी की सजा हुई थी। यह ठीक है कि वह चला गया। लेकिन इस तरह चुपचाप देख तो नहीं सका था। फिर उसे लगा था, वह सुमरिन नहीं हो सकता है। इस पर उसके अन्दर से सवाल-जवाब उठने लगे थे—वह हो सकता है···नहीं हो सकता है···हो सकता है···!

इसी क्षण आँगन से बुचिया और भौजी के चिल्लाने की सम्मिलित आवाज़ उसे सुनाई पड़ी थी—"बुधनी इनार में गिर गयी···बुधनी इनार में गिर गयी···।"

उस क्षण न जाने कहाँ की शक्ति उसके अन्दर आ समायी थी कि एक ही छलाँग में वह दुआर को लाँघ आँगन के कोने में इनार के पास आ गया था और सबों के जुटते-देखते कुएँ में जा कूदा था। गाँव के आहर में कूद-कूद कर नहाने और बुड़की मारकर तैरने में वह पक्का था, इसीलिए बुधनी को जल्द ही छान लाया था। लेकिन अब तक वह काफ़ी पानी पी चुकी थी और बेहोश हो गयी थी। उसका पूरा बदन थर-थर काँप रहा था। उसी वक़्त उसे कुम्हार के चाक पर ले जाकर बैठाया गया था, तब कहीं जाकर वह पानी फेंक सकी थी। उसके मुँह से घड़ों पानी निकला था।

बुचिया और भौजी के अनुसार बाल्टी से पानी भरते हुए बुधनी के पाँव छटक गये थे और वह इनार में जा गिरी थी। यही बात गाँव के लोगों से भी कही गयी थी। लेकिन बैजू का मन जानता था, बुधनी गिरी नहीं, कूदी थी। दुःख और पीड़ा से भरी इस ज़िन्दगी को हमेशा-हमेशा के लिए डुबो देने के उद्देश्य से···।

कुम्हार के चाक से घर आकर बुधनी हफ़्तों बीमार रही थी—बुखार, बदन-

दर्द और कै। बुचिया, उमा, भौजी आदि घर की बहू-बेटियाँ उसकी देखभाल करने लगी थीं। बैजू ने अनुभव किया था, मनोजकान्त और शिवाकान्त की पत्नियाँ उस पर नज़र रखने लगी थीं, खासकर इनार के पास से उसे गुज़रते देख कर। मनोजकान्त की पत्नी ने तो उसे मना भी कर दिया था कि जब तक वह पूरी तरह ठीक नहीं हो जाती है, इनार से पानी न भरे। तो क्या रजिन्दर के उस कुकरम की भनक उन्हें मिल गयी थी ? सम्भव है, मिल गयी हो ! सम्भव है, न भी मिली हो। बैजू के लिए इस बात का कोई ख़ास अर्थ नहीं था। उस समय तो वह इस उधेड़-बुन में था कि बुधनी ने शोरगुल क्यों नहीं मचाया था ? उन छोकरों को क्यों नहीं काट खायी थी ? चोर-घर पइस का करेजा मुट्ठी भर का होता है। एक आवाज़ पर वे भाग खड़े होते हैं। इस पर उसे लगता है, उसके मुँह में कपड़ा ठूँसकर रजिन्दर, जंगी और सुखराम जैसे तीन मुसटण्डे उसे चूँ भी न करने दें तो इसमें क्या अचरज ! लड़ाई मर्द से मर्द की होती है और एक से एक की, एक औरत से तीन मर्द की नहीं। इस स्थिति में वह कैसे काट खाये ? चूटा-माटा की तरह वे तीनों उसे जकड़े होंगे। फिर भी वह बन्द मुँह के भीतर से बाघिन की तरह घोंघियाई तथा नागिन की तरह ठोठिआई ज़रूर होगी। लेकिन उस तूफ़ानी रात में उसके गले के भीतर की घरघराती आवाज़ किसी को सुनाई पड़े भी तो कैसे ? इस पर बैजू के अन्दर से यह सवाल भी उठा था कि सुबह तो उसे चीखना-चिल्लाना चाहिए था। मनोजकान्त और शिवाकान्त से कहना चाहिए था। फिर उसे अपने अन्दर से ही यह जवाब मिल गया था कि नहीं, इन लोगों से कहने से क्या फ़ायदा ? अपने दुलरुआ छोकरों के ऊपर ये कोई आरोप नहीं सुनते। सच्चाई जानकर भी उलटे बुधनी पर ही भभक पड़ते। सम्भव है, रविकान्त जी की अनुपस्थिति में बुधनी के चिल्लाने से इस घर की इज़्ज़त जाती देख उसका गला भी दबोच देते। अपने दुलरुओं में तो इन्हें कभी कोई दोष दिखता ही नहीं। उन्हें कई बार यह कहते हुए उसने सुना था—'घी के लडू टेढ़ो भलो···।' लेकिन उसके मन ने कहा था, अगर रविकान्त जी होते तो बुधनी अवश्य कहती, कभी नहीं चुप लगाती। इस पर उसे लगा था, तब यह होता ही नहीं। रविकान्त जी की पत्नी के रहते हुए उनके दरवाज़े से कोई बुधनी को उठा ले और रविकान्त जी के दालान में सोते हुए उसे दरवाज़े से बाहर ले जाये, यह एकदम असम्भव था। बैजू इस सच्चाई को जान चुका था कि रविकान्त जी पति-पत्नी दोनों बुधनी को अपनी बेटी की तरह ही समझते हैं। लेकिन चूँकि वह नौकरानी का कार्य करती है और उनका परिवार संयुक्त है, इसीलिए वह नहीं चाहते हैं कि किसी को तनिक भी इस बात का आभास हो कि अपने भतीजे-भतीजियों की तुलना में वे नौकरानी को अधिक मानते हैं।

धीरे-धीरे बुधनी ठीक हो चली थी। वह घर के काम-काज भी करने लगी

थी । लेकिन बैजू को बराबर लगता था, यह पहले वाली बुधनी नहीं जो फुदकती हुई, घर के कामों को उड़ाती फिरती थी, जिसे देखकर बैजू का मन अघाता नहीं था । उसके स्थान पर अब यह दूसरी बुधनी थी, जो मन मारे विवश-लाचार और पराधीन लगती थी--बिल्कुल सर्कस की बाघिन और सँपेरे की नागिन की तरह । और रजिन्दर, वह तो अब ऐंठकर चलने लगा था । बुधनी के सामने पड़ने पर अकड़कर चलता था ।

उन दिनों बैजू मन-ही-मन यह मनाने लगा था कि रविकान्त जी दोनों पति-पत्नी आ जायें, ताकि डूबती बुधनी को सहारा मिल जाय । लेकिन डिहवार बाबा ने उसकी मनौती नहीं सुनी थी, उलटे उसे भी बुधनी से अलग हटाने के लिए कुपित हो गये थे । रविकान्त जी का सन्देशा लेकर एक आदमी वहाँ से आ गया था कि उन्होंने बैजू को इसी क्षण बुलाया है । दरअसल, बसमातो फुआ का चरवाह अचानक भाग गया था । खेती-बारी के इस ऐन मौसम में उस गाँव में दूसरा चरवाह मिलना मुश्किल था, इसीलिए उन्होंने बैजू को बुलवाया था । उन्होंने मनोजकान्त के पास लिखा था कि अपने बनिहार मुनेसर से ही बनिहारी और चरवाही दोनों का काम कराना । इसके लिए उसे अलग से मजदूरी दे दी जाएगी ।

बुधनी को इस हालत में छोड़ बैजू का मन जाने को एकदम तैयार नहीं था । उसे लगता, रविकान्त जी दोनों पति-पत्नी तो अलग ही हैं, वह भी चला जाएगा तो उसे नोचने के लिए गिद्ध स्वतन्त्र हो जाएँगे । इस पर उसे लगा था, यहाँ रहकर ही वह गिद्धों से उसे कहाँ बचा पाया है ? उसके जानते और जागते हुए ही सब कुछ हुआ है और वह कुछ भी नहीं कर सका है···इसके अलावा रविकान्त जी की बात वह टाल भी कैसे सकता है । और मन न रहते हुए भी उस लिउतहर के साथ वह चल पड़ा था । चलते हुए बुधनी ने बुचिया के द्वारा उससे यह कहलवाया था कि उसने मइया को बुलाया है । रविकान्त जी की पत्नी को वह बचपन से ही मइया कहती आ रही थी ।

वहाँ पहुंचने के बाद बैजू ने रविकान्त जी दोनों पति-पत्नी को सबसे पहले बुधनी का सन्देशा ही सुनाया था, बाद में घर का हालचाल बताया था । लेकिन मइया को वहाँ से आने का साऊँज कहाँ ? फूफा की मृत्यु के बाद बसमातो फुआ इस तरह देह छोड़कर भहरा गयी थीं कि घर के भीतर की ज़िम्मेवारी उनके माथे आ गयी थी, और बाहर की खेती-गृहस्थी की ज़िम्मेवारी रविकान्त जी के माथे । और बैजू के माथे, वहाँ पहुँचते ही उस भागे हुए चरवाह का कार्य मढ़ दिया गया था । लेकिन बैजू का मन तनिक भी नहीं लगता था । उसे इस बात की आशंका सताने लगी थी कि बुधनी के साथ कहीं फिर दुबारा वह सब न हो । सुखराम की वह बात याद आते ही उसका मन काँप गया था । 'ऐसा

हुमाचा मारो कि दरवाजा टूट जाये···एक बार दरवाज़ा तोड़ दोगे तो फिर घर तुम्हारा हो जाएगा।'

इस पर उसे लगा था, नहीं, अब वह सब नहीं हो सकता है। कुएँ में गिरने के बाद से बुधनी बुचिया के पास सोती है। अब वह पहले की तरह निफिकिर भी नहीं रहती है, धोखा खाने के बाद सचेत हो गयी है, लेकिन उसे लगा था, उनसे कोई क्या सतर्क रहेगा ? चोर-बदमाशों को तो बहुत रास्ते आते हैं। कब के क्या कर डालेंगे कोई जान ही नहीं सकता है। इस बिन्दु पर यह सोचकर उसने अपने मन को समझाने का प्रयास किया था—मुर्दे पर चाहे एक मन माटी या नौ मन···। लेकिन उसका मन शान्त नहीं हुआ था। बथान की करसी की तरह धुआँता रहा था···।

रविकान्त जी दोनों पति-पत्नी के साथ जब वह लौटा था तो कई महीने बीत गये थे। धान की कटनी के बाद रबी की बोआई कराकर ही वह लौटा था। इस बीच बसमातो फुआ बहुत कुछ सँभल गयी थीं तथा उनकी खेती भी रास्ते पर आ गयी थी। उनके यहाँ से लौटते हुए बुधनी को देखने के लिए वह ऐसे छटपटा उठा था, जैसे तपिस के घाम में जलता हुआ कोई राही पेड़ के नीचे जाने के लिए छटपटाता हो। लेकिन वहाँ पहुँचने के बाद उसने अनुभव किया था, जड़ में मगरा लग जाने के कारण पेड़ सूखकर ठन-ठन कर रहा है, पत्ते झड़ गये हैं, सूखी हुई उसकी नंगी डालें मुसहरों के गैंते से इधर-उधर काटी गयीं, तपिस की लू और घाम को रोक सकने में बिल्कुल असमर्थ हैं। उसके तड़पते-छटपटाते मन को राहत के स्थान पर कुम्हार का आवाँ मिला था और अधिक जलने और छटपटाने के लिए। उसे लगा था, तपिस के घाम से बचने के लिए उसके क़दम छाया की तलाश में भदई कानू के धुनसार के समीप चले गये हों, जहाँ घुनसार की आग ने पहले से जल रहे उसके तन को और अधिक जलाना और झुलसाना शुरू कर दिया हो। घर पहुँचते ही जो सूचना उसे मिली थी, उसके लिए वह कतई तैयार नहीं था। शुरू में लोग उससे कहते भी नहीं। लेकिन दालान के निकट से गुजरते हुए रविकान्त जी के साथ उनके दोनों भाइयों को गुपचुप करते देख उसके क़दम रुक गये थे। अभी ही रविकान्त जी आये हैं और ये उनके साथ इस तरह गुपचुप क्या करने लगे हैं ? पिछली बार की तरह वह पुनः दालान के जंगले के निकट कान लगाकर खड़ा हो गया था। फिर मनोजकान्त के मुँह से यह सुनते ही कि बुधनी पेट से है, वह कटकर रह गया था। उसे लगा था, जैसे खेत चर रहे घड़रोज पर चलाया गया किसी का झटहा सीधे उसे आ लगा हो, जिससे वह दर्द और पीड़ा से तड़पते हुए बगल के करहे में गिरकर लोटने लगा हो। एक क्षण तक साँड़ की ढाही से मार गिराये बैल की तरह उसने अपने

को शक्तिहीन और निरुपाय अनुभव किया था। लेकिन घर के अन्दर से बुचिया की पुकार सुन होश में आया था—"बैजू ! पानी पीने के लिए चबेनी ले जा।"

वह बुझे मन से घर के अन्दर चल पड़ा था।

चबेनी लेकर लौटते हुए उसने बुधनी को देखा था, पीला पड़ा चेहरा, धँसी हुई आँखें, सूखे हुए हाथ-पाँव··· मधेड़ के ओले-पानी से मार गिरायी रबी की खेती की तरह उजाड़ और बिरान। उसे मुसम्मात रधिया के चेहरे की याद एक बार फिर आ गयी थी।

चबेनी लेकर वह दुआर पर आ गया था। रास्ते से थके-माँदे आने के चलते ही जलपान के लिए उसे चबेनी दी गयी थी। लेकिन वह जलपान नहीं कर सका था। गाय के नाद में चबेनी डाल दिया था और सब कुछ जानने की फ़िराक़ में बेचैन हो इधर-उधर ढुका लगकर सुनने लगा था। रात गहराने तक वह बहुत कुछ जान गया था। उसने रविकान्त जी दोनों पति-पत्नी को अत्यन्त दुःखी पाया था, जैसे उनकी अपनी बेटी के साथ यह सब हुआ हो। उनका चेहरा उतरा-हुआ, ग़मगीन और चिन्तित लगता था। उसने उन दोनों पति-पत्नी को काफ़ी रात गये बुधनी के साथ अपने कमरे से निकलते हुए भी देखा था। शायद एकान्त में उन दोनों पति-पत्नी ने बुधनी से सब कुछ पूछा हो। उनकी बातचीत तो वह नहीं सुन सका था। लेकिन देखा था, कमरे से निकलती हुई बुधनी की आँखें टप-टप चू रही थीं तथा उन दोनों पति-पत्नी की आँखें भी भीगी थीं। इसके बाद उन दोनों पति-पत्नी को आपस में बतियाते हुए भी उसने सुना था। मलकिनी कह रही थीं—"बुधनी ठीक कह रही है···वह झूठ नहीं बोलती···मनोजकान्त बो और शिवाकान्त बो उसके ऊपर झूठा अक्षरंग लगा रही हैं। बैजुआ के साथ उसका सम्बन्ध कभी ऐसा नहीं था···वह तो काफ़ी समय से हम लोगों के साथ था···अपने लाड़लों की करतूत पर पर्दा डालने के लिए ही वे ऐसा कह रही हैं···।"

रविकान्त जी ने भी अपना दुःख प्रकट किया था—"इन छोकरों ने हमें कहीं का रहने नहीं दिया। अब हम गाँव में कौन मुँह दिखाएँगे। बुधनी का क्या होगा ?"

इस बार मलकिनी पछता उठी थीं—"अगर हम बुधनी को छोड़कर नहीं जाते तो ऐसा कभी नहीं होता। हमारी मति भी मारी गयी थी। हमें इसे भी वहीं ले चलना चाहिए था। हमने इसे पाला-पोसा है···ये पखेरू इसका दर्द क्या जानेंगे···।"

बैजू को लगा था, जो आशंका उसे थी, वह हो ही गयी। मनोजकान्त और शिवाकान्त के परिवार वालों ने दोष उसके ऊपर मढ़ने की तैयारी पहले ही से कर रखी है। उस रात वह इतना ही सुन सका था। इसके बाद दरवाज़ा बन्द

होने का वक़्त आ गया था, और वह दुआर पर अपनी मड़ई में चल पड़ा था। लेकिन उसे लगा था, रात अधिक बीत जाने के चलते उस रात आपस में उन सबों की औरअधिक बातचीत नहीं हो सकी थी। अगले दिन पर छोड़ सब जा सोये थे। पता नहीं, उस रात रविकान्त जी दोनों पति-पत्नी सो पाये थे या नहीं, वह तो सारी रात जागता रह गया था। उसने खाना भी नहीं खाया था। लेकिन यह बात उसके और गाय के सिवाय कोई और नहीं जानता था। बुचिया ने जब उसे खाना लाकर दिया था तो यह कहते हुए उसे लेकर वह दुआर पर चला आया था कि अपनी मड़ई में ही खा लेगा। लेकिन घर का दरवाज़ा बन्द होते ही गाय को खिला दिया था। वह नहीं खाने के लिए घर में ही मना कर सकता लेकिन जानता था, घर में इसका दूसरा अर्थ प्रचारित हो जाता। उस दिन तो रजिन्दर से उसकी लड़ाई हुई थी इसीलिए खाना मना किया था। लेकिन इस बार मना करने पर तो लोग कहते कि बुधनी के साथ इसी की करतूत है तभी तो भेद खुलने के डर से खाना नहीं खाया···।

उस रात अन्न-जल ग्रहण किये बिना निर्जला एकादशी की तरह वह सारी रात उपवास पर पड़ा रहा और सोचता रहा। बाबू की मृत्यु के बाद वह एकदम अनाथ हो गया है। इस बीच बुधनी के आ जाने से कुछ-कुछ सनाथ अनुभव करने लगा था। लेकिन फिर उसे अनाथ ही बना दिया गया था, जैसे उजियाने से पहले ही खेती को टिड्डियों का दल चट कर जाय। मनोजकान्त और शिवाकान्त के परिवार वालों ने अपना मलग़ज उसके ऊपर थोपने की जो तैयारी की है, वह उनके लिए कोई नयी बात तो है नहीं। रजिन्दर ने भी उससे लड़ाई का सही कारण छिपाने के लिए बुधनी के साथ उसका नाम जोड़ा था तथा विरेन्दर ने भी बुधनी पर किये हमले को छिपाने के लिए उसी के नाम को माध्यम बनाया था। उससे आसान और निकट का आदमी उनके लिए और कौन हो सकता है, जिसके कन्धे पर रख कर निश्चिन्त हो वे बन्दूक चला सकें। लेकिन यह जानकर उसके मन को बहुत राहत मिली थी कि रविकान्त जी दोनों पति-पत्नी सच्चाई जान गये हैं। उन्हीं दोनों पति-पत्नी का मुँह देखकर तो वह इस घर में टिका हुआ है, नहीं तो कभी लापता हो चुका रहता···।

उस रात बैजू के मन में बार-बार यह प्रश्न उठता रहा था कि सच्चाई जान चुकने के बाद रविकान्त जी अब कौन-सा क़दम उठाएँगे ? क्या अपने भतीजों को उचित दण्ड देंगे ? उनकी थूकम-फ़जीहत करेंगे ? और क्या उनके भाई यह सब बर्दाश्त कर लेंगे ? तब क्या भाइयों के साथ उन्हें अलग होना नहीं पड़ेगा ? तो क्या वे अलग हो सकते हैं ? इस पर उसे याद आया था, राँची से रिटायर होकर आने के बाद रविकान्त जी ने अपने दालान में जुट आये गाँव के लोगों के बीच कहा था—"राँची के मेरे मित्र आने नहीं दे रहे थे। कह रहे थे कि मैं वहीं बस

जाऊँ। मेरे कई मित्रों ने ज़मीन लेकर वहाँ मकान भी बना लिया है। लेकिन मैं अपने इस परिवार और गाँव को कभी नहीं छोड़ सकता हूँ। मेरी आत्मा तो अपने इस भरे-पूरे कुटुम्ब में ही बसती है···।"

इसके बाद इस विषय पर अपने मित्रों के साथ रविकान्त जी को बतियाते हुए उसने और कई बार सुना है। उनके मित्र कहते—"भाई रविकान्त, तुम्हारे परिवार का मेल-मिलाप देखकर हम दंग रह जाते हैं। भाइयों को कैसे प्रेम से मिलाकर रखा जा सकता है, यह कोई तुमसे सीखे! लेकिन तुम्हारे लड़के भी ऐसा कर पाएँगे तब न?"

इस पर रविकान्त जी कहते हैं—"लड़के क्या करेंगे, यह मैं नहीं जानता लेकिन मेरे जीते-जी मेरे घर में बँटवारा नहीं होगा। घर से मेरी लाश निकलने के बाद ही दीवार खड़ी होगी।"

इन बातों को याद कर बैजू सोचने लगा था कि क्या ऐसे रविकान्त जी अपने भाइयों से अलग हो सकते हैं? निमन हो या जबुन, भतीजे भतीजे ही हैं और नौकरानी नौकरानी ही। लेकिन क्या बुधनी और नौकरानियों की तरह उनके यहाँ की मात्र नौकरानी ही है? वह किसी दूसरे घर से सिर्फ़ काम करने के लिए उनके यहाँ आने वाली नौकरानी तो नहीं? उन्होंने अपनी बेटी की तरह उसे पाला-पोसा है। उसका बप्पा बहादुर उन्हें सौंप गया है। उसके साथ हुई इस जघन्य ज़्यादती पर क्या वे चुप रह सकेंगे? उसे कुछ भी समझ नहीं आया था। उसका माथा तनाव और बेचैनी से फटने लगा था।

दूसरे दिन इस मसले को ओरियाने के लिए तीनों भाई एकान्त की तलाश करने लगे थे। घर के लड़कों को इधर-उधर टरका वे दालान में आ बैठे थे। लेकिन इसी समय गाँव का एक आदमी अपने खेत-बधार का काग़ज़ ले रविकान्त जी से समझने आ गया था। वे नक्शा और खतियान देखने में माहिर थे। उस आदमी को विदा कर वे पुनः दालान का दरवाज़ा बन्द करना चाहते थे कि पनीवट का रसीद लेकर सरकारी कर्मचारी आ धमका था। इसके बाद फिर कोई और आया था। फिर घर का एक काम आ पड़ा था। इस स्थिति में पूरे दिन उन्हें एकान्त नहीं मिल पाया था। फलतः वे कोई बातचीत नहीं कर सके थे। ऐसे मामले तो एकान्त की गुपचुप में ही सलटे जाते हैं, इसीलिए हार-थक-कर उन्होंने रात में अपनी मीटिंग शुरू की थी। सबों के खा-पीकर सोने चले जाने के बाद वे तीनों भाई दालान में आ जमे थे। फिर दरवाज़ा बन्द करने से पहले मनोजकान्त ने दालान के चारों ओर घूमकर देख लिया था कि कोई है तो नहीं? इस स्थिति में दालान के जंगले के पास घूमते हुए बैजू पर उनकी नज़र पड़ गयी थी। बस वे डाँट पड़े थे—"यहाँ क्या कर रहा है बैजुआ? जाकर अपनी मड़ई में सोता क्यों नहीं?"

एक क्षण के लिए तो वह सकते में आ गया था, जैसे उसकी चोरी पकड़ ली गयी हो। फिर सँभलते हुए बोला था—"सार घर में मवेशियों को देखने गया था···।" इसके बाद अपनी मड़ई में लौट चला था। लेकिन मनोजकान्त के जाने के बाद पुनः दबे पाँव वहाँ चला आया था। उससे रहा ही नहीं गया था। सोचा था, इस बार दालान खुलने की आवाज सुनते ही हट जाएगा। लेकिन अगर इस पर भी कोई देख लेगा तो कह देगा कि सारी घर में बैलों के लड़ने की आहट सुन फिर आ गया था। लेकिन ऐसा हुआ ही नहीं। फिर दुबारा दालान खोलकर उनमें से कोई बाहर नहीं आया।

प्रारम्भ में रविकान्त जी ने बड़े भाई के अधिकार से चौंकते हुए पूछा था—"इतना बड़ा काण्ड हो गया और तुम लोगों ने मुझे खबर तक नहीं की ··भला ऐसे मामलों में देर की जाती है···गाँव के लोग जान गये होंगे तो सारी इज़्ज़त मिट्टी में मिल गयी होगी···।"

जवाब में मनोजकान्त ने बताया था -"अभी कोई नहीं जानता है भइया। हम भी तो अभी हाल में ही जान पाये हैं। वो तो दुलहिन (छोकरों की भौजी) ने मेरी पत्नी को बताया, तब हम कानोंकान जान सके।"

इस पर रविकान्त जी कुछ कहते कि उनसे पहले ही शिवाकान्त बोल उठे थे—"और मैं तो यह सब जान लेने के बाद आपको बताने आ ही रहा था कि आपकी चिट्ठी आ गयी कि दस दिन के अन्दर आप कटनी कराकर आ रहे हैं, बस मैं रुक गया···।"

इसके बाद मनोजकान्त एकदम फुसफुसाने की आवाज़ में कुछ कहने लगा था। शायद वह यह बता रहा था कि यह सब कैसे हुआ और किसका हाथ है। चोरी-छिनारी के मामले को जिस तरह दबी आवाज़ में कहा जाता है, उसी तरह कह रहा था, ताकि रविकान्त जी को पक्का विश्वास हो सके। वह बात बैजू नहीं सुन सका था। लेकिन उसके बाद रविकान्त जी की बात सुन उसने पिछली बात का भी अन्दाज़ कर लिया था। रविकान्त जी ने चिढ़ते हुए कहा था—"बैजुआ तो काफ़ी समय से मेरे साथ था।"

उसे लगा था, ज़रूर उसी के ऊपर मनोजकान्त ने इलज़ाम लगाया था, तभी रविकान्त जी ने ऐसे कहा था। इस पर मनोजकान्त ने जवाब दिया था—"यह इधर की घटना नहीं है भइया, चार-पाँच महीना पहले की है, जब बैजुआ यहाँ था। यह कोई फुलौना नहीं कि फूँकते ही फुल जाय···।" इस पर रविकान्त जी कुछ बोलते कि फिर शिवाकान्त बीच में आ टपके थे—"आपको याद नहीं है भइया, जब रात में बैजू की मड़ई के पास से डाँट कर आप ही ने बुधनी को भगाया था और उन दोनों का मिलना-जुलना बन्द कर दिया···यह लीला उसी

समय की है।"

बैंजू ने महसूस किया था कि रविकान्त जी को निरुत्तर करने के लिए उनके दोनों भाई बैसाखी मेला में गाय-भैंस की फेरई करने वाले ठगों की तरह डेढ़िया पर बोल रहे थे...।

अब रविकान्त जी ने कहा था—"अच्छा होगा कि बुधनी को बुलाकर पूछ लिया जाय...। वह सच-सच बता देगी...झूठ नहीं बोलती है...।"

इस पर मनोजकान्त कुछ झल्लाते हुए बोले थे—"वह हरामजादी क्या बताएगी भइया...दस आदमी का नाम लेगी...जिसतिस को बदनाम करेगी... आप क्या जानते हैं कि उसके मन से यह सब नहीं हुआ है! वह डूबकर पानी पीने वाली चलबिधरी है।"

इसके बाद शिवाकान्त ने नहले पर दहला दिया था, आपका मुँह देखकर ही हम महँटिया गये हैं भइया, नहीं तो झोंटा पकड़कर उसको घर से बाहर निकाल देते...।"

बैंजू ने महसूस किया था कि सच्चाई जान जाने के बाद मनोजकान्त और शिवाकान्त ने पहले ही से जमकर तैयारी कर रखी है कि उनके छोकरों पर कोई आँच न आने पाये। जैसा कि उनकी बातचीत से वह जान पाया है, उनकी नज़र में उनके लाड़ले खाँटी मर्द की औलाद हैं, हिजड़े की सन्तान नहीं। किसी नौकरानी को लाँघ ही गये तो क्या हो गया?

रविकान्त जी एक क्षण के लिए चुप हो गये थे, जैसे उन्हें कोई जवाब ही न सूझ रहा हो। फिर उन्होंने अपने को सँभालते हुए कहा था—"मेरा मन कहता है कि यह काम बैजुआ का नहीं हो सकता है...।"

इस पर मनोजकान्त और शिवाकान्त दोनों एक ही साथ बोल उठे थे—"तो आपको किस पर शक है?"

उन दोनों की आवाज़ सख़्त हो गयी थी। रविकान्त जी कुछ बोल नहीं सके थे। बैंजू ने रविकान्त जी को धर्म-संकट में पड़ा अनुभव किया था। लेकिन उसे उन पर गुस्सा भी आया था। भाई-भतीजा भी देखेंगे और दूध का दूध, पानी का पानी भी करना चाहेंगे, यह दोनों एक साथ नहीं होने का...।

एक क्षण बाद रविकान्त जी कुछ सोचकर बोले थे—"लेकिन अगर बैजुआ ने इसे अपना मानने से इनकार कर दिया तो?"

इस पर मनोजकान्त अपना गुस्सा प्रकट करते हुए बोले थे—"उस साले की मजाल है कि वह इनकार कर देगा...उसने कुकरम किया है, उसे सकारना ही पड़ेगा...बिना सकारे हम उसकी जान नहीं छोड़ेंगे।"

गुस्से से बैंजू का तन-मन लहक उठा था। उसने मन-ही-मन कहा था,

कौन उसे सकरवाता है ? जान जाएगी या रहेगी, यह नरक वह अपने माथे कभी नहीं लेगा ? अधिक ज़ोर-जबर्दस्ती करेंगे तो सारे गाँव में भण्डाफोड़ कर देगा। यही न होगा कि उसे मार देंगे, तो मार देंगे···। लेकिन बुधनी का क्या होगा ? और उसका बढ़ा हुआ गुस्सा थम गया था। उसे याद है उस वक़्त ही उस काण्ड का भण्डाफोड़ कर देने की उसकी इच्छा हुई थी। अपनी जान की उसे तनिक भी परवाह नहीं थी। मर जाएगा, मर जाएगा। लेकिन बुधनी के बारे में सोचकर ही वह महँटिया गया था। समूचे गाँव में हल्ला हो जाने के बाद उसकी स्थिति घूरे पर के उस मैले की तरह हो जाती, जिससे पाँव छुआने में भी लोग घिनाने लगते। साथ ही वह पुलिया पर की गैरमजरुआ ज़मीन बन जाती, जिसमें मवेशी घुसाना लोग अपना जन्मसिद्ध अधिकार समझते। उन छोकरों का तो कुछ बिगड़ता नहीं। गाँव के लोगों की नज़र में तो लड़के साँड़ होते हैं, उन्हें खुले में चरने से कौन रोक सकता है ? गाय तो लड़कियाँ होती हैं, जिन्हें खूँटे पर बाँधकर रखा जाता है और बैजू का मन अँगुरबेधा घाव की तरह से भटकने लगा था—लहर, टीस और पीड़ा तीनों एक साथ !

इस बार रविकान्त जी देर तक चुप रहे थे। शायद उनके भाई ने अखाड़े में झूठी मारकर उन्हें गिरा दिया था, उस जगन नट की तरह, जिसने जिला पाठा पहलवान गिरधारी मिसिर को झूठी मार सुला दिया था। गिरधारी मिसिर उस नट से बहुत बरियार थे। लेकिन दाव-पेंच न जानने के चलते, मार खा गये थे। बैजू को लगा था कि रविकान्त जी के साथ भी वैसा ही हुआ है।

यह जान चुकने के बाद कि रविकान्त जी चित हो गये हैं, उनकी पीठ की धूल झाड़ते हुए मनोजकान्त ने कहा था—"अब यह सोचिए भइया कि बुधनी का क्या किया जाय ? जितनी जल्द इस आफ़त को दरकिनार कर दिया जाय, उतना ही ठीक होगा···।"

इस पर रविकान्त जी ने अपनी राय जाहिर की थी—"आरा ले चलकर किसी लेडी डॉक्टर से अबार्सन करा दिया जाय···उसके बाद किसी से शादी कर दी जाएगी। बचपन से इसी घर में पली-बढ़ी है तो किसी ठिकाने लगा देना ही उचित होगा···।"

बैजू को रविकान्त जी की आवाज़ दबी-घुटी और डूबी हुई लगी थी, उस कटनीहार की आवाज़ की तरह, जो माथे पर धान का बड़ा बोझा उठाये किसी राहगीर को रास्ता बता रहा हो।

उनकी इस राय पर मनोजकान्त और शिवाकान्त क्षण भर के लिए कुछ सोचते रहे थे। फिर शिवाकान्त ने कहा था—"आरा ले जाना ठीक नहीं होगा भइया ! यहाँ गाँव के अधिकांश लड़के जैन कॉलेज में पढ़ते हैं। इलाज कराने तथा कोर्ट-कचहरी के काम से भी लोग वहाँ आते-जाते हैं। बुधनी को वहाँ ले

जाना बदनामी मोल लेना होगा। सारे गाँव में बात फैल जाएगी । वहाँ हम चाह कर भी कुछ छिपा नहीं पाएँगे ! यहीं किसी से गिरवा दिया जाय तो साँप भी मर जाय और लाठी भी न टूटे···।"

रविकान्त जी को भी यह बात जँची थी । उन्होंने भी हामी भरी थी—"ठीक सोच रहे हो शिवा···।"

लेकिन बैजू को मन में इस बार फिर रविकान्त जी पर गुस्सा आया था । ये किस इज़्ज़त के लिए इतना सहते और चिन्तित रहते हैं ? बेटी की तरह जिसे पाला-पोसा उसकी इज़्ज़त चली गयी तो कुछ नहीं, लेकिन घर की इज़्ज़त चली जाएगी तो सब कुछ चली जाएगी । इस भय से ये काँपते रहते हैं कि गाँव के लोगों के आगे उनकी इज़्ज़त न जाय। यह इज़्ज़त क्या बला है, वह समझ नहीं पाता है ? हार-थककर उसने अपने मन को यह समझा दिया है कि अधिक पढ़ा-लिखा नहीं होने के चलते वह इज़्ज़त के बारे में असली बात नहीं जानता है। शायद वह कोई बड़ी चीज़ हो !

रविकान्त जी की हामी सुन शिवाकान्त का मन बढ़ गया था। उसने रास्ता खोजते हुए से कहा था—"यहाँ किससे गिरवाना ठीक होगा···? जटही चमाइन तो अब बहुत बूढ़ा गयी है। कहने से तैयार तो हो जाएगी। लेकिन ससुरी एक नम्बर की छुदुर है···उससे काम कराना ठीक नहीं होगा।"

बैजू जटही को जानता था। कभी बाल न गुहने वाली, माथे पर लटकती बड़ी-बड़ी जटाएँ, काली-कलूटी तथा दुबली-पतली ! नाजायज पेट गिराने में पूरे गाँव में माहिर। छः-छः महीने का पेट गिराते उसे देर नहीं लगती है। लेकिन बड़की छुदुर है। कोई बात पचाना तो जानती नहीं। इधर-उधर मुँह चला ही देती है ।

कुछ सोचकर तथा जटही का नाम सुन अब मनोजकान्त बोल उठे थे—"जटही और डॉक्टरनी के चक्कर में पड़ना ठीक नहीं होगा भइया ! एक बार जिस खेत में रास्ता लग जाता है तो फिर बन्द नहीं होता है। जब शादी ही करनी है तो इस बखेड़े में क्यों पड़ना ? अभी ही शादी कर दें कि एक ही साथ सब सलट जाय···।"

इस पर रविकान्त जी ने शंका व्यक्त करते हुए कहा था—"अभी इससे शादी कौन करेगा ? धोखे से अगर किसी से कर भी देंगे तो जान जाने के बाद वह इसे रखेगा ?"

यह सुन मनोजकान्त छूहा छूते हुए-से बोले थे—"धोखे से क्यों करेंगे ? जिसका है, उसी के हवाले कर देंगे···।"

इसपर रविकान्त जी के मुँह से हठात् निकल गया था—"तो क्या बैजुआ के साथ···?"

मनोजकान्त ने अपने मन्तव्य को साफ़ किया था—"हाँ, उसी के साथ। उसकी करनी, उसी की भरनी···।"

इस बार रविकान्त जी कुछ नहीं बोल सके थे। बैंजू को लगा था, अब वे नहीं बोल सकेंगे। अखाड़े में पछाड़ा हुआ व्यक्ति दुबारा हाथ नहीं मिला पाता है। लेकिन उसके तन-बदन में आग लग गयी थी। उसका मन कहता था कि वे अन्त में यही तय करेंगे। पर वह भी कोई मिट्टी का गौरेया नहीं कि उनका जो भी मन आये, कर लें। उनकी मंशा वह पूरी नहीं होने देगा।

थोड़ी देर बाद रविकान्त जी ने कहा था—"लेकिन अगर बैंजुआ नहीं तैयार हुआ तब ? शादी के नाम से ही कहीं भाग खड़ा न हो जाय ?"

इस पर मनोजकान्त ने उन्हें ढाढस बँधाते हुए कहा था—"कहीं नहीं भागेगा···उसे तैयार होना ही है। लेकिन अगर किसी बहाने भाग भी गया तो फिर चुट···!"

इस 'तो फिर' के बाद मनोजकान्त ने मुँह से कुछ न कहकर चुटकी बजा दी थी, जिसे सुन बैंजू सर से पाँव तक काँप गया था। चुटकी बजाने का अर्थ बहुत कुछ हो सकता है। गाँव के लोगों के बीच चुटकी बजाने का ख़ास अर्थ किसी का सफ़ाया करने से होता है। तो क्या ये ऐसा भी कर सकते हैं ? नहीं···नहीं···बुधनी के साथ ऐसा नहीं होना चाहिए···। और उसका अन्तर चीत्कार कर उठा था।

उस रात, लगभग आधी रात के आसपास उनकी बैठक ख़त्म हुई थी। लेकिन बैंजू फिर नहीं सो सका था। उसकी पीठ में तो मछली बझाने के लिए पानी से उछाली बंसी आ धँसी थी, जिसकी पीड़ा से वह चारे की तरह छटपटाता और दाँत भींचता रहा था। जानता था, इस बार फिर पीरो के बंगाली डॉक्टर से पीठ चिरवाये बिना यह टेढ़ी बंसी निकलने वाली नहीं। लेकिन क्या वह फिर पीठ चिरवाएगा ? उसका ईमान काँप गया था।

अगले दिन घर में उसे कोई ख़ास परिवर्तन नहीं दिखा था। बुधनी के लुटे हुए चेहरे तथा रविकान्त जी दोनों पति-पत्नी के बुझे और उदास मुखड़े के अतिरिक्त अन्य किसी के चेहरे पर कोई चिन्ता और परेशानी नज़र नही आती थी। उन्हें देखकर ऐसा लगता था, जैसे रोपनी-कटनी की तरह ही वह भी उनके लिए एक काम हो, इसीलिए सोचना क्या ? रोप दिये हैं तो काट लेंगे। कई बार मघेड़ की बारिश में डूबती फसल की कटनी उन्होंने समय से पहले भी की है। लेकिन क्या बुचिया और उमा के साथ भी ऐसा होने पर वे इस तरह बेपरवाह दिख सकते थे ? इस पर उसे लगा था, नहीं कदापि नहीं।

रात का तीसरा पहर बीत रहा होता है। बैंजू उसी तरह नाद-चरण पर बैठा रहता है। वह अभी तक कोई निर्णय नहीं ले सका है। दुसाधी बधार के

ठूँठे पीपल से उल्लू की कर्कश आवाज़ उसे सुनाई देती है। यह उल्लू भी अजीब पक्षी होता है। सारे पक्षियों के सो जाने के बाद जागता है और डरावनी आवाज़ में चिल्लाता है। उसके अन्दर की ज्वाला और तेज़ हो जाती है। उसका मन बाग़ी होने के लिए छटपटा जाता है। लेकिन बुधनी को असहाय स्थिति में छोड़ कर जाना उसे जघन्य अपराध जैसा लगता है···इस बिन्दु पर उनकी करतूतें न चाहते हुए भी उसे फिर-फिर तड़पाना शुरू कर देती हैं···।

अगली रात, रात गहरा जाने के बाद वे तीनों भाई फिर दालान के कमरे में आ जुटे थे। इस बार बैजू को भी वहाँ बुला लिया गया था। अपने बुलाने का कारण वह जानता था। लेकिन अनजान बना चुपचाप उन लोगों के आगे जा खड़ा हुआ था। उसने देखा था उससे नज़र मिलाने से कतराते रविकान्त जी कुछ हैरान-से लग रहे थे लेकिन उनके विपरीत मनोजकान्त और शिवाकान्त निर्लज्ज की तरह उसे घूर रहे थे। अपनी तौलती निगाहों से उसे ऊपर से नीचे तक देखने के बाद मनोजकान्त ने प्यार से उससे पूछा था—"जानते हो बैजू! तुम्हें किस-लिए बुलाया गया है?"

उसके जी में आया था कि कह दे, सब जानता हूँ। लेकिन नहीं कह सका था। चुप्पी साधे रहा था। इस पर मनोजकान्त ने स्वयं कहना शुरू किया था—"तुमसे एक ज़रूरी बात पूछने के लिए तुम्हें बुलाया गया है···। ठेगू सिंह का पँचपेड़वा आम देख रहे हो न। एक ही सीध में उनके द्वारा लगाये आम के पाँच पेड़। जानते हो न कि वह ज़मीन ठेगू सिंह की अपनी नहीं है, जिसमें वे पेड़ हैं। वह ज़मीन गैरमजरुआ है। लेकिन अब वे पेड़ किसके समझे जाते हैं?"

बैजू ने इस बार भी कोई जवाब नहीं दिया था। इससे पहले कि मनोजकान्त कुछ और कहते, शिवाकान्त उनसे पहले ही बोल उठे थे—"रुकिए, यह उतनी दूर की बात नहीं समझ सकेगा। मैं इससे एकदम नज़दीक की बात पूछता हूँ—दक्खिन भर गोयँड़ के पास सड़क के किनारे की जो चाँट है, उसे देख रहे हो न! वह किसी की निजी जमीन नहीं, सड़क के लिए सरकार द्वारा छोड़ी गयी चाँट है। लेकिन हर साल उसमें भूखन धान रोप देता है तो फसल भूखन की होती है या किसी और की?"

लेकिन इस बार भी उसने कोई जवाब नहीं दिया था। वे कहाँ से बोल रहे थे, उसे सब पता था, इसीलिए बोलना उचित न समझ महँटिआये रहा था। इस पर गर्माते हुए मनोजकान्त ने कहा था—"यह सब समझ रहा है। एक नम्बर का उड़नबाज़ है। जानबूझ कर दमी साधे है। अब मैं इसे सीधे बताता हूँ—बैजुआ! बुधनी के साथ हम तेरी शादी कर देना चाहते हैं। अब तुम्हें छिप-छिप कर उससे मिलने की आवश्यकता नहीं। सदा के लिए वह तुम्हारी हो जाएगी···।"

उससे अब एकदम चुप नहीं रहा गया था। उसने दो-टूक जवाब दिया था—"मैं उससे हरगिज़ शादी नहीं करूँगा।"

इस पर शिवाकान्त उसे डाँटते हुए बोले थे—"क्यों नहीं करेगा? किसी को बदनाम करके ऐसे ही छोड़ देगा? शादी न करनी थी तो फिर उसके साथ मुँह क्यों काला किया···?"

इस बार वह भी तैश में आ गया था—"मैंने उसके साथ कुछ भी नहीं किया है···यह दूसरे लोगों का काम है···।"

इस पर मनोजकान्त उसे कुछ और बोलने का अवसर न दे, क्रोध में आग-बबूला हो उठे थे तथा नीचे पड़ा अपना जूता हाथ में लेते हुए गरजे थे—"देख रहा है यह जूता न! जहाँ किसी दूसरे का नाम लेकर बदनाम करने की कोशिश की तो एक भी जूता नीचे नहीं गिरेगा। सारी देह नाकाम कर दूँगा···।"

अब रविकान्त जी चुप नहीं रह सके थे। उन्होंने बैजू को अपने निकट बुला लिया था तथा मनोजकान्त को मना कर दिया था कि उस पर हाथ छोड़ने का प्रयास न करें। फिर उन्होंने मद्य चुआती हुई बोली में कहा था—"जो कुछ हो चुका है बैजू, वह तो अब लौट नहीं सकता है। लेकिन यह तो तुम जानते ही हो कि बुधनी कैसी लड़की है? उस जैसी लड़की फिर तुम्हें दूसरी नहीं मिलेगी। घबड़ाओ नहीं, स्थिर दिमाग़ से सोच लो। तुम्हारे शरीर में कहीं घाव हो जाता है तो शरीर का वह हिस्सा काटकर फेंक देते हो?···घाव भरा जाने के बाद सबकुछ ठीक हो जाता है।"

इस पर बैजू को लगा था, घाव तो ज़रूर भरा जाता है। लेकिन उसका दाग़ जीवन भर के लिए रह जाता है, उस व्यथा को याद दिलाने के लिए। नहीं, वह जीवन भर का दर्द नहीं लेगा। उसने बेझिझक कहा था—"मैं उससे शादी नहीं करूँगा।"

अब शिवाकान्त गरजे थे—"यह दुष्ट राय से मानने वाला नहीं भैया! इसे समझाना बेकार है। लात के आदमी बात से नहीं मानते!"

यह सुन रविकान्त जी ने शिवाकान्त को रोका था—"ज़ोर-जबर्दस्ती से इसे तैयार करना ठीक नहीं होगा शिवा। यह अपने से सोच-समझ ले···। यह नहीं करेगा तो हम किसी दूसरे से कर देंगे—फिर यह जीवन भर हाथ मलता रह जाएगा···।"

इस पर मनोजकान्त ने कहा था—"ठीक है, तुम्हें सोचने-समझने के लिए और दो दिन का समय दे देते हैं···। अपना नफा-नुकसान बढ़िया से सोच लो···और हाँ, कान खोल कर सुन लो, यह बात तुम्हारे मुँह से कहीं फूटी तो फिर तुम्हें कोई बचा नहीं सकेगा···।"

इसके बाद उसे छोड़ दिया गया था। वह जब जाने लगा था तो शिवाकान्त ने भी धमकाया था—"खबरदार किये देता हूँ···घर की इज़्ज़त नहीं जानी चाहिए···।"

उसके बाद उसके दो दिन कैसे कटे थे, वह आज तक नहीं समझ पाया है। ऐसी उलझन और चिन्ताओं के बवण्डर में वह पहले कभी नहीं पड़ा था। बाबू की मृत्यु के समय भी नहीं। सोचते-सोचते उसका दिमाग़ पागल-सा हो उठा था। रविकान्त जी तीनों भाइयों के समक्ष जिस आसानी से उसने बुधनी से शादी की बात झटकार दी थी, दो दिन सोचने का समय मिल जाने पर वह आसानी ऐसी विकट परेशानी बन गयी थी कि उससे छुटकारा पाने की कोई जुगत उसे सूझ नहीं रही थी। बाढ़ में डूब रहे व्यक्ति की तरह वह ऊभचुभ महसूस कर रहा था। लेकिन जब भी किनारा मिलने को होता, पानी का हिलकोरा उसे दूर फेंक देता। उसे लगता था, जहाँ किसी की जान दाव पर लगी हो, वहाँ सोचने-विचारने का काम कितना कठिन हो सकता है! महीनों गरुआरी के काम से वह तनिक भी नहीं थकता था। लेकिन इन दो दिनों की चिन्ताओं ने उसे बेतहर थका दिया था। उसे न दिन का चेत रहा था न रात का। न खाने-पीने की सुध थी, न मवेशियों को खिलाने की। मनोजकान्त और शिवाकान्त के डाँटने पर वह जैसे सोते से जागता था और मशीन की तरह उसके क़दम मवेशियों के नाद-चरण की ओर बढ़ जाते थे। लेकिन दिमाग़ तो घिरनई की तरह नाचता रहता था।

वह समझ नहीं पाता था कि हाँ कह दे या ना? अगर हाँ कह दिया तो क्या शादी होते ही बुधनी को लेकर यहाँ से भाग चलना नहीं होगा? शादी के बाद इस घर में वह कैसे रह पाएगा? लेकिन कहाँ जाएगा? इस पर अपने अन्दर से ही उसे जवाब मिला था—आरा, पटना, राँची, कलकत्ता किसी भी शहर में। उसके गाँव के कुछ लोग जो बनिहारी-चरवाही छोड़कर भागे हैं तो शहर ही न गये हैं। परब-त्यौहार पर लौटते हैं तो बताते हैं कि यहाँ से वे ठीक हैं। शहर में रिक्शा भी चला लेते हैं या कुली का काम भी कर लेते हैं या नये बन रहे मकानों में मजदूरी करने लगते हैं। बहुत काम मिलते हैं और नगद पैसे भी। न किसी का लेना-देना और न हर-हर, पट-पट। तो क्या वह वहीं बस जाएगा? नहीं। अपना पाँव जमा लेने के बाद अपने इस गाँव में अवश्य आएगा। अपने गिर गये मिट्टी के घर को उठाएगा। तब फिर चाहे तो वह चरवाही या बनिहारी करेगा, नहीं तो किसी का खेत ही ठीका-बँटाई पर ले लेगा। अब वह पहले की तरह अकेला तो होगा नहीं। बुधनी भी होगी। दोनों मिलकर अपनी गृहस्थी खड़ी कर लेंगे। तो क्या उस काण्ड को भूल जाएगा? उस ज़हर को पचा

जाएगा ? सब कुछ देख-सुन कर हिजड़ा और मउग की तरह मइँटिआये रहेगा ? नहीं। वह हरगिज नहीं महँटिआयेगा। शहर न जाकर बुधनी के साथ उन लौण्डों को ईंट का जवाब पत्थर से देने की फ़िराक़ में ही निकल जाएगा। जब भी गँव लगेगा, उन्हें धर दबोचेगा और करनी का फल चखा देगा। यही न होगा कि बुधनी के साथ उसे लुक-छिपकर रहना होगा। जेल जाना होगा। मरना-मराना होगा। तो क्या यह सब वह कर सकता है···? वह किसी ठिकाने पर नहीं पहुँच सका था ! तो क्या वह ना कह दे ? अगर ना कह दिया तो क्या चुटकी बजाने का कार्य पूरा नहीं करेंगे ? फिर वह कार्य अपनी पूरी भयावहता के साथ उसकी आँखों के सामने साकार होने लगता था।

गाँव में इस तरह के कई कार्य हो चुके थे। दबी जुबान से अनेक घटनाएँ वह जानता था। इस घर के बारे में भी उसने सुना था कि बहुत पहले नयी उम्र में विधवा हुई इस घर की एक बहुरिया को पेट रह गया था। बताने वालों ने बताया है कि वह परी की तरह सुघड़ थी, एकदम धप-धप गोरा चेहरा तथा कमर तक लहराते नागिन जैसे बाल। विवाह का साल साथ लगने से पहले ही वह विधवा हो गयी थी। अभागिन को कोई बाल-बच्चा भी नहीं हुआ था। छत पर चढ़ती थी तो लोग टकटकी लगाकर देखने लगते थे, जैसे दिन में ही चाँद निकल आया हो। उन्हीं दिनों दूर के रिश्ते में उसका देवर लगने वाला एक छोकरा हर महीने आने लगा था। शायद वह पटना शहर का रहने वाला था। मुँह अइँठ कर बोलता था तथा शहरी चमक-दमक में रहता था। लोगों के अनुसार, झूठ में वह माहिर था। लेकिन अपनी बोली से किसी को भी पिघला लेता था। लोग बताते हैं कि बहुरिया के साथ उसका मेलजोल बढ़ गया था। लेकिन शहरी चालबाजों की तरह बहुरिया को धोखा दे, उसने आना-जाना बन्द कर दिया था। बाद में एक दिन पता चला कि बहुरिया पेट से है। लेकिन घरवालों ने यह बात गाँव में फूटने से पहले ही बहुरिया को रात के अँधेरे में घटियाकर सुबह एकदम तड़के ही उसकी लाश मुर्दघटिया में फूँक दी। गाँव वालों को बता दिया कि रात में साँप काटने से मर गयी। सँपकटी से मरने की घटनाएँ गाँव में पहले भी हो चुकी थीं। लेकिन ऐसी बातें पूरी तरह छिपती कहाँ हैं ? दबी जुबान लोग जान ही गये थे···। इस सन्दर्भ में शुरू में वह नहीं जानता था कि यह घटियाना क्या होता है ? लेकिन जब लोगों से इसके बारे में जानकारी मिली तो उसके रोंगटे खड़े हो गये। घटियाने वाली औरत का मुँह बन्द कर उसकी गर्दन के नीचे एक लाठी रखी जाती है और एक लाठी गर्दन के ऊपर। फिर दोनों लाठियों को कसकर दबाया जाता है। इसके बाद जल्द ही उस औरत के प्राण निकल जाते हैं शरीर पर मारने-पिटने और जलाने का कोई दाग नहीं दिखता। नाजायज पेट के मामले में पहले लोग यही करते थे। लेकिन अब तो ज्यादातर गिरवा देते हैं

लेकिन जिस मामले में इज़्ज़त जाने का डर होता है तो वह पहला दाव ही दुहरा देते हैं। तो क्या बुधनी के साथ भी ऐसा ही करेंगे ? और वह अन्दर तक काँप उठा था। उस निर्दोष को यह दण्ड नहीं। वह तो जानता है, उसका अपना हाथ इसमें तनिक भी नहीं। उसके साथ पहले ही जो ज़्यादती की गयी है, वह क्या कम है ? उसे याद कर बजू हज़ार बिच्छुओं का डंक महसूस करता है। उसके साथ फिर यह क्रूर कर्म किया जाये, वह अब बर्दास्त नहीं कर सकेगा। इसका दोष उसे भी तो लगेगा। जब उसके साथ यही सब होने देना था तो इनार में कूदने से उसे क्यों बचाया था ? तो क्या उसे बचाने के चलते हाँ कह दे ? लेकिन उसके पेट में तो उन दुष्ट छोकरों का घिनौना खून है। क्या उसे अपना सकेगा···? और वह माथा पीटकर रह गया था। किसी निर्णय पर नहीं पहुँच सका था।

उन दो दिनों के अन्दर रविकान्त जी तीनों भाइयों ने भी एकान्त में आ-आ कर उसे समझाया था। माल-गरुओं को खिलाकर दुपहरिया में उसे मड़ई में अकेला देख पहले शिवाकान्त आये थे—"बैजुआ, तुम्हें अपना जानकर समझा रहा हूँ, ऐसी उम्दा चीज़ फिर कभी नहीं पाएगा। देखता है, कद-काठी करइल मिट्टी की बनी है, एकदम चोख ! ऐसी चमरचिट है कि कभी नहीं बुढ़ाएगी···। चुपचाप बिआह ले। फिर भर जिनगी चानी काट। जवानी में 'उ सब' होता ही रहता है···।"

उसने कोई जवाब नहीं दिया था। फिर मनोजकान्त आये थे—"बहुत सोच-विचार में मत पड़ बैजुआ। तू भी उसे चाहता है, यह भी तुझे चाहती है। बस, बज जाने दे बाजा···तू कहता है कि तेरा नहीं है, इसी तरह दूसरे भी कहेंगे कि मेरा नहीं है। तो फिर किसका है ? उसपर किसी का नाम तो लिखा नहीं है। मैं पूछता हूँ कि उससे न कर तू कहीं भी शादी करेगा तो क्या गारण्टी है कि निछुन माल पा जाएगा ! सौ घाट का पानी पीकर आने वाली लौण्डियाँ सतबादी बन जाती हैं, कोई पहचान तक नहीं पाता। उस पर कुछ लिखा थोड़े ही होता है। उन सबों से तो लाख गुना बढ़िया यह बुधनी है, जो बहुत ठीक है। तुम्हें अपने मरद की तरह चाहती भी है और मानती भी है···।"

उसने फिर कोई जवाब नहीं दिया था। जानता था, ऐसे दुष्ट लोगों से वह क्या कह सकता है ? इसके बाद रविकान्त जी आये थे। वे दुपहरिया में न आकर रात गहराने के बाद आये थे। जब सब खा-पीकर सो गये थे तो धीरे से बाहर का दरवाज़ा खोल दबे पाँव उसकी मड़ई में आ पहुँचे थे। वह तो जगा था। उसे नींद और चैन कहाँ ? रविकान्त जी ने कहा था—"तुम्हारे बाप की मृत्यु के बाद मैं तुम्हें बेटे की तरह समझाता हूँ बैजू। तुम्हारा बाप भी मेरी बात नहीं उठाता था। यही आशा लेकर आया हूँ कि तुम भी मेरी बात नहीं उठाओगे। बुधनी

को भी मैंने बेटी की तरह पाला है। उसके साथ जो कुछ भी हुआ, उसे बिसार कर तू उसकी बाँह थाम ले। मैंने अनुभव किया है, तुझसे उसका लगाव सच्चा है। जीवन में कौन धोखा नहीं खाता ? भूल-चूक, जायज-नाजायज सब का सामना करना पड़ता है। लेकिन आदमी बराबर उसी को याद तो नहीं रखता। कपड़े के नीचे सब नंगे होते हैं। लेकिन वस्त्र पहनकर आदमी नंगेपन को ढँके रहता है। तुझे अधिक क्या समझाऊँ, तू तो खुद समझदार है। बुधनी से शादी करके तू मेरी इज्जत भी बचा लेगा तथा अपना जीवन भी सँवार लेगा। किसी अनजान लड़की से शादी करके धोखा भी खा सकता है। ऊपर से देखने में तो बहुत लड़कियाँ तुम्हें जँच जाएँगी। जवानी में गदही भी परी लगती है। लेकिन सौ लड़कियों में से दो-चार के ही लुर-लक्षण ठीक होते हैं। अधिकांश चरित्र की गिरी तो होती ही हैं, ऐसी कुलक्षण और कलही होती हैं कि मर्द का जीवन नरक बना देती हैं। भगेडू का जीवन देख रहे हो न ? भगवान न करे कि तुम्हारे साथ वैसा हो। इस स्थिति में बिना जानी-समझी लड़की के साथ करोगे तो कौन भरोसा ? लेकिन बुधनी का कोई भी गुण-दोष तुमसे छिपा नहीं है। एकदम गृह-लक्ष्मी है। उजड़ते घर को बसा देगी···। इसीलिए तू अपना हित-अहित बढ़िया से सोच ले। तू नहीं करेगा तो मैं तेरे साथ जबर्दस्ती नहीं होने दूँगा। ब्याह-शादी जबरन करने की चीज नहीं होती। मैं किसी दूसरे लड़के से उसकी शादी कर दूँगा। इधर नहीं होगा तो गंगा उस पार ले जाकर ब्याह दूँगा। लेकिन यही चिन्ता है कि दूसरा उसे कैसे रखेगा ? तुम्हारे साथ रहती तो मुझे सन्तोष होता।"

रविकान्त जी अपनी बात कहकर चले गये थे। वह उन्हें भी कोई जवाब नहीं दे सका था। उसके मन में आया था कि कहे, आप तो सब कुछ जानते हैं। फिर भी चुप्पी क्यों साध लिये हैं ? माना कि बुधनी के साथ जो हुआ है, वह लौट नहीं सकता। लेकिन अपने भतीजों के बढ़े हुए मन को तो नवा सकते हैं। उन्हें ऐसा जलील करते, ऐसा डाँटते-झटकारते और ऐसी जमकर धुलाई-खिंचाई करते कि उन्हें भी छठी का दूध याद आ जाता। यही न होता कि इससे खफा होकर आप के भाई अलग हो जाते। तो क्या होता ? देखना है कि कब तक अपने भाइयों के परिवार को आप गाँती की तरह बाँधे रहते हैं···।

दो दिन कैसे बीत गये थे, बैजू कुछ नहीं समझ सका था। यह सोचकर वह हैरान और परेशान हो गया था कि अब क्या जवाब देगा ? उसे अब तक कोई निर्णय ले लेना चाहिए था लेकिन कौन-सा निर्णय ? और तालाब के किनारे खड़े शिकारी के सामने उसने अपने को जलमुर्गी की भाँति अनुभव किया था, पानी में डूबते-निकलते। शिकारी को देखते ही पानी के भीतर डूबते हुए और पानी से उजबुजाकर ऊपर निकलते हुए।

दो दिन बीतते ही रविकान्त जी तीनों भाइयों के समक्ष पुनः उसे बुलाया गया था। वह उनके सामने जाने से घबड़ा रहा था। लेकिन न चाहते हुए भी उसे जाना ही पड़ा था। इस बार रविकान्त जी ने पूछा था—"क्या सोचा बैजू ?"

पर उसने कोई उत्तर नहीं दिया था। उसे कुछ सूझा ही नहीं था। वह चुपचाप उन तीनों भाइयों का मुँह ताकता रह गया था। इस पर मनोजकान्त ने कहा था—"सोचेगा क्या भैया, तैयार है···।" फिर शिवाकान्त ने बिना उसके मुँह से हाँ, ना सुने उसकी पीठ थपथायी थी—"चाबस बेटे !···तुमने खूब माकूल निर्णय लिया···।" और उसकी चुप्पी को उसकी राजी-खुशी मान वे उसकी शादी में भिड़ गये। वे और देर करना नहीं चाहते थे कि फिर से सोच-विचार कर कुछ कह सके। न लगन देखा गया, न सुदिन साधा गया। फटाफट गाँव के पुरोहित जी को बुलाकर एक घण्टे के अन्दर उसकी शादी कर दी गयी, जैसे बचपन में बुचिया और उमा मेले से खरीदकर लाये अपने वर-कनियाँ की शादी करती थीं। शादी के वक़्त उसका ग़मगीन चेहरा देख रविकान्त जी ने अपने पूरे परिवार के सामने उससे कहा था—"बैजू ! शादी के बाद तुम बुधनी को लेकर चाहे यहाँ रहो या कहीं भी, तुम्हारे ऊपर कोई दबाव नहीं होगा। लेकिन जब तक तुम्हारा गिरा हुआ घर बन नहीं जाता है तब तक यहीं रहना तुम्हारे हक में ठीक होगा। भूसेवाला घर तुम्हारे लिए ख़ाली कर दिया गया है···!"

रात का चौथा पहर बीत रहा होता है। सोच में डूबा बैजू उसी तरह नाद-चरण पर चुपचाप जमा रहता है। कभी उसके अन्दर से कोई कहता है कि सब सोच-विचार परे ढकेल बढ़ चल बुधनी के पास। लेकिन दूसरे ही क्षण कोई उसके पाँवों को जकड़ लेता है। उसे याद है, बाबू कहा करते थे, जब भी मन आगा-पीछा करे, कोई बात पक्की नहीं करनी चाहिए। मन सथाने पर ही निर्णय लेना चाहिए। लेकिन वह समझ नहीं पाता है कि उसका खौलता मन सथाये तो कैसे ? इसी उधेड़बुन में वह एक पचीसी बीड़ी पी चुका है। जेब में हाथ डालता है तो आखिरी बीड़ी बची होती है। सोचता है, इसे भी पी जाएगा तो बाक़ी रात कैसे काटेगा ? लेकिन हाथ में आयी बीड़ी को बाक़ी रात के नाम पर उससे छोड़ते भी तो नहीं बनता है। नहीं रहेगी, नहीं पिएगा। रहते हुए कैसे माने ? और उस बीड़ी को भी वह सुलगाकर पीने लगता है। उसका मन अचरज में पड़ जाता है कि इतनी बीड़ियाँ वह कैसे पी गया। पहले कभी इतनी बीड़ियाँ तो वह नहीं पी सका था। एक पचीसी बीड़ी तो वह हफ़्ते भर ले जाता था। उसका मन उद्विग्न हो उठता है। वह आकाश की ओर ताकता है, समाप्त होती रात को देखते हुए उसकी बेचैनी बढ़ जाती है···। बेचैनी के इन्हीं सघन क्षणों में उसे बाबू की कही

बात याद आती है कि बाढ़ में डूबते आदमी को बराबर किनारे की ओर ही ताकते रहना चाहिए। पीछे मुड़कर देखने पर तो मन हारने लगता है। उसे अपने आप गुस्सा आने लगता है···ऐसा गुस्सा जो सब कुछ जलाकर राख कर दे···।

अगली सुबह रविकान्त जी के घर के लोग पाते हैं कि भूसे वाला कमरा खाली है। सार घर में बन्द मवेशी अभी तक नाद-चरण पर नहीं आ पाये हैं। रोज की भाँति नाद-चरण पर आने के लिए वे खूँटे तुड़ा रहे होते हैं। लेकिन···।

वैतरणी भौजी

मुझे जब भी यह सूचना मिलती है कि कोई प्रताड़ित, दुखिया और अभागन स्त्री आश्रय एवं पनाह की खोज में अपने घर से भागी है तो वैतरणी भौजी की याद मेरे मन को कचोट जाती है, वह भी तो मेरे गाँव ऐसे ही आयी थी, लेकिन मेरे गाँव के लोगों ने आश्रय एवं पनाह के स्थान पर उसे कैसी ज़िन्दगी दी ! वैतरणी भौजी की वह दर्दभरी आवाज़ आज भी मेरे कानों में गूँज उठती है—
'एही रे विपतिया के कोई ना सँगतिया !'

मैंने सोचा था कि शायद समय की परतों के अन्दर उसकी याद दब जाएगी और मैं उससे छुट्टी पा जाऊँगा लेकिन ऐसा नहीं हो सका। काफ़ी समय बीत जाने के बाद भी मैं उसे भूल नहीं पाया हूँ, दरअसल, उस तरह की या उससे मिलती-जुलती घटनाएँ इधर आये दिन घटने लगी हैं, जो उसकी याद को रह-रह कर ताजा कर देती हैं। मैं आप को बता दूँ, उसकी याद अतीत के अन्य चरित्रों और घटनाओं की तरह सिर्फ़ याद ही नहीं होती है, बल्कि अन्दर तक मुझे चीरकर रख देती है। सचमुच वह जब भी याद आती है, मैं कट कर रह जाता हूँ। आज तक उसके दर्द और दंश से मैं मुक्त नहीं हो सका हूँ, इस बिन्दु पर मेरे मन में अकसर यह सवाल पैदा होता है कि आख़िर वह इस तरह मुझ क्यों सताती है? मैंने तो उसका कुछ भी नहीं बिगाड़ा है, उस वक़्त तो मैं छोटा था। इस पर मुझे लगता है कि मेरे गाँव के अधिकांश लोग भी तो यही सोचते होंगे, तो क्या दोष उसी का होता है जो किसी को सताता है ? जो लोग सताते हुए देखते हैं और मौन बने रहते हैं, क्या दोष उनका नहीं होता ? मौन होकर किसी को सताये जाने का माहौल बनने देना और मानवता की पुकार पर उस माहौल को तोड़ने के लिए जेहाद छेड़ना, क्या दोनों में अन्तर नहीं होता ? क्या सवाल स्वयं सताने या न सताने का ही होना चाहिए ? सताने वाले के प्रति असमर्थन और असहयोग का नहीं होना चाहिए ? क्या लोगों के असमर्थन और असहयोग के बाद भी किसी को सताया जा सकेगा ?

मैं बात स्पष्ट कर दूँ, वैतरणी भौजी के साथ जो कुछ भी हुआ है, वह मेरे

समूचे गाँव के सामने हुआ है। मेरा मन कहता है कि मेरी तरह मेरे गाँव के लोगों को भी अवश्य लगा होगा कि यह ठीक नहीं हुआ, इसे नहीं होना चाहिए था, लेकिन इसके बावजूद बलिराम को छोड़कर हम सब मौन तमाशबीन और तटस्थ बने रहे, शायद अपने जड़ और रूढ़ संस्कारों की वजह से हम सिर्फ़ देखना ही जानते हों। जो हो, हम सिर्फ़ सोचकर ही रह गये, हमने कुछ किया नहीं, शायद यही वजह है कि वैतरणी भौजी की याद न चाहते हुए भी मेरा पीछा नहीं छोड़ रही है, इस क्रम में उसका न भुलाया चेहरा सबसे पहले मेरी आँखों के सामने आ जाता है। गोल-मटोल मुखड़ा, कुछ चिपटी नाक, लेकिन बड़ी-बड़ी आँखें, गुला-थुला और खूब धप-धप गोरा शरीर न अधिक लम्बी, न छोटी, मँझले कद की भरपूर मेहरारू, अपने आप घूरे पर उग आयी बिरवाई की तरह डाढ़-पात से कचनार। कुछ थेथरा कर बोलती थी, लेकिन मोती जैसे दाँत चमकाकर सबका मन मोह लेती थी, पता नहीं, कहाँ की थी ! अपने को 'सोन उस पार की' बताती थी—गया जिला के किसी गाँव की बेटी और पटना जिला के किसी गाँव की पतोहू, लेकिन कभी उन दोनों जगहों से उसकी खोज-खबर लेने कोई नहीं आया था और न मेरे गाँव से ही उसका सही पता-ठिकाना मालूम करने कोई गया था, कभी किसी ने इसकी जरूरत ही नहीं समझी थी।

मुझे अच्छी तरह याद है, वह ऐन चैत नवमी के दिन आयी थी। उस वक़्त मैं छोटा था, लेकिन इतना छोटा नहीं कि कुछ जान न सकूँ, आरा से हसन बाज़ार आने के बाद खेतों के बीच होकर जो पगडण्डी मेरे गाँव आती है, उसी पर बैठी वह रो रही थी, गाँव से बाजार जाने वाले और बाजार से गाँव आनेवाले लोगों ने उसे देखा था, फिर समत के धुएँ की तरह समूचे गाँव में यह खबर फैल गयी थी कि आनगाँव की एक जवान मेहरारू गाँव के सिवान के बाहर, बाज़ार के रास्ते पर बैठी रो रही है। इसके बाद देखते-देखते मेरे गाँव के लोगों की भीड़ वहाँ लग गयी थी। औरत-मर्दों के साथ हम बच्चे भी वहाँ जा पहुँचे थे। हमने देखा था, हरे रंग की एक सूती साड़ी पहने पगडण्डी पर बैठी वह घुटनों में माथा छिपाये सुबक रही था, मेरे गाँव के लोगों के पूछने पर शुरू में उसने कोई जवाब नहीं दिया, बल्कि और जोर-जोर से रोने और सुबकने लगी थी। इस पर मेरे गाँव की सीता झरिया काकी उसके और क़रीब जाकर उससे सटकर बैठ गयी थीं तथा उसके माथे पर दुलार से हाथ फेरते हुए, प्यार से बोली थीं—"ए बाची, तू केकर बेटी-पतोहू हऊ ? काहे अइसे जार-बेजार होके रोआतारु ? तोहार रोआई देखि के हमने के करेजा फाटता, हम तोहरा मतारी दाखिल बानी—तू सभ बात साँच-साँच कह, सउँसे गाँव तोहरा भीरी जुटि आइज बा···तोहरा खातिर जवन करे लाइक होखी हमनी के उठा ना राखब जा···!"

सीता झरिया काकी द्वारा दुलार से इस तरह पूछने पर सुबकते हुए ही उसने

संक्षेप में कहा था कि वह पेट से है, कि उसके मरद ने उसे मार कर घर से भगा दिया है, कि उसका मरद अपनी बेवा भौजाई से फँसा है, कहता है कि उसका पेट उसका नहीं, किसी दूसरे का है, लाख किरिया-कसम खाने पर भी नहीं मानता, कि इस हालत में नैहर जाकर वह कौन मुँह दिखाये, कि जहर-माहुर खाकर या कहीं डूब-धँसकर जान देने के लिए वह निकली है···!

मैंने अनुभव किया था, उसकी बात सुनते ही मेरे गाँववालों की सहानुभूति एकाएक उस पर से उठ चली थी, लोग आपस में कानाफूसी करने लगे थे तथा एक-दूसरे को चिकोटा काटते हुए लुत्फ लेने लगे थे। मैं उस दिन से लेकर आज तक यह नहीं समझ सका हूँ कि उस औरत की बात पर लोगों ने विश्वास क्यों नहीं किया था ? उसी वक़्त लोगों को आपस में बतियाते हुए मैंने सुना था— "तिरिया चरित्तर कर रही है ! खेलाड़ औरत नहीं रहती तो मरद इसे घर से निकालता ही क्यों ? खूब खेली-खायी मालूम पड़ती है···!"

सीता झरिया काकी की तरह सिर्फ़ दो-चार लोगों ने ही उसकी इस बात पर विश्वास किया था, लेकिन यह भी मुझे विश्वास नहीं, विश्वास का नाटक ही लगा था, क्योंकि उस विश्वास की कोई परिणति देखने को नहीं मिली थी।

अब उससे पूछा गया था—"दूसरी शादी करोगी ?" जवाब में उसने माथा हिलाकर नकारते हुए कहा था—"नहीं।"

इस पर लोगों ने पूछा था—"बिना शादी के कैसे रहोगी ? अभी तो पूरी ज़िन्दगी बाक़ी है, किसी की जोरू बनके उसके घर बैठ जा, इसी में कल्याण है···"

उसने फिर कहा था—"नहीं, कुटावन-पिसावन और चौका-बर्तन करके गुज़र कर लूँगी···"

लेकिन उसकी यह बात लोगों को नहीं जँची थी। मैं यह बात स्पष्ट कर देना चाहता हूँ कि मेरे गाँव की धारणा के अन्तर्गत कोई औरत स्वतन्त्र होकर जी ही नहीं सकती। बचपन में उसे पिता के अधीन, जवानी में पति के अधीन तथा बुढ़ापे में पुत्र के अधीन जीना होता है। यही सनातन परम्परा है। वह औरत इस परम्परा के विरुद्ध जीना चाहती थी, इसीलिए समस्या यह खड़ी हो गयी थी कि गाँव में वह रहेगी किसके यहाँ ? कौन उसे रखेगा ? अगर वह पेट से नहीं रहती तो बात दूसरी होती। अब तो बिना बियाहे, उस जैसी पाठा जवान गाभिन औरत को अपने घर रखना समूचे गाँव का निशाना बनना था। यह किसी नये आदमी के लिए सम्भव नहीं था। अपनी जात-बिरादरी का छँटुआ, अलग डफली अलग राग अलापने वाले जगराम के लिए ही सम्भव था। इससे पहले भी भागकर आयी दो लुगाइयों को उसने मेहरारू बनाकर रखा था। लेकिन उसकी हरक़तों से तंग आकर वे उसके यहाँ से भी भाग गयी थीं। यह

खबर सुनकर कि पुनः एक भागी हुई लुगाई आयी है, वह तत्काल घटना-स्थल पर आ जमा था। उसके आते ही गाँव के लोगों के बीच एक नयी लहर दौड़ गयी थी—विशेषकर गाँव के मनचलों के बीच ! लोग उसे नये सिरे से समझाने लगे थे तथा अपनी बात मनवाने के लिए दृढ़ होते गये थे। वह देर तक उस प्रस्ताव को नकारती रही थी, लेकिन उस अकेली और असहाय औरत को अन्ततः गाँव के सामूहिक निर्णय के समक्ष घुटने टेकने पड़े थे। इसे ही दूसरे शब्दों में मैं यों कहूँगा कि गाँव के मनचलों ने जगराम की मेहरारू बनकर जीने के लिए उसे बाध्य कर दिया था। उस वक़्त जगराम ने भी कहा था—"एक जनमिहाँ की तरह तुझे रखूँगा। गाँव के सामने किरिया खाता हूँ कि अगर पहली बियाही से तुझे कम समझा तो मेरी पैदाइश में फरक !"

इसके बाद मन न रहते हुए भी वह औरत जगराम के खूँटे जा बँधी थी। मैं उस वक़्त बच्चा था, इसीलिए यह नहीं जान सका था कि उस औरत को अकेले क्यों नहीं रहने दिया गया था ? अपनी इच्छा के अनुसार कुटावन, पिसावन या चौका-बर्तन करके वह गुजर-बसर कर लेती। लेकिन सयाना होने के बाद मैं सब जान गया कि औरत होना क्या होता है और मर्द होना क्या होता है ! औरत चाहकर भी वैसे नहीं रह सकती है जैसे मर्द रह लेता है। औरत की जवान देह उसकी सबसे बड़ी मुसीबत होती है।

शुरू-शुरू में जगराम उस औरत को पहली बियाही की तरह रखने लगा था, यह बात मुझे अच्छी लगी थी। शायद अन्य लोगों को भी लगी होगी। लेकिन यह स्थिति देर तक बरकरार नहीं रही थी। कुछ समय बाद ही जगराम का व्यवहार उस औरत के प्रति बदल गया था। अब वह बात-बात पर उसे डाँटने-फटकारने तथा मारने-पीटने लगा था। साथ ही गाँव में कुटावन-पिसावन और चौका-बर्तन करने के लिए भी भेजने लगा था। दरअसल उस औरत से उसका मन भर गया था। नयी औरत पाने की उसकी भूख शान्त हो गयी थी, अपने गाँव के जग्गू दादा के शब्दों में कहूँ तो अघाये बकुले की तरह पास पड़ी पोठिया अब उसे तीत लगने लगी थी।

उन्हीं दिनों वह औरत मेरे यहाँ भी आकर कुछ काम कर जाती थी। प्राकृतिक चिकित्सा के अनुयायी मेरे पिता जी घर के जाँते का पिसा हुआ आटा और सत्तू तथा घर के ढेंके का छाँटा हुआ चावल ही खाते थे। यह कार्य गाँव की मजदूर स्त्रियाँ करती थीं। अब उन स्त्रियों में उस औरत की संख्या भी बढ़ गयी थी। माँ जब भी उसे खबर भेजतीं, वह आकर आटा-सत्तू पीस जाती तथा चावल छाँट देती थी। बदले में माँ उसे जो कुछ भी देतीं, ले लेती थी। कभी हर-हर, पट-पट नहीं करती थी। वह मुझे बहुत मानती थी। दुलार से मुझे राजा बाबू कहती थी। लेकिन मैं देखता था, काम करते हुए उसे जब भी एकान्त

मिलता, रोने लगती थी, तब वह मुँह से न रोकर आँखों से रोती थी। लोर से उसके गाल भीग जाते थे। इस स्थिति में मेरी या मेरे घर के किसी की भी नज़र पड़ने पर वह मुँह फेरकर आँचल से लोर पोंछ लेती थी तथा सहज दिखने की कोशिश करने लगती थी। इस पर बाल स्वभाववश मैं उससे पूछ बैठता था, "क्यों रो रही हो?"

तब मेरी ओर ताकते हुए वह हँस देती और कहती, "कहाँ रो रही हूँ?"

मैं कहता, "अभी तो तुम्हारी आँखों से लोर चू रहे थे।"

तब बड़ी चतुरता से वह अपने को सामान्य बनाते हुए कहती, "आँखों में तिनके पड़ गये थे।"

दरअसल, मेरे बाल-मन को अपनी व्यथा से वह तनिक भी दुखी करना नहीं चाहती थी। लेकिन मैंने सुना था, माँ के पूछने पर वह कहती थी, "अपने ओछे करम पर रो रही हूँ···जाने पूर्वजन्म में ऐसा कौन-सा पाप किया था, जिसका फल इस रूप में भुगत रही हूँ···"

माँ के यह कहने पर कि अपने बाप-भाई को ख़बर क्यों नहीं करती, वह कहती, "मैं तो नरक भोग ही रही हूँ, उन्हें क्यों परेशान करूँ? उनके मुँह पर कालिख क्यों पुतवाऊँ? इसीलिए तो उनसे इतनी दूर आ गयी हूँ—मर जाऊँगी तो मर जाऊँगी, उनकी जगहँसाई नहीं करवाऊँगी। उन्होंने तो अच्छी तरह देख-सुनकर तिलक-दहेज, दान-दक्षिणा देकर शादी की थी—अब मेरी किस्मत ही ओछी है तो वे क्या करें?"

उन्हीं दिनों एक दिन मैंने माँ से कहा था, "यह औरत बहुत अच्छी है माँ, इसे अपने घर ही रख लो, सब काम करेगी—जगराम की मारपीट से भी बच जाएगी···!"

इस पर प्रारम्भ में इधर-उधर की बातें करके माँ ने मेरे ध्यान को इस ओर से हटा देना चाहा था। लेकिन जब मैंने ज़िद पकड़ ली थी तो उन्होंने मुझे समझाते हुए कहा था, "यह औरत रखने लायक नहीं···!"

इस पर जिज्ञासावश मैं पुनः पूछ बैठा था, "इसमें क्या दोष है माँ? यह रखने लायक क्यों नहीं?"

बस, पास खड़े मेरे चाचा आँख गुरेरते हुए मेरे ऊपर बरस पड़े थे, "जाओ पढ़ो, ऊल-जलूल सवाल मत किया करो—अभी चार दिन का हुआ और बूढ़घाँख की तरह सवाल करने लगा। चलो, और अपना पाठ तैयार करके दिखाओ!···"

इसके बाद फिर कभी उस औरत को रखने की माँग मैंने माँ से नहीं की। यह बात मैं ही नहीं, सारा गाँव जानता है कि जगराम की उपेक्षा और लापरवाही के चलते उस औरत के पहले पेट का बच्चा सौरी में ही मर गया था।

असल में जगराम को उसकी इस बात पर तनिक भी विश्वास नहीं था कि उसका पेट उसके मरद का है। उसकी नजर में वह एक चालू औरत थी, जिसकी बातों पर भरोसा नहीं किया जाता, सिर्फ़ उसे इस्तेमाल किया जाता है। जगराम की दृष्टि से ही उसे देखने वाले गाँव के कुछ लोग, जो जगराम की तरह इज्ज़त-आबरू दाँव पर लगा उसे खुलेआम हथिया तो नहीं सके थे, इसीलिए अब रात के अँधेरे में उसकी धर-पकड़ करने लगे थे। शुरू में वह चीख़ती-चिल्लाती थी। चाहती थी कि जगराम उन शोहदों का विरोध करे, लेकिन जगराम को इस बात का कोई मलाल नहीं था। एक दिन उसके अधिक शोरगुल मचाने पर जगराम ने उलटे कसकर उसकी धुनाई कर दी, यह कहते हुए कि दस घाट का पानी पी कर आने के बाद सती-सावित्री बनती है और उसे गाँव के नवहियों से मार खिलवाना चाहती है···!

उसके बाद न चाहते हुए भी वह वैतरणी भौजी बन गयी थी। सच क्या है, सब जानते हैं, विवश-लाचार वह औरत इतनी सस्ती और सहज-सुलभ हो गयी थी कि एकान्त में पाते ही लोग उसे धर दबोचते, फिर···सुनने में आता है कि गाँव के टीका-तिलक करने वाले पुजारी बाबा से लेकर घुरफेंकन धोबी तक ने···

तब मैं नहीं जानता था कि यह वैतरणी होना क्या होता है। उस वक़्त बहुत पूछने पर माँ से तथा अन्य बड़े जनों से मुझे यह जानकारी मिली थी कि वैतरणी एक नदी होती है, जिसे मरणोपरान्त पार किया जाता है। इसीलिए मरने से पहले लोगों को बाछी छुआई जाती है, जिसकी पूँछ पकड़कर आदमी उस नदी को पार करता है। फिर जो पार कर जाता है, उसके लिए स्वर्ग का द्वार खुल जाता है और जो नहीं पार करता है, वह नदी में डूबता-छटपटाता रहता है।

मैं आज भी सोचता हूँ कि उस औरत का नाम मेरे गाँव वालों ने वैतरणी भौजी क्यों रख दिया था, तो मुझे कुछ भी समझ नहीं आता है। मेरा माथा चकराने लगता है। क्या सचमुच लोगों का दृष्टिकोण इतना परिवर्तित हो गया है कि उपमानों को न सिर्फ़ उन्होंने उलट दिया है, बल्कि विकृति के इस बिन्दु तक पहुँचा दिया है···!

क्या वह औरत वैतरणी का अर्थ जानती थी ? मुझे याद है, न सिर्फ़ पीठ पीछे ही लोग उसे वैतरणी भौजी कहते थे, बल्कि कई लोगों को उसे इसी नाम से सम्बोधित करते हुए भी मैंने सुना था। जरूर वह इसका अर्थ जानती होगी, नहीं तो बाद के दिनों में जान गयी होगी। हालाँकि वह इस सच्चाई को जी रही थी, उसके बीच इसका अर्थ जानने या न जानने से कोई फ़र्क पड़ने वाला नहीं था।

मुझे अच्छी तरह याद है, उन्हीं दिनों वह औरत जगराम और मेरे गाँव के

लोगों से मुक्ति पाने के लिए एक दिन भागी थी, लेकिन सफल नहीं हो सकी। मेरे गाँव के नारी-भक्षियों ने उसे पकड़ ही लिया। लावारिस और संरक्षणहीन उस औरत को गाँव की सामूहिक सम्पत्ति मान उसे कहीं अन्यत्र न जाने देने के लिए मेरे गाँव के लोग एकमत हो गये। इस सन्दर्भ में मेरे बाल-मन को उस वक़्त जो लगा था, वही प्रश्न आज भी मेरे सामने खड़ा हो जाता है कि उसे बेहतर ज़िन्दगी देने के लिए मेरे गाँव के लोग कभी एकमत क्यों नहीं हुए थे?

वह घटना अगहन महीने की थी, उस साल धान की फसल खूब अच्छी हुई थी। खेत की मेड़ों पर चलती और घास काटती घसगढ़िनें धान के पौधों के बीच छिप-छिप जाती थीं। उस साल भी हर साल की भाँति नेटुओं की टोली मेरे गाँव आयी थी। गाँव से बाहर भुतहवा बगीचे में उन्होंने डेरा डाला था। वे जब भी मेरे गाँव आते थे, उसी बगीचे में डेरा जमाते थे। बगीचे के किनारे-किनारे स्कूल जाते हुए मैं उन्हें देखा करता था। वे सिरकी की चादर तानकर अपने ठहरने का घर तत्काल बना लेते थे। उनके पास अनेक जानवर होते थे—भालू, बन्दर, भैंस, कुत्ते। भालू और बन्दर को वे गाँवों में नचाते थे तथा भैंस दूध पीने और सामान ढोने के लिए रखते थे। उनके कुत्ते शिकारी होते थे। अपने कुत्तों की सहायता से वे सियार, लोमड़ी, नेवला, घड़रोज आदि जानवरों का शिकार करते थे और उनका मांस खाते थे। उनकी महिलाएँ घघरा पहनती थीं। उनमें से कुछ गाँवों में जाकर गोदना गोदने का काम करती थीं और कुछ सोहर गाकर भीख माँगती थीं। वे गठीली होती थीं। उनमें से कुछ बहुत सुन्दर भी दिखतीं। नहीं लगता कि वे नेटुअइन या गदहेड़िन हैं, वैसी औरतों के बारे में मेरे गाँव के लोगों का कहना था कि वे अच्छे घरों की हैं। नेटुओं के साथ भाग कर नेटुअइन बन गयी हैं। राम जानें, सच क्या है। वैसे उस समय मेरे गाँव की बहू-बेटियों पर इस बात की सख्त हिदायत थी कि वे नेटुओं के सामने न आयें···

और नेटुए! वे तो किसी-न-किसी बहाने गाँव में आते रहते थे—कभी बन्दर या भालू नचाने, तो कभी कोई अन्य तमाशा दिखाने, तो कभी शहद या घी बेचने। मेरे गाँव वाले उन्हें ख़लीफा या ओस्ताज़ कहते थे। वे अधिकतर लुंगी और बनियान पहने होते थे। लुंगी का फेंटा पीछे बाँधे हुए। घुटनों तक उठी लुंगी, गले में ताबीज़, हाथ-पाँव की कसी हुई मांसपेशियाँ। उनका बदन कसरती होता था। वे कुश्तियाँ लड़ते थे, खूब दण्ड किया करते थे। उनकी ज़ुल्फ़ियों से तेल चूता रहता था। मेरे गाँव वालों की नज़र में वे चोर-उचक्के और लड़की भगाने वाले समझे जाते थे। बच्चों को भी उनके पास अकेले नहीं जाने दिया जाता था। क्योंकि गाँव के अनुसार वे बच्चों को भी भगाकर ले जाते थे और उन्हें अन्धा या लूला-लँगड़ा बना भीख मँगवाते थे। अपने गाँव की इस धारणा के तहत मैं बचपन में

उनसे बहुत डरता था। लेकिन आज सोचता हूँ तो समझ नहीं पाता हूँ कि मेरे गाँव ने उनके ऊपर इस तरह का निराधार और मिथ्या आरोप क्यों थोप दिया था? गाँव की तयशुदा और रूढ़िग्रस्त जीवन-शैली से अलग अपने परिश्रम एवं साहस से अगर उन्होंने जीने की एक नयी राह विकसित कर ली थी तो इसमें उनका दोष ही क्या था? सचमुच, हम उन्हें समझने की कोशिश नहीं करते हैं जो रूढ़ियों को तोड़कर खुला और वर्जनाहीन प्राकृतिक जीवन जीना चाहते हैं। उनका यह जीवन प्रशंसनीय होना चाहिए, निन्दनीय नहीं, खैर···

उन्हीं नेटुओं में से नाटे कद का एक गठीला नेटुआ उन दिनों जगराम के घर के आसपास मँडराने लगा था। गाँव के कुछ लोगों ने तो उसे वैतरणी भौजी से बतियाते हुए भी देखा था। फिर एक सुबह पुरवा के झोंके की तरह यह खबर समूचे गाँव में फैल गयी कि वैतरणी भौजी भाग गयी। बस देखते-ही-देखते जगराम के दरवाजे लोगों की भीड़ लग गयी। दूसरे मौक़ों पर पहले कभी लोग उनके यहाँ इस उत्साह से नहीं जुटे थे। लेकिन इस मौक़े पर तो जैसे सारा गाँव ही उमड़ आया था। जगराम ने लोगों को बताया—"ससुरी रात से ही लापता है ··मैं समझा था कि किसी के यहाँ कोई काम करने गयी है, रात गहराने तक लौट आएगी···लेकिन वह तो धता दे गयी है। सारी रात गुजर गयी, नहीं आयी। मुझसे कोई कहा-सुनी भी नहीं हुई। मैंने तो उसे मेहरिया बनाकर रखा था, लेकिन उसे एक मरद से मनमान हो तब न? नम्बरी छहितराह थी··· आँखों में धूल झोंककर चम्पत हो गयी···"

इस पर भीड़ में से किसी ने कहा, "कहीं ऐसा तो नहीं कि रात गाँव में ही किसी के यहाँ रह गयी हो···?"

जगराम ने कहा, "नहीं भाई, जिस-जिस के यहाँ काम करने जाती थी, सब जगह देख आया हूँ। बिसेसर के दोनों बेटों को दौड़वाकर सारा गाँव छनवा चुका हूँ···"

इस पर भीड़ से एक व्यक्ति ने कहा, "गाँव में वह कहाँ छिपेगी? सारा गाँव तो यहाँ आ ही चुका है।"

अधिकांश लोगों ने इस बात का समर्थन भी किया। लेकिन एक तीसरे व्यक्ति ने कहा, "जिधर से आयी थी, उधर भी जा सकती है। टीसन का रास्ता उसका देखा हुआ था···किस ओर की गाड़ियाँ किधर जाती हैं, अकसर पूछती रहती थी···"

इस पर शंकालु प्रवृत्ति के एक व्यक्ति ने कहा, "यह भी तो हो सकता है कि गाँव के पोखरे या किसी कुएँ में कूदकर अपनी जान दे दी हो। ऐसी औरतें मरने से भी तो नहीं डरतीं···"

लेकिन अधिकांश लोगों ने कहा, "नहीं, ऐसी महिलाएँ जान नहीं देती

हैं…"

अब भीड़ ने अधिक विचार-विमर्श न कर उसे ढूँढ़ निकालने का निर्णय तत्क्षण कार्यान्वित कर दिया। बस, गाँव के लगभग दो दर्जन नवही ताल ठोंक कर तेज़ी से इधर-उधर निकल गये। कुछ टीशन की ओर, कुछ बगीचे में ठहरे उन नेटुओं के पास, कुछ गाँव के पोखरों एवं कुओं में झाँकने तथा कुछ गाँव से बाहर जाने वाले सभी मार्गों से आगे बढ़कर उसका पीछा करने…लेकिन दिन चढ़ने तक सभी वापस आ गये, वैतरणी भौजी का कोई पता नहीं चला। तब गाँव से उसे अन्यत्र न जाने देने वाले उत्साही मनचले गोल बाँधकर जग्गू दादा के पास आये। असल में उस वक़्त मेरे गाँव के लोग किसी भी सामूहिक निर्णय को तत्काल अंजाम तो दे देते थे, तब जल्दबाज़ी में उन्हें जग्गू दादा याद नहीं आते थे। लेकिन जब सफलता नहीं मिलती तो अनुभवी जग्गू दादा के पास उन्हें आना ही पड़ता था। और जग्गू दादा भी ऐसे कि गाँव में चाहे जो हो जाये, बिना लोगों के पूछे, कुछ बताने वाले नहीं—एकदम सहदेव पण्डित की तरह! उस वक़्त जग्गू दादा अपने दरवाज़े पर बैठे पटारी की रस्सी बुन रहे थे। अगले दिन उनके खेतों में कटनी लगने वाली थी। लोग उनके समीप पहुँचते ही बोल उठे, "वैतरणी भाग गयी दादा…!"

उन्होंने कहा, "मालूम है।"

लोगों ने कहा, "सब जगह ढूँढ़कर हार गये…पूरा सिवान छान दिया, कहीं नहीं मिली। अब आप ही कोई उपाय बताइए दादा…"

इस पर एक क्षण तक मौन हो जग्गू दादा उपस्थित लोगों की ओर ताकने लगे। फिर सामने खड़े बरगद की फुनगियों की ओर। उन्हें ऐसा करते देख लोगों को यह आशा बँधने लगी कि शायद वे कोई जुगत बताएँगे। असल में किसी भी समस्या पर अपनी राय देने से पहले वे अकसर उपस्थित लोगों की ओर ताकते हैं, फिर बरगद की फुनगियों की ओर, फिर अपनी राय देते हैं।

अब उन्होंने अपनी चुप्पी तोड़ते हुए कहा, "सुनने में आया है, भुतहवा बगीचे में डेरा डाले नेटुओं की टोली का कोई नेटुआ वैतरणी के पास आता था।"

इस पर कई लोगों ने एक ही साथ कहा, "हाँ दादा…लेकिन वहाँ ढूँढ़ लिया गया। उनकी सिरकियों में झाँककर देखा गया। आसपास हर जगह खोजा गया, वहाँ वह नहीं…"

इस पर दादा ने अपनी अनुभवी आवाज़ में कहा, "नेटुओं की चोरी पकड़ना सबके वश की बात नहीं…"

"तो आप भी चलिए दादा, देख लीजिए…हम लोगों को तो वहाँ वह कहीं नहीं दिखती।" और लोग जग्गू दादा को लेकर चल पड़े। जग्गू दादा के साथ होने की वजह से उसकी खोज में सक्रिय लोगों का उत्साह पुनः ताजा हो

गया। लेकिन वहाँ पहुँचने पर पाया गया कि नेटुए अपना डेरा उखाड़कर कहीं जाने की तैयारी में थे। अपना अधिकांश सामान वे भैंसों पर लाद चुके थे। सिरकी के घर समेटकर बाँध लिये थे। घुमक्कड़ होने की वजह से वे कहीं एक जगह ठहरते तो थे नहीं। आज यहाँ तो कल वहाँ···

जग्गू दादा ने उस नेटुए की टोली के सबसे बुजुर्ग नेटुए को अपने सामने बुलाया, जो अपनी टोली का मेठ था। फिर आँख गुरेरते हुए उसे धमकाया, "ए खलीफा, मेरे गाँव की एक लुगाई ग़ायब है, तुम्हारी टोली में से अगर किसी ने छिपायी हो तो सीधे मन से बता दो···"

वह हाथ जोड़कर गिड़गिड़ाने लगा, "हमन का ई काम नाहिं मालिक··· हमन का त रउआ लोगन के आगे तमाशा दिखा के आ माँग खा के गुजर करिलास···ई करम हमन का सपनो ना करब स मालिक···फेरु कवन मुँह ले के एह गाँव में आइब स···!"

लेकिन जग्गू दादा को उसकी बातों पर विश्वास नहीं, उन्होंने गाँव के लोगों को आदेश दिया कि वे नेटुओं के सामानों की तलाशी लें। हालाँकि इस पर कुछ लोग चौंके भी कि वह औरत कोई काग़ज़ की पुड़िया तो है नहीं कि इन नेटुओं के गट्ठरों में छिपी होगी। भला भरी-पूरी किसी औरत को कपड़ों और सामानों के गट्ठर में छिपाया जा सकता है? लेकिन चूँकि जग्गू दादा का आदेश था, इसीलिए मानना ही था। गाँव के लोग नेटुओं के बड़े गट्ठरों को खोलकर और छोटे गट्ठरों को हाथों से टो कर देखने लगे। अन्य गट्ठरों की तरह एक बड़ा गट्ठर एक भैंस की पीठ पर बाँधकर रखा गया था। लोग जब उस गट्ठर के पास पहुँचे तो नेटुओं की औरतें और कुछ नेटुए सामने आकर हाथ जोड़ने लगे, "एहमें शीशा के बर्तन में मध आ घी सम्हार के रखल हई मालिक···छुअला पर सब गिरि जाई···हमनी के सब कमाई बरबाद हो जाई···"

मधु और घी बेचने वाले उन नेटुओं की ये बातें मेरे गाँव के अधिकांश लोगों को सही मालूम पड़ीं। बस, उनके क़दम ठिठक गये। लेकिन जग्गू दादा की राय इन सबसे पृथक् थी। उन्होंने इस बार विश्वास के साथ यह घोषणा की कि वैतरणी इसी गट्ठर में है। बस, यह सुनते ही नेटुओं और उनकी औरतों के रोकते-रोकते दर्जनों लोग उस गट्ठर पर टूट पड़े। फिर उस गट्ठर के खुलते ही यह देखकर सभी दंग रह गये कि वैतरणी उकड़ूँ होकर उसी गट्ठर के बीच बैठी थी और डर से थर-थर काँप रही थी। वैतरणी को देखते ही लोग उछलने-कूदने लगे तथा चिल्लाते हुए नेटुओं पर बरसने लगे, "मारो सालों को···पकड़ो ···इनके सभी सामान छीन लो···इनकी सिरकियों को जला डालो···"

लेकिन जग्गू दादा ने उन्हें रोक दिया और पुनः उस मेठ नेटुए को बुलाकर कहा, "तबर तो तुमने झाँसा दे दिया खलीफा! लेकिन अबर झाँसा देगा तो

फिर खैर नहीं···अब साँच-साँच बता दे कि तेरी टोली का कौन नेटुआ वैतरणी को लेकर भागा है ?"

इस बार नाटे कद का वह गठीला नेटुआ, जो वैतरणी के पास आता था, स्वयं सामने आ गया और बोला, "हुजूर, रउआ लोग माई-बाप बानी, हम एकरा के भोरा के भगवले नाहिं, ई अपना राजी-खुशी से हमरा साथे आइल···"

अब जग्गू दादा ने वैतरणी भौजी से पूछा, "क्या तू अपने मन से इसके साथ आयी है ?"

उसने कहा, "हाँ ।"

"लेकिन तुम तो जगराम की लुगाई हो", जग्गू दादा ने कहा, "समूचे गाँव के सामने उसने तुम्हारा हाथ थामा है···!"

इस पर वह बिफरकर रोने लगी, "वह मुझे घरवाली की तरह नहीं रखता । मुझ पर विश्वास नहीं करता···मेरी कोई बात नहीं मानता···मेरी इज़्ज़त लुटने देता है···शिकायत करने पर उलटे मुझे ही पीटता है । मैं उसके साथ कभी नहीं रह सकती । उसने मुझे पत्नी बनाकर नहीं, रखनी बनाकर रखा है । आप लोग मुझे मत रोकिए, मैं इन लोगों के साथ जाऊँगी···!"

वैतरणी की बात सुन हठात् सभी मौन हो गये ! जगराम ने वैतरणी को फूहर-पातर कहते हुए उसके आरोपों को मिथ्या साबित किया । पर एक क्षण के लिए गाँव के लोग यह समझ नहीं पाये कि इस स्थिति में क्या किया जाये ! जग्गू दादा को लोगों का यह असमंजस समझते देर न लगी । उन्होंने घोषणा के-से स्वर में कहा, "जगराम से शादी के बाद यह औरत पूरे गाँव की इज़्ज़त हो गयी है । इसके इस तरह जाने से गाँव की नाक कट जाएगी, हम इसे नहीं जाने देंगे । किसके यहाँ मरद-मेहरारू के झगड़े नहीं होते···" और जग्गू दादा ने नेटुओं को धमकाया । "जहाँ जाना हो, जल्दी भागो यहाँ से, नहीं तो जो भी आकी-बाकी है, सब पूरी हो जाएगी···"

उसके बाद नेटुए अपने गन्तव्य की ओर चल पड़े थे तथा गाँव के लोगों ने हर्षोल्लास से उछलते-कूदते पुनः वैतरणी भौजी को जगराम के खूँटे लाकर बाँध दिया था, उस हेरायी गाय की तरह जिसे खोजी चरवाहों ने आख़िर पकड़ ही लिया था । इस घटना को लेकर जग्गू दादा की अनुभवी सूझ-बूझ और उनके बेबाक निर्णय की सराहना मुक्तकण्ठ से पूरे गाँव में हुई थी । दरअसल गाँव के मनचले तो यह चाहते ही थे । लेकिन आज मैं इस घटना पर विचार करता हूँ तो मुझे यह सामूहिक बलात्कार की घटना मालूम पड़ती है । यह ठीक है कि एक व्यक्ति की अपेक्षा पूरे गाँव का निर्णय ज्यादा महत्त्वपूर्ण होता है । लेकिन जिस परिप्रेक्ष्य में यह निर्णय लिया गया वह कतई मुनासिब नहीं । मेरा मन आज भी कहता है कि वैतरणी भौजी अगर उस नेटुए के साथ भाग गयी होती तो कितना अच्छा

होता ! लोगों के अनुसार उक्त नेटुआ उसे मारता-पीटता, उससे भीख मँगवाता, लेकिन घरवाली का मान भी देता और देता सबसे बड़ी सुरक्षा जो हर पत्नी अपने पति से चाहती है। नेटुओं की औरतें अपने मन से चाहे जो कर लें, क्या मजाल की उनके साथ कोई जबरदस्ती कर ले। फसुली से गर्दन काट लेते हैं नेटुए···! लेकिन वैतरणी भौजी के नसीब में यह सुरक्षा कहाँ !

मुझे दुःख के साथ यह बताना पड़ रहा है कि उस घटना के कुछ ही समय बाद वह एक ऐसी बीमारी की चपेट में आ गयी थी कि उसके समूचे बदन में फोड़े निकल आये थे और चौबीसों घण्टे वह बुखार में तपती रहती थी। पास से गुजरने पर वह सड़ी मछली की तरह बदबू करती थी। उस स्थिति में जगराम ने इलाज और सेवा-सुश्रूषा के स्थान पर संक्रामक बीमारी से ग्रस्त समझ उसे अपने घर से निकाल दिया था। तब वह जगराम के घर के बाहर नीम के पेड़ के नीचे पड़ी कराहती रहती और यह कहते हुए निरन्तर बिलखती रहती थी, "एही रे बिपतिया के, कोई ना सँगतिया !"

उसे इस स्थिति में सबने देखा। कुछ देखकर मौन रह गये। कुछ ने कहा, "जैसी करनी, वैसी भरनी।"

लेकिन बलिराम की राय सबसे भिन्न थी। अगर किसी ने उसके लिए आवाज़ उठायी तो बलिराम ने। एक पैर से कुछ कमजोर, ढकचकर चलने वाला बलिराम उस वक़्त मेरे गाँव में नये कार्यों का प्रणेता था। हालाँकि गाँव के बुजुर्गों की नज़र में वह झगड़ालगावन और रार बेसाहने वाला था। जग्गू दादा के शब्दों में तो वह नम्बरी तिरछोल था। वैसे वे कभी-कभी उसे करैत भी कहते थे—गेहुँअन से भी अधिक विषैला ! उनके अनुसार तो एक पाँव का लँगड़ा होकर ऐसा डंक मारता है, दोनों पाँव साबुत होते तो पूरे गाँव को जला देता। लेकिन इसके बावजूद गाँव के नवही उसके साथ थे, इसीलिए उसकी उठायी आवाज़ नक्कारखाने में तूती की आवाज़ न होकर गाँव की ठहरी हुई ज़िन्दगी पर भूकम्प होती थी। मुसन की बेवा को उसने ही आवाज़ उठाकर हिस्सा दिलवाया था। आम रास्ते पर मकान बना रहे घरभरन को गाँव बिटोर कर उसने ही रोका था। अन्धे सरजू का कहीं ब्याह नहीं हो रहा था तो अगुअई करके उसने ही उसका घर बसवाया था और उसके अथक परिश्रम से ही मेरे गाँव के मध्य विद्यालय खुल सका था।

मैं आपको बता दूँ, जगराम का घर गाँव के इस छोर पर है तो बलिराम का उस छोर पर। इसीलिए प्रारम्भ में जब जगराम ने वैतरणी भौजी को घर से निकाल नीम गाँछ के नीचे रहने के लिए विवश कर दिया था, तब बलिराम वस्तुस्थिति से अच्छी तरह अवगत नहीं हो सका था। गाँव के लोगों से उसे ज़रूर जानकारी मिली थी कि वैतरणी को कोई गम्भीर बीमारी हो गयी है।

लेकिन जगराम उसकी ओर से मुँह मोड़कर उसके प्रति इस तरह बेरुखा हो गया है, यह वह नहीं जानता था। उस घटना के तीसरे दिन लोहार के यहाँ से अपने हल पर फाल चढ़वाकर लौटते हुए बलिराम की नज़र वैतरणी पर पड़ी थी। वैतरणी को असहाय स्थिति में तड़पते-छटपटाते और बिलखते देख जगराम के प्रति उसका ख़ून खौल उठा था। घर पर हल पटक, वह सीधे गाँव में निकल गया और वैतरणी की इस स्थिति के लिए उसने घोषित रूप से जगराम को दोषी ठहराया था तथा उसके प्रति जगराम की उपेक्षा और बेरुखी के ख़िलाफ गाँव के नवहियों को ललकारा था। उसने गाँव के नवहियों के बीच जगराम के विरुद्ध ऐसा तर्क दिया था कि लगभग एक दर्जन नवही तत्काल जगराम के दरवाज़े जा पहुँचे थे और वैतरणी को घर के अन्दर रख, उसकी ढंग से देखभाल तथा इलाज करने के लिए वे न सिर्फ़ उसके ऊपर दबाव डालने लगे थे, बल्कि उसे मारने-पीटने पर भी उतारू हो गये थे। इस बीच जग्गू दादा की मानसिकता के कुछ लोग जगराम के पक्ष में आ खड़े हुए थे। दोनों ओर से तनातनी और मारपीट की स्थिति क़ायम हो गयी। अन्ततः कुछ लोगों के बीच-बचाव के बाद पंचायत कराने के निर्णय पर स्थिति नियन्त्रण में आयी थी। फिर उसी शाम गाँव के पुरुबारी टोले में बरगद के नीचे पंचायत बैठी थी। मुझे जहाँ तक याद है, वह मेरे गाँव की एक मशहूर पंचायत थी। पंचायत में सबके पहुँच जाने और अपनी-अपनी जगह बैठ चुकने के बाद सबसे पहले बलिराम ने अपनी बात लोगों के सामने रखी थी, "सारा गाँव जानता है कि जगराम ने वैतरणी का हाथ पकड़ उसे अपनी घरवाली क़बूल किया है। जब वह ठीक थी तो उसके साथ खूब मौज किया, लेकिन उसके ऊपर विपत्ति आते ही उसे घर से निकाल दिया। पति-धर्म का तो इसने पालन किया ही नहीं, मानवता की दृष्टि से भी उसके साथ घोर अन्याय कर रहा है। चूँकि समूचे गाँव के सामने इसने वैतरणी का हाथ थामा है, इसीलिए अब गाँव का यह दायित्व बनता है कि वह जगराम को बाध्य करे कि वैतरणी के प्रति अपनी बेरुखी त्याग, पुनः उसे घर के अन्दर लाये और अच्छी तरह उसकी सेवा-चिकित्सा करे तथा उससे अपना स्नेह-सम्बन्ध बनाये रखे···!"

बलिराम की बात का समर्थन कई लोगों ने किया था, खासकर गाँव के नवही उसकी राय से बिलकुल सहमत थे। लेकिन दूसरी तरफ़ के लोगों की धारणा इससे भिन्न थी। उनमें से एक ने कहा, "जगराम उसकी दवा कराये और देखभाल करे यह तो ठीक है, लेकिन उसको घर में लाकर रखे, यह उचित नहीं। उसको जो रोग हुआ है, वह गन्हवा रोग है। उस रोग के आदमी के साथ नहीं रहा जा सकता··"

इस बात से शह पाकर उस पक्ष के एक दूसरे व्यक्ति ने कहा, "इसी गाँव में

हरखू के पिता झगरू को कोढ़ की बीमारी हो गयी थी तो उसे घर से बाहर रखा गया था। टी०बी० के मरीज को घर से बाहर रखा जाता है। वैतरणी भी छूत की बीमारी की चपेट में आयी है। उसे जगराम घर से बाहर न रखे तो क्या करे ?"

अब इस बात के समर्थन में एक तीसरे व्यक्ति ने कहा, "अरे, उसने पूर्व जन्म में जैसा किया था, उसीका फल भोग रही है। इसमें बेचारे जगराम का क्या दोष !"

इस पर उस पक्ष के एक चौथे व्यक्ति ने नहले पर दहला जमाया था, "वह ऐसी औरत नहीं कि उस पर इस तरह पंचायत की जाये। कई घाट का पानी पीकर आयी है। इस गाँव के नवहियों को भी बिगाड़ चली है। अच्छी ही रहती तो पति उसे घर से निकालता ही क्यों ?"

लेकिन बलिराम और उसके साथी इन बातों से सहमत नहीं थे। उनके अनुसार तो इन बातों से जगराम को बढ़ावा ही दिया जा रहा था। वे इस बात का विरोध करने लगे थे। इस बीच जगराम से भी पूछा गया। इस पर छाती पीटते हुए उसने कहना शुरू किया, "भगवान् की कसम जो मैंने उसे घर से निकाला हो···छूत की बीमारी के चलते ही उसे अलग रख रहा हूँ, लेकिन बराबर उसकी देखभाल करता हूँ···कस्बे के मुखर्जी बाबू से दवा लाकर दिया हूँ···मेरी देह गल जाएगी, अगर उसके साथ धोखा करूँगा···गाल बजाने वाले क्या जानेंगे जोरू का दर्द ! जब से वह गिरी है, न मैं ढंग से खा पाया हूँ, न सो पाया हूँ···" और जगराम ने घड़ियाली आँसू बहाकर सबको चकित कर दिया था।

अन्त में पंचायत का यह निर्णय हुआ कि जगराम भले ही उसे अपने घर में न रखे, लेकिन अच्छी तरह उसकी देखभाल करे, उसका इलाज कराये और उसके साथ पूर्ववत् अपना स्नेह-सम्बन्ध बनाये रखे।

दूसरे दिन गाँव को दिखाने के लिए जगराम ने कस्बे के एक डॉक्टर को बुलाकर वैतरणी को दिखा दिया था और उसके इर्द-गिर्द डोलता नजर आया था। लेकिन यह उसका सिर्फ़ दिखावा मात्र था। उसके बाद फिर वैतरणी के प्रति उसकी वही उदासीनता और बेरुखी। जगराम का यह नाटक देख उन्हीं दिनों मैंने यह जाना था कि किसी के प्रति लगाव और स्नेह-सम्बन्ध की भावना बाहरी दवाब के तहत विकसित नहीं की जा सकती। साथ ही यह भी कि सिर्फ़ देह-सम्बन्ध के आधार पर ही पति-पत्नी का सम्बन्ध नहीं बनता। इस सम्बन्ध की सार्थकता और व्याप्ति देह-सम्बन्ध से परे जाने में ही होती है···

वैतरणी उसी तरह कराहती-छटपटाती और बिलखती रही। लेकिन उस

पंचायत के बाद फिर उसको लेकर कोई पंचायत नहीं हुई। मेरे जानते गाँव का कोई भी ऐसा व्यक्ति नहीं होगा, जिसने उसके रोने-कलपने की आवाज़ नहीं सुनी होगी। सबने उसकी आवाज़ सुनी, सबने उसकी दशा देखी, लेकिन हुआ वही जो जगराम चाहता था। जगराम को फिर किसी लुगाई को बझाने के लिए स्वतन्त्र छोड़ वह सदा-सदा के लिए चली गयी। लेकिन उसकी वह आवाज़ आज तक मेरा पीछा नहीं छोड़ सकी है, "एही रे बिपतिया के, कोई ना सँगतिया !"

अध्यापन

घण्टी बजते ही कैलाशचन्द्र क्लास की ओर चल देते हैं। अन्य शिक्षकों की भाँति घण्टी बजने के बाद विलम्ब उन्हें पसन्द नहीं। उन्होंने देखा है, अधिकांश शिक्षक स्टाफ़ रूम में बैठकर गप्प लड़ाते रहते हैं। जब घण्टी बजती है तब रजिस्टर खोजना शुरू करते हैं। फिर चपरासी से खल्ली और डस्टर माँगते हैं। इसके बाद पानी पीते हैं। फिर घड़ी देखते हैं। फिर किसी पुस्तक के पन्ने पलटने लगते हैं। इस बीच जब दो-तीन बार छात्र आकर उन्हें यह सूचना दे जाते हैं कि "सर, आपका क्लास है," तब वे मन्थर गति से क्लास की ओर बढ़ते हैं। इस तरह लगभग पन्द्रह मिनट समय बिता देते हैं। अगर वे चाहते तो घण्टी बजने से पूर्व ही तैयार रहते और घण्टी बजते ही वर्ग में पहुँच सकते हैं।

लेकिन उन्हें तो किसी तरह समय बिताना होता है। वर्ग में पहुँचने के बाद धीरे-धीरे हाजिरी लेते हैं। सिर्फ़ रोल नम्बर से भी काम चल सकता है। लेकिन रोल नम्बर के साथ-साथ प्रत्येक छात्र के नाम का भी उच्चारण करते हैं या अगर सिर्फ़ रोल नम्बर का ही उचचारण करना होता है तो प्रत्येक रोल नम्बर ठहर-ठहर कर बोलते हैं। इस तरह यहाँ भी वे समय का एक हिस्सा समाप्त कर देते हैं। अब पचास मिनट की घण्टी में आधा से अधिक समय निकल जाता है। जो शेष समय बचता है, उसमें विषय के नाम पर इधर-उधर की बातों में छात्रों को उलझाये रखते हैं। फिर घण्टी बजते ही या घण्टी बजने से पूर्व ही स्टाफ रूम में वापस आ जाते हैं। लेकिन कैलाशचन्द्र को यह बात बहुत बुरी लगती है। उहोंने शिक्षकों की इस ग़लत प्रवृत्ति का न तो कभी समर्थन किया है और न इसे अपने जीवन का अंग ही बनने दिया है। एक कॉलेज शिक्षक के ज़िम्मे सप्ताह में सिर्फ़ चार या पाँच क्लास ही तो होते हैं और प्रत्येक क्लास मात्र पचास मिनट का। लेकिन इस कार्य के प्रति भी जी चुराते हुए ग़ैरज़िम्मेवार हुआ जाये, यह उन्हें सरासर अनुचित और अनैतिक लगता है।

कैलाशचन्द्र ने अकसर सोचा है कि शिक्षक ऐसा क्यों करते हैं, तो मुख्य रूप से उन्हें दो बातें नजर आती हैं। पहली बात यह कि पैरवी और पैसे के आधार

पर कुछ लोग शिक्षक नियुक्त होकर कॉलेजों में आ जाते हैं, जो पढ़ा सकने में बिलकुल असमर्थ होते हैं, इसीलिए किसी तरह समय बिता देना उनकी नियति होती है। इसके अतिरिक्त दूसरी बात यह कि नौकरी स्थायी हो जाने के बाद अधिकांश शिक्षक यह सोचते हैं कि वे मन से पढ़ायें या न पढ़ायें, वेतन तो उन्हें मिलना ही है, नौकरी बरकरार रहनी ही है, फिर वे मेहनत क्यों करें? वैसे लोग अपनी मेहनत राजनीति करने या किसी व्यवसाय में लगाते हैं। कॉलेज में तो अपनी नौकरी जीवित रखने के लिए आकर सिर्फ़ चेहरा दिखा जाते हैं।

कैलाशचन्द्र ने इसके खिलाफ कई बार आवाज़ उठायी है और अपने साथी शिक्षकों को समझाने की कोशिश की है। लेकिन उनके ऊपर इसका कोई असर नहीं हुआ है। वे तो उ ासे खफा रहते हैं कि उनके इस कॉलेज में आ जाने और नियमित होने से उनकी परेशानी और बढ़ गयी है, अन्यथा पहले तो मौज-ही-मौज थी। वे उनसे उलटा प्रश्न करते हैं कि नियमित होने और मन लगाकर पढ़ाने से उन्हें अधिक वेतन तो नहीं मिल जाता? वे जी-जान लगाकर पढ़ाते रहे और अभी तक लेक्चरर के लेक्चरर ही रह गये, जबकि उनके विषय में उनके बाद आये अनेक शिक्षक पढ़ाने के नाम पर कन्नी कटाते रहे, फिर भी रीडर और प्रोफ़ेसर हो गये! पूरे विश्वविद्यालय में नीचे से ऊपर तक भ्रष्टाचार व्याप्त है···इस एक कॉलेज में सुधार लाने से ही क्या होगा···?

इस पर कैलाशचन्द्र उन्हें समझाते हैं कि पूरे विश्वविद्यालय की बुराइयों को देखने की अपेक्षा आदमी खुद के अन्दर झाँके और अपने दायित्व के प्रति ईमानदार होना सीखे तो धीरे-धीरे सारी स्थिति नियन्त्रित हो जाएगी। रही कार्य को लेकर पदोन्नति की बात, तो शिक्षक छात्रों को पूरे मन से पढ़ायें और स्नेह दें तथा बदले में छात्र भी उन्हें अच्छा शिक्षक समझते हुए गुरु रूप में उनका आदर करें, किसी शिक्षक की इससे बड़ी उन्नति और क्या हो सकती है?

इस पर उनके साथी प्राध्यापक कहते हैं कि वे आदर्शवादी व्यक्ति हैं। यह युग आदर्शवाद का नहीं, आज के आधुनिक वैज्ञानिक युग में सुख-सुविधाओं की प्राप्ति आदर्शवाद के सहारे नहीं की जा सकती···

कैलाशचन्द्र वर्ग में पहुँच जाते हैं। फिर तेज़ी से हाज़िरी ले पढ़ाना शुरू कर देते हैं। वे धाराप्रवाह बोलते जा रहे हैं। छात्र शान्ति से बैठे हैं तथा ध्यानमग्न हो सुन रहे हैं। साथ ही सूत्र रूप में उनके व्याख्यान की महत्त्वपूर्ण पंक्तियों को नोट भी करते जाते हैं।

इस क्लास के अगल-बगल भी क्लास चल रहे हैं। लेकिन शान्ति वहाँ नहीं। छात्रों के शोरगुल एवं हुल्लड़बाज़ी की छिटपुट आवाज़ें सुनाई पड़ती रहती हैं। कैलाशचन्द्र जानते हैं, उनके वर्ग में जो शान्ति व्याप्त होती है, वह ऐसे ही सम्भव नहीं हुई है। इसके लिए उन्हें बहुत संघर्ष करना पड़ा है—सही अर्थों में शिक्षक

बनने का संघर्ष···पढ़ाई के नाम पर इधर-उधर की बातों में छात्रों को उलझाये रखने वाले शिक्षक वर्ग में शान्ति कभी नहीं बना सकते और न छात्रों के आदर के पात्र ही बन सकते हैं। समय बिताने और समय का सदुपयोग करनेवाले शिक्षक को छात्र जल्द ही पहचान जाते हैं। फिर उसी अनुकूल बर्ताव भी करने लगते हैं।

घण्टी बज जाती है। लेकिन कैलाशचन्द्र पढ़ाते रहते हैं। न वे हटने का नाम लेते हैं और न छात्र हटना चाहते हैं। उनके साथ अकसर ही ऐसा होता रहता है।

थोड़ी देर बाद किसी दूसरे वर्ग के छात्र दरवाज़े के समीप आकर खड़े हो जाते हैं। कहते हैं—"सर, इस घण्टी में इस कमरे में हम लोगों का क्लास है···"

कैलाशचन्द्र कहते हैं—"कोई दूसरा कमरा ख़ाली हो तो उसमें चले जाइए···"

वर्ग के छात्र भी कहते हैं—"दूसरी जगह बैठ जाइए"—और कैलाशचन्द्र से आग्रह करते हैं—"पढ़ाइए सर···"

लेकिन बाहर के छात्र फिर बोल पड़ते हैं—"कोई दूसरा कमरा ख़ाली नहीं है सर···"

कैलाशचन्द्र चाहकर भी अब नहीं पढ़ा पाते हैं। मन मसोसकर रह जाते हैं। वर्ग के छात्र भी छटपटा जाते हैं। बीच का वह व्यवधान उन्हें अच्छा नहीं लगता है। लेकिन वे कर ही क्या सकते हैं?

कैलाशचन्द्र क्लास समाप्त कर कमरे से निकलने लगते हैं। अन्य शिक्षकों की भाँति छात्र कमरे से निकलते हुए न तो उनके साथ धक्का-मुक्की करते हैं और न पीछे से फिकरे कसते और सीटियाँ ही बजाते हैं, बल्कि छात्रों का एक बड़ा वर्ग उनकी सुरक्षा में तैनात हो जाता है कि कोई दुश्चरित्र छात्र उनके साथ उद्दण्डता न कर सके। अपने प्रति छात्रों का यह श्रद्धाभाव देखकर कैलाशचन्द्र का मन स्नेह से भीग जाता है। वे सोचते हैं कि ऐसे निश्छल एवं भोले-भाले छात्रों को पढ़ाई के नाम पर छलना कितना बड़ा कसूर है? ये छात्र हरे बाँस की कच्ची टहनियों की तरह होते हैं, जिन्हें मनचाहा रूप देकर देश और समाज के लिए उपयोगी बनाया जा सकता है। ये छात्र स्कूल और कॉलेजों से अगर ज्ञान और व्यक्तित्व लेकर नहीं निकलते हैं तो इसकी जिम्मेवारी से शिक्षक अपने को अलग नहीं कर सकते।

कमरे से निकलकर कैलाशचन्द्र प्रिंसिपल ऑफिस और स्टॉफ रूम होते हुए पुस्तकालय भवन के समीप चले जाते हैं। अब चार घण्टियों के बाद उनका क्लास है। वे सीढ़ियों के सहारे पुस्तकालय भवन के ऊपर अध्ययन-कक्ष की ओर चल

देते हैं। इन लीज़र घण्टियों का उपयोग कुछ पढ़ कर करेंगे।

कैलाशचन्द्र चाहते हैं कि लीजर घण्टियों में हर शिक्षक अपने ज्ञान के विकास एवं अपने विषय की ताज़ा जानकारी के लिए पुस्तकालय में आकर अध्ययन करें। लेकिन उनकी तरह एक-दो शिक्षकों को छोड़कर अन्य ऐसा नहीं करते। अन्य शिक्षक तो स्टॉफ रूम और कैण्टीन में बैठकर दूसरी तरह की चर्चा में मशगूल होते हैं। उनकी चर्चा का विषय होता है—सिनेट और सिण्डिकेट का चुनाव, रजिस्ट्रार और वाइसचांसलर की निकटता, कॉलेज में बरसर, परीक्षा अधीक्षक और एडमिशन इन्चार्ज का पद, लेक्चरर से रीडर और रीडर से प्रोफ़ेसर में पदोन्नति, विश्वविद्यालय अधिकारी के पद पर पहुँचने की योजना, इसके अतिरिक्त अपनी चर्चाओं में वे जातीय समीकरण की गोटियाँ भी फिट करते हैं तथा स्थानान्तरण और पदोन्नति के माध्यम से उठा-पटक की रणनीति भी तय करते हैं। अध्ययन-अध्यापन के नाम पर कॉलेज में जुटने का उलटा उद्देश्य अंजाम दिया जाता है।

कैलाशचन्द्र अध्ययन-कक्ष में खिड़की की मेज़ के समीप आ बैठते हैं। यह उनकी पसन्द की जगह है। अकसर वे यहीं बैठकर अध्ययन करते हैं तथा अध्ययन करते हुए जब एकरसता का अनुभव करते हैं तो खिड़की से कॉलेज प्रांगण का मुआयना करने लगते हैं।

अचानक छात्रों के ठहाका लगाने और सीटी बजाने की आवाज़ें कैलाशचन्द्र को सुनाई पड़ती हैं। उनकी निगाहें पुस्तक से अलग हटकर कॉलेज प्रांगण की ओर चली जाती हैं। देखते हैं—नये प्राध्यापक बालेश्वर के कॉलेज में घुसते ही छात्रों ने उन्हें तंग करना शुरू कर दिया है। उनके पीछे से सीटियाँ बजाते और ठहाका लगाते हुए 'मिस्टर टॉपर'...'मिस्टर फाँकीबाज़'...कह-कहकर सम्बोधित करने लगे हैं। कैलाशचन्द्र देख रहे हैं। जब से बालेश्वर इस कॉलेज में प्राध्यापक नियुक्त होकर आये हैं, छात्रों के बीच शिक्षक के रूप में अपनी पहचान नहीं बना सके हैं। प्राचार्य ने प्रथम दिन छात्रों के बीच इनका परिचय दिया था कि ये अपने बैच के टॉपर हैं। लेकिन छात्रों ने अनुभव किया कि टॉपर होते हुए भी इन्हें विषय की जानकारी नहीं और क्लास लेने से भी ये भागते रहे हैं, इसलिए छात्र इन्हें 'मिस्टर टॉपर' और 'मिस्टर फाँकीबाज़' कहकर चिढ़ाते हैं।

प्रारम्भ में बालेश्वर के आगमन से कैलाशचन्द्र को खुशी हुई थी कि एक टॉपर के आने से शायद अध्ययन-अध्यापन को गति मिलेगी। लेकिन जल्द ही यह जानकर उनकी खुशी खत्म हो गयी कि बालेश्वर एक सामान्य विद्यार्थी की योग्यता भी नहीं रखते। विश्वविद्यालय के एक उच्च अधिकारी से सम्बन्धित होने की वजह से ही टॉपर बन सके हैं। दूसरी नौकरी में नियुक्ति की जटिल प्रक्रियाओं से गुज़र कर सफल होना उनके लिए सम्भव नहीं हो पाता, इसीलिए कॉलेज में

शिक्षक होकर आ गये हैं। सामान्य विद्यार्थी को टॉपर बनाने की क्षमता रखने वाले अधिकारी के लिए कॉलेज में शिक्षक नियुक्त करा देना कोई बड़ी बात तो नहीं।

कैलाशचन्द्र जानते हैं, कॉलेज में आने वाले हर नये शिक्षक को छात्रों की शरारतों का सामना करना पड़ता है। इस दौरान जो शिक्षक होते हैं, टिक जाते हैं, शीघ्र ही छात्रों के बीच अपनी पहचान कायम कर लेते हैं। लेकिन जो शिक्षक नहीं होते उनकी स्थिति बालेश्वर की तरह हो जाती है। ऐसे शिक्षक कॉलेज में अपने को टिकाने के लिए गुण्डा छात्रों को पालना और प्रश्रय देना शुरू कर देते हैं। जिससे माहौल दूषित बनता जाता है।

कैलाशचन्द्र का मन आज पढ़ाने में नहीं लग पाता है। बालेश्वर की इस घटना के साथ ही वे दिन उनकी आँखों के सामने साकार हो उठते हैं जब वे इस कॉलेज में शिक्षक नियुक्त होकर आये थे। प्रथम दिन विभागाध्यक्ष ने वर्ग में जाकर उनका परिचय कराया था तथा परिचय कराने की परम्परा के अनुसार छात्रों के बीच उनकी काफ़ी प्रशंसा की थी। कैलाशचन्द्र को अच्छी तरह याद है, वह द्वितीय वर्ष प्रधान हिन्दी का क्लास था। विभागाध्यक्ष के चले जाने के बाद उन्होंने छात्रों से कहा था—"मैं वैसा नहीं, जैसा विभागाध्यक्ष ने बताया है। यह उनकी महानता है, नाम पहले और काम बाद में, इस तथ्य में मैं विश्वास नहीं करता। मेरे काम से मेरा जो परिचय आपको मिले, वही मेरा वास्तविक परिचय होगा। अध्ययन-अध्यापन में मेरी रुचि है, जिसकी वजह से आपके बीच चला आया हूँ।"

इसके बाद परिचय और बातचीत में और अधिक समय न जाया कर उन्होंने तेज़ी के साथ हाजिरी लेनी शुरू की थी। हाजिरी लेते हुए छात्रों की ऊटपटांग बोलियों का सामना उन्हें करना पड़ा। लेकिन इसे उन्होंने अन्यथा न लिया। पठन-पाठन के रूप में जब तक छात्रों से परिचय नहीं हो जाएगा, उनकी शरारतों को सहना ही पड़ेगा।

हाजिरी समाप्त होते ही उन्होंने पूछा था—"इस घण्टी में क्या पढ़ाना है ?"

छात्रों ने कहा था—"राष्ट्रभाषा गद्य-पद्य संग्रह।" और पुस्तक निकालकर उनकी ओर बढ़ा दी थी। पुस्तक हाथ में लेते हुए उन्होंने फिर पूछा था—"कितने पाठ पढ़ाये जा चुके हैं ?"

छात्रों ने कहा था—"गद्य खण्ड पूरा पढ़ाया जा चुका है, पद्य खण्ड में सूर और तुलसी को पढ़ा दिया गया है। कबीर को पढ़ाना है।"

कैलाशचन्द्र ने पुस्तक पलटकर कबीर की संकलित साखियों को देखा।

फिर पुस्तक बन्द कर सबसे पहले कबीर का संक्षिप्त साहित्यिक परिचय देना शुरू कर दिया। उन्होंने सोचा कि कबीर का साहित्यिक परिचय देने के बाद उनकी काव्यगत विशेषताओं और उनके दर्शन पक्ष को उजागर करेंगे। फिर बारी-बारी से उनकी साखियों को समझाएँगे। छात्रों के लिए यह उपयोगी होगा।

पहला दिन होने की वजह से कैलाशचन्द्र पूरी मुस्तैदी के साथ पढ़ा रहे थे। अपने कथन को ज्यादा-से-ज्यादा साहित्यिक और रोचक शब्दावली में प्रस्तुत करते जा रहे थे। इस स्थिति में अधिकांश छात्र ध्यानमग्न हो सुन रहे थे। लेकिन कुछ छात्र उनके नये होने का नाजायज फ़ायदा उठाते हुए आपस में बातचीत करते तथा बेंच के नीचे माथा झुकाकर सीटी बजाते हुए शोरगुल का माहौल बनाते जा रहे थे। प्रारम्भ में कुछ क्षण तक इस माहौल को अनसुना कर वे पढ़ाते रहे। लेकिन जब शोरगुल से अपना ध्यान विचलित होते पाये तो बोल पड़े—"आप लोग शान्त होकर सुनिए, इस तरह शोर मचाइएगा तो न मैं अच्छी तरह कह सकूँगा और न आप सुन सकिएगा।"

उनकी यह बात सुन उनके व्याख्यान से प्रभावित अधिकांश छात्र शान्ति बनाने की कोशिश करने लगे। विषय में उन्हें आनन्द आने लगा था तथा कैलाशचन्द्र एक अच्छे शिक्षक के रूप में जान पड़ने लगे थे। लेकिन कुछ बदतमीज़ छात्र शरारतों में लगे रहे।

कैलाशचन्द्र ने देखा, पिछली बेंच पर बैठे तीन दादानुमा छात्र इन शरारतों में विशेष रुचि ले रहे हैं। देखने में वे तीनों अन्य छात्रों की अपेक्षा उम्रदार और असामान्य दिख रहे हैं—बढ़ी हुई बाल-दाढ़ी, कढ़ी हुई जुल्फें, कलफ़दार कपड़े। उन्होंने लक्ष्य किया, वर्ग में अशान्ति फैलाने का कार्य वे ही तीनों कर रहे हैं। अपने विद्यार्थी-जीवन से ही वे इस तथ्य से अवगत थे कि वर्ग में उद्दण्डता और गन्दी हरकतों का संचालन दो-तीन छात्र ही करते हैं। बाद में किशोर सुलभ मानसिकता की वजह से अन्य छात्र भी उसमें भाग लेने लगते हैं, जबकि अन्य छात्रों की बुनियादी मंशा ऐसी नहीं होती।

इस बार कैलाशचन्द्र ने उन तीनों की ओर संकेत करके कहा—"आप लोगों की ओर से ही शोरगुल की आवाजें आ रही हैं। आप लोग शान्ति से सुनते क्यों नहीं ?"

इस पर उनमें से एक ने खड़े होकर कहा—"आपकी आवाज़ सुनाई नहीं पड़ती। आप जनाना आवाज़ में बोलते हैं।"

उनकी यह बात सुनकर कुछ लड़के ठहाका लगा उठे। इस पर कैलाशचन्द्र गम्भीर होते हुए बोले—"क्या सचमुच मेरी आवाज़ सभी को सुनाई नहीं पड़ रही है ?"

छात्रों ने समवेत स्वर में जवाब दिया—"नहीं सर ! सुनाई पड़ रही है।"

इस पर कैलाशचन्द्र ने उस छात्र की ओर सकेत कर कहा—"लेकिन उन्हें तो सिर्फ़ जनाना आवाज़ सुनाई देती है।"

लड़कों ने कसकर ठहाका लगाया। वह युवक लज्जित होकर बैठ गया। पराजय-बोध से उसका चेहरा लाल हो गया।

कैलाशचन्द्र पुनः पढ़ाने लगे। कहीं बहुत गहरे में उतरकर कबीर की मान्यताओं को उजागर करने लगे। लेकिन वे उपद्रवी छात्र शान्त नहीं हुए। पुनः शोरगुल जारी कर गधे, सियार आदि की ऊटपटांग बोलियों के माध्यम से अन्य मनचले छात्रों का ध्यान अपनी ओर आकृष्ट करने लगे। इस पर कैलाशचन्द्र ने फिर बीच में ही अपना व्याख्यान रोककर उन तीनों को सम्बोधित किया—"आप ही लोगों की फिर आवाज़ें आ रही हैं।"

इस पर उनमें से दूसरा युवक खड़ा होकर बोला—"आपको पढ़ाना नहीं आता।"

पूरा वर्ग गम्भीर हो गया। कैलाशचन्द्र को उस युवक की बात चुनौती जैसी लगी। उन्होंने तेज़ आवाज़ में पूछा—"क्या सचमुच मेरी बात आप लोगों को समझ में नहीं आती ?"

वर्ग के छात्र चिल्ला उठे—"आती है सर ! आप बहुत बढ़िया पढ़ा रहे हैं।"

उस दूसरे युवक का चेहरा भी उतर गया। मुँह बनाकर बैठ गया। कैलाशचन्द्र को लगा कि उनकी पढ़ाई से प्रभावित छात्रों का एक बड़ा वर्ग उनके साथ हो गया। अवसर अनुकूल जान वे उन तीनों पर उबल पड़े। "आप लोगों को स्वयं तो पढ़ना है नहीं···दूसरे छात्रों को भी पढ़ने देना नहीं चाहते हैं···यह बात ग़लत है···"

इस पर उनमें से तीसरा युवक, जो डीलडौल में अपने साथियों का सरदार जैसा लगता था, खड़ा होकर तैश में बोला—"पढ़ाना हो तो चुपचाप पढ़ाइए, नहीं तो बाहर चल जाइए।"

वर्ग के छात्र अवाक् हो उठे। कैलाशचन्द्र भी सन्न रह गये। फिर अपने को संयत कर पूरे वर्ग को सम्बोधित करते हुए उन्होंने पूछा—"क्या मैं चला जाऊँ ? आप लोग पढ़ना नहीं चाहते ?"

छात्र तैश में आकर चिल्ला उठे—"नहीं सर, पढ़ाइए सर, पढ़ाइए सर !"

उस तीसरे युवक का हौसला भी पस्त हो गया। चोट खाये साँप की तरह फुफकार कर बैठ गया। इस पर कैलाशचन्द्र ने उससे पूछा—"आप बाहर जाने को कह रहे हैं, लेकिन अन्य छात्र तो पढ़ना चाहते हैं। इस स्थिति में आप तीनों का बाहर जाना ठीक रहेगा या मेरा ? लेकिन मैं आप लोगों को बाहर जाने को नहीं कहूँगा। शिक्षक और छात्र के रूप में जिस उद्देश्य की पूर्ति के लिए हम यहाँ जुटे हैं, उसकी सार्थकता हममें से किसी को बाहर जाने में नहीं है, बल्कि आप

ध्यान से सुनें, इसी में है।"

अपने इस कथन की समाप्ति के बाद कैलाशचन्द्र ने छात्रों से पूछा—"आप लोगों की क्या राय है ?"

छात्र एक ही स्वर में चिल्ला उठे—"आप ठीक कह रहे हैं सर, बिलकुल ठीक।"

कैलाशचन्द्र ने खूब जमकर पढ़ाया। घण्टी बजने के बाद भी पढ़ाते रहे। क्लास समाप्त कर जब कमरे से बाहर निकलने लगे तो उन तीनों की छिटपुट आवाज़ें उन्हें सुनाई पड़ीं—"अभी बच्चू नये हैं, पाला नहीं पड़ा, मचा चखाना होगा। अच्छे घर को न्यौता दिये हैं···"

लेकिन कैलाशचन्द्र ने उनकी बातों पर कान नहीं दिया।

अगले दिन कैलाशचन्द्र उस वर्ग में आये तो वे तीनों नहीं थे। लेकिन क्लास लेकर उनके निकलते ही वे तीनों सामने आ धमके। उनमें से एक ने गुरु गम्भीर आवाज़ में कहा—"हमारी हाजिरी बना दीजिए।"

जवाब में उन्होंने कहा—"आप लोग वर्ग में उपस्थित नहीं थे···"

इस पर दूसरे ने गुर्राते हुए कहा—"वर्ग में उपस्थित देखने के लिए नहीं, हाजिरी बनाने के लिए कहा जा रहा है।"

उत्तर में उन्होंने फिर कहा—"बिना उपस्थित हुए मैं किसी की हाजिरी नहीं बनाता।"

इस पर क्रोध व्यक्त करते हुए तीसरे ने कहा—"रजिस्टर छीनकर स्वयं हाजिरी बना ली जाये।"

पहले ने उनके हाथ से रजिस्टर छीन लिया। दूसरे ने हाजिरी बनाने के लिए कलम निकाल ली। लेकिन तीसरे ने उन्हें रोक दिया—"अपनी लिखावट में हाजिरी बनाना ठीक नहीं होगा।"

इसके बाद तीनों ने उनकी ओर देखा। लेकिन उन्होंने साफ़ कह दिया—"मैं गलत काम नहीं करूँगा।"

इस पर रजिस्टर उन्हें थमा, तीनों ने ग़ुस्से से उन्हें घूरा। फिर यह कहते हुए चले गये—"इसका अंजाम अच्छा नहीं होगा।"

वह घटना कैलाशचन्द्र कभी नहीं भूल पाते हैं। वह उनके शिक्षक जीवन की अग्नि-परीक्षा थी। अगर विचलित हो गये रहते तो इस रूप में कभी नहीं पहुँच पाते। लेकिन तनिक भी विचलित नहीं हुए।

उन्हें अच्छी तरह याद है, उसी दिन शाम को जब वे कॉलेज से घर लौट रहे थे तो एकान्त स्थान आते ही उन तीनों ने उन्हें आ घेरा। बगल के वृक्षों की ओट में वे छिपे थे और उनकी प्रतीक्षा कर रहे थे। उनके समीप पहुँचकर एक ने पूछा—"हाजिरी क्यों नहीं बनायी थी ?"

कैलाशचन्द्र ने कहा—"आप लोग वर्ग में उपस्थित नहीं थे।"

"फिर कहता है कि वर्ग में उपस्थित नहीं थे।" और क्रूरता प्रकट करते हुए उस पहले ने उन्हें कसकर धक्का लगाया। वे गिर पड़े। सँभलकर उठे ही थे कि यह कहते हुए दूसरे ने घूँसा लगाया—"बड़ा नियम-कानून बघारता है, दिखा अब अपना नियम, लात के देवता बात से नहीं मानते।"

वे फिर लड़खड़ाकर गिर पड़े। इस बार खड़े होकर उन्होंने कहा—"सुनिए, मैंने आप लोगों के भले के लिए ही ऐसा किया है। अच्छे विद्यार्थी के रूप में मैं आप लोगों को देखना चाहता हूँ।"

इस पर तीसरे ने कहा—"खूब देखना चाहते हो, अभी-अभी आये और भला करने में लग गये। यह क्यों नहीं कहते कि दादा शिक्षक बनते हो, तो दिखाओ अपनी दादागिरी !"

उन्होंने कहा—"यह ग़लत बात है, मेरी मंशा ऐसी नहीं !"

तीसरे ने कहा—"हम लोगों की सारी बातें ग़लत हैं, और तुम्हारी सही हैं तो लो सँभालो···!" और उछलकर उसने एक ज़ोरदार घूँसा लगाया। वे गिर कर कराह उठे। उनकी कराह सुन पहले ने कहा—"आज इतने पर ही छोड़ दिया जाये, अब रास्ते पर आ जाएगा, नहीं आएगा तो अगली बार हाथ-गोड़ तोड़ दिया जाएगा या उस दुनिया में पहुँचा दिया जाएगा।"

उन्हें धमकाकर वे तीनों चले गये। उनके जाने के बाद उठकर वे घर की ओर चल पड़े। जानते थे, यह स्थिति आनी थी। मन-ही-मन इस स्थिति के लिए तैयार थे। इससे बचने के लिए अपने विचारों एवं मूल्यों के साथ समझौता करना पड़ता, अपनी जीवन-पद्धति बदलनी पड़ती, जो उन्हें कतई स्वीकार्य नहीं।

अगले दिन जब वे उस वर्ग में पहुँचे तो वे तीनों फिर नज़र नहीं आये। लेकिन उनके वर्ग से निकलते ही पुनः कहीं से आ धमके—"हाजिरी बना दीजिए।"

उन्होंने फिर वही बात दोहरायी—"आप लोग वर्ग में नहीं थे।"

इस पर उनमें से एक ने कहा—"कल की बात भूल गये ? वह सिर्फ़ चेतावनी थी।"

उन्होंने कहा—"बच्चों की बात मैं याद नहीं रखता। याद ही रखना होता तो मेरे घर और रिश्ते के अनेक दबंग छात्र इस कॉलेज में और विश्वविद्यालय के पी० जी० विभागों में पढ़ते हैं, जो सूचना मिलते ही आप लोगों से निबट लेते। नगर के वर्तमान एस० पी० मेरे मित्र हैं। आप लोगों को पुलिस हवालात में बन्द कर दण्डित करा सकता था। यहाँ कॉलेज में भी प्रिंसिपल से कहकर आप लोगों की टी० सी० दिलवा देता। लेकिन मैं ऐसा करना नहीं चाहता। इसलिए नहीं

कि आप लोगों से डरता हूँ, बल्कि इसलिए कि आप बच्चे हैं। ज्ञान के अभाव में ही ऐसा कर रहे हैं। मेरा छोटा बच्चा मुझ पर रोड़े फेंक देता है। लेकिन उसका अज्ञान समझ मैं माफ़ कर देता हूँ। यह आप लोगों का अज्ञान नहीं तो क्या है कि मैं अच्छे विद्यार्थी के रूप में आप लोगों को देखना चाहता हूँ और आप लोग मुझे अपना प्रतिद्वन्द्वी समझने लगे हैं। लेकिन जानता हूँ, ज्ञान होने के बाद आप लोग ऐसा नहीं करेंगे, मैं उसी दिन के लिए प्रयासरत हूँ…"

कैलाशचन्द्र ने लक्ष्य किया, उनकी बातों से तीनों के चेहरे के भाव परिवर्तित हो चुके थे। तीनों ने एक-दूसरे को देखा। फिर माथा झुकाकर चले गये।

अगले दिन वर्ग में वे तीनों उपस्थित थे और अन्य छात्रों की भाँति शान्ति से कैलाशचन्द्र को सुन रहे थे। कैलाशचन्द्र ने पढ़ाई के दौरान बीच-बीच में यह जानने के लिए छात्रों से प्रश्न पूछना शुरू कर दिया कि उनकी समीक्षा वे आत्मसात कर रहे हैं या नहीं? इस क्रम में कुछ अन्य छात्रों से पूछने के बाद वे उन तीनों से भी पूछने लगे। इस पर उनमें से एक ने कहा—"हम लोग बाहर रहते हैं तो आप हाजिरी नहीं बनाते और क्लास में आते हैं तो तंग करने लगते हैं?"

उन्होंने कहा—"मैं तो यह जानना चाहता हूँ कि मेरी बातें आप लोगों के मन में उतरती हैं या नहीं। मेरी बातें अगर आपके मस्तिष्क में अपना प्रभाव नहीं छोड़ती हैं तो इसका दोषी मैं हूँ। मैं पूरा प्रयास करूँगा कि इस दोष से अपने को मुक्त कर सकूँ। अपनी शैली को बदलूँगा। अपने वक्तव्य को और सहज और आसान बनाकर पेश करूँगा।"

उनमें से तीसरे ने अपनी समझ और शब्दावली में उनके प्रश्न का उत्तर दिया। वे बेहद प्रसन्न हुए। उस तीसरे की भूरि-भूरि प्रशंसा की। भरी हुई क्लास में अपनी प्रशंसा सुनकर उसका चेहरा खिल उठा। वह श्रद्धापूर्ण नेत्रों से उन्हें निहारने लगा।

अगले दिन कैलाशचन्द्र को यह देखकर सुखद आश्चर्य हुआ कि वे तीनों पढ़कर आये थे। उनके प्रश्न का उत्तर पूरी रुचि और उत्साह से देने लगे थे। इसके बाद अपने पाठ्य विषय में उनका ऐसा मन लगा कि कैलाशचन्द्र देखकर अभिभूत हो उठे। उन्हें अपार प्रसन्नता हुई। उन्हें लगा, उनका शिक्षक होना सार्थक हो गया। उसके बाद तो छात्रों के बीच उनकी वह चर्चा चली कि छात्र उन्हें योग्य प्राध्यापक के रूप में देखने और श्रद्धा देने लगे। उसके बाद फिर कभी छात्रों की उद्दण्डता का सामना उन्हें नहीं करना पड़ा।

उस घटना और उसके बाद की कई घटनाओं से कैलाशचन्द्र ने यह जाना है कि शिक्षकों के ग़ैर-जिम्मेवार और अनैतिक होने तथा छात्रों के बीच भेदभाव बरतने के चलते ही छात्रों की उद्दण्डता और अभद्रता का सामना उन्हें करना पड़ता है :

शिक्षक समान निगाह से सभी छात्रों को देखे तथा पूरे मन से पढ़ाये तो कोई कारण नहीं कि छात्रों की उद्दण्डता का उन्हें शिकार होना पड़े। कैलाशचन्द्र का यह व्यक्तिगत अनुभव है कि दादानुमा छात्र भी सही शिक्षक की कद्र करते हैं। उन्हें अपमानित करना नहीं चाहते।

अचानक छात्रों के ज़ोर-ज़ोर से बोलने की आवाज़ें पुनः कैलाशचन्द्र को सुनाई पड़ती हैं। देखते हैं, इस बार स्टाफ रूम और प्राचार्य कक्ष के सामने तीस-चालीस छात्र एकत्र होकर आक्रोश प्रकट कर रहे हैं कि उनका क्लास नहीं हो रहा है। वे प्राचार्य और शिक्षकों को सम्बोधित कर गन्दे-गन्दे वाक्य भी उछाल रहे हैं। लेकिन कैलाशचन्द्र जानते हैं, इससे कुछ होने वाला नहीं। कुछ देर तक चीखने-चिल्लाने के बाद ये स्वतः इधर-उधर चले जाएँगे।

कैलाशचन्द्र ने देखा है, क्लास नहीं होने पर छात्र आक्रोश व्यक्त करते हुए हेड से मिलते हैं। हेड कहते हैं—"मेरा क्लास नहीं, जिसका क्लास है, वह बिना छुट्टी की दरख़ास्त के ग़ायब है।"

छात्र कहते हैं—"तो आप ही क्लास ले लीजिए सर, आप तो ख़ाली ही हैं।"

वे कहते हैं—"दूसरे की क्लास मैं क्यों लूँ? वे मेरा क्लास लेते हैं? बिना किसी पूर्व सूचना के मैं किसी का क्लास नहीं लेता। आप लोग प्राचार्य से मिलिए।"

छात्र, प्राचार्य से मिलते हैं तो प्राचार्य कहते हैं—"आप लोग शान्त रहिए। शोरगुल करने से कुछ नहीं होगा। मैं पता करता हूँ।" और प्राचार्य या तो छात्रों को समझा देते हैं या हेड को बुलाने के लिए चपरासी भेजते हैं। इस बीच हेड या तो स्टॉफ रूम से निकल गये रहते हैं या कोई बहाना बना देते हैं। फिर घण्टी का समय बीतते ही छात्र बिखर जाते हैं। अब तो वे इस स्थिति के लिए अभ्यस्त हो चुके हैं। दो-चार मिनट चीख-चिल्लाकर चुप हो जाते हैं। प्राचार्य भी अपना ध्यान, अध्ययन-अध्यापन की ओर न लगाकर कॉलेज के दूसरे कार्यों में ही लगाये रहते हैं, जो उनके लिए लाभप्रद होते हैं।

कैलाशचन्द्र देख रहे हैं, अनेक शिक्षक बिना आवेदन के ही छुट्टी में रहने लगे हैं। छात्रों के दबाव पर अगर प्राचार्य किसी शिक्षक से स्पष्टीकरण पूछते हैं तो वह दूसरे शिक्षकों का नाम लेकर कहता है कि उनसे क्यों नहीं पूछते? बिना आवेदन के नहीं आने वाले शिक्षक एक-दूसरे को आदर्श बनाकर चलते हैं। प्राचार्य अधिक जवाब-तलब भी नहीं करना चाहते। वे जब खुद 'दूसरे कार्यों' की ओर उन्मुख हैं तो शिक्षकों को कैसे छेड़ें? वे छेड़ेंगे तो शिक्षक भी तो उन्हें छेड़ नहीं देंगे! फिर दोनों ओर से अपनी पहुँच और सामर्थ्य की जोर-आजमाइश शुरू हो जाएगी। इसके अतिरिक्त विश्वविद्यालय के उच्च अधिकारियों के यहाँ भी तो

कमोबेश यही माहौल है ! कैलाशचन्द्र का मन तिक्त हो जाता है। इस माहौल को बदलने के लिए उनका मन बेचैन हो उठता है।

कैलाशचन्द्र अकसर अपने विषय में दूसरों का क्लास लेते रहे हैं। वे खाली हों और उनके विषय की क्लास कोई कर जाये, यह हो ही नहीं सकता है। इसके लिए उनके विषय के शिक्षक मुँह पर उनकी खूब तारीफ़ करते हैं। क्लास लेने से उनकी जान जो बच जाती है। लेकिन वे जानते हैं, पीठ पीछे वे उन पर हँसते हैं—कैलाशचन्द्र मूर्ख है, दूसरों की क्लास लेता रहता है, अच्छा उल्लू विभाग को मिल गया है।

कैलाशचन्द्र को अपने इन शिक्षक मित्रों की बातें अजीब लगती हैं। वे समझ नहीं पाते हैं कि ये कैसे व्यक्ति हैं कि स्वयं ग़लती करते हैं और दूसरों को मूर्ख समझते हैं। इनकी इससे बड़ी मूर्खता और क्या हो सकती है ?

काफ़ी समय बीत जाता है। कैलाशचन्द्र प्रतीक्षा करने लगते हैं कि इन··· घण्टियों का शेष समय भी जल्द ही बीत जाये, ताकि वे वर्ग में पहुँच सकें। लेकिन छात्रों के शोरगुल की तेज आवाज़ें पुनः उन्हें सुनाई पड़ने लगती हैं। देखते हैं, इस बार कॉलेज मैदान में छात्रों के दो गुटों के बीच युद्ध छिड़ गया है। चक्कू, बेल्ट, रड, रिवाल्वर निकाले जा चुके हैं। कुछ छात्र इधर-से-उधर भागते नज़र आते हैं।

इस स्थिति में वही होता है, जो कैलाशचन्द्र जानते थे। प्राचार्य कक्ष से नोटिस लेकर चपरासी सुना देता है—'आज के शेष क्लास स्थगित किये जाते हैं।"

छुट्टी की घण्टी बजा दी जाती है। छात्रों की भीड़ छँटने लगती है। कैलाशचन्द्र का मन खीझ से भर जाता है। आज भी क्लास बीच में ही स्थगित कर दिये गये। किसी दिन पूरे क्लास नहीं हो पाते हैं।

वे सोचते हैं कि क्या यह स्थिति इसी तरह निरन्तर ख़राब ही होती जाएगी या बदलेगी भी ? इस पर उन्हें लगता है, यह स्थिति अवश्य बदलेगी। उमस जब बहुत बढ़ती है तो आँधी अवश्य आती है, जिससे वातावरण बदलता है। उन्हें याद है, अभी पिछले सप्ताह ही तो छात्रों ने विश्वविद्यालय कार्यालय का घेराव किया था तथा नगर के मुख्य स्थानों पर धरना दिया था कि उनके उतने क्लास और प्रैक्टिकल नहीं होते, जितने होने चाहिए, बिना सिलेबस समाप्त किये ही परीक्षाओं में उन्हें झोंक दिया जाता है। उनके साथ सरासर अन्याय हो रहा है, आदि-आदि।

उन्होंने सुना है, इस बात के लिए छात्रों एवं नागरिकों का एक बड़ा वर्ग संगठित और क्रियाशील हो रहा कि पढ़ाई के नाम पर छात्रों को टरकाया न जाये।

वे इस बात को लेकर काफ़ी समय से सुलगते आ रहे हैं कि जब क्लासें ही नहीं होतीं तो फिर कॉलेज के खुले रहने का क्या औचित्य ? प्राचार्य और शिक्षकों को कॉलेज में आने का क्या अधिकार ? उन्हें क्यों आने दिया जा रहा है ?

कैलाशचन्द्र को विश्वास है, एक ज़ोरदार आँधी आएगी, जो इस उमस को बहा ले जाएगी । फिर नया वातावरण बनेगा, उस नये वातावरण के आगमन को कोई रोक नहीं सकता ।

आनन्दमोहन वर्मा बेहोश हैं

वर्मा जी ने सोचा था कि नौकरी से अवकाश-प्राप्त करने के बाद शेष जीवन वे शान्ति और आराम से गुज़ारेंगे। लेकिन स्थिति बिल्कुल प्रतिकूल हो गयी है। वे अनिद्रा के शिकार हो गये हैं। कई चिकित्सकों को दिखाया गया। कोई लाभ नहीं हुआ। उनकी समस्या यह है कि वे बहुत सोचने लगे हैं। चिकित्सकों का कहना है कि बराबर गम्भीर चिन्ताओं में खोये रहने की वजह से उनके मस्तिष्क में तनाव उत्पन्न हो गया है, जिससे उन्हें नींद नहीं आती। लेकिन वर्मा जी समझ नहीं पाते हैं कि इस स्थिति में वे करें तो क्या करें? वे जानबूझकर कुछ सोचते तो हैं नहीं। वे चाहते हैं कि कुछ भी न सोचें। आराम से रहें। लेकिन हर वक़्त, उठते-बैठते, खाते-पीते, टहलने जाते, अनेक सवाल उनके सामने खड़े रहते हैं, अनेक चिन्ताएँ और परेशानियाँ उन्हें घेरे रहती हैं।

वर्मा जी को लगता है कि नौकरी करते वक़्त इतना सोचने का उनके पास समय नहीं था। इसके अतिरिक्त उन्हें यह भी लगता है कि उस वक़्त वे जी रहे थे। उनके लिए दुनिया नयी थी। वे सब कुछ जानने-समझने में लगे थे। लेकिन अब जब कि वे पर्याप्त जीवन जी चुके हैं, उनके अन्दर मूल्यांकन कार्य शुरू हो गया है। वे चाहकर भी इसे रोक नहीं पा रहे हैं। यह मर्ज उनके वश से बाहर का है। वे अपने परिवार और चिकित्सकों से कह चुके हैं कि चाहकर कुछ नहीं सोचते। लेकिन कोई उनकी बात नहीं मानता। इस पर उन्हें ग़ुस्सा आता है। वे उन्हें कैसे समझायें कि समय का रंग पत्थर पर भी चढ़ जाता है। फिर वे तो मनुष्य हैं। इतनी दुनिया देखने के बाद वे कैसे कुछ न सोचें? वे लोग सचमुच खुशनसीब और अपवाद हैं, जो बुढ़ापे में कुछ नहीं सोचते। लेकिन वर्मा जी वैसे नहीं हुए।

वर्मा जी का पूरा नाम आनन्दमोहन वर्मा है। यही नाम उनके सार्टिफिकेटों में अंकित है। इसी नाम से वे नौकरी करते रहे। कहीं हस्ताक्षर करते हुए वे यही नाम लिखते हैं। लकिन लोग उन्हें सिर्फ़ वर्मा जी कहकर पुकारते हैं। वे स्मरण करते हैं, उनकी ज़िन्दगी में ऐसे अवसर बहुत कम आये हैं, जब किसी ने उन्हें

आनन्दमोहन कह कर पुकारा हो। उन्होंने तो महसूस किया है कि आन्दमोहन शुरू में ही खत्म हो गया। वे सिर्फ़ वर्मा जी रह गये। ऑफ़िस में साहब वर्मा जी कहकर ही पुकारते थे। कार्यालय के मित्र भी उन्हें वर्मा जी ही कहते थे। उनके निवास पर उनसे मिलने आये लोग वर्मा जी कहकर ही सम्बोधित करते थे। आज भी लोग उन्हें इसी नाम से जानते हैं। न चाहते हुए भी वे वर्मा जी होकर रह गये हैं···।

उन्हें अच्छी तरह याद है, इस वर्मा टाइटिल ने उन्हें बहुत परेशान किया है। उनसे उनकी मौलिकता छीन एक खास ढंग से जीने के लिए बाध्य किया है। आनन्दमोहन के रूप में वे आदमी बनकर जीना चाहते थे। लेकिन वर्मा के रूप में एक जाति बनकर जीने के लिए उन्हें मजबूर किया गया।

शुरू-शुरू नौकरी में जब वे गये थे तो उन्हें जानने के लिए पूरे दफ़्तर के लोग जिज्ञासु हो उठे थे। दफ़्तर में जाति के आधार पर ही मित्रता, गुटबन्दी और एक-दूसरे को सहयोग करने की भावना थी। लोग व्यग्रता से टोह लेने में लगे थे कि यह वर्मा टाइटिल का आदमी किस जाति का है? लोगों के सामने समस्या यह खड़ी हो गयी थी कि कई जातियों के लोग वर्मा टाइटिल रखते हैं। खुद वर्मा जी भोजपुर जिले के जिस क्षेत्र से आये थे, वहाँ कायस्थ, भूमिहार, बढ़ई आदि जातियाँ वर्मा टाइटिल रखती हैं। इस स्थिति में वर्मा जी की वास्तविक जाति की जानकारी हासिल करना लोगों के लिए कठिन हो गया था। लोग वर्मा जी से बातचीत के दौरान इस रहस्य को जानने की प्रतीक्षा करने लगे थे। लेकिन वर्मा जी ने उनकी भावना लक्ष्य कर ली थी। अपनी जाति उन्होंने गोपनीय ही रखी। सोचा कि अगर सीधे-सीधे पूछेंगे तो वे भी सीधे-सीधे जवाब देंगे कि मैं मनुष्य जाति का हूँ। लेकिन सीधे-सीधे किसी से नहीं पूछा। जाति की राजनीति करने वालों के पास सीधे-सीधे पूछने का नैतिक साहस कहाँ?

एक महीने तक वर्मा जी की जाति छिपी रही। दफ़्तर के लोग अटकलबाजी लगाते रहे। कानाफूसियाँ चलती रहीं। साथ ही वर्मा जी को उपेक्षित भी किया जाता रहा। भोजपुर जिले के अपने गाँव से यहाँ राँची में वर्मा जी आये थे। यह जगह उनके लिए बिल्कुल नयी थी। किसी से उनका परिचय नहीं था। वे यह सोचकर चले थे कि जिस दफ़्तर में ज्वायन करने जा रहे हैं, उस दफ़्तर के कर्मचारी उन्हें अपना सहयोगी मित्र समझकर उनके आवास आदि की व्यवस्था में सहयोग देंगे। लेकिन कर्मचारी तो उनकी जाति जानने के चक्कर में पड़ गये थे। बिना जाति जाने सहायता कर दी और बाद में दूसरी जाति के निकल गये तब तो पछताना पड़ेगा! इसीलिए वर्मा जी की सहायता करने के लिए कोई तैयार नहीं। नयी जगह में अजनबी बने वर्मा जी एक होटल में खाना खाते और रात में दफ़्तर में ही दरी बिछा सो जाते। सुबह अपना बिछावन आलमारी के

नीचे छिपा देते और टेबुल-कुर्सी यथावत् लगा अपने काम में जुट जाते···।

लेकिन वर्मा जी देर तक इस स्थिति में नहीं रह सके। एक दिन उनके गाँव के एक व्यक्ति से उनके दफ़्तर के एक कर्मचारी की भेंट हो गयी। फिर उनकी जाति का पता चल गया। उस कर्मचारी ने दफ़्तर में रहस्योद्‌घाटन कर दिया। इसके बाद बिना किसी कारण उनकी जाति से अलग के लोगों ने उनसे मुँह मोड़ लिया तथा उनकी जाति वालों ने आगे बढ़कर उन्हें गले से लगा लिया और अपनेपन की ज़ोरदार भावना से उन्हें अवगत कराना शुरू कर दिया···।

जाति खुल जाने के बाद वर्मा जी के आवास की व्यवस्था शीघ्र ही हो गयी। साथ ही अपने लोगों की एक कम्पनी भी मिल गयी। उनका अजनबीपन और बेगानापन खत्म हो गया। लेकिन यह बात वर्मा जी को पसन्द नहीं आयी। उन्होंने महसूस किया, जाति खुल जाने के बाद दफ़्तर के कर्मचारियों की एक बड़ी संख्या अकारण ही उनसे दूरी बरतने लगी थी। वर्मा जी चाहते थे कि सब के साथ मिल-जुल कर रहें। लेकिन दफ़्तर का माहौल ऐसा बन गया था कि उनकी सोचावट सफल नहीं हुई। दूसरी जाति के लोगों ने कभी उन पर विश्वास नहीं किया। अपनी जाति के लोगों के साथ रहने के लिए ही उन्हें विवश किया जाता रहा। फलतः न चाहते हुए भी एक जाति के दायरे में ही उन्हें जीना पड़ा। लेकिन वर्मा जी ने एक जाति के बीच जीते हुए भी सन्तुलन की नीति नहीं छोड़ी। जाति-पाँति के दायरे से ऊपर उठकर ही सोचते और कार्य करते रहे। अपने आचरण और व्यवहार से उन्होंने सबको जता दिया था कि वे जाति के नहीं, मानवता के पक्षधर हैं। हालाँकि इसके खिलाफ़ अक्सर ही उनकी जाति वाले उन्हें समझाते तथा अपनापन जताते। लेकिन अवकाश-प्राप्त करने के बाद वे अनुभव करने लगे हैं, वह अपनेपन का एहसास भ्रम था, छलावा था। दफ़्तर में जाति के आधार पर गुटबन्दी करने वाले लोगों में से अब कोई उनके पास क्यों नहीं आता? उनकी आत्मीयता कहाँ चली गयी···?

वर्मा जी को लगता है कि जाति की समस्या से निदान के लिए कई कार्य किये जा सकते हैं। पहला जो महत्त्वपूर्ण कार्य उनकी समझ में आता है वह यह कि लोगों के नाम के पीछे से जाति की पूँछ काट दी जाय। वर्मा, सिन्हा, सिंह, लाल, पाण्डेय, उपाध्याय, चौधरी आदि लिखने की कोई जरूरत नहीं, इस आशय के कई पत्र देश के विभिन्न मन्त्रियों और वरिष्ठ नेताओं के नाम उन्होंने प्रेषित किये हैं। लेकिन कहीं से कोई जवाब नहीं आया है। अपने दरवाज़े पर लिखकर उन्होंने साट दिया है कि मुझे वर्मा जी नहीं, आनन्दमोहन कहकर सम्बोधित किया जाय उनकी इस हरकत को देख पड़ोसी तो आपस में चुटकी लेते ही हैं, उनके बच्चे भी हँसते हैं। कहते हैं—"पिताजी के ज़िम्मे तो अब कोई काम रहा नहीं···इसीलिए वे या तो दिनभर ऊल-जलूल सोचते रहते हैं या मेज़ के पास

बैठकर विभिन्न मन्त्रियों को चिट्ठियाँ लिखते रहते हैं···!"

वर्मा जी ने एक दिन सुना था, उनका एक पड़ोसी उन्हें लक्ष्य कर एक आदमी से कह रहा था—'ख़ाली दिमाग़ शैतान की कार्यशाला होती है !"

उन्होंने चश्मे के भीतर अपनी बूढ़ी आँखों से उस नौजवान पड़ोसी को देखा था लेकिन कुछ भी नहीं कहा था। वे इस रहस्य से अवगत हो चुके हैं कि यथार्थ के कुछ वैसे पक्ष होते हैं, जिसके तीखेपन का अनुभव एक उम्र-विशेष के दायरे में आकर ही आदमी कर सकता है···।

बराबर की भाँति अपने कमरे की खिड़की के पास बैठकर वर्मा जी सोचते रहते हैं। सुबह कब दोपर में बदल जाती है, उन्हें पता तक नही चल पाता है। सुबह नित्य क्रिया से निबट चाय आदि लेकर वे अपने कमरे में बैठे तो बैठे ही रह गये। जब उनकी पुत्र-वधू ने आकर बताया कि साढ़े बारह बज गये हैं। चल कर खाना खा लीजिए। तब एक क्षण के लिए उनका सोचना रुका। इसके बाद पुनः खाने पर बैठने, खाना खाने और खाकर अपने कमरे में आकर लेटने तक उनका सोचना चलता रहता। उन्होंने तो यह महसूस किया है कि किसी व्यक्ति के साथ बातचीत करते हुए भी उनका सोचना ज़ारी रहता है। सामने उपस्थित व्यक्ति के साथ बातचीत में वे सम्मिलित भी रहते हैं और उनके भीतर किसी विषय पर विचार-विमर्श भी चलता रहता है···।

दफ़्तर के साहब वर्मा जी को एक-एक कर याद आते रहते हैं—उनकी बातें ! करतूतें ! कारनामे ! दुनिया किधर जा रही है, वे समझ नहीं पाते हैं। अपने कार्यकाल में अनेक साहबों को वर्मा जी ने देखा था। क़द-काठी, रंग और चेहरे-मोहरे से वे एक-दूसरे से अलग ज़रूर होते थे, लेकिन अपनी कार्य-पद्धति और मान्यताओं में एक-दूसरे से पूरी तरह मेल खाते थे। इससे अलग हटकर एक-दो साहब अपवाद स्वरूप भी होते थे। लेकिन वे टिक नहीं पाते थे। नक्कार-खाने में तूती की आवाज़ की तरह ही उनकी भूमिका होती थी। समय से पहले ही उनका स्थानान्तरण हो जाता था।

दफ़्तर के साहब हर तीन वर्ष पर बदल जाते थे। लेकिन कर्मचारी वहीं के वहीं रहते। हर नये साहब के आगमन पर वर्माजी उत्साह और गर्मजोशी से स्वागत करते कि शायद यह साहब उनके मन लायक हो। लेकिन इस सन्दर्भ में अक्सर ही उन्हें निराश होना पड़ता। फिर भी न चाहते हुए साहब को सहयोग उन्हें करना ही पड़ता। साहब के सही-ग़लत आदेशों का पालन करना ही पड़ता, जिसकी पीड़ा उस वक़्त तो उन्हें सालती ही, वही पीड़ा घनीभूत होकर आज उन्हें बेचैन किये रहती है।

जिस कार्य के विकास के लिए वर्मा जी का दफ़्तर है, अपना पूरा जीवन

उसमें गुजार देने के बाद वे आज तक यह नहीं जान सके हैं कि उस कार्य का कितना विकास हुआ है या विकास के नाम पर ह्रास ही होता गया है ? हालाँकि दफ़्तर की फ़ाइलें निरन्तर रँगती गयी हैं। दफ़्तर का एक कमरा तो पुरानी फ़ाइलों से ही भरा है। हर नये साहब के साथ फ़ाइलें नयी हो जाती हैं। एक-दो अपवाद साहबों को छोड़कर अपने कार्य-काल में आने वाले हर साहबों को वर्मा जी ने धन बटोरते हुए ही पाया। दफ़्तर में ज्वायन करते ही वे इस फ़िराक़ में लग जाते थे कि ज़्यादा-से-ज़्यादा पैसा कैसे हासिल करें। दफ़्तर के कार्य-विकास में उनकी कोई रुचि नहीं। वे यह मानकर चलते थे कि नौकरी में अपने विकास के लिए आये हैं. दफ़्तर के विकास के लिए नहीं। पूँजी अर्जित करने के लिए वे ऐसी-ऐसी हैरत-अंगेज़ कार्यपद्धतियों का संचालन करते कि वर्मा जी आश्चर्य में पड़ जाते। लेकिन दफ़्तर के अन्य कर्मचारी ऐसे साहबों से खुश और सन्तुष्ट रहते। साहब जब लेगा तो कर्मचारियों को प्रसाद रूप में कुछ-कुछ मिलता ही रहेगा। लेकिन वर्मा जी की मानसिकता अन्य कर्मचारियों से अलग होती। हालाँकि इस सन्दर्भ में उन्होंने अनुभव किया है कि कर्मचारियों का उतना दोष नहीं। साहब अगर ठीक हो तो कर्मचारी चाहकर भी नाजायज नहीं कर सकते। ग़लती ऊपर से ही शुरू होती है। नीचे की क्यारियाँ तो नदी के सम्पर्क से ही भीग जाती हैं।

वर्मा जी को साल्वे साहब की याद सबसे अधिक आती है। उस साहब की एक-एक बात उन्हें अभी तक स्मरण है। वह पहला साहब था, जो अपनी कार्य-पद्धति से असन्तुष्ट वर्मा जी पर नाराज़ न होकर उनके भोलेपन से प्यार करता था। उसने वर्मा जी को यह छूट दे रखी थी कि उनके मन में जो कुछ हो, कह दिया करें, वह अन्यथा नहीं लेगा। उस साहब के पहले तक वर्मा जी यही जानते थे कि घूस कमाने और नाजायज़ करने वाले साहब अधर्मी होते हैं। उनके सामने सही-ग़लत, पाप-पुण्य की कोई व्यवस्था नहीं। भौतिक सुखों को ही वह सबकुछ समझते हैं, दुनिया चाहे भाड़ में जाय! लोगों के साथ न्याय हो या अन्याय, उनका उद्देश्य तो किसी भी तरह धन अर्जित कर भौतिक सुखों का उपभोग करना है तथा उसे संचित कर पुश्तों तक के लिए सुरक्षित रखना है। वर्मा जी को लगता था कि ऐसे लोगों के विवेक के ऊपर पर्दा पड़ गया। शोषण, छल, कपट और धोखे से अर्जित की गयी पूँजी से वास्तविक सुख-शान्ति कहाँ ? इनके पास सद्ज्ञान नहीं। मान्यता का महत्त्व और उसकी परिभाषाएँ नहीं जानते। ये अज्ञानी हैं। अगर इनके पास सही ज्ञान होता तो ये इस तरह दिन-रात अपने कुकर्मों में लिप्त नहीं रहते। लेकिन साल्वे साहब के सान्निध्य में आने के बाद वर्मा जी को अपनी सोचावट पर सन्देह होने लगा था। नौकरी से जुड़ने वाली पढ़ाई तक ही साल्वे साहब का ज्ञान सीमित नहीं था। उसने अनेक धर्म-

ग्रन्थों के साथ-साथ मार्क्स, फ्रॉयड आदि विश्व के अनेक विचारकों को पढ़ा था। हिन्दी, अँग्रेज़ी, बँगला, संस्कृत, उर्दू आदि अनेक भाषाओं का वह अच्छा जानकार था। उसके तर्क अकाट्य होते थे। उसने बहुत अच्छी ज़ुबान पायी थी। जिस किसी भाषा में बोलता, सुनने वाला सुनता ही रह जाता। नगर में सरकारी या स्वतन्त्र रूप से होने वाले साहित्यिक-सांस्कृतिक समारोहों को वह सम्बोधित किया करता था। लेकिन दफ़्तर में यह साहब भी अन्य साहबों की तरह ही घूस लेता। समझदार होने की वजह से 'लेन-देन' का कार्य गुप्त रखने की कोशिश करता। शोषण और अन्याय की परम्परा को पर्दे की ओट में ही चालू रखता।

वर्मा जी को अच्छी तरह याद है, इस साहब के सान्निध्य में आने के बाद ही उनके अन्दर की बेचैनी बहुत बढ़ गयी थी तथा निरन्तर सोचते रहने की बीमारी ने उन्हें आ ग्रसा था। वही बेचैनी और सोचते रहने की बीमारी अवकाश-प्राप्ति के बाद अपने प्रखर रूप में आ गयी है।

साल्वे साहब के सम्पर्क में आने के बाद वर्मा जी को लगा था कि इस धरती से मानवता की समाप्ति को अब कौन रोक सकता है? साल्वे जैसा पण्डित भी जब अपने को अलग नहीं कर पा रहा है तो उनके जैसे 'इग्गी-दुग्गी' की क्या बिसात? लेकिन फिर उन्हें लगा कि ऐसा सोचना ठीक नहीं। यह तो उनका हारना हुआ, अन्याय के सामने माथा झुकाना। अगर पण्डित होकर भी साल्वे ग़लत करता है तो उसे ग़लत ही कहा जाएगा। साल्वे तो अन्य सभी साहबों की तुलना में ज़्यादा भ्रष्ट है। यह कई चेहरे ओढ़कर जीता है। इसीलिए अन्य साहबों के रवैये से अधिक दुःखी और असन्तुष्ट वर्मा जी साल्वे से दुखी रहने लगे। लेकिन वह तो चेहरा देखकर ही पहचान जाता था। वर्मा जी की उदासी उसने लक्ष्य कर ली। शायद कारण भी समझ गया। फिर उन्हें अपने घर बुलाने लगा। उनके साथ बैठकर देर तक बातें करता। उन्हें पूरी आत्मीयता देता। जब वर्मा जी को उसके ऊपर पूरा विश्वास हो गया तो एक दिन उन्होंने बातचीत छेड़ ही दी—"सर, आप तो विद्वान आदमी हैं···मैं अल्पज्ञ आपको क्या समझाऊँ···ईश्वर ने आपको किसी चीज़ की कमी नहीं की है···अपनी विद्वता के चलते आप जहाँ रहिएगा, सम्मान पाइएगा···मेरी इच्छा है, दफ़्तर में जो ग़लत परम्परा है, उसे खत्म कर दिया जाय···आप चाहिएगा तो हम लोगों का दफ़्तर इस नगर का एक आदर्श दफ़्तर बन जाएगा···।"

वर्मा जी की बात सुन साल्वे मुस्कुराया—"मान लीजिए मैं इसे आदर्श दफ़्तर बना देता हूँ, लेकिन मुझे तो तीन साल के अन्दर ही चला जाना है···फिर जो दूसरा आएगा तब?"

वर्मा जी ने अपने को निरुत्तर होते हुए महसूस किया। साल्वे ठीक ही कह

रहा है। दूसरा आने वाला साहब कोई ज़रूरी नहीं कि 'निरामिष' हो। वर्मा जी एक क्षण तक के लिए चुप रहे। फिर कुछ सोचकर उन्होंने कहा, "दूसरे की जिम्मेवारी और जवाबदेही हमारे ऊपर नहीं। हम जब तक हैं, तब तक न्याय और ईमानदारी से हमें कार्य करना चाहिए···पानी में बहते हुए एक बिच्छू को एक साधु बार-बार उठाता था और बिच्छू बार-बार उसे डंक मारता था··· लेकिन अन्त तक दोनों ने अपने गुण-धर्म नहीं छोड़े।"

इस पर साल्वे ने कहा,"यह कहावत आउट डेटेड हो गयी वर्मा जी···जो कहावतें अपने युग के साथ संगति नहीं बठा पातीं वे महत्त्वहीन हो जाती हैं··· कभी यह कहावत निश्चित ही सही रही होगी, आज इसकी कोई प्रासंगिकता नहीं···।"

साल्वे ने वर्मा जी को पुनः पछाड़ दिया। अब वर्मा जी ने कोई पुख्ता दलील न देकर एक साधारण-सी बात कही, "जो जैसा करता है, उसे वैसा ही भरना पड़ता है···।"

साल्वे ने कहा, "ठीक है। तब आप जैसे लोग यह सब देखकर इतना छटपटाते क्यों हैं? जब करनी का फल स्वतः मिल ही जायेगा तब फिर समझाने की क्या ज़रूरत? मैं तो देख रहा हूँ कि समझाने वाले लोग ही तकलीफ़ में रहते हैं, करने वाले नहीं। जहाँ तक मैं समझता हूँ, दफ़्तर में आपसे अधिक तंगहाली में कोई नहीं, जबकि आप सबसे ईमानदार और न्यायप्रिय हैं···तब आपकी यह स्थिति क्यों?"

वर्मा जी ने पुनः अपने को पराजित होते हुए महसूस किया। अब वे कौन-सी दलील दें? इसीलिए बहस का अन्दाज छोड़ सीखने-जानने के लहजे में उन्होंने बातचीत करना प्रारम्भ किया—"तब सर, पाप और पुण्य···।"

"पाप और पुण्य बाहर नहीं होता वर्मा जी···व्यक्ति के मन के भीतर होता है···जिस कार्य के बारे में पाप सोचो तो पाप है···पुण्य सोचो तो पुण्य है···युग के अनुसार आचरण करो···समय के अनुसार चलो···व्यक्ति का यही उद्देश्य होना चाहिए।"

"तब तो सर, युग ग़लत दिशा की ओर जा रहा हो तो उसके साथ चल देना चाहिए···?"

"नहीं चलिएगा तो क्या कीजिएगा? नदी की धारा के प्रतिकूल नहीं चला जा सकता···उसके साथ बह जाने में ही कल्याण है···आँधी के सामने जो वृक्ष झुक जाते हैं वे नहीं टूटते···जो तनकर खड़े रहते हैं, वे ही टूटते हैं···।"

"तब तो सर, इमानदारी, न्याय, त्याग, पुरुषार्थ, पवित्रता इनका मूल्यांकन कैसे होगा? सही और ग़लत के बीच फ़र्क कैसे किया जाएगा?"

"आप जो शब्द बोल रहे हैं वर्मा जी, उनके अर्थ निरपेक्ष नहीं, समय-सापेक्ष

होते हैं। एक युग का सत्य दूसरे युग का असत्य हो जाता है···श्रीकृष्ण की मृत्यु के बाद वही अर्जुन थे, वही गाण्डीव था, लेकिन वह पराक्रम नहीं, वह तेज नहीं। अन्याय-अत्याचार देखकर गाण्डीव उठाते, लेकिन गाण्डीव में वह शक्ति कहाँ ? निराश होकर निर्वाण-प्राप्ति के लिए हिमालय की ओर चल पड़े। युग बदल गया था। रहते तो युग के साथ बदलना पड़ता। इसीलिए यहाँ से चले जाना ही उन्होंने श्रेयस्कर समझा···।"

"लेकिन सर, मैंने सुना है कि छल, कपट और अनीति से अर्जित की गयी पूंजी से वास्तविक सुख-शान्ति नहीं मिलती !"

"यह सब फालतू बातें हैं वर्मा जी···अभाव में रहने वाले लोग अपने मन को शान्ति देने के लिए ही ऐसी दलीलें देते हैं···सच्चाई तो यह है कि पूंजी से ही असली सुख मिलता है···हम लोग तो ज़िन्दगी घसीट रहे हैं···जिनके पास पर्याप्त पूंजी है वे ही दुनिया में उपलब्ध तमाम आधुनिक वैज्ञानिक सुविधाओं का उपभोग करते हुए ज़िन्दगी सही रूप में इंज्वाय करते हैं।"

"तब तो सर, पूंजी मानवता के लिए साधन नहीं, साध्य है···!"

"बिल्कुल ठीक कहा आपने वर्मा जी···पूंजी साध्य ही है। पूंजी नहीं तो फिर भक्ति भी नहीं, मुक्ति भी नहीं।···भगवान रजनीश, बालयोगेश्वर, महेश योगी जैसे वर्तमान भारतीय सन्तों की भक्ति पूंजी के बिना नहीं मिल सकती। निर्धन व्यक्ति के मन में चाहे लाख भक्ति हो, वह इन तक पहुँच ही नहीं सकता। ये सद्गुरु उसे अपना ही नहीं सकते।"

वर्मा जी के पास पूछने के लिए अब कोई सवाल नहीं बचा था। संक्षेप में उनके सारे सवालों का उत्तर साल्वे ने दे दिया था। एक लम्बे समय से संचित वर्मा जी की मान्यताएँ गड़बड़ होने लगी थीं। साल्वे की बातों ने कुछ देर के लिए उन्हें यह सोचने को मजबूर कर दिया था कि वे जिन विचारों से चिपके हैं, वे विचार ग़लत तो नहीं? उस दिन के बाद इस विषय पर वे अक्सर साल्वे से बातचीत करते। इसी सन्दर्भ में उन्होंने अनुभव किया कि साल्वे वाक्पटु है। अपने अध्ययन के बल सही को ग़लत और ग़लत को सही साबित करने की कला में प्रवीण है। उसके पास प्रबल तर्क-शक्ति है। उसकी बातों में प्रामाणिक तथ्य नहीं, भाषिक चमत्कार है। और यह जानते ही वर्मा जी उसके प्रभाव से मुक्त होने लगे। उन्हें लगा कि साल्वे अपनी विद्वत्ता का उपयोग छल-छद्मों की सिद्धि के लिए ही करता है। यथार्थ के ऊपर भ्रम का ऐसा परदा डाल देता है कि लोग अँधेरे से रोशनी में नहीं आ पाएँ।

साल्वे को जान चुकने के बाद वर्मा जी ने उस समय से आज तक अपने को दृढ़ बनाये रखा है कि मरने के दिन तक वे ग़लत को ग़लत और सही को सही ही कहेंगे। किसी लोभवश अपने आप के साथ छल नहीं करेंगे। वर्मा जी उस बाप

के बेटे हैं, जो गाँव के एक ग़रीब किसान थे, लेकिन स्वतन्त्रत आन्दोलन में अन्याय और जोर-जुल्म के खिलाफ़ अपने को उत्सर्ग कर अमर हो गये। गाँव के बीच में उनकी आदमकद प्रतिमा स्थापित की गयी है। गाँव में सौ एकड़ खेत तक के धनी किसान हैं। लेकिन जो सम्मान और प्रतिष्ठा वर्मा जी के पिता की रही है, वह किसी की नहीं। गाँव का पुराना नाम 'भरईपुर' को बदलकर वर्मा जी के पिता के नाम पर 'बिहारीपुर' रख दिया गया है। वर्मा जी के पिता की पुण्यतिथि के दिन गाँव में मेला लगता है। औरत-मर्द उनके पिता की प्रतिमा के ऊपर फूल चढ़ाते हैं। गाँव के लोग बाहर यह कहते हुए गर्व का अनुभव करते हैं कि वे प्रसिद्ध स्वतन्त्रता सेनानी बिहारी वर्मा के गाँव के हैं। वर्मा जी को नौकरी भी इसी आधार पर मिली थी कि वे एक स्वतन्त्रता सेनानी के पुत्र हैं। गाँव में आज भी लोग उनकी इज्ज़त उनके पिता के चलते ही करते हैं। वर्मा जी को अच्छी तरह याद है, अपने गाँव से नौकरी ज्वायन करने के लिए राँची आते हुए अपने पिता की प्रतिमा छूकर उन्होंने क़सम खायी थी कि जिन मूल्यों के लिए वे शहीद हुए हैं, वह भी जीवनभर उन्हीं मूल्यों की रक्षा के लिए प्रयत्नशील होंगे...।

साल्वे जैसे विद्वान साहबों ने वर्मा जी को जब-जब पथभ्रष्ट करने की कोशिश की, ऐन मौक़े पर उन्हें अपने पिता की याद आ गयी और वे बच गये। दरअसल, ईमानदारी और न्यायप्रियता की धारणा वर्मा जी के संस्कार में इस तरह घुलमिल गयी है कि कोई क्या खाकर उन्हें गुमराह करेगा? शाब्दिक लफ़्फाजी और तर्कों के जाल में भले ही कुछ देर के लिए कोई उन्हें भुलावा दे दे, अन्ततः वे अपने मार्ग पर ही डटे रहेंगे।

साल्वे की विद्वत्ता को लेकर वर्मा जी ने यह निष्कर्ष निकाला था कि विविध विषयों की जानकारी हासिल करने और अच्छा बोलने से ही किसी को मानवता का ज्ञान नहीं हो जाता। कितनी ही सम्पत्ति हो, कितना ही बड़ा पद मिल जाय, लेकिन मानवता नहीं तो फिर आदमी और पशु में अन्तर ही क्या? जानकारी हासिल करने के बाद व्यक्ति को मानवता का पक्ष लेना चाहिए। इसी में उसकी प्रतिभा की सार्थकता है, सही उपयोग है। लेकिन साल्वे जैसे लोग अपनी जानकारी से मानवता को गर्त में डालने के लिए क्रियाशील हैं। यह जन-विरोधी कार्य है।

वर्मा जी को लगा था कि मानवीय मूल्यों की उपेक्षा और भ्रष्ट मूल्यों की स्थापना की सबसे ज़्यादा जिम्मेदारी साल्वे जैसे लोगों की ही है। इन तथाकथित विद्वानों के वक्तव्य से प्रभावित लोग आँख मूँदकर इनके रास्ते को अख्तियार कर लेते हैं। इतनी जानकारी रखने वाले आदमी की जीवन-पद्धति को वे कैसे नकारें? शायद यही कारण है कि व्यापक स्तर पर बहुत तेजी से स्वस्थ मानवीय

मूल्यों का ह्रास होता जा रहा है।

साल्वे के सम्पर्क में जब वर्मा जी थे तब उनके पास सोचने का बहुत समय नहीं था। लेकिन अब जबकि वे सोचने के लिए इतमीनान हो गये हैं, उन्हें लगा है, देश के इस छोर से उस छोर तक विकृतियों की संस्कृति पनपती जा रही है। वर्मा जी को चिन्ता है कि अगर यह संस्कृति इसी तरह पनपती गयी तो मनुष्य के ढाँचे में हम जानवर या दानव होकर रह जायेंगे। वर्मा जी अर्थशास्त्र के विद्यार्थी रह चुके हैं। उन्हें लगता है, इस संस्कृति का नाम 'उपभोक्ता-संस्कृति' दिया जा सकता है। इस संस्कृति में व्यक्ति का विश्वास किसी भी मूल्य में नहीं, पूंजी में है और उसके उपभोग में है। बिल्कुल अशिक्षित व्यक्ति से लेकर उच्च शिक्षाप्राप्त व्यक्ति तक ने इस संस्कृति के बीच जीना स्वीकार कर लिया है। लेकिन वर्मा जी को अशिक्षितों को लेकर उतनी चिन्ता नहीं। जब वे अशिक्षित हैं, अज्ञानी हैं, सही-ग़लत का फ़र्क नहीं कर सकते, तब फिर उनको लेकर क्या सोचना? इसके अतिरिक्त वर्मा जी इस सत्य से भी अवगत हैं कि अशिक्षित लोग किसी भी नयी संस्कृति की शुरुआत नहीं करते। कोई भी नयी संस्कृति ऊपर से ही आती है। अशिक्षित, अज्ञानी लोग आँख मूँदकर उसमें जीने लगते हैं, इसलिए वे उतने दोष के भागी नहीं। लेकिन जो उच्च शिक्षाप्राप्त हैं, सब कुछ जानते हैं, सही-ग़लत का भेद कर सकते हैं, वे जब ऐसा करने लगते हैं, तो वर्मा जी बेचैन हो जाते हैं।

वर्मा जी को लगता है कि 'उपभोक्ता-संस्कृति' में जीनेवाला आदमी जब कोई भी कार्य करने बैठता है तो यह नहीं सोचता है कि उस कार्य से देश और समाज का हित होगा या अहित? वह यह सोचता है कि उस कार्य से उसको व्यक्तिगत तौर पर कितना फ़ायदा होगा और उस फ़ायदे का वह कितना उपभोग कर सकेगा? इसके लिए अगर ग़लत परम्पराओं का सूत्रपात भी करना पड़े तो वह नहीं हिचकता। उसके समक्ष अपने उपभोग की बात रहती है। दुनिया 'गारक' में जाय, इसके लिए उसे रत्ती भर की चिन्ता नहीं।

वर्मा जी ने अपने दफ़्तर तथा विभिन्न विभागों में होने वाली नियुक्तियों को देखा है। देश के कोने-कोने से अच्छे-अच्छे एक्सपर्ट बुलाये जाते हैं। वे अपने विषय के विद्वान होते हैं। सही-ग़लत अच्छी तरह समझते हैं। योग्य उम्मीदवार की परख रखते हैं। लेकिन जब नियुक्ति करने बैठते हैं तो सोचते हैं कि जिस उम्मीदवार को वे नौकरी दे रहे हैं, उससे उनको क्या लाभ हो सकता है। उम्मीदवार योग्य है या अयोग्य, इस पर कतई विचार नहीं करते। अगर योग्य उम्मीदवार को नियुक्त कर दिया तो वह नियुक्तिकर्त्ता का कोई एहसान नहीं मानेगा। सोचेगा—यह तो प्राप्य था। लेकिन अगर अयोग्य को नियुक्त किया तो वह जीवन भर एहसान मानेगा। नियुक्तिकर्त्ता को मोटी रक़म देगा। बराबर

अपनी सेवाएँ अर्पित करता रहेगा। इसीलिए नियुक्ति से पहले ही बातें तय हो जाती हैं। उपभोक्ता-संस्कृति का यह मूल मन्त्र है। यह इस मन्त्र का ही परिणाम है कि प्राय: हर क्षेत्र में जो जिस जगह का वास्तविक हक़दार है, उसे वह जगह नहीं मिलती है और जो हक़दार नहीं है, उसे मिल जाती है। वर्मा जी को जगह मिलने और न मिलने से भी ज़्यादा चिन्ता इस बात को लेकर होती है कि जो जिस पद का हक़दार नहीं है, वह उस पद का सदुपयोग कर ही नहीं सकता, बराबर दुरुपयोग ही करेगा।

जातीयता, पैरवी और भाई-भतीजावाद को उपभोक्ता-संस्कृति ने नये रूप में संशोधित करके स्वीकार किया है। कोई लाख आत्मीय हो, अपनेपन जताये, लेकिन बिना नगद लाभ के कोई काम नहीं। ठीक है, जातीयता करेंगे, लेकिन तत्काल लाभ का उपभोग भी चाहेंगे। इसीलिए इधर घूस भी ली जा रही है तो अपनी जाति के लोगों से ही। पैरवी सुनी जा रही है, लेकिन 'तरी' के साथ। सम्बन्धियों के काम भी हो रहे हैं, तो लाभ के आधार पर ही···।

वर्मा जी को लगता है कि उपभोक्ता-संस्कृति का आदमी अपने को बिल्कुल असुरक्षित महसूस करता है। उसका विश्वास पूंजी को छोड़कर दुनिया की किसी भी चीज़ में नहीं। उसे लगता है कि पूंजी से ही वह सही ज़िन्दगी जी सकता है। पूंजी ही उसका सच्चा साथी है। सुख-दुःख में पूंजी ही उसकी सहायता कर सकती है। बाक़ी सारी चीजें निस्सार हैं। पूंजी से सब कुछ खरीदा जा सकता है। इस संस्कृति के चलते ही स्कूल-कॉलेज, दफ़्तर, अस्पताल और कल-कारखानों में काम करने वाले अधिकांश व्यक्तियों की रुचि अपने कार्य में नहीं, वेतन में है। वेतन की बढ़ोत्तरी में है। वेतन के साथ की अतिरिक्त आय में है।

यह उपभोक्ता-संस्कृति का ही प्रभाव है कि सभ्य समाज की अनेक बहू-बेटियाँ अच्छे-से-अच्छे कपड़ा, आभूषण पहनने, उच्चस्तरीय खाना खाने और निरन्तर सुविधाओं में बने रहने के लिए छिपे-चोरी जिस्मफ़रोशी का धन्धा भी करती हैं। किसी पुरुष के सामने बिछ गयीं, यह कोई बड़ी बात नहीं। बड़ी बात आसानी से पूंजी हासिल करना और अपनी सहेलियों के बीच 'तड़क-भड़क' से रहते हुए उनके ऊपर रौब जमाना है···।

वर्मा जी ऐसे ही बूढ़े नहीं हुए हैं। पूरी दुनिया उन्होंने देखी है। ऐसे अनेक लोगों को उन्होंने देखा है, जो नौकरी में प्रोन्नति पाने और जीवन में समृद्धि की ओर बढ़ने के लिए अपनी पत्नी और बेटियों से बड़े साहबों के बिस्तरे गर्म कराते हैं। पूंजी के समक्ष पत्नी और बेटी का भी महत्त्व नहीं। दुर्लभ चीज़ तो पूंजी और उसका स्रोत है। पूंजी मिल गयी तो सब क्षतिपूर्ति हो गयी। पूंजी के बल तो मिनटों में खूबसूरत से खूबसूरत औरत को पाया जा सकता है। चरित्र

आदि की बातें दकियानूसी विचारवाले करते हैं, उनकी तरह के आधुनिक नहीं···।

दहेज की मोटी रक़म लेकर शादी करना और दहेज के नाम पर बहुओं को जला देने की धारणा का घनिष्ठ सम्बन्ध भी उपभोक्ता-संस्कृति से है। जब पैसे से हज़ारों औरतें प्राप्त की जा सकती हैं, तब फिर जला देने में देर ही क्या? तकरार का कोई भी बहाना खड़ा कर फटाफट बहू का गला घोंट दिया। एक गयी, सौ आएँगी। साथ-साथ नोटों की गड्डियाँ भी लाएँगी।

वर्मा जी को लगता है कि छोटी-बड़ी बातों को लेकर आये दिन होने वाली हत्याएँ भी उपभोक्ता-संस्कृति की ही उपज हैं। उपभोग के रास्ते में कोई रोड़ा बन रहा हो, किसी को मार कर उसकी दौलत का उपयोग करना हो तो फिर इसमें सोचना ही क्या? गाजर-मूली की तरह काट दो। महत्त्व आदमी का नहीं, पैसे का होता है। इसीलिए छोटे-छोटे लोभों के वशीभूत भी धड़ाधड़ गर्दनें काट ली जाती हैं। जनसख्या कम करने का शायद एक यह भी तरीक़ा है कि बचे हुए लोग ज्यादा-से-ज्यादा भौतिक सुखों का उपभोग कर सकें···।

+ + +

सोचते-सोचते वर्मा जी की बेचैनी जब बहुत बढ़ जाती है तो उनसे बिस्तरे पर नहीं रहा जाता। चिन्ताओं के दौरान अक्सर ही जब कष्ट की अनुभूति पीड़ादायक होने लगती है तो वे उठकर टहलने लगते हैं।

दोपहर ढल रही होती है। बहू बच्चे को लेकर अपने कमरे में सोयी है। लड़का बैंक गया है। बैंक में नौकरी करता है। शाम को लौटेगा। यही छोटा-सा परिवार है वर्मा जी का। पत्नी दिवंगत हो चुकी है। एक लड़की है, उसकी शादी हो गयी, अपनी ससुराल चली गयी।

वर्मा जी अपने कमरे से बालकनी में आ जाते हैं। फिर लौटकर कमरे में आते हैं और आँगन की ओर चल देते हैं। इसी तरह निरुद्देश्य, अकारण वे टहलते रहते हैं। इस मानव-भक्षी संस्कृति से लोगों को कैसे बचाया जाय? वे रास्तों के बारे मे विचार कर रहे होते हैं। अगर यह संस्कृति इसी तरह गहराती गयी तो वह दिन दूर नहीं जब एक प्याली चाय के लिए भी गर्दन काटी जा सकती है। रोज़-रोज़ पत्नियाँ बदली जा सकती हैं। तब सिर्फ़ रंग और चमड़ी ही मनुष्य की पहचान रह जाएगी। उसके भीतर तो हैवान अपना पूरा आधिपत्य जमा चुका रहेगा।

वर्मा जी चाहते हैं कि इस सर्वग्रासी संस्कृति के विरुद्ध वे एक जोरदार आन्दोलन का सूत्रपात कर दें और अपने पिता की तरह उसमें अपने को उत्सर्ग कर अपना यह जीवन सार्थक कर लें। लेकिन वे समझ नहीं पाते हैं कि करें तो क्या करें, कैसे करें?

वर्मा जी को जो चन्द रास्ते सूझते हैं, उसमें पहला रास्ता लेखन का है। इस संस्कृति के विरुद्ध अखबारों, पत्रिकाओं तथा पुस्तकाकार रूप में खूब लिखा जाय ! लेखन के माध्यम से इसके खिलाफ़ लोगों को जागरूक किया जाय ! वे स्वयं लिखें और कथाकारों, कवियों, नाटककारों, निबन्धकारों, पत्रकारों आदि की सभाओं का आयोजन कर उपभोक्ता-संस्कृति के खिलाफ़ लिखने के लिए आह्वान करें ! लेकिन समस्या यह है कि उनकी बात सुनेगा ही कौन ? वे न तो कोई बड़े नेता हैं, न बड़े साहित्यकार और न बड़े अफसर ही। इसीलिए अपनी टूटी-फूटी भाषा में इधर स्वयं ही वे लेखन के मोर्चे पर आ डटे हैं। इस पर उनके पड़ोसी और परिचित परिहास करते हैं कि वर्मा जी को बुढ़ापे में लेखक बनने का शौक चर्राया है। उनकी पुत्र-वधू भी हँसती है। वर्मा जी ने सुना था, अभी कल ही उनकी पुत्र-वधू उनके लड़के से हँस-हँसकर कह रही थी—'पिताजी पर कब किस चीज़ की धुन सवार हो जाएगी, नहीं कहा जा सकता। पिछले दिनों विभिन्न अधिकारियों और मन्त्रियों को चिट्ठियाँ लिखते रहे। अब निबन्ध और कहानियाँ लिखने लगे हैं······!'

वर्मा जी की इच्छा होती है कि घर और बाहर सबको बता दें कि लेखन के लिए कोई उम्र नहीं होती। सच तो यह है कि ज़िन्दगी के कड़वे-मीठे अनुभवों के बाद ही परिवर्तनकारी साहित्य की रचना सम्भव हो पाती है। लेकिन वे चाहकर भी इस सन्दर्भ में किसी से कुछ नहीं कहते। जानते हैं, वक़्त का सदुपयोग कहने में नहीं, करके दिखाने में होता है।

कभी-कभी वर्मा जी को लगता है कि सब छोड़-छाड़कर रिवाल्वर उठा लें और विकृतियों का सफाया शुरू कर दें। इसके अतिरिक्त दूसरा कोई विकल्प नहीं। आवेश में वर्मा जी ऐसा सोच तो लेते हैं, पर यह धारणा टिकाऊ नहीं होती। यह बात उनके मन में तनिक भी नहीं जँचती। हत्या के आधार पर किसी समाज को नहीं बदला जा सकता। एक हत्या तो अनेक हत्यारों को जन्म देती है, जिसका सिलसिला कभी ख़त्म नहीं होता।

वर्मा जी इस तथ्य से भली-भाँति अवगत हैं कि स्वतन्त्रता की लड़ाई मारकर नहीं मरकर जीती गयी है। ब्रिटेन के पास बहुत शक्ति थी। पूरी दुनिया पर उसका आधिपत्य था। उसके सैनिक आधुनिक-वैज्ञानिक हथियारों से लैश थे। उन्हें मारकर हम कभी नहीं भगा सकते थे। हमने अन्याय, ज़ोर-जुल्म और शोषण के समक्ष मरना शुरू किया। बस, हमारी इसी शक्ति ने उन्हें पराजित कर दिया। इसीलिए वर्मा जी को लगता है कि बड़ी बात किसी को मार देना नहीं, मरने के लिए तैयार हो जाना है। इससे बड़ी शक्ति मनुष्य के पास और कुछ नहीं। जब अन्याय के विरुद्ध आदमी मरने के लिए तैयार हो जाएगा तो अन्याय रह ही नहीं सकता। इसके लिए व्यक्ति के पास आन्तरिक शक्ति होनी

चाहिए। यह तभी सम्भव हो सकता है जब व्यक्ति ने उपभोक्ता-संस्कृति से अपने को बचा रखा हो ।

इस सन्दर्भ में वर्मा जी को दूसरा महत्त्वपूर्ण रास्ता यह सूझता है कि मानवता के लिए संघर्षरत व्यक्तियों से मिला जाय और उन्हें सहयोग किया जाय। वर्मा जी को लगता है कि अन्याय और भ्रष्टाचार के खिलाफ़ मरने वाले लोगों की समाज में कमी नहीं। लेकिन सब एक बड़े नेतृत्व की प्रतीक्षा कर रहे हैं।

ऐसे ही क्षणों में वर्मा जी को प्रो० आनन्द की याद बार-बार आती है। वही तो एक व्यक्ति हैं, जिनके स्मरण मात्र से वर्मा जी चौगुनी शक्ति का अनुभव करने लगते हैं। प्रो० आनन्द, वर्मा जी के दफ़्तर में बड़े साहब के पद पर नियुक्त हुए थे। अपने कार्यकाल में वर्मा जी को प्रो० आनन्द ही पहले साहब मिले थे, जिन्हें पूरे मन के साथ उन्होंने स्वीकार किया था। वे बिल्कुल वैसे ही थे, जैसा वर्मा जी ने सोचा था। सत्य, न्याय, ईमानदारी और कर्त्तव्यनिष्ठा की जलती हुई दीपशिखा। उनके अन्दर का तेज चेहरे पर चमकता रहता था। वे सिर्फ़ देखने में ही आग की तरह गोरे नहीं थे, कर्म, वाणी और नीयत में भी आग की तरह निष्कलुष और प्रकाशमान थे। दफ़्तर ज्वायन करते ही दफ़्तर का 'हुलिया' बदल दिया। दफ़्तर के नाम पर आने वाला एक-एक पैसा विकास में लगने लगा। इस दफ़्तर में कभी दो नम्बर के धन्धे होते थे, इसे उन्होंने समूल नष्ट कर दिया। नाजायज आय की प्राप्ति पर ही कर्मचारियों की क़लम फ़ाइल पर चलती थी। लेकिन प्रो० आनन्द के सम्पर्क ने सबको बदल दिया था। सब वर्मा जी की तरह हो गये थे। समय पर आना, समय पर जाना। ईमानदारी से कार्य करना। लेकिन वैसे साहब को छः महीने भी टिकने नहीं दिया गया। पुरानी परम्परा के अनुकूल कार्य करने के लिए ऊपर से दबाव-आदेश आते रहे। लेकिन प्रो० आनन्द नहीं माने। इसीलिए अल्पावधि में ही उनका स्थानान्तरण कर दिया गया। सत्य और न्याय के चलते उन्हें दण्डित किया गया।

वर्मा जी प्रो० आनन्द को हृदय से श्रद्धा देते थे। उनका स्थानान्तरण वे सह नहीं पा रहे थे, फलतः स्थानान्तरित होकर जाते प्रो० आनन्द की गाड़ी के आगे अपने जैसे दो-चार मित्रों के साथ लेट गये थे—"आपको नहीं जाने देंगे······!"

प्रो० आनन्द ने गाड़ी से उतरकर वर्मा जी को गले से लगा लिया था। उनकी आँखें भर गयी थीं। उन्होंने वर्मा जी से कहा था—"स्थानान्तरित करके कोई मुझे न्याय के मार्ग से विचलित नहीं कर सकेगा !"

बाद में वर्मा जी ने सुना कि उस दूसरी जगह से भी उनका स्थानान्तरण

शीघ्र ही कर दिया गया। फिर तीसरी जगह से भी। असल में वे जहाँ भी जाते, अपने स्तर से कार्य करते। भ्रष्ट माहौल के साथ तालमेल नहीं बैठाते। इसीलिए दण्डित होते रहते। स्थानान्तरण के दौरान उन्हें इतना तंग और परेशान किया जाने लगा कि अन्ततः उन्होंने उक्त अफ़सर के पद से त्यागपत्र दे दिया और प्रोफ़ेसर की अपनी पुरानी नौकरी में चले आये। वे राँची विश्वविद्यालय में प्रोफ़ेसर हैं। 'लिएन' पर उन्होंने दफ़्तर ज्वायन किया था।

प्रो० आनन्द से वर्मा जी बराबर मिलते रहे हैं। वर्मा जी इसे अपना सौभाग्य मानते हैं कि प्रो० आनन्द इसी शहर राँची में रहते हैं। वर्मा जी का निवास हाउसिंग कॉलोनी, बरियातू में है तो प्रो० आनन्द का निवास हरमू कॉलोनी में। दोनों दो छोर पर हैं। फिर भी सप्ताह में एक दिन उनकी मुलाक़ात हो ही जाती है। कभी स्वयं प्रो० आनन्द वर्मा जी के यहाँ आ जाते हैं तो कभी वर्मा जी उनके यहाँ चले जाते हैं।

वर्मा जी ने महसूस किया है, प्रो० आनन्द अपने तईं सक्रिय हैं। उधर कुछ पुस्तकों की रचना में लगे थे। इधर गाँवों को उन्होंने अपना कार्य-क्षेत्र बनाया है। यहाँ राँची से अक्सर ही बिहार के विभिन्न उपद्रवग्रस्त गाँवों में जाकर वहाँ की स्थिति का अध्ययन करते हैं तथा लोगों के बीच पैदा होने वाले वैमनस्य को खत्म करने की भूमिका अदा करते हैं। जैसाकि वर्मा जी को पता है, ग्रामवासियों के विकास के लिए विभिन्न गाँवों में उन्होंने कई तरह की संस्थाओं की स्थापना की है। गाँवों के लोग उन्हें बहुत चाहते हैं। सर-आँखों पर उठाये रहते हैं।

वर्मा जी के मन में भी प्रो० आनन्द की तरह नौकरी से त्यागपत्र देने के विचार कई बार उठे थे। जिस नौकरी में चाहकर भी ग़लत परम्पराओं पर वे रोक न लगा सके, वैसी नौकरी में रहना उचित नहीं। लेकिन प्रो० आनन्द की तरह उनके व्यक्तित्व के अनुकूल कोई दूसरा पद भी तो नहीं था। त्यागपत्र देकर गाँव पर जाना पड़ता। लेकिन वहाँ मिट्टी के एक खपड़ैल पुश्तैनी मकान के सिवा खेती-बाड़ी उनके पास नहीं। साथ ही अनपढ़ पत्नी, दो नाबालिग बच्चे, उनका क्या होगा? ग्रामीण समाज में रहने की वजह से छुटपन में ही लोगों ने उनकी शादी कर दी थी। इस स्थिति में वर्मा जी चाहते हुए भी त्यागपत्र नहीं दे पाते। वे अपने को बन्द रास्तों के बीच पाते।

\+ \+ \+

अपने कमरे और बाहर की बालकनी में टहलते हुए वर्मा जी सोचते रहते हैं, समय का खयाल नहीं रह पाता है। अपराह्न तीन बज जाते हैं। इस बीच उनकी पुत्रवधू जग जाती है और नियमतः चाय बनाने लगती है।

पुत्रवधू की आवाज़ से वर्मा जी की तन्द्रा भंग होती है। उनका ध्यान टेबुल-

घड़ी की ओर चला जाता है। फिर वे बाथरूम में जाकर हाथ-मुँह धोने लगते हैं इसके बाद अपने कमरे में आकर बैठ जाते हैं। पुत्रवधू चाय का प्याला लाकर पकड़ा देती है। वे चाय पीने लगते हैं। इसके बाद पुनः शाम छह बजे के क़रीब पुत्रवधू चाय देगी। फिर रात नौ बजे के आस-पास खाना खिलाएगी। बिल्कुल मशीनी दिनचर्या !

चाय पीते हुए ही वर्मा जी सियाराम और कृष्णानन्द से मिलने के बारे में सोचने लगते हैं। प्रो० आनन्द के बाद इस शहर में सियाराम और कृष्णानन्द ही दो ऐसे व्यक्ति हैं, जिनसे वर्मा जी जुड़ सके। इन दोनों व्यक्तियों के विचार काफ़ी हद तक वर्मा जी से मिलते-जुलते हैं। सियाराम यूनिवर्सिटी ऑफ़िस में कार्यरत थे और कृष्णानन्द टेलीफ़ोन ऑफ़िस में। वर्मा जी के मिलने पर वे दोनों उनकी तरह ही प्रतिक्रियाएँ व्यक्त करते थे। सियाराम अब 'अवकाशप्राप्त' हो गये। लेकिन कृष्णानन्द की अभी और दो साल की नौकरी है। सियाराम का निवास कांके रोड पर है और कृष्णानन्द का करमटोली में। वर्मा जी सोचते हैं कि अपने इन दोनों मित्रों से मिलकर कोई योजना बनाएँ और योजनाबद्ध ढंग से कार्य करें। इस सन्दर्भ में प्रो० आनन्द से भी सलाह-मशविरा कर लें। ऐसा पिछले तीन-चार दिनों से वर्मा जी सोचते आ रहे हैं। लेकिन आज वे निश्चय करते हैं कि अभी और इसी समय उन्हें चल देना चाहिए। अब और समय गँवाना ठीक नहीं।

चाय पीकर वर्मा जी कपड़े पहनते हैं। चश्मा लगाते हैं। छड़ी लेते हैं। उनकी पुत्रवधू जान जाती है कि घूमने जा रहे हैं। कहती है—"आज बहुत पहले ही घूमने जा रहे हैं पिताजी ! अभी तो काफ़ी धूप है···?"

वर्मा जी कहते हैं—"घूमते-घूमते आज कई जगह जाना है बहू सियाराम के यहाँ जाऊँगा···कृष्णानन्द के यहाँ जाऊँगा···आनन्द जी से भी मिलूँगा··· लौटने में कुछ विलम्ब हो सकता है, घबड़ाना नहीं···!"

इस पर बहू कहती है—"बहुत देर मत कीजिएगा पिताजी···कल रात चर्च रोड पर कुछ बदमाशों ने एक साइकिल-सवार के पैसे छीन लिये···घड़ी और साइकिल छीन ली !"

इस बार वर्मा जी कोई जवाब नहीं देते हैं। चुपचाप चल पड़ते हैं। वे बहू को कैसे बतायें कि इन्हीं सब सामाजिक बुराइयों के खिलाफ़ वे सोचते हैं, लिखते हैं और अब कार्य करने जा रहे हैं। जानते हैं, कहने पर बहू हँसेगी। कहेगी, पिताजी के ऊपर अब और एक नयी धुन सवार हो गयी है···!

घर से निकलकर वर्मा जी सड़क पर आ जाते हैं। मेडिकल कॉलेज की विशाल इमारत दूर से ही नज़र आ रही है। ढलते सूर्य की किरणें यूनिवर्सिटी कालोनी के सामने की पहाड़ी पर पड़ रही होती हैं। मई की तीखी धूप। लेकिन

वर्मा जी के अन्दर का तीखापन इससे भी कड़वा है इसीलिए यह धूप उन्हें नहीं लगती। वे लम्बे-लम्बे डग भरते हुए आगे बढ़ रहे होते हैं। ऐसी बात नहीं कि बस, टैम्पो या रिक्शे पर वे नहीं चढ़ते। इन सवारियों की अनिवार्य आवश्यकता जब भी उन्हें महसूस हुई है, उन्होंने इनका इस्तेमाल किया है। लेकिन वे ज्यादा कोशिश यही करते हैं कि पैदल ही चलें। शारीरिक श्रम भी हो जाय और गन्तव्य तक पहुँच भी जायँ—एक पन्थ दो काज।

बरियातू बस्ती को पार कर मेडिकल कॉलेज लाँघते हुए वर्मा जी आगे बढ़े जा रहे होते हैं। उन्हें सड़क पर भीड़ बढ़ती हुई महसूस होती है। बसें, रिक्शे, टैम्पो, स्कूटर, मोटर साइकिल, सब सवारियों से भरी हुए। वर्मा जी जान जाते हैं, विभिन्न दफ़्तरों से ड्यूटी बजा लोग अपने घर की ओर लौट रहे हैं। इन्हीं में उनका लड़का भी होगा। वे पहचानने की कोशिश करते हैं, लेकिन किसी को पहचान नहीं पाते। एक जैसे कपड़े, एक जैसी चाल, एक जैसे बाल...। यहाँ तो ये सब रास्ते में हैं। दफ़्तरों और मुहल्लों में भी जाकर वर्मा जी पहचानने की कोशिश करते हैं तो किसी को पहचान नहीं पाते। एक जैसे रंग-ढंग, एक जैसी रुचियाँ, एक जैसे कार्य, एक जैसी बातचीत, एक जैसी इच्छाएँ...। वर्मा जी ने महसूस किया है कि दफ़्तर में पद और घर पर क्वार्टर नम्बर ही लोगों की पहचान रह गयी है। व्यक्ति की और कोई दूसरी पहचान नहीं बची है। वे जिस कॉलोनी में रहते हैं, वहाँ सब क्वार्टरों के नम्बर जानते हैं। यह भी जानते हैं कि अमुक क्वार्टर में सी० सी० एल० के एक अधिकारी रहते हैं; कि अमुक क्वार्टर में सी० एम० पी० टी० आई० के क्लर्क हैं; कि अमुक क्वार्टर में धुर्वा फैक्ट्री के एक इंजीनियर हैं। लेकिन क्या व्यक्ति की यही पहचान है? वर्मा जी को लगता है कि महानगरों में होने वाले औद्योगिक विकास ने आदमी को आदमी न रखकर मशीन के पार्ट पुर्जों में बदल दिया है। यह ठीक है कि विकास हुआ है, सुविधाएँ बढ़ी हैं। लेकिन जब आदमी आदमी ही नहीं रहा, तब फिर विकास होकर क्या हुआ...! इस सन्दर्भ में वर्मा जी गाँवों को बहुत पसन्द करते हैं। गाँव के लोग आधुनिक सुविधाओं से वंचित हैं। लेकिन उनकी अपनी पहचान खोने नहीं पायी है। अपने गुण और व्यक्तित्व को लेकर उनमें से हर एक की अपनी पृथक् पहचान कायम है। वे पद और नम्बर भर ही नहीं हैं।

वर्मा जी ने पद और नम्बर से अलग हटकर अपनी पहचान कायम करने की पूरी कोशिश की है। लेकिन वे उतने सफल नहीं हो सके हैं, जितने सफल प्रो० आनन्द हुए हैं। फिर भी बहुत सारे लोग उन्हें पद और क्वार्टर के चलते नहीं, उनके व्यक्तित्व के चलते जानते हैं। इस शहर के सैकड़ों आदमी अपने जायज-नाजायज कार्य के सम्बन्ध में उन्हें मोटी रक़म देने आये, लेकिन वर्मा जी ने उन सबको हिकारत की नज़र से देखा। जायज कार्य को बिना एक पैसा लिये कर

दिया और नाजायज को बेरहमी से झटक दिया। भले ही वही कार्य ऊपर से लोगों ने करा लिया, यह बात दूसरी है। वर्मा जी महसूस करते हैं कि वैसे लोग जरूर उन्हें गालियाँ बकते होंगे। लेकिन उनके मन में कहीं-न-कहीं बात अवश्य होगी कि यह तथाकथित कर्मचारियों की भीड़ का कर्मचारी नहीं, अलग का आदमी है।

आरोग्य भवन के इधर ही पश्चिम जाने वाली एक गली में वर्मा जी घुस जाते हैं। सोचते हैं कि हरिहर सिंह लेन होते हुए मोराबादी मैदान में निकल जाएँगे। फिर वहाँ से राँची कॉलेज को पार करते हुए कांके रोड चले जाएँगे। वहाँ सियाराम से मिलेंगे। फिर उन्हें साथ लेकर कृष्णानन्द के यहाँ करमटोली चल पड़ेंगे। इसके बाद सियाराम और कृष्णानन्द को साथ लेकर प्रो० आनन्द के यहाँ पहुँचेंगे···

वर्माजी आगे बढ़ते जाते हैं। शाम का अँधेरा अभी नहीं घिरा है। लेकिन घिरने ही वाला है। डूबते सूर्य की लालिमा धीरे-धीरे समाप्त हो रही है और कालिमा उसके रिक्त स्थान को भरने की प्रक्रिया में है। इस गली से होकर वर्मा जी काफ़ी दिनों के बाद जा रहे हैं। पहले कांके रोड जाना होता था तो सीधी सड़क पकड़ कर जाते थे। हालाँकि वैसे दूरी कुछ अधिक पड़ जाती हैं। लेकिन रास्ता पक्की सड़क का मिलता है। किन्तु आज उनकी इच्छा इस गली से होकर ही जाने को होती है।

वर्मा जी देखते हैं, मोराबादी की परती पड़ी ज़मीनों में कई इमारतें खड़ी हो गयी हैं तथा अनेक नये मकान तेजी से बन रहे हैं। जब वे राँची आये थे तो यह शहर पहाड़ों और जंगलों का शहर था—बिहार का सबसे मनोरम और स्वास्थ्यपद स्थल। लेकिन धीरे-धीरे जंगल कटते गये। शहर की आबादी बढ़ती गयी। अब तो यह शहर इतना घना और विस्तृत होता जा रहा है कि मौसम की अनुकूलता भी जाती रही है। वर्मा जी महसूस कर रहे हैं कि पिछले कुछ वर्षों से यहाँ की जलवायु बिहार के अन्य स्थलों की जलवायु के रूप में ही तब्दील होती जा रही है। शायद यही कारण है कि गर्मियों की छुट्टियाँ गुज़ारने के लिए अब लोग यहाँ नहीं के बराबर आते हैं।

मकानों में बत्तियाँ जलायी जाने लगी हैं। चमकते हुए शानदार और आलीशान मकान! ख़र्चीला निर्माण! वर्मा जी जानते हैं, सिर्फ़ उच्च वेतनभोगियों ने ही मकान नहीं बनाये, निम्न वतनभोगियों ने भी बनाये हैं। अपना मकान, गाडी, टेलीविजन, फ्रिज, अन्य अनेक महँगी वस्तुएँ, अच्छा बैंक-बैलेंस इन सब का सम्बन्ध व्यक्ति के वेतन से नहीं, उसकी सम्पूर्ण आय से होता है। कौन कितनी आय हासिल कर सकता है, यह व्यक्ति की अपनी क्षमताओं पर निर्भर करता है।

वर्मा जी को आश्चर्य होता है कि सब कुछ स्पष्ट होते हुए भी यह सवाल उठता रहता है कि भ्रष्टाचार का पता कैसे लगाया जाय। वे लोगों को कैसे बतायें कि इसके लिए माथा नीचे और पैर ऊपर करने की ज़रूरत नहीं। व्यक्ति जहाँ रह रहा है और जिस तरह का जीवन जी रहा है, उससे उसके वेतन की संगति बैठाकर देखिए ! बस सारा रहस्य खुल जाएगा !

वर्मा जी को अपने सहयोगी कर्मचारियों की वे बातें अक्सर ही याद आती रहती हैं। उनके सहयोगी कर्मचारी उन्हें बराबर उकसाते रहते थे—"इतने दिनों से आप नौकरी कर रहे हैं वर्मा जी, लेकिन एक मकान तक नहीं बना सके। आपसे नीचे के कर्मचारियों ने मकान बना लिया, गाड़ियाँ ले लीं···!"

इस पर वर्मा जी पूछते—"हमें जो वेतन मिलता है, उससे अपने परिवार का जीविकोपार्जन करते हुए हम मकान बना सकते हैं ?"

वर्मा जी का सवाल सुन सब झेंप जाते।

वर्मा जी ने अक्सर ही सोचा है कि जिस मार्ग पर वे चलते रहे, क्या उससे उन्हें नुकसान ही हुआ है ? कुछ मिला नहीं है ? इस पर उनके खुद के अन्दर से आवाज़ आती है कि उनका कुछ भी नुकसान नहीं हुआ है। उन्हें बहुत कुछ मिला है। सबसे बड़ी चीज़ तो उन्हें यही मिली है कि ऑफ़िस के कर्मचारी घूस-खोरी के धन्धों में एक-दूसरे से अभिन्न रूप से जुड़े रहते थे। लेकिन इसके बावजूद एक-दूसरे पर तनिक भी विश्वास नहीं करते थे, जबकि उन पर सब विश्वास करते थे। जानते थे कि यह आदमी बदलने वाला नहीं, लोभ के वशीभूत होने वाला नहीं। इसीलिए ऊपर से दूरी रहते हुए भी अन्दर से उन्हें सब चाहते थे। इस सत्य को वर्मा जी ने महसूस किया है। उन्हें लगता है, मकान बनाने से यह बड़ी उपलब्धि है। इसके अतिरिक्त सब कुछ की प्राप्ति तत्काल ही तो नहीं हो जाती। कोई ज़रूरी नहीं कि जिन मूल्यों के लिए वे संघर्षरत हैं, वह सब अपने जीवन में ही देख लें। वृक्ष लगाने के दिन ही उसका फल कोई नहीं पा सकता। लेकिन यह सोचकर वृक्ष लगाने वाले पीछे तो नहीं हटते। क्षितिज के उस पार से जो नयी पीढ़ी आ रही है, बहुत कुछ उसके लिए भी तो किया जाता है। छोड़े हुए संघर्ष-चिह्नों पर चलकर वह विजयी होती है। ऐसा अनेक बार हो चुका है। पुनः होता रहेगा। इसीलिए वर्मा जी को लगता है कि उनके कार्य और प्रयास एक सार्थक दिशा की ओर उन्मुख हैं···।

कांके रोड स्थित सियाराम के निवास स्थान पर वर्माजी पहुँच जाते हैं। उन्हें यह जानकर बहुत दुःख होता है कि सियाराम काफी अस्वस्थ हैं। आजमा और पेट की बीमारी की शिकायत तो उन्हें शुरू से ही थी। गिरती उम्र की वजह से वे और परेशान हो गये हैं। पिछले एक हफ़्ते से उनका चलना-फिरना बन्द है। वर्मा जी महसूस करते हैं कि बीमारी का सिर्फ़ नाम और बहाना है। उम्र ने

अपनी रंगत दिखानी शुरू कर दी है। जहाँ तक वर्मा जी का अन्दाज़ है, सियाराम की उम्र उनसे चार-पाँच साल अधिक है।

वर्मा जी सियाराम से देर तक बातें करते हैं, स्वास्थ्य की, घर-परिवार की और अन्त में अपने मन्तव्य की। वर्मा जी का मन्तव्य सुन सियाराम के चेहरे पर एक नयी चमक उभर आती है। लेकिन शीघ्र ही असमर्थताजन्य अवसाद की रेखाएँ उस चमक को हजम कर जाती हैं। सियाराम अपनी प्रतिक्रिया व्यक्त करते हुए कहते हैं—"हम कुछ कर नहीं सके वर्मा···सिर्फ़ सोचते ही रह गये। कभी सोचते कि इतमीनान होकर कुछ करेंगे···कभी सोचते कि मानवता की रक्षा के लिए ईश्वर स्वयं अवतार लेंगे···लेकिन अब मुझे लग रहा है कि आदमी जीवन में कभी इतमीनान नहीं होता और अवतार किसी समय विशेष पर ही नहीं होता ···हम सब तो ईश्वर का अवतार ही हैं···जिसने इस सत्य को समझा और किसी अदृश्य शक्ति की प्रतीक्षा न कर अपने अन्दर की शक्ति को ही अदृश्य शक्ति का स्रोत मान बिना समय गँवाये अपनी भूमिका शुरू कर दी, वही अवतार हो गया···लेकिन मुझे बहुत अफसोस है वर्मा, कि यह ज्ञान तब हुआ जब मैं कुछ भी करने लायक नहीं रहा···मेरी ज़िन्दगी 'अकारण' ही गुज़र गयी···! तुम तो कुछ करते भी रहे हो···।"

सियाराम से मिलकर वर्माजी चल पड़ते हैं। वे आये थे सियाराम को साथ ले चलने के लिए। लेकिन उन्हें लगता है, उन्होंने बहुत देर कर दी। समय किसी की प्रतीक्षा नहीं करता। सियाराम अब कुछ करने लायक नहीं रहे!

सियाराम की बातें वर्मा जी के कानों में गूँजती रहती हैं। ठीक ही कहा है सियाराम ने—हम सब तो उसी अदृश्य शक्ति का अंश हैं। मानवता की पुकार पर व्यक्तिगत स्वार्थों को तजकर समय पर जो सामने निकल आया, वही अवतार हो गया। उसी ने लोगों को दिशा दी, दृष्टि दी···।

वर्मा जी को लगता है कि सचमुच वे भी सिर्फ़ सोचते ही रहे। मानवता की रक्षा के लिए किसी भी बड़े कार्य की शुरुआत नहीं की। उनकी उम्र भी तो बैठी हुई नहीं है। चन्द वर्षों के बाद वे भी तो सियाराम की स्थिति में आ जाएँगे!

वर्मा जी की परेशानी और चिन्ता बहुत बढ़ जाती है। कांके रोड को पीछे छोड़ वे न्यू मार्केट के पास पहुँच आये हैं। शाम गहरा गयी है। सड़क के किनारे की दुकानें जगमगाने लगी हैं। आगे के मोड़ से कचहरी चौक को लाँघते हुए करमटोली जाने के लिए वे गतिशील हैं कि हठात् मोड़ के चौराहे पर एक ऐसी सूचना उन्हें मिलती है कि वे तिलमिला जाते हैं। जैसे अचानक उनके ऊपर वज्रपात हो गया हो! चौक से गुज़रते हुए कुछ लोगों की बातों मे उन्हें यह जानकार मिलती है कि अभी थोड़ी देर पहले फियारालाल चौक पर प्रो० आनन्द

मारे गये। वे तेजी से उन लोगों के पास पहुँच जाते हैं। पूछते हैं, क्या हुआ ? कैसे हुआ ? तब उन्हें पता चलता है कि प्रो० आनन्द कहीं बाहर से आ रहे थे। भाड़े की जीप से फियारालाल चौक पर उतरे ही थे कि कुछ लोगों ने उनके ऊपर हमला बोलकर उनकी हत्या कर दी। बताने वालों का कहना है कि कारण उन्हें नहीं मालूम ! ज़रूर कुछ बात रही होगी ···।

वर्मा जी के पास अब और कुछ पूछने का संयम नहीं रह पाता है। करमटोली जाना तो वे बिलकुल भूल जाते हैं। बदहवासी की स्थिति में फिरायालाल चौक की ओर दौड़ पड़ते हैं। भागते हुए ही वर्मा जी को याद आता है कि पिछले एक माह से गया ज़िले के किसी उपद्रवग्रस्त गाँव के लोगों के आपसी तनाव को ख़त्म करने के लिए आनन्द जी आते-जाते रहे थे। ज़रूर वे वहीं से लौटे होंगे। लेकिन उन जैसे समाजसेवी को किन लोगों ने मारा ? अवश्य वे भाड़े के गुण्डे होंगे या सिरफिरे ! ईश्वर उन्हें कभी माफ़ नहीं करेगा !

वर्मा जी के अन्दर आँधी और तूफ़ान चलते रहते हैं। जल्द-से-जल्द फिरायालाल चौक पहुँच जाने के लिए वे भागते जाते हैं। सोचते हैं कि प्रो० आनन्द की लाश के पास लोगों की भीड लगी होगी। वे सामान्य मनुष्य नहीं थे। बाहर से भले ही लोगों ने उन्हें सहयोग न किया हो, अन्दर से तो सभी उनकी ईमानदारी और मानवता भक्ति के कायल थे। वर्मा जी को लगता है कि लोग आक्रोश में होंगे। उनके दिमाग़ में एक चित्र यह भी उभरता है कि प्रो० आनन्द की लाश के पास हज़ारों नौजवान आक्रोश में मुट्ठियाँ भींचे चिल्ला रहे हैं। कल तक वे इस शहर का नक्शा बदल देंगे। वर्मा जी रोमांचित हो जाते हैं···।

लेकिन यह क्या ? फिरायालाल चौक के पास पहुँचकर वर्मा जी आश्चर्य में पड़ जाते हैं। वैसा कुछ भी नजर नहीं आता है, जैसा वे सोचते आ रहे हैं। वहाँ की स्थिति उन्हें पूर्वतः सामान्य नज़र आती है। तो क्या सूचना झूठी थी ? वे आँखें फाड़-फाड़ कर देख रहे हैं, कहीं कोई लाश नजर नहीं आ रही है। किनारे से गुज़रते दो सभ्य किस्म के व्यक्तियों से वे पूछते हैं। लेकिन वे कोई जवाब नहीं देते। उल्टे हिकारत की नजर से उन्हें देखते हुए आगे बढ़ जाते हैं। तब समीप खड़े एक ठेले वाले से वे पूछते हैं। वह बताता है—"हाँ, दो घण्टे पहले यहाँ एक मडर हुआ था, शायद आनन्द नाम के कोई प्रोफ़ेसर थे।"

"हाँ,···लाश कहाँ है ?"—वर्मा जी तेजी से पूछते हैं।

"अस्पताल चली गयी···पुलिस की गाड़ी आयी थी, लाश लेती गयी···।" वह लापरवाही से जवाब देता है।

"किस जगह मारे गये ?"—वर्मा जी व्यग्रता से पुनः पूछते हैं। इस बार वह वर्मा जी को शंकित दृष्टि से देखता है। यह पूछने वाला आदमी कौन है ? कैसा है ? इस तरह तो अब तक किसी ने नहीं पूछा था। फिर अनिच्छा से

गोलम्बर की बायीं ओर संकेत करते हुए कहता है—"वहाँ पर।"

वर्मा जी देखते हैं, सचमुच गोलम्बर की बायीं ओर की सड़क पर एक जगह ख़ून के धब्बे नज़र आ रहे हैं। सवारियों के आने-जाने की वजह से धब्बे अब उतने चटक नहीं रहे। फिर भी दूर से ही पहचान में आ रहे हैं।

वर्मा जी नज़र उठाकर एक बार चारों तरफ़ देखते हैं। सब कुछ यथावत् है। कहीं कोई परिवर्तन नज़र नहीं आता है। फिरायालाल की बालकनी में सिल्क की रंग-बिरंगी साड़ियों में लिपटी औरतें, युवतियाँ पूर्व की भाँति सॉफ्टी खा रही होती हैं। दूसरी ओर अमिताभ बच्चन की स्टाइल में खड़े मर्द कॉफी पी रहे होते हैं। सामने सदा की भाँति सवारियों का जमघट लगा है। एक किनारे टेम्पो वाले सवारियों की हाँक लगा रहे हैं। पास ही ठेले पर भुने हुए मुर्गे बिक रहे हैं। लोग मार्केटिंग करते हुए आ-जा रहे हैं। सदा की भाँति जगह-जगह प्रेमी युगल गुफ़्तगू कर रहे होते हैं। तेज रोशनी में आसपास की दुकानें चमक रही होती हैं।

वर्मा जी का अन्तर चीत्कार कर उठता है। यह कैसा समाज है ? कैसे लोग हैं ? इतना बड़ा समाजसेवी मारा गया लेकिन कोई प्रतिक्रिया नहीं। वर्मा जी को लगता है कि ये सब जानवर हैं, सुविधाओं में रहने वाले पढ़े-लिखे जानवर। इनके पास रत्ती भर मानवता नहीं। ये देखने भर के लिए भीड़ हैं, सब अपने में सिमटे हुए हैं। आधुनिकता की नकाब ओढ़ रखी है इन्होंने। इन छद्मवेशियों को बेपर्द करने की ज़रूरत है··· और सोचते-सोचते एक ऐसा क्षण आता है जब वर्मा जी अपना आपा खो बैठते हैं। वे फाँदकर गोलम्बर पर चढ़ जाते हैं और चिल्लाने लगते हैं—"तुम सब जानवर हो···कुत्ते हो, मनुष्य के नाम पर कलंक हो··· सफ़ेदपोशी का चोंगा उतार दो···आदमीयत ही नहीं तब फिर आदमी की वेश-भूषा क्यों ? शहरों को तुम लोगों ने जंगल बना दिया···अब जंगली जानवरों की तरह ही रहो···!"

वर्मा जी के आस-पास लोग घिरते जा रहे हैं। वे देर तक चीखते-चिल्लाते रहते हैं।

दूसरी सुबह स्थानीय अख़बारों के प्रथम पृष्ठ पर मोटी-मोटी सुर्खियों में दो सूचनाएँ छपती हैं। पहली सूचना यह कि गत रात प्रो० आनन्द की हत्या कर दी गयी। वे एक योग्य प्राध्यापक और कुशल समाजसेवी थे। बाहर से लौटते ही कुछ अज्ञात व्यक्तियों ने उनकी हत्या कर दी। हत्या के कारण का अभी पता नहीं चला है। पुलिस हत्यारों की खोज तथा घटना की छानबीन कर रही है।

दूसरी सूचना यह कि श्री आनन्दमोहन वर्मा नामक एक अवकाशप्राप्त कर्मचारी को पागलपन की स्थिति में बड़बड़ाकर बेहोश होते हुए फिरायालाल चौक पर पाया गया। पुलिस सूत्रों के अनुसार वे अस्पताल में हैं। उनकी हालत चिन्ताजनक है।

रास्ते

मई की धूप दस-ग्यारह बजते ही तपने लगती है। बिना ओसारे के खुले आँगन में काम करते हुए सुचित्रा का बदन जलने लगता है। पुराने ज़माने का पुश्तैनी मकान ! उसके रहने का कमरा इस छोर पर है, तो रसोई की व्यवस्था उस छोर पर, तो पानी का चपाकल उस कोने में, इसीलिए वह रसोई-पानी का कार्य सुबह में ही निबटा लेती है। रही घर के लोगों को खिलाने की बात, तो जो जिस वक़्त खाना माँगता है, दे देती है। घर की बहू होने के नाते इससे छुटकारा कहाँ ? लेकिन यह बात उसे अजीब लगती है कि घर के लोगों ने अपने खाने का समय अलग-अलग निर्धारित कर लिया है। सास एवं पोलियो की मारी ननद सुबह में खाती हैं, तो ससुर दोपहर में, तो उसका पति एवं देवर दस बजे के आस-पास। रही उसके स्वयं के खाने की बात, तो वह कभी भी खा लेती है। सच तो यह है कि वह जब से इस घर में आयी है, खाना खाने के प्रति उसका उत्साह जाता रहा है। अनुकूल स्थितियों के नाम पर जिन प्रतिकूलताओं के बीच वह आ घिरी है, उसमें वह क्या खाएगी ? मन में प्रसन्नता रहती है तभी खाना भाता है। घुटते मन से कोई क्या खाएगा ?

रोज़ की भाँति अपने पति विमलेश एवं सात वर्षीय देवर दीपक को खिला सुचित्रा अपने कमरे में आ जाती है और पढ़ने के लिए पुस्तकें पलटने लगती है। उसका पति खाना खाने के बाद एक कमरे में अपनी खंजड़ी हुई साइकिल की सफ़ाई और मरम्मत शुरू कर देता है। वह अपने पति को आज तक नहीं जान सकी कि कैसा आदमी है ? कभी घर के पुश्तैनी हारमुनिया को लेकर किसी कमरे में दिनभर बजाता रहता है, तो कभी अपनी पुरानी साइकिल या रेडियो को खोलकर उनके कल-पुर्जों के बीच उलझ जाता है। इसके अतिरिक्त सिर्फ़ खाना और सोना जानता है। कोई बात उसे याद रहती नहीं। सुचित्रा जब भी कुछ कहती है, सुनता है। लेकिन बाद में सुचित्रा के पूछने पर कह देता है—"भूल गया था···।" और इस तरह दाँत निपोरकर हँसने लगता है कि दाँतों के ऊपर के उसके काले-काले मसूढ़े साफ़ नज़र आने लगते हैं। वैसे तो वह चेहरे से ऐसे

ही भद्दा दिखता है । लेकिन हँसते हुए तो एकदम बीभत्स लगने लगता है । स्नान वह महीने में एक-दो बार से अधिक नहीं करता है । गन्दे कपड़े और गन्धाती देह ! प्रारम्भ में उसके पास सुचित्रा उबकाई का अनुभव करती थी । लेकिन धीरे-धीरे उस गन्ध की वह आदी होती गयी । शायद यह उसके आदी हो जाने का ही परिणाम है कि उस गन्ध को झेल सकने की सामर्थ्य उसके अन्दर पैदा हो गयी है । लेकिन उसकी जोड़ी देख आज भी लोग हैरत में पड़ जाते हैं । अपने पति के साथ जब भी वह बाहर निकलती है, लोगों को आश्चर्य से अपनी ओर आँखें फाड़े देखती है तथा दबी ज़ुबान उनकी टिप्पणियाँ भी सुनती है—"इस जानवर के साथ यह सुन्दर लड़की ! कौन है इसकी ?"

"इसकी पत्नी है ।"

"तब तो बड़ा भाग्यशाली है ।"

"पर इस लड़की का बाप कैसा है ? एकदम अन्धा ही है क्या ?"

लेकिन इन बातों को सुनकर भी सुचित्रा अनसुना कर देती है हालाँकि शादी से पहले कभी सपने में भी उसने नहीं सोचा था कि उसे ऐसा वर और यह घर मिलेगा ? बीती बातों को याद कर अब तो उसे अपने आप पर ग़ुस्सा आता है कि उसने विरोध क्यों नहीं किया था । घर के बारे में वह अनभिज्ञ थी । लेकिन वर को तो उसने देखा था । वर अपने माँ-बाप एवं दूर के रिश्ते की अपनी एक भौजाई के साथ उसे देखने आया था । वर को देखने के बाद वह भयभीत हो गयी थी । क्या पापा ने इसी लड़के से उसकी शादी तय की है ? हैरत से उसकी आँखें एक क्षण के लिए खुली की खुली रह गयी थीं । बाद में उसने अनुभव किया था, उसकी माँ एवं बहनों को भी वह लड़का पसन्द नहीं था—न रूप-रंग से, न बात-विचार से और न अपनी हरकतों मे । लेकिन तय हुई शादी टूट न जाय, इस डर से सभी के मुँह सी दिये गये थे । पापा ने सुचित्रा की तस्वीर दिखाकर शादी पहले ही पक्की कर दी थी । लड़की-दिखाई तो सिर्फ़ एक रस्म के रूप में किया जा रहा था । शायद पापा ने उसके उतरे चेहरे और माँ एवं बहनों की चुप्पी देख आन्तरिक स्थिति लक्ष्य कर ली थी, इसीलिए रस्म-अदायगी के बाद सबों को समझाते हुए-से बोले थे—"लड़के की सुन्दरता नहीं देखी जाती । अपनी बिरादरी के एक प्रसिद्ध खानदान का लड़का है । उसके पुरखे अच्छे रईस थे । शहर में अपना पुश्तैनी मकान है । धन-सम्पत्ति भी है । सचिवालय में लड़के की नियुक्ति होने जा रही है । सुनते हैं, लड़का तेज-बुद्धि का है । अगर किसी सुन्दर, लेकिन ग़रीब लड़के से शादी करते तो वह क्या खिलाता ? कहाँ रखता ? इसीलिए लड़की की शादी में लड़के की सुन्दरता कभी नहीं देखी जाती··· उसकी औक़ात और सामर्थ्य देखी जाती है···।"

सुचित्रा के मन में आया था कि कह दे—"इससे तो बढ़िया होगा पापा कि

मेरा गला घोंट दें या ज़हर देकर मुझे मार दें···। लेकिन ऐसे लड़के को मेरा पति न बनायें।" पर चाहकर भी वह कह नहीं सकी थी। तीन वर्षों की लम्बी भाग-दौड़ के बाद यह शादी तय हुई थी। थके हुए पापा को जैसे ही इस घर से स्वीकृति मिली, उन्होंने हथियार डाल दिये। अब और छानबीन करने और बढ़िया-घटिया देखने की सामर्थ्य उनके अन्दर नहीं थी। उससे छोटी दो और बहनें जवान हो चली थीं। अगर उसकी शादी में ही वे उलझे रहे तो फिर छोटी बहनों की शादी कब करेंगे? इसके अतिरिक्त सुचित्रा को यह भी लगा कि उसके द्वारा विरोध करने पर पापा के साथ माँ एवं भाई-बहन सबकी नज़रों से वह गिर जाएगी। सब उसे ताने देंगे और अपमानित करेंगे। घर में उपेक्षा और उपहास का विषय बन जाएगी। फिर किसी दूसरी जगह उसकी शादी कब होगी, कोई निश्चित नहीं। साथ ही यह भी निश्चित नहीं कि दूसरी जगह का घर-वर इससे बढ़िया मिले या और ख़राब ही मिल जाय? इस स्थिति में सुचित्रा ने न चाहते हुए भी अपने भाग्य की बात मान इस घर-वर के हवाले अपने को कर दिया।

सुचित्रा को अच्छी तरह याद है, इस घर में आने के कुछ ही दिनों के अन्दर ही यह जानकर उसका मन तिक्त हो गया था कि पापा को घर के बारे में भी वास्तविक जानकारी नहीं थी। अच्छे खानदान, रईसी परिवार और शहर में पुश्तैनी मकान के झाँसे में ही वे आ गये थे। सच्चाई यह थी कि पुश्तैनी मकान के सिवा और कुछ न था—वह भी बेमरम्मत और खण्डहर होता हुआ। घर में आवश्यक बर्तन, बिछावन, कपड़े-लत्ते एवं ज़रूरी चीज़ें नहीं के बराबर। खाने की सामग्री भी एकदम साधारण। उस पर भी कभी दाल नहीं- तो कभी तेल नहीं, तो कभी मसाले नहीं। अधिकतर रोटी एवं सादी सब्जी से ही काम चलाना पड़ता। डाकघर से अवकाश प्राप्त ससुर रजिस्ट्री आफ़िस में कातिब का काम करते। उनके पेंशन एवं कातिब के काम से मिली राशि से घर का खर्च मुश्किल से ही चल पाता, क्योंकि पीने की आदत से लाचार ससुर कातिब के काम से प्राप्त राशि पी जाते। मात्र पेंशन से ही घर का खर्च चलाना पड़ता। लेकिन इस पर भी वे बातें बड़ी-बड़ी करते। जली हुई रस्सी की तरह अपनी ऐंठ उसे दिखाते रहते तथा उस पर अपना रौब गाँठते रहते। उसके पति ने पहली ही रात कहा था—"मुझे एक लाख रुपये दहेज मिल रहे थे, साथ ही दुनिया-भर का सामान भी। लेकिन लड़की अच्छी नहीं थी। तुम्हारे रूप को देखकर मोहित हो गया, इसीलिए मुफ़्त में ही तुमसे शादी कर ली···।"

उस पर अपना अधिकार जमाने के लिए उसका पति यह बात अक्सर कहता है। उसके सास-ससुर भी कहते हैं—"कितनी लड़कियों की हमने तस्वीरें रिजेक्ट कीं···कितनों को लौटाया। लाखों रुपयों के दहेज को ठुकरा दिया। लेकिन

तुम्हारा रूप देखकर बिना कुछ लिये ही तुम्हारा उद्धार कर दिया···।"

प्रारम्भ में सुचित्रा इन बातों में ठगी रह जाती। लेकिन यह फटेहाली पर की फुटानी थी, जिसे बेपर्द होते देर नहीं लगी। पड़ोस की रेखा, सुनयना आदि लड़कियों से तथा अन्य स्रोतों से वह जान गयी कि इस घर में कभी कोई लड़की ब्याहने नहीं आया था। शायद उसके पापा भी नहीं आते। लेकिन अपने एक रिश्तेदार के माध्यम से इन लोगों ने परोक्ष रूप से पापा को खबर भिजवायी थी। उसे इस बात के लिए गहरा अफसोस होता है कि पापा की जल्दीबाजी के चलते वह कितना बड़ा धोखा खा गयी···!

सुचित्रा को जैसे ही अपने कमरे में एकान्त मिलता, पढ़ने लगती। एकान्त का पूरा सदुपयोग करना चाहती है। इस सन्दर्भ में प्रो. शरण की बातें उसे पढ़ते रहने के लिए उत्साहित करती रहती हैं। उन्होंने कहा था—"तुम तेज लड़की मालूम पड़ती हो, मैट्रिक के बाद पढ़ाई क्यों छोड़ दी? पढ़-लिख कर तुम्हें आत्म-निर्भर होना चाहिए। इस देश में पुरुषों की अपेक्षा स्त्रियों के आत्मनिर्भर होने की ज्यादा जरूरत है। तभी वे नारी होने की नियति और विडम्बना से मुक्त हो सकती हैं। साथ ही आज बढ़ती हुई महँगाई के युग में पति-पत्नी दोनों के कमाये बग़ैर अच्छा जीवन भी तो नहीं जिया जा सकता···।"

प्रो० शरण ने इसे आई० ए० का सिलेबस दिया था तथा कुछ पुस्तकें भी। उन्होंने यह भी कहा था—"अगर नियमित छात्र के रूप में न पढ़ सको तो घर पर ही पढ़ो···स्वतन्त्र छात्र के रूप में ही परीक्षाएँ दे देना।" उन्होंने कई ऐसी महिलाओं की जानकारी भी दी थी, जिन्होंने मैट्रिक के बाद स्वतन्त्र छात्र के रूप में ही आई० ए०, बी०ए० एवं एम० ए० तक की परीक्षाएँ पास कीं तथा आज विभिन्न पदों पर आसीन हैं···।"

प्रो० शरण की बातों से सुचित्रा को पहली बार ऐसा लगा था जैसे कोल्हू के बैलों की तरह उसकी आँखों पर सदा से बँधी रहने वाली पट्टी किसी ने हटा दी हो, जैसे अँधेरे में कहीं से रोशनी की किरण आ गयी हो। इसके बाद उसे लगा था, नियति और भाग्य के नाम पर गन्दे जल में गोते खाने की अपेक्षा उबरने के लिए हाथ-पाँव मारना ही बेहतर होगा। बस, तभी से वह प्रो० शरण के अनुसार पढ़ने लगी है। आई० ए० की तैयारी में लग गयी है।

प्रो० शरण स्थानीय कॉलेज में एक वरिष्ठ प्राध्यापक हैं। अपने विषय के विशिष्ट विद्वानों में गिने जाते हैं। दूर के रिश्ते में वे सुचित्रा के फूफा लगते हैं। लेकिन शादी से पहले सुचित्रा ने उन्हें नहीं देखा था। दूर के रिश्ते आज कहाँ चलते हैं? वह तो उसके पति का एक काम प्रो० शरण के पास था, जिसकी सिद्धि के लिए उसके पति और ससुर उसे ले गये थे कि नयी बहू आपसे आशीर्वाद लेने आयी है। उसी दिन प्रो० शरण ने उसके अन्दर यह ज्योति जलायी थी।

उसके मन में आया था कि प्रो० शरण से कह दे, सर ! मैंने पढ़ाई छोड़ी नहीं थी, छुड़ा दी गयी थी। लेकिन कह नहीं सकी थी। सचमुच पढ़ने के लिए उसका कितना मन करता था। मैट्रिक के बाद पापा ने जब आगे पढ़ने की मनाही कर दी थी तो वह कितना रोयी थी ? लेकिन अन्ततः पापा की बात के समर्थन में उसे आगे की पढ़ाई छोडकर घर बैठ जाना पड़ा था। दरअसल, दीदी के अधिक पढ़ चुकने का अंजाम पापा भोग चुके थे, इसीलिए घर की अन्य लड़कियों को अब आगे पढ़ाने के लिए कतई तैयार न थे। असल में दीदी को भी उन्होंने चाह कर नहीं पढ़ाया था। अनायास दीदी पढ़ती चली गयी थीं। तब पापा इस ओर सतर्क नहीं थे कि अधिक पढ़ी-लिखी लड़की की शादी उन जैसे सामान्य आय वाले व्यक्ति के लिए अधिक परेशानी और समस्याओं का कारण बन जाएगी। हालाँकि दीदी ने जब मैट्रिक पास किया था, उसी वक़्त से पापा उसकी शादी के लिए लड़का ढूँढ़ने लगे थे। लेकिन कम दहेज़ देने वाले पापा को मन लायक़ लड़का मिले भी तो कैसे ? समय बीतता चला गया था। इस बीच शहर में कॉलेज होने के चलते दीदी ने एम० ए० कर लिया था। लेकिन दीदी के एम० ए० कर जाने के बाद उसकी शादी पापा के लिए और मुश्किल हो गयी थी। अब तो एम० ए० से नीचे के लड़कों के यहाँ जाते तो दोनों ओर से फजीहत में पड़ जाते। उनके अपने हित-मित्र भी कहते कि लड़की को एम० ए० पढ़ाकर क्यों किसी मैट्रिकुलेट या बी० ए० पास के गले में बाँध रहे हो और उस ओर के लोग भी कहते कि लड़के से अधिक पढ़ी-लिखी लड़की, वह तो यहाँ आते ही हुकूमत चलाने लगेगी ! न बाबा, ऐसी शादी हम कभी नहीं करेंगे ! पापा बड़ी मुसीबत में पड़ गये थे। अन्त में किसी तरह एक एम० ए० पास लड़के से दीदी की शादी कर पाये। इसके बाद उन्होंने निर्णय ले लिया कि घर की किसी भी लड़की को अब मैट्रिक से अधिक नहीं पढ़ाएँगे। अपनी औक़ात से आगे बढ़ना ठीक नहीं। जिस लड़की के भाग्य में आगे पढ़ना होगा, वह शादी के बाद भी पढ़ जाएगी। उसका पति पढ़ा देगा। लेकिन सुचित्रा को लगता है, पापा का यह निर्णय एक पक्षीय निर्णय है। सिर्फ़ शादी की समस्याओं से बचने के लिए उन्होंने ऐसा निर्णय लिया है। उन्होंने यह नहीं देखा है कि एम०ए० तक पढ़ने के चलते ही दीदी आज एक प्रायवेट कॉलेज में लेक्चरर नियुक्त हो गयी हैं। उनका जीवन उसकी तरह दुखी नहीं। लेकिन पापा का ध्यान इस ओर नहीं जाता है। वे तो इस चिन्ता में परेशान रहते हैं कि किसी तरह चारों लड़कियों की शादी अपने जीवन में ही कर दें। उसे पापा पर न दया आती है, न ग़ुस्सा आता है। इस सन्दर्भ में उसे लगता है कि पापा ने उसके लिए जो नहीं किया, प्रो० शरण के स्नेह-सहयोग से अब वह स्वयं कर रही है। शायद यही वजह है कि रोज़ की भाँति आज भी एकान्त मिलते ही पढ़ने बैठ गयी है। 'रश्मिरथी'

पुस्तक उसने शुरू की है। एक पुस्तक की समाप्ति के बाद दूसरी पुस्तक में लगेगी लेकिन अभी कुछ ही पृष्ठ पढ़ पाती है कि अचानक बाहर के दरवाज़े पर दस्तक होती है। सुचित्रा का ध्यान अपने पाठ्य-पुस्तक से अलग हट जाता है। पति और देवर को खिलाकर रोज़ पढ़ने बैठती है तो कोई-न-कोई आ ही जाता है। ज़रूर कोई मुआ उसी की पढ़ाई में विघ्न पहुँचाने आया होगा। हर आने वाला कहता है कि बहू को देखने आया है। बहू को देखने से मन ही नहीं भरता है। ऐसी रूपवती बहू पूरे शहर में नहीं। वह अपने पति या सास के साथ घर से बाहर निकलती है तो लोग उसे आँख फाड़ देखते रहते हैं। उसे लगता है, मुहल्ले की ही नहीं, पूरे शहर की निगाहें उसी के ऊपर आ लगी हों। उसने अपने रूप और सौन्दर्य के बारे में लोगों को बतियाते और अफसोस करते हुए भी सुना है। लेकिन यह सब सुन उसका मन अब खीझ से भर जाता है कि जब वह ऐसी रूपवती है तो ये सब शादी के बाद ही ऐसी प्रतिक्रियाएँ क्यों व्यक्त कर रहे हैं? शादी से पहले किसी अच्छे घर वाले ने उसे क्यों नहीं अपनाया? इस पर उसे लगता है कि किसी ग़रीब की रूपवती कन्या को अपनाने की अपेक्षा उसके रूप को देखकर लुत्फ़ और मज़े लेना ही लोगों को ज्यादा भाता है।

दस्तक की आवाज़ तेज हो जाती है। उसके ससुर जाकर दरवाजा खोलते हैं। आगन्तुक की आवाज़ वह पहचान जाती है—रघु सिंह हैं। ड्रग-इन्सपेक्टर। उसके रूप के चहेते। पहले इस घर में कभी नहीं आते थे। अपनी सास के साथ उसे कहीं जाते हुए एक दिन देख क्या लिया, दूसरे ही दिन उसके यहाँ आ धमके। एक सौ एक रुपये उसे मुँह-दिखाई दी और जी भरकर उसकी तारीफ़ की। उसके बाद आने-जाने का वह सिलसिला शुरू किया, जैसे यह घर उनका अपना ही हो। विटामिन की शीशियों एवं दवाओं से घर भर दिया है। कभी-कभी फल और मिठाइयाँ भी लाते हैं, यह कहते हुए कि अपनी सुचित्रा दुल्हन के लिए लाया हूँ। सारे समय चाहे जिससे भी बात करेंगे, लेकिन आँखें फाड़े उसे ही निहारते रहेंगे। वह यहाँ से हटकर अपने कमरे में आ जाएगी तो उसके ससुर या सास के द्वारा बुलवा लेंगे कि आधुनिक बहुएँ शरमाती और छिपती नहीं हैं। सुचित्रा को यह सब अच्छा नहीं लगता है। शुरू में उसने सोचा था कि उसके सास-ससुर एवं पति को भी अच्छा नहीं लगेगा। लेकिन जल्द ही उसकी सोच ग़लत साबित हुई। उसके घरवाले तो ऐसे समय अत्यन्त प्रसन्नता का अनुभव करते हैं। रघु सिंह ने जब एक सौ एक रुपये मुँह-दिखाई दी थी तो उसके सास-ससुर एवं पति कितने खुश हुए थे। ये कैसे सास-ससुर और पति हैं, वह हैरत में पड़ गयी थी! लेकिन धीरे-धीरे सारे रहस्यों से वह अवगत हो गयी है। सच तो यह है कि कुछ लोग भले ही उसे देखकर आ गये हों, अधिकांश लोगों को तो बहू दिखाने के नाम पर उसके सास-ससुर स्वयं ही बुला लाते हैं और बहू के रूप पर रीझे लोगों से

अपना मक़सद पूरा करते हैं तथा किसी-न-किसी बहाने उनसे कुछ-न-कुछ प्राप्त करते ही रहते हैं। सुचित्रा को इस बात की भी जानकारी मिल गयी है कि पहले कभी कोई इस घर में आता-जाता नहीं था। तो क्या इसीलिए इस घर में उसे बहू बनाकर लाया गया है? उसका अन्तर काँप उठता है। ऐसे क्षणों में उसे उन खूँख़ार भिखमंगों की याद आ जाती है जो अबोध बच्चों का अपहरण कर उन्हें लूला-लँगड़ा बना भिक्षा प्राप्त करने का स्थायी माध्यम ढूँढ़ लेते हैं। तो क्या उसके साथ भी ऐसा ही हुआ है? लेकिन प्रो० शरण के सम्पर्क में आने के बाद उसे लगा है कि पढ़-लिखकर आत्म-निर्भर हो जाने के बाद वह इन समस्याओं से मुक्त हो जाएगी। लेकिन जब तक ये समस्याएँ हैं, क्या वह सहती रहे? माना कि शादी, ससुराल, सास, ससुर, पति आदि सामाजिक पहरेदारों के चंगुल में वह फँसी है। फिर भी अपनी अस्मिता की रक्षा के लिए उसे संघर्ष या विरोध तो करना ही होगा।

अब तक रघुसिंह को उसके ससुर अपने कमरे में ले जाकर बैठा देते हैं तथा उनकी बातें शुरू हो जाती हैं। जैसाकि उसे ज्ञात था, उसका देवर दीपक आकर कह जाता है—"भाभी! रघु चाचा आये हैं···पिताजी ने आपको बुलाया है···।"

वह सुनकर भी अनसुना कर देती है। चुपचाप पढ़ती रहती है। कुछ क्षण बाद पुनः उसका देवर उक्त सन्देश दुहरा जाता है। लेकिन इस बार भी वह विचलित नहीं होती है। दृढ़तापूर्वक बैठी अपने अध्ययन में लगी रहती है। थोड़ी देर बाद उसकी सास आती है—"तुमने सुना नहीं बहू?"

"सुना है।"

"तो क्यों नहीं गयी?"

"मैं क्यों जाती? मेरी वहाँ क्या ज़रूरत है?"

"बड़े घर की बहुएँ ऐसे नहीं बोलतीं।"

"तो क्या बड़े घर की बहुएँ हर आने वाले आगन्तुक के सामने प्रस्तुत होती रहती हैं?"

"तुम रघु बाबू को आगन्तुक कहती हो। अरे, उन्होंने तुम्हारे पति को नौकरी दिलाने का वादा किया है···।"

"तो पति जाकर उनसे मिले और बातचीत करे। साथ ही आप लोग भी हैं ही। मैं वहाँ जाकर क्या करूँगी?"

इस बार सास क्रोध में उसे घूरती हुई कहती है—"तुम तो ऐसी नहीं थी! आज अचानक तुम्हें यह क्या हो गया है?"

"मुझे यह सब अच्छा नहीं लगता है माँ जी। मैं अब और बर्दाश्त नहीं कर सकूँगी!"

सास पाँव पटकते हुए वापस चली जाती है। उसे रघुसिंह के पास सास की आवाज़ सुनाई पड़ती है—

"बहू की तबीयत ठीक नहीं है रघु बाबू···बिस्तर पर पड़ी है···।"

सास की बात सुन वह गहरे आश्चर्य में पड़ जाती है। उसके पास से ग़ुस्से में ग़र्म होकर लौटी सास कैसे वहाँ पहुँचते ही सहज होकर झूठ बोल गयी ? सचमुच इस कला में सास माहिर है। कितना अच्छा होता अगर सास ने सही कह दिया होता ! तब रघुसिंह को उससे मोहभंग भी हो जाता। लेकिन ऐसा कहकर सास अण्डे देने वाली मुर्गी को क्यों भगाये ?

रघुसिंह देर तक रुक नहीं पाते हैं। जल्द ही चले जाते हैं। आज पहली बार बिना उससे मिले लौटे हैं। शायद इसीलिए उदास होकर गये हैं। यह बात उसके सास-ससुर को एकदम अच्छी नहीं लगी है। उनके चले जाने के बाद उसका पति विमलेश तैश में आता है। शायद माँ-बाप ने ही उसे भेजा है—"माँ की बात तुमने क्यों नहीं मानी ?"

"मैं पढ़ रही थी।"

"तो क्या पढ़ रही होगी जो माँ की बात नहीं मानेगी ?"

"माँ कोई बात नहीं कह रही थीं। पर-पुरुष के पास मुझे भेजने आयी थीं।"

"तुम रघु चाचा को पर-पुरुष कहती हो ! वे तो रोज यहाँ आते हैं।"

"क्या इस घर में मेरे आने से पहले भी आते थे ?"

इस बार उसका पति निरुत्तर हो जाता है। वह तो माँ-बाप की सिखाई हुई बात बोल रहा था। उसके पास अपना विवेक कहाँ ? उसे निरुत्तर हुआ देख बगल में छिपी सास आ छमकती है—"तो मेरे घर कौन आता था और कौन नहीं आता था, इसका हिसाब लेने के लिए तुम आ गयी हो ?"

"मैं क्यों हिसाब लूँगी। लेकिन हर आगन्तुक के पास अकारण जाकर बैठना मुझे अच्छा नहीं लगता है···।"

"यहाँ क्यों अच्छा लगेगा ? नैहर में मुहल्ले के छोकरों से आँख लड़ाना अच्छा लगता था न ! तुम्हारे बारे में मुझे सब जानकारी मिल गयी है···।"

एकाएक सुचित्रा का चेहरा क्रोध से तन जाता है। वह आपे में नहीं रहती है—"झूठा अछरंग लगाते आपको शर्म नहीं आती। मैं आपसे हाथ जोड़कर कहती हूँ माँ जी, मेरे ऊपर झूठा कलंक न लगाइए।"

बात बढ़ती देख उसके ससुर बीच में आ टपकते हैं—"तुम पढ़ो बहू।"—और अपनी पत्नी को समझाते हुए वहाँ से हटाते हैं—"तैश में आने की ज़रूरत नहीं···बहू अभी नयी है। लजाती-शर्माती है···छोटे घर से आयी है। बड़े खानदान में लोगों के साथ उठना-बैठना, हँसना-बोलना, सब जान जाएगी···।"

सुचित्रा पुनः पढ़ने बैठ जाती है। लेकिन अब चाहकर भी उसका ध्यान

अपने पाठ्य विषय की ओर केन्द्रित नहीं हो पाता है। बड़े खानदान के नाम पर ये सब उससे क्या कराना चाहते हैं, क्या अब भी यह बात उससे छिपी है? छिः छिः ये कैसे नीच हैं? उसके पापा ग़रीब ज़रूर हैं, लेकिन इतने पतित नहीं। उसे लगता है, ग़रीबी में पले-बढ़े और जीनेवाले लोग उतने पतित नहीं हो सकते, जितने रईसी के बाद बने ग़रीब लोग होते हैं। पीड़ा से व्यथित हो अपने बिस्तरे पर लेटकर वह रोने लगती है। उसके पापा ने यह सोचकर उसकी शादी की थी कि उसे जीने का सहारा मिल जाएगा। वे कहते भी थे कि सुचित्रा की शादी में चाहे और जो कमी हो, उसे रहने, खाने-पीने और ओढ़ने-पहनने की कठिनाई नहीं होगी। उसके जीवन के लिए अच्छा सहारा मिल जाएगा। लेकिन जिस घर में वह आ गयी है, यहाँ खुद घर वालों ने अपने जीने के लिए उसे सहारा बना लिया है। सच ही कहा गया है, आदमी सोचता कुछ है और हो कुछ जाता है।

वह रोती रहती है। कोई उसे चुप कराने नहीं आता है। कुछ क्षण तक रोते रहने के बाद जब अन्दर का तूफ़ान आँसुओं के द्वारा बह जाता है तब वह पुनः आँखें पोंछ पढ़ने बैठ जाती है। उसे लगता है, अपने को बचाने का अब यही एकमात्र रास्ता है।

दोपहर हो जाती है। उसका देवर दीपक आकर कहता है—"पिता जी खाना खाएँगे।"

उसका मन खीझ से भर जाता है। ये लोग उसे पढ़ने नहीं देंगे। दिन भर कोई-न-कोई व्यवधान! दिन की समाप्ति के बाद रात में भी उसे पूरा समय नहीं मिलता? जब तक उसका पति खर्राटे न लेने लगे तब तक उसे फुर्सत कहाँ?

पिताजी को खाना खिलाने वह रसोई में जा पहुँचती है। खाना निकाल उनके सामने रख देती है तथा निकट ही बैठ जाती है कि शायद फिर कुछ माँगें? पिताजी रसोई में उसे एकान्त पा अत्यन्त प्रेम से समझाना शुरू करते हैं—"दुल्हिन! तुम बहुत भोली हो···जल्द ही घबरा जाती हो···यह तुम्हारा कितना बड़ा भाग्य है कि ईश्वर ने तुम्हें ऐसा रूप दिया है···स्त्री की सबसे बड़ी सम्पत्ति यही है। तुम तो जानती ही हो, सुन्दरता सबको अच्छी लगती है, इसीलिए सब तुम्हें देखना चाहते हैं, अन्यथा आज कौन किसके यहाँ जाता है? फूल की सार्थकता अपनी सुन्दरता से लोगों को प्रसन्न रखने तथा अपनी खुशबू से लोगों को तृप्त करने में ही होती है। तुम मेरे घर की फूल हो···फूल की तरह तुम्हारा यह खिला हुआ दमकता रूप देखकर ही मैंने तुम्हें अपने घर की बहू बनाया है।"

सुचित्रा को अपने ससुर की बातें अजीब लगती हैं। यह आदमी कहना क्या

चाहता है ? उसने बचपन में ठगों की कहानियाँ पढ़ी हैं। उसे लगता है जैसे उसका ससुर किसी ठगों के गिरोह का ही सरदार हो। अब यह बात उसके मन में पक्की हो गयी है कि सचमुच उसकी सुन्दरता देखकर ही उसके ससुर ने अत्यन्त जल्दी-बाज़ी में उसे अपनी पतोहू बना लिया है। उसके पापा को अधिक छानबीन करने और जानकारी लेने का अवसर भी नहीं दिया। अगर कोई बदरूप बहू इस घर में लाता तो फिर उसे पूछता ही कौन ? तब क्या उसका ससुर इस तरह से उसे समझाता ? उसे सब कुछ षड्यन्त्र जैसा लगने लगता है···साजिश और षड्यन्त्र !

खाना खाते हुए ही उसके ससुर कहते हैं—"रघु बाबू को आज अच्छा नहीं लगा···तुम्हारा मन ठीक नहीं था तो आकर सिर्फ़ प्रणाम करके ही चली जाती···तुम तो जानती हो, वे तुम्हें अपनी बहू से भी अधिक मानते हैं···"

वह कहती है—"मैं पढ़ रही थी।"

ससुर समझाते हैं—"पढ़ाई में तुम बेकार अपने को बर्बाद कर रही हो··· मेरे ख़ानदान में औरतों ने कभी नौकरी नहीं की है···मैं यह नहीं कह रहा हूँ कि तुम्हें नौकरी नहीं करने दी जाएगी। लेकिन औरतों का नौकरी-पेशा होना अच्छा तो नहीं होता। तुम्हारे पति बिमलेश की नौकरी लग जाय, बस तुम आराम से घर में पड़ी रहना। तुम्हें भी उसी की नौकरी के लिए प्रयत्नशील रहना चाहिए···।"

सुचित्रा कोई जवाब नहीं देती है। जानती है, ये लोग उसे पढ़ने देना नहीं चाहते हैं। जानते हैं, पढ़-लिखकर अत्मनिर्भर होने के बाद हाथ से निकल जाएगी, तब उनके इस्तेमाल में नहीं आएगी। शायद यही कारण है कि पढ़ने-लिखने के सन्दर्भ में वे सदैव उसे हतोत्साहित करते रहते हैं। लेकिन वह भी अब बच्ची नहीं, अपना नफ़ा-नुकसान समझ गयी है, इसीलिए अपने उद्देश्य से विमुख नहीं होती है।

ससुर को खिलाने के बाद अपने कमरे में आकर वह पुनः पढ़ने लगती है। 'रश्मिरथी' की ये पंक्तियाँ—"हाय कर्ण तू क्यों जन्मा था ? जन्मा तो क्यों वीर हुआ ? कवच और कुण्डल-भूषित भी तेरा अधम शरीर हुआ।' कई बार पढ़ चुकी है। लेकिन फिर-फिर पढ़ने लगती है। उसे लगता है, इन पंक्तियों में उसके स्वयं का दर्द भी व्यक्त हो उठा है···। वह पढ़ने में मग्न रहती है कि थोड़ी देर बाद बाहर के दरवाज़े पर फिर दस्तक होती है। शायद फिर कोई आया है। ससुर से उस आगन्तुक की बातचीत सुन वह पहचान जाती है, इस बार चन्द्र-मोहन सिन्हा आये हैं। यहाँ के स्थानीय अदालत में एडवोकेट हैं। ये इधर हाल से आ रहे हैं। पुराने रिश्ते को स्मरण दिलाने के लिए एक दिन उसकी सास उसे उनके यहाँ लेकर क्या गयी, तब से ये रोज़ आने लगे हैं। दरअसल, सास का

उद्देश्य पुराने रिश्ते को स्मरण दिलाना नहीं, बहू का रूप दिखाकर इन्हें बुलाना था। अब वे अफ़सोस प्रकट करते हैं कि ऐसी खूबसूरत बहू आयी है और उन्हें पता इतने विलम्ब से चला है !

सुचित्रा सोचती है कि अब वह सास के साथ हर किसी के यहाँ यों ही नहीं जाएगी तथा आने वाले किसी भी व्यक्ति के समक्ष अकारण उपस्थित नहीं होगी। इन लोगों का सिलसिला तो सुबह आठ बजे से लेकर रात नौ बजे तक लगा रहता है। अभी तो राधेश्याम सिंह, बिहारी पाण्डेय, सत्यनारायण राम, अखिलेश श्रीवास्तव आदि कई बाक़ी हैं। लेकिन अब वह किसी के समक्ष नहीं जाएगी। हो सकता है, इसके लिए उसे घर के लोगों की डाँट-फटकार, धमकी और मारपीट भी सहनी पड़े। खैर, जो होगा, सो देखेगी। अन्तिम साँस तक इसके विरुद्ध लड़ेगी। उसे याद है, कोई पाठ पढ़ाते हुए प्रो० शरण ने कहा था—"चरित्रहीन और पतित व्यक्ति, कोई भी लड़ाई देर तक नहीं चला पाते हैं। जिसके अन्दर सत्य और नैतिकता का बल होता है, वही देर तक लड़ पाता है।" तब से सुचित्रा ने सोच लिया है, वह लड़ेगी। अँधेरे से उजाले में जाने के लिए लड़ाई जारी रखेगी।

वह चुपचाप पढ़ रही होती है कि उसका देवर दीपक इस बार फिर आकर कह जाता है—"चन्द्रमोहन चाचा आये हैं—पिताजी ने आपको बुलाया है···।"

उसे आभास था ऐसा होगा। लेकिन इस बार फिर वह सुनकर अनसुना कर देती है। पर इस बार उसकी सास नहीं आती है। उसे चन्द्रमोहन सिन्हा के पास सास की आवाज सुनाई पड़ती है—"बहू अस्वस्थ हो गयी है···सुबह से ही बिस्तरे पर पड़ी है···।"

थोड़ी देर बाद उसका देवर दीपक एक प्लेट में पाँच-सात मिठाइयाँ लेकर आता है—"चन्द्रमोहन चाचा मिठाइयाँ ले आये हैं। आपके लिए अलग से भिजवाया है···।"

वह कहती है—"ले जाओ···मुझे नहीं खाना···।"

लेकिन देवर उसके मना करने पर भी मिठाइयाँ रखकर भाग जाता है। वह मिठाइयाँ एक ओर को सरका देती है। यह कितनी गन्दी बात है ! लोगों ने इस घर को वेश्या का अड्डा समझ लिया है, तभी तो मिठाइयाँ, दवाएँ, उधार के नाम पर रुपये तथा अन्य सामान दे जाते हैं ! लेकिन उसके सिवाय यह सोचता ही कौन है ? चन्द्रमोहन सिन्हा द्वारा मिठाइयाँ प्राप्त कर उसके परिवार के लोग खुशी में गद्‌गद हैं और उनकी आवभगत करने में लगे हैं।

वह इन बातों से अपना ध्यान काटकर अपने पाठ्य विषय की ओर लगाना चाहती है कि चन्द्रमोहन की तेज़ आवाज़ सुन उसका ध्याम पुनः बँट जाता है।

उसके ससुर ने बताया है कि अदालत में तेज़ आवाज़ में बहस करने के चलते चन्द्रमोहन को तेज बोलने की आदत हो गयी है। लेकिन यह अदालत नहीं, किसी का घर है। पर यह कहे तो कौन कहे ? चन्द्रमोहन की मिठाइयों पर अहोभाग्य मानने वाले लोगों के अन्दर यह कहने का नैतिक साहस कहाँ !

उसे चन्द्रमोहन की बातें साफ़ सुनाई पड़ती हैं। उसके ससुर को सम्बोधित करते हुए चन्द्रमोहन कहते हैं—"भई ! आपने ऐसी बहू को उतारा है कि उसकी जितनी तारीफ़ की जाए कम होगी। सोने की तरह दमकता रूप और फूल की तरह कोमल बदन···। मैं तो आपके चुनाव की दाद देता हूँ···।"

इस पर उसके ससुर जीते हुए जुआरी की तरह कहते हैं—"मैं बहुत दिनों से ऐसी ही बहू की तलाश में था। मैंने सोच लिया था कि दहेज़ मिले या न मिले, बहू तो एक नम्बर की उतारूँगा। ऐसी बहू कि अँधेरे घर में घुसे तो उजला कर दे···।"

इस पर चन्द्रमोहन उसके ससुर की तारीफ़ करते हैं—"आप अपने उद्देश्य में पूरी तरह सफल रहे···इस क्षेत्र में मैं आपका लोहा मान गया···।"

सुचित्रा को अब ये बातें अच्छी नहीं लगती हैं। उसे लगता है, जैसे उसका मुँह चिढ़ाया जा रहा हो। कभी ये बातें उसे अच्छी लगती थीं लेकिन उसकी परिणति ने इन बातों के प्रति उसके मन में नफ़रत पैदा कर दी है।

उसे अच्छी तरह याद है, बचपन से ही उसे जो देखता था, उसके पिता से यह कहे बिना नहीं रह पाता था—"नरेश जी, आपकी यह लड़की अद्‌भुत सुन्दर है। इसकी शादी में आपको तनिक भी तकलीफ़ नहीं होगी। यह बड़े घर में जाएगी। इसे देखकर लोग बिना तिलक-दहेज लिये मुफ़्त में ही शादी कर लेंगे···।"

स्कूल के मास्टर भी उसे पढ़ाते हुए देखते रह जाते थे। कहते थे—"यह अत्यन्त सुन्दर लड़की है। इसकी शादी में नरेश जी को भाग-दौड़ नहीं करनी पड़ेगी। इसके लिए स्वयं रिश्ते आएँगे···।"

रिश्ते-नाते और टोले-मुहल्ले के लोग भी यही कहते थे। माँ-बाप भी शायद इसीलिए उसे विशेष प्यार करने लगे थे। दीदी ने अपनी पाठ्य-पुस्तक से कई ऐतिहासिक कहानियाँ उसे सुनायी थीं कि कैसे पद्‌मिनी के रूप की प्रशंसा सुन पृथ्वीराज उसे प्राप्त करने के लिए चल पड़े थे; कि बड़े-बड़े राजा-महाराजा सुन्दरियों की चर्चा सुन उन्हें प्राप्त करने के लिए युद्ध करते थे और उन्हें अपनी पटरानी बनाते थे। इन बातों से धीरे-धीरे उसके मन में भी यह विश्वास हो गया था कि उसे योग्य वर और बढ़िया घर मिलेगा। लेकिन पापा ने जब उसकी शादी के लिए वर की खोज का अभियान शुरू किया था तो परिणाम बिल्कुल

उल्टे आने लगे थे। हालाँकि हर जगह पापा यह कहते कि आप लोग लड़की देख लीजिए। दूसरी जगह भले ही दहेज आपको अधिक मिल जाएगा, लेकिन इतनी सुन्दर लड़की नहीं मिलेगी। किन्तु इस पर कोई कान नहीं देता। कई जगह तो यह कह लोगों ने पापा को निरुत्तर कर दिया था कि सिर्फ़ लड़की की सुन्दरता लेकर हम चाटेंगे? उन्हीं दिनों उसे लगा था कि दीदी की पाठ्य-पुस्तक की ऐतिहासिक घटनाएँ उस युग में सम्भव हुई होंगी। वह तो जिस युग में पैदा हुई है, वहाँ सुन्दरता का नहीं, पैसे का और पद का महत्त्व है। उसी लड़की की सुन्दरता लोगों को ग्राह्य है, जिसका बाप मोटी रक़म दे सके, किसी प्रभावशाली पद पर आसीन हो तथा लड़की को उच्च शिक्षा दिलायी हो। लेकिन उसके नसीब में यह कहाँ? शायद यही कारण है कि उसे इस घर में आना पड़ा।

कभी-कभी गुस्से में आने पर उसके अन्दर वह विचार भी उठने लगता है कि जब ऐसे ही घर में शादी करनी थी तो पापा उसकी शादी करते ही नहीं। इस पर उसे लगता है कि ऐसा करने पर लोग उसके पापा का जीना दूभर कर देते। उसकी शादी में विलम्ब हो रहा था, इसी को लेकर मुहल्ले वाले दबी-जुबान टिप्पणियाँ करने लगे थे "जवान सुन्दर बेटी को घर में रखकर मुहल्ले के छोकरों को बिगाड़ रहा है।"

दरअसल, उन दिनों मुहल्ले के छोकरे उसके घर के चारों ओर ताक-झाँक करने लगे थे। सुचित्रा समझ नहीं पाती है कि यह कैसा समाज है कि ससुर पतोहू के साथ चाहे जो कराये, किसी को आपत्ति नहीं, लेकिन बाप से सिर्फ़ शादी में देर हो जाती है तो उसे अनेक व्यंग्य-बाण सुनने पड़ते हैं।

चन्द्रमोहन सिन्हा कुछ ही समय बाद चले जाते हैं। ये भी आज देर तक नहीं रुक पाते हैं। लेकिन रघुसिंह के जाने के बाद जैसा हुआ था, वैसा नहीं होता है। इस बार उसकी सास नहीं आती है। न ही उसके पति और ससुर ही। तो क्या वे हार गये हैं? नहीं। उसे भान होता है, आपस में मिलकर वे सोच-विचार कर रहे हैं कि बहू को कैसे रास्ते पर लाया जाय। लेकिन उनकी मंशा वह सफल नहीं होने देगी···।

सुचित्रा घड़ी देखती है। अपराह्न चार बज रहे होते हैं। प्रो० शरण ने आज चार से छह बजे के बीच उसे सम्भावित प्रश्न रेखांकित करा देने के लिए समय दिया है। वह तो प्रो० शरण के यहाँ चलने की तैयारी करने लगती है। उनका निवास इसी मुहल्ले में है। इस गलीके उस छोर पर। उसके मकान से पन्द्रह-बीस मकानों के बाद। इसे वह अपना सौभाग्य मानती है कि प्रो० शरण उसके इतने निकट रहते हैं। अगर वे दूर रहते तो शायद वह उनसे इतना लाभान्वित नहीं हो पाती।

कॉपी, क़लम एवं कुछ आवश्यक पुस्तकें लेकर वह कमरे से बाहर निकलती

है। फिर साईकिल के कलपुर्जों में उलझे अपने पति से जाकर कहती है—"शरण साहब के यहाँ चलना है···आज उन्होंने गेस कराने के लिए समय दिया है···।"

वह दो टूक जवाब देता है—"मुझे फुर्सत नहीं।"

इस पर वह कहती है—"तो मैं अकेली चली जाती हूँ। गुरु के यहाँ जाने में क्या संकोच ?"

वह उसी लहजे में जवाब देता है—"मैं कुछ नहीं जानता।"

अब वह अपनी सास के समीप आकर कहती है—"शरण साहब के यहाँ गेस कराने जाना है।"

इस पर उसकी सास क्रोध से उफनती हुई कहती है—"उसके यहाँ तुम्हें अब नहीं जाना है···।"

वह आश्चर्य से पूछती है—"क्यों ?"

सास उसी बेरुखी से जवाब देती हैं—"वह ठीक आदमी नहीं···चरित्र का गिरा हुआ आदमी है···।"

इस पर हठात् उसके मुँह से निकल जाता है—"नहीं, वे ऐसे नहीं···।"

यह सुन सास भभक उठी है—"चार दिन से तुम यहाँ आयी हो और सब कुछ जान गयीं···हम उसे वर्षों से देख रहे हैं···जिस लड़की को पढ़ाया है, वह बदनाम हुई है।"

इस पर वह कहती है—"मुझे तो उनके यहाँ आप ही लोग ले गये थे···।"

सास ग़ुस्से में नहले पर दहला फेंकती है—"हम क्या जानते थे कि वहाँ जाकर तुम उसके जाल में फँस जाओगी···।"

अब वह भी तैश में आ जाती है—"आप सरासर झूठा आरोप न लगायें। मैं बीच में पढ़ाई नहीं छोड़ सकती···वे मुझे कहीं से ग़लत नहीं लगते···।"

सास से अब और देर तक मुँह लड़ाना उसे अच्छा नहीं लगता है। वह ससुर के कमरे की ओर चल देती है। जानती है, आज रघुसिंह और चन्द्रमोहन सिन्हा के समक्ष न जाने की ही यह परिणति है। साथ ही घर के लोगों को इस बात की आशंका भी सताने लगी है कि प्रो० शरण उसे समझदार और जागरूक बना देंगे तो वह उनके हाथ की कठपुतली नहीं रह जाएगी। इसके अतिरिक्त प्रो० शरण के चरित्र के बारे में उसकी सास ने जो कहा है, उसे उन बातों पर कतई यक़ीन नहीं। लेकिन अगर ये बातें सच भी होतीं तब भी प्रो० शरण त्याज्य नहीं होते। जो आदमी अँधेरे में भटकने वालों के समक्ष रोशनी प्रदान करता हो तथा उन्हें जागरूक और आत्मनिर्भर बनाता हो, वह कभी भी त्याज्य नहीं हो सकता।

ससुर के कमरे में पहुँच कर वह उपर्युक्त बात कहती है—"शरण साहब के

यहाँ प्रश्न गेस कराने जाना चाहती हूँ···।"

ससुर कहते हैं—"उसके यहाँ अधिक आना-जाना ठीक नहीं होगा। वह चरित्र का गिरा हुआ आदमी है। वैसे तुम्हें जो अच्छा लगे।"

उसके जी में आता है कि ससुर का मुँह नोच ले—'चरित्र के गिरे हुए वे नहीं, तुम और तुम्हारा पूरा खानदान है—।' लेकिन वह कह नहीं पाती है। चुपचाप अपने कमरे के समीप आ जाती है। एक क्षण तक कुछ सोचती रहती है। फिर अपने कमरे के निकट खड़े अपने देवर—दीपक का हाथ पकड़कर कहती है—"मेरे साथ प्रो० साहब के यहाँ चलो दीपक! एक घण्टे में हम लौट आएँगे···।"

इस पर उसकी सास चिल्लाती है—"उसके साथ न जा, दीपक।"

यह सुन दीपक अपनी माँ की ओर ताकता है। फिर उसकी ओर। इससे पहले कि दीपक कुछ निर्णय ले सके, उसका हाथ पकड़ वह बाहर के दरवाज़े से निकल चलती है। हालाँकि उसने सोच लिया था, दीपक न भी साथ जाता, तब भी वह प्रो० शरण के यहाँ अवश्य जाती और आवश्यकतानुसार भविष्य में भी जाएगी। यही न होगा कि उसे वर्जनाओं, कठिनाइयों और व्यवधानों का सामना करना पड़ेगा तो करेगी। घर वाले जिस रास्ते पर उसे ले जा रहे हैं, वह तो कीचड़ और दलदल से भरा है। उसमें वह धँसती ही चली जाएगी, कभी नहीं उबरेगी। इधर अध्ययन के इस रास्ते में भले ही उसे विरोध और संघर्षों का सामना करना पड़ेगा लेकिन मुक्ति का मार्ग इसी में है··।

कीर्तनिया बाबा

दिल्ली जंक्शन से गाड़ी खुली तो कीर्तनिया बाबा ने इत्मीनान की साँस ली। उनका लड़का धनेश प्लेटफ़ॉर्म पर खड़ा हाथ हिला रहा था। उसका हिलता हुआ हाथ उन्हें तब तक नज़र आता रहा जब तक वह उनकी आँखों से ओझल नहीं हो गया। उसके शब्द कीर्तनिया बाबा के कानों में अभी तक गूंज रहे थे, "पिताजी! गाँव पर तनिक भी कष्ट हो या मन न लगे तो सीधे यहाँ आ जाइएगा···"

उनके मन में आया कि कहें, "जो कष्ट यहाँ हुआ और जिस तरह यहाँ से मन ऊबा, वैसा गाँव में न कभी हुआ है और न होगा···" लेकिन यह सोचकर वे नहीं कह सके कि धनेश को तकलीफ़ होगी। उन्होंने इतना ही कहा, "मेरी चिन्ता न करना, मैं ठीक से रहूँगा···अपना और बीवी-बच्चों का खयाल रखना, अपने समाचार का पत्र भेजते रहना ··"

गाड़ी ने अपनी रफ़्तार पकड़ ली थी। जैसे-जैसे कीर्तनिया बाबा दिल्ली की परिधि से बाहर निकलते जा रहे थे, वैसे-वैसे उन्हें लगता कि भँवर से निकल किनारे की ओर बढ़ रहे हों। खिड़की से पीछे छूटती दिल्ली की गगनचुम्बी अट्टालिकाओं का उन्होंने मुआयना किया। बाहर से देखने पर कितना वैभवशाली और ख़ूबसूरत शहर नज़र आता है। लेकिन अन्दर एक अनजाना भँवर ही तो है। ईश्वर की कृपा से वे बच गये, अगर और कुछ दिन रहना पड़ता तो उस भँवर में डूब ही जाते।

कीर्तनिया बाबा को अपने गाँव और वहाँ के लोगों की याद आने लगती है। लहलहाते हुए खेत और पगडण्डियाँ याद आती हैं। उन्हें लगता है, गाँव की बैठकें, खेत-खलिहान, बगीचे, तालाब, राधे-श्याम का मन्दिर सब उन्हें बुला रहे हों। उनका मन जल्द-से-जल्द गाँव पहुँचने के लिए बालकों की तरह अधीर हो उठता है। लेकिन यहाँ से बीस घण्टे की यात्रा है। शाम छह बजे गाड़ी खुली है। रात भर गाड़ी चलेगी। अगले दिन दोपहर दो बजे उनका ग्रामीण स्टेशन आएगा। वे खिड़की से बाहर गहराती साँझ को देखने लगते हैं।

कीर्तनिया बाबा का असली नाम देवकुमार सिंह है। लेकिन चूँकि बचपन से ही राधेश्याम के मन्दिर में होने वाले कीर्तन में वे विशेष भाग लेते रहे हैं, इसीलिए देवकुमार सिंह से कीर्तनिया बन गये। जब छोटे थे तो लोग उन्हें कीर्तनिया बबुआ या कीर्तनिया बचवा कहते थे। बड़े हुए तो कीर्तनिया भइया और कीर्तनिया चाचा कहाने लगे, अब उम्र के अनुसार कीर्तनिया बाबा बन गये हैं। इस नाम के सामने उनका देवकुमार सिंह बिलकुल गौण हो गया है। गाँव के किसी आदमी ने कभी उनका वास्तविक नाम लेकर पुकारा हो, यह उन्हें याद नहीं। अपना वास्तविक नाम तो उन्हें खेत-खलिहान के काग़ज़ों में सरकारी मुलाज़िमों के मुँह से ही सुनने को मिलता है।

अपने इस परिवर्तित नाम को लेकर कीर्तनिया बाबा को दुःख नहीं, खुशी ही है। वैसे लोगों ने अनायास ही उन्हें यह नाम दे रखा है। लेकिन उन्हें महसूस होता है कि उनके गुण को उनके व्यक्तित्व का केन्द्रबिन्दु मान लोगों ने उन्हें यह नाम दिया है। उन्हें लगता है, सचमुच वे कीर्तन के लिए ही बने हैं। शुरू से ही कीर्तन के प्रति आन्तरिक लगाव का अनुभव उन्होंने किया है। बचपन में जहाँ दूसरे लड़के अन्य खेलों में मशगूल हो जाते थे, वहीं वे कीर्तन-मण्डली के बीच झाल बजाते हुए तन्मय होकर गाते रहते थे। मण्डली के सभी लोग मुक्त कण्ठ से उनकी सराहना करते थे। युवावस्था में तो गाँव की कीर्तन-मण्डली का नेतृत्व उन्हीं के हाथ में आ गया था। फिर तब से अब तक कीर्तन और वे एक-दूसरे के पर्याय बन गये हैं। उनके अभाव में कीर्तन में कोई आनन्द नहीं। लेकिन उनकी उपस्थिति मात्र से ही कीर्तन में वह रौनक आ जाती है कि सुनने वाला हटने का नाम नहीं लेता है। उनके अस्वस्थ हो जाने पर भी गाँव के लोग उन्हें मण्डली के बीच ला बैठाते हैं। फिर आँख एवं हाथ के इशारे से ही वे कीर्तन में जान फूँक देते हैं। उनके संकेत पर मण्डली के सदस्य सुध-बुध खो तन्मय हो जाते हैं। प्रौढ़ावस्था में तो कीर्तन की धुन पर कितने झाल उन्होंने तोड़ डाले, इसकी कोई गिनती नहीं। कीर्तन की धुन में मतवाले वे गाते और झाल बजाते हुए खड़े होकर नाचने भी लगते थे। तब कीर्तन में और मज़ा आ जाता था। पूरे इलाक़े में एक श्रेष्ठ कीर्तनिया के रूप में उनका नाम विख्यात हो गया था। लोग उन्हें कीर्तन के लिए सादर निमन्त्रित कर दूर-दूर के गाँवों में भी ले जाते थे। इस वृद्धावस्था में भी कीर्तन के बीच उनकी उपस्थिति लोग आवश्यक मानते हैं। पिछले तीन साल से अपने बेटे की नौकरी पर दिल्ली रहने के चलते वे कीर्तन से वंचित रह गये हैं। कीर्तन के लिए उनका मन छटपटाने लगता है।

साँझ रात में बदल चुकी है। ट्रेन की खिड़की से बाहर अँधेरा नज़र आता है। लेकिन भीतर डिब्बे में जलते बल्ब प्रकाश फैलाये हुए हैं। कीर्तनिया बाबा की बग़ल में दो नौजवान बैठे हैं जो लगातार सिगरेट फूँकते और अंग्रेज़ी में बतियाते

आ रहे हैं। उनके सामने एक बूढ़ी औरत बैठी है, जो अपने में ही सिमटी-सिकुड़ी है। उसके बाद चिपटे नाकों वाली एक मोटी महिला अपने दो बच्चों के साथ बैठी है। उसके बच्चे दिल्ली से ही खाते आ रहे हैं। कभी मूंगफली, कभी केला, कभी बिस्कुट···उस औरत के साथ एक साँवले रंग का पुरुष बैठा है, जो शायद उसका पति है। वह औरत कीर्तनिया बाबा से पूछती है—"आपका कौन-सा बर्थ है?"

वे बताते हैं—"नीचे का।"

इस पर वह कहती है—"हम दोनों को ऊपर का बर्थ मिला है···अगर आप ऊपर चले जाते तो मैं बच्चों को लेकर नीचे सोती।"

वे कहते हैं—"चला जाऊँगा। मुझे कोई आपत्ति नहीं।"

इस पर वे दोनों पति-पत्नी उनकी प्रशंसा करने लगते हैं—"आप बहुत अच्छे आदमी हैं। देहात के आदमी मालूम पड़ते हैं। देहात के आदमी के पास उसका अलग संस्कार होता है····उनके पास परोपकार की भावना विद्यमान रहती है···"

कीर्तनिया बाबा कोई जवाब नहीं देते हैं। अभी थोड़ी देर पहले वे दोनों पति-पत्नी को अपने बारे में फुसफुसाकर बतियाते हुए सुन चुके हैं—"यह मायूस बूढ़ा कहाँ से सामने आकर बैठ गया? अच्छी कम्पनी नहीं मिली···रास्ते भर बोर होते रहेंगे···!" लेकिन जैसे ही उनसे उनका मक़सद सध गया, वे अच्छे हो गये! ऐसे ही तो हैं ये लोग और ऐसा ही है इनका सम्बन्ध। दिल्ली में ऐसे लोगों को वे अच्छी तरह जान चुके हैं।

रात का खाना खा लोग अपने-अपने बर्थ पर सोने लगते हैं। वादे के अनुसार कीर्तनिया बाबा ऊपर चले जाते हैं। नीचे की दोनों बर्थों पर, वह औरत अपने बच्चों के साथ आ जाती है तथा दूसरे पर वह बूढ़ी महिला। बीच की दोनों बर्थों पर सिगरेट फूंकने वाले नौजवान सोते हैं तथा कीर्तनिया बाबा के सामने ऊपर की बर्थ पर उस औरत का पति।

सोने से पहले वह बूढ़ी महिला उस मोटी औरत से पूछती है—"गाड़ी पटना कब पहुँचेगी?"

वह मोटी औरत अनिच्छा से जवाब देती है—"मुझे कुछ मालूम नहीं।" लगता है जैसे वह औरत उस बूढ़ी महिला से बातचीत करने में अपनी तौहीन महसूस करती हो। अब वह बूढ़ी महिला नौजवानों की ओर मुख़ातिब होती है। वे भी जल्दीबाज़ी प्रकट करते हैं—"अभी बहुत दूर है···"

कीर्तनिया बाबा को लगता है, उस महिला को उचित जवाब नहीं मिला, इसीलिए उसकी जिज्ञासा अभी बनी हुई है। वे कहते हैं—"कल दोपहर तीन बजे के आसपास यह गाड़ी पटना पहुँचेगी। मुझे भी उधर ही चलना है। लेकिन मैं पटना से इधर ही उतर जाऊँगा।"

कीर्तनिया बाबा के जवाब से वह सन्तुष्ट हो जाती है। फिर अपने-आप ही कहने लगती है—"मेरा बेटा पटना में नौकरी करता है। उसी के पास जा रही हूँ..."

कीर्तनिया बाबा बेटे की नौकरी से घर जा रहे हैं और यह बूढ़ी महिला घर से बेटे की नौकरी पर जा रही है। यही तो दुनिया है ! कोई आ रहा, कोई जा रहा है।

कीर्तनिया बाबा को वे दिन याद आ जाते हैं, जब आज से तीन वर्ष पूर्व वे भी इस बूढ़ी महिला की तरह ही अपने बेटे की नौकरी पर जा रहे थे। जल्द पहुँचने की कितनी उत्सुकता थी उन्हें, दिल्ली देखने-जानने की कितनी जिज्ञासा ! लेकिन लौटते वक़्त वह पूर्ण धारणा कैसी मिथ्या प्रतीत हो रही है !

कीर्तनिया बाबा नहीं चाहते थे कि उनका लड़का घर से इतनी दूर और इतने बड़े शहर में नौकरी करे। धनेश उनका एकमात्र लड़का है। धनेश की पढ़ाई-लिखाई में उन्होंने कोई भी क़सर बाक़ी नहीं छोड़ी है। ज़िले के सबसे अच्छे कॉलेज, जैन कॉलेज, आरा में उसे पढ़ाया है। वे चाहते थे कि धनेश ज़िले में ही नौकरी करे, ताकि गाँव-घर, खेत-बाज़ार और उनसे जुड़ा रहे। लेकिन धनेश की सोच उनसे पृथक् साबित हुई। उसका कहना कि छोटी जगह में आदमी काम करते-करते मर-खप जाएगा, उसका विकास नहीं होगा। बड़ी जगह हर दृष्टि से लाभपूर्ण होती है। धनेश ने इसी सोच के मुताबिक दिल्ली की नौकरी स्वीकार की !

कीर्तनिया बाबा की पत्नी जब तक जीवित रही, वे दिल्ली नहीं गये। धनेश ही पत्नी और बाल-बच्चों के साथ गाँव आता रहा। लेकिन पत्नी की मृत्यु के बाद कीर्तनिया बाबा को धनेश एवं गाँव के लोगों ने कहा कि उन्हें अब बेटे की नौकरी पर दिल्ली रहना चाहिए। हालाँकि अपनी परवरिश के लिए वे दिल्ली कदापि नहीं जाते। गाँव में उनके भाई का परिवार है। भाई से वे अलग ज़रूर हैं, लेकिन ख़ून का सम्बन्ध है। वक़्त आने पर वे छोड़ने वाले नहीं। इसके अतिरिक्त उनके नाम पर जो खेत हैं, उससे वे अच्छी तरह अपना जीवन निर्वाह कर लेंगे। लेकिन धनेश ने दिल्ली के बारे में जो कहा तो वे वहाँ जाने से अपने को रोक नहीं सके। धनेश ने कहा कि दिल्ली में क्या नहीं है ! यहाँ छोटी-सी-छोटी सुविधा के लिए आदमी तरसता लगता है, लेकिन वहाँ हर सुविधा मुहैया है। पैसा हो तो वहाँ स्वर्ग का सुख लिया जा सकता है...! कि दिल्ली ऐसी है !... वैसी है...!

लेकिन धनेश के कथन के विपरीत, कीर्तनिया बाबा जब दिल्ली पहुँचे थे तो वहाँ का सब कुछ उन्हें आश्चर्य में डालने लगा था। धनेश जिस घर में रहता है, वह एक विशाल इमारत है, ऊपर से नीचे तक एक-दूसरे से लगे हुए अनेक घर हैं।

लेकिन हर घर का आदमी एक-दूसरे के प्रति तटस्थ और उदासीन। इमारत के गलियारे में आते-जाते मुलाकात हो गयी, बस यही बहुत है। किसी को फुरसत नहीं। सब अपने में व्यस्त और अपने में सिमटे हुए। दफ़्तर से आने के बाद घर में बन्द। फिर खाना-पीना और टी० वी० के पास बैठना। कीर्तनिया बाबा को जल्दी ही घुटन महसूस होने लगी थी। धनेश की बातें उन्हें निस्सार और अर्थहीन प्रतीत हुई थीं। उन्हें खुले में और गाँव के लोगों के बीच रहने की आदत थी। लेकिन यहाँ तो वे क़ैदखाने में आ गये थे। हालाँकि जीने-खाने की सारी चीज़ें घर में मौजूद थीं। समय पर नाश्ता, समय पर खाना, इच्छा के अनुकूल खाद्य पदार्थ! सुखोपभोग के साधन! लेकिन क्या यही जीवन है?

धनेश टी०वी० के पास लाकर बैठाता। लेकिन आसपास के लोगों के संग-साथ हँसी-बोली और सुख-दुःख से अलग घेरे के अन्दर का जीवन कभी उन्हें रास नहीं आता। गाँव के लोग उन्हें याद आते। लहलहाते खेत और उनके बीच मुरेठा बाँध, कन्धे पर डण्डा लेकर घूमना याद आता। बरसात में खेत की रोपनी और बिया कबरिया की याद आती। वसन्त में आम के बगीचे में खटिया डाल कर सोना याद आता। जाड़े में कपिलदेव काका के दालान की बैठक याद आती। होली की मस्ती और चैता की जोगिन याद आती और सबसे अधिक याद राधे-श्याम मन्दिर की कीर्तन-मण्डली की आती। पूरा जीवन गाँव की आत्मीयता में बिता चुकने के बाद दिल्ली के रहन-सहन को वे लाख प्रयत्न करने के बाद भी पचा नहीं पाते थे। परिणामतः वहाँ जाने के कुछ ही दिनों बाद से वे गाँव लौटने का आग्रह करने लगे थे। लेकिन धनेश अनुनय-विनय कर उन्हें रोक लेता। उसके बच्चे रोक लेते—"गाँव न जाओ बाबा! फिर हमें कहानियाँ कौन सुनायेगा?"

धनेश को लगा, पिता जी घर में बैठे-बैठे बोर हो जाते हैं, इसीलिए उसने कहा, "आप बाहर घूमा कीजिए पिता जी, यहाँ पार्क है, चिड़ियाखाना है, अजायबघर है, ऐतिहासिक स्थान हैं, एक-से-एक मन्दिर हैं, धर्मशाला है, सब कुछ है, घूम-घूम कर देखा कीजिए, मन बहल जायेगा।"

इसके बाद कीर्तनिया बाबा पता लगा-लगाकर मन्दिरों, मठों और प्रवचन वाले स्थानों पर जाने लगे थे। लेकिन मन्दिरों का भजन-कीर्तन उन्हें अपने गाँव जैसा प्रेम में सना, आत्मीय और आनन्ददायक नहीं लगता। सेठों द्वारा संचालित मन्दिर, भाड़े के गायक, अजनबी लोगों की भीड़ सब कुछ उन्हें प्रचार एवं दिखावा जैसा ही लगता। लेकिन अपने बेटे और पोतों के लिए उन्हीं चीज़ों से जुड़कर वे दिन काटने लगे कि वह घटना घट गयी। उस घटना की याद आते ही आज भी वे सिहर जाते हैं, मानवता के नाम पर वैसी करतूत!

उस दिन महाशिवरात्रि का त्योहार था। वाराणसी से आये एक सन्त क

प्रवचन सुनने वे गये हुए थे। प्रवचन सुनकर जब लौट रहे तो उन्हें चक्कर आने लगा था। लगता, चलेंगे तो गिर जायेंगे। बस की प्रतीक्षा में खड़े लोगों के बीच जब उनसे खड़ा न रहा गया तो एक किनारे वे बैठ गये। दो-तीन बसें आयीं और चली गयीं। दिल्ली की बसें पूरी रुकतीं भी तो नहीं! जो चढ़े सो चढ़े, जो छूटे वे पिछली बस से आयेंगे। हर बस के वक़्त उतनी ही भीड़, बूढ़े और अस्वस्थ लोगों के लिए परेशानी। शाम गहराती देख कीर्तनिया बाबा ने सहायता की इच्छा से इधर-उधर नज़र दौड़ायी। उनके निकट ही दो व्यक्ति आपस में बातचीत करते हुए सिगरेट पी रहे थे। दोनों साँवले रंग के थे। उनमें एक नौजवान तथा दूसरा अधेड़ था। पैण्ट-शर्ट पहने, वे दिल्ली के नौकरी-पेशा लगते थे। उन्होंने उन दोनों से निवेदन किया—"मेरी तबीयत ठीक नहीं···मुझे चक्कर आ रहा है। मेरे बेटे का पता इस प्रकार है···अगर आप लोग मुझे मेरे निवास तक पहुँचा दें तो बड़ी कृपा होगी···।"

इस पर उन दोनों ने उन्हें देखा। फिर एक-दूसरे की आँखों में ताका। इसके बाद बोल पड़े—"ठीक है बाबा···आप बूढ़े आदमी हैं···बड़े-बूढ़े की सहायता से तो पुण्य मिलता है···।"

इसके बाद एक ने अपने बैग से एक पुड़िया निकाली, "मेरे पास चक्कर की दवा भी है, बाबा। मुझे भी कभी-कभार चक्कर आता है। इसे खाते ही ठीक हो जायेगा। फिर स्वयं अपने निवास तक चले जाइयेगा।"

इससे पहले कि वे सोचते, दवा खायें या न खायें, वे दोनों उनके समीप बैठ कर इस तरह प्रेमपूर्वक आग्रह करने लगे कि वे उन्हें परमार्थी व्यक्ति समझ दवा खा गये। आखिर उन बूढ़े व्यक्ति को धोखा देने से किसी को क्या मिलेगा? उनके पास कोई बड़ी सम्पत्ति भी तो नहीं! जेब में मात्र पच्चीस रुपये और तन पर साधारण कपड़े! लेकिन यह क्या? दवा खाते ही उनका माथा और जोर-जोर से घूमने लगा। वे खड़े होकर किसी और को आवाज़ लगायें, इससे पहले ही बेहोश हो गये।

उन्हें जब होश आया, उन्होंने अपने को एक अस्पताल में पड़े पाया। तन के कपड़े गायब। कमर में लिपटा मात्र एक गन्दा चिथड़ा। सामने खड़ी नर्स से उन्होंने साश्चर्य पूछा, "यह सब क्या है? मैं यहाँ कैसे चला आया?"

उसने बताया, "पिछली रात सड़क पर आप नंग-धड़ंग पड़े थे तो पुलिस आपको उठाकर इस अस्पताल में ले आयी। आपको किसी ने विष दे दिया है!"

\+ \+ \+

गाड़ी भागती जा रही है। रात लगभग आधी बीत गयी है। लेकिन कीर्तनिया बाबा की आँखों में नींद नहीं। जब वे दिल्ली जा रहे थे, उस रात भी ट्रेन में उन्हें नींद नहीं आयी थी और आज फिर उन्हें नींद नहीं आती है। उनकी

आँखों के सामने गाँव की एक-एक चीज़ें साकार होती जा रही हैं—महुआ का वह पुराना वृक्ष, जहाँ सती माई का चौरा है। गगन बिहारी के खेत का वह ऊँचा टीला, जहाँ नाग-नागिन की पूजा होती है। सतहवा आम का पेड़, जिसके पके आमों की मिठास की बराबरी पूरे इलाक़े में नहीं। पाताल-फोड़ कुआँ, जिसका पानी भयंकर सूखे में भी नहीं सूखता है। अपरूपी महादेव का स्थान, जहाँ एक बड़ा शिवलिंग अपने आप ज़मीन फोड़कर निकल आया है, जहाँ हर शिवरात्रि को मेला लगता है। कटहिया बाग़, जिसमें घुसकर इस छोर से उस छोर निकलना मुश्किल। जंगली झाड़ियों और काँटों से पूरा बाग़ आच्छादित ! सरयू पहलवान का अखाड़ा, जहाँ सरयू से दाँव-पेंच सीखने के लिए दूर-दूर से पहलवान आते हैं। मौनिया साधु की कुटिया, जहाँ गाँव से बाहर कुटिया बनाकर एक मौनिया साधु रहते हैं। सुमिरन दास का पोखरा, जिसकी मछलियों को मारने की इजाज़त किसी को नहीं। जल में तैरती बड़ी-छोटी मछलियाँ। कल्हुआड़, जहाँ ईख को पेरकर रस निकाला जाता है और रस को पकाकर गुड़ बनाया जाता है। गाँव के बाहर अनेक स्थानों पर नज़र आते कल्हुआड़, ईख चूसते बच्चे और रस पीते सयाने। फनात, जहाँ गाँव भर के नौजवान एक-दूसरे से अधिक फाँदने की होड़ में फाँदते नज़र आते हैं। पाठशाला, प्राथमिक चिकित्सा केन्द्र, खेतों में लगी बोरिंग, गाँव के किनारे से गुज़रने वाली कच्ची सड़क, सबकी याद कीर्तनिया बाबा को एक-एक कर आती-जाती है।

कीर्तनिया बाबा इसी तरह अपने गाँव की याद में खोये थे कि अचानक डिब्बे में शोरगुल की आवाज़ आती है—"मेरा बैग ग़ायब हो गया...उसमें काफ़ी रुपये थे...मेरे ज़रूरी काग़ज़ थे...।"

डिब्बे के सभी लोग जग जाते हैं और अपने-अपने सामान टटोलने लगते हैं। सूचना मिलती है कि एक आदमी का बैग लेकर उसके साथ का यात्री चम्पत हो गया है। यह भी पता चलता है कि उस यात्री के पास आगे तक का टिकट था। उसने अपने नाम से एक बर्थ रिजर्वेशन भी कराया था। लेकिन साथ के यात्री का बैग हाथ लगते ही, बीच में ही उतर गया। एक व्यक्ति का कहना कि जब रिजर्वेशन था तो उसका नाम-पता दर्ज होगा। उसे पकड़ा जा सकता है। लेकिन एक दूसरे व्यक्ति का कहना था कि चोर-उचक्के अपना वास्तविक नाम-पता नहीं लिखाते हैं।

कीर्तनिया बाबा को यह समझ में नहीं आता है कि साथ चल रहे व्यक्ति को कैसे पहचाने कि यह शरीफ़ है या बदमाश ? कि किसी के चेहरे और पहनावे से तो कुछ पता चलता नहीं। उन्हें उन दोनों व्यक्तियों की भी याद आ जाती है, जिन्होंने उन्हें विष दिया था। चेहरे से उन्हें भी कैसे पहचाना जा सकता है कि वे धोखेबाज़ और हत्यारे हैं...! उस घटना की याद आते ही कीर्तनिया बाबा का

मन कसैला हो उठता है। उस घटना के बाद कुछ दिनों तक उन्होंने घर से निकलना बन्द कर दिया था। धनेश और उसके दो-एक मित्र उन्हें समझाते कि यहाँ किसी अजनबी से सहायता नहीं माँगी जाती है, कि यहाँ किसी अजनबी का दिया हुआ कुछ नहीं खाया जाता है, कि आपके पास अधिक सम्पत्ति नहीं थी इसीलिए आपको सड़क के किनारे रख दिया था, कि अधिक सम्पत्ति होती तो आपकी लाश का पता भी नहीं चलता···।

कीर्तनिया बाबा को अजीब लगता। यह कैसा समाज है कि समाज के बीच रहकर भी उससे असम्पृक्त रहा जाये? क्या उनके जैसे गाँव-गँवई के व्यक्ति से यह सम्भव है? क्या यह 'कठोर-साधना' वे आत्मसात् कर सकते हैं।

धनेश और उसके मित्रों द्वारा बहुत समझाने-बुझाने के बाद कीर्तनिया बाबा फिर बाहर निकलने लगे थे और उस 'कठोर साधना' का अभ्यास करने लगे थे। लेकिन उस घटना के दो ही महीने बाद फिर एक और घटना घट गयी। दरअसल, यह दूसरी घटना, घटना नहीं, दुर्घटना थी। सड़क पार करते हुए एक टैम्पू से वे जा टकराये थे। अपनी जानकारी के तहत उन्होंने दोनों ओर देखकर ही क़दम आगे बढ़ाया था। लेकिन होनी को कौन रोक सकता है? एक टैम्पू से धक्का खा वे बीच सड़क पर चित हो गये थे। एक क्षण के लिए दोनों ओर की सवारियाँ जाम हो गयी थीं। फिर चौराहे की पुलिस उन्हें टाँगकर किनारे ले आयी थी। राह चलने वाले इक्के-दुक्के लोग रुककर उन्हें देख लेते थे। उनका होश गुम नहीं हुआ था। लेकिन वे बोलने-चालने और उठने-बैठने से लाचार थे। अन्दर से काफ़ी पीड़ा का अनुभव कर रहे थे। गम्भीर चोट लगी थी उन्हें। सहायता और सुश्रूषा के अभाव में वे देर तक छटपटाते रहे। फिर बेहोश हो गये। इस बार फिर उनकी आँख एक अस्पताल में खुली। लेकिन उनकी ज़ुबान नहीं खुली। चाहकर भी वे बोल नहीं पाते थे, इसीलिए अन्दर-ही-अन्दर तड़पने और छटपटाने लगे थे। वे देख रहे थे, जिन रोगियों के साथ उनके परिचित हैं और ख़र्च आदि करते हैं, उनकी विशेष हिफ़ाजत की जाती। लेकिन उन जैसे लावारिश रोगी उपेक्षित! वे मन-ही-मन यह सोचकर विकल होते जाते थे कि धनेश उनकी खोज कर रहा होगा। लेकिन उनकी जानकारी उसे कैसे मिलेगी? कोई उन्हें पहचानता तो है नहीं? वे कहाँ दुर्घटनाग्रस्त हुए और किस अस्पताल में पड़े हैं, इसकी जानकारी उसे कौन देगा? उन्हें लगता, गाँव के बन्धु-बाँधवों से अलग दिल्ली के इस अस्पताल में गुमनाम मृत्यु उनकी क़िस्मत में लिखी थी। अब बेटों और पोतों से भी भेंट नहीं होगी। लेकिन अचानक चौथे दिन बाद उनका कण्ठ खुल गया। शायद अभी और कुछ समय उन्हें जीना था। कण्ठ खुलते ही सबसे पहले उन्होंने धनेश का नाम, पता दर्ज कराया···ख़बर पाते ही धनेश सपरिवार दौड़ा आया। चार दिन से उनकी खोज में वह दौड़ता और रोता-छटपटाता थक

गया था। उनको पाकर उसकी सारी थकान दूर हो गयी। विशेष खर्च कर धनेश ने उनकी चिकित्सा करायी। फिर शीघ्र ही वे चलने-फिरने लायक हो गये और अपने निवास चले आये।

इस बार धनेश और उसके मित्रों ने उन्हें समझाना शुरू किया कि यहाँ जेब में बिना परिचय-कार्ड लिये कोई नहीं निकलता। घर से जब भी निकलना हो, जेब में परिचय-कार्ड अवश्य डाल लें।

उस घटना के बाद कीर्तनिया बाबा का गँवई मन दिल्ली शहर के प्रति बग़ावत कर उठा था। अब और वहाँ रहने के लिए वे कतई तैयार न थे। लेकिन धनेश और उनके बच्चे फिर सामने आ बिछे थे। उनके लिए यह मर्माहत स्थिति थी। इस स्थिति में अपने उस प्रिय कीर्तन के बोल उनके होंठों पर स्वतः आ जाते—"कइनी हम कवन कसूर हो नयनवा से दूर कइल प्रभु जी···!"

और शायद प्रभु जी ने उनकी सुन ली। अचानक गाँव से वृद्ध फुआ के निधन का पत्र आया जो उनके लिए गाँव जाने का माध्यम बन गया। फुआ अत्यन्त वृद्ध थीं और उनके भाई के परिवार के साथ रहती थीं। उनकी मृत्यु का किसी को दुःख नहीं। जिस उम्र में वे पहुँची थीं, वहाँ उन्हें मरना ही था। उनकी मृत्यु सूचना के बहाने दिल्ली से मुक्त हो वे गाँव की ओर चल पड़े हैं। मन-ही-मन वे निर्णय करते हैं कि अब दोबारा लौटकर दिल्ली नहीं आयेंगे। अधिक तबीयत खराब होगी तो तार देकर धनेश को बुलवा लेंगे। अगर समय पर धनेश न भी आया तो उनके भाई का परिवार है, गाँव-घर के लोग हैं, वहाँ कोई किसी के लिए अजनबी नहीं।

\+ \+ \+

सुबह कभी की हो चुकी है और दिन भी काफ़ी चढ़ आया है। लेकिन कीर्तनिया बाबा अपनी बर्थ पर चुपचाप पड़े हुए हैं। कुछ लोग तैयार होकर बैठ गये हैं। लेकिन कुछ लोग उनकी तरह ही लेटे हुए हैं। किसी तरह यात्रा तय करनी है। घर पहुँचने के बाद तो आदमी अपनी दिनचर्या पकड़ ही लेगा।

कुछ समय पश्चात् कीर्तनिया बाबा उठ बैठते हैं और नित्य क्रिया से निबट कर पूर्व की भाँति नीचे आ बैठते हैं। खिड़की से बाहर भागते वृक्ष, खेत और नदी-नाले देखने लगते हैं। जल्द-से-जल्द उनका गाँव आ जाये, इस प्रतीक्षा में एक स्टेशन से दूसरे स्टेशन का नाम पढ़ते जाते हैं। अपने ग्रामीण स्टेशन के आसपास के स्टेशनों से वे परिचित हैं।

कीर्तनिया बाबा को लगता है कि वे दिल्ली के लिए अजनबी थे। इस ट्रेन के लोगों के लिए अजनबी हैं। लेकिन अपने गाँव के लिए कतई अजनबी नहीं। वहाँ के एक-एक व्यक्ति, से एक-एक चीज़ से उनका घनिष्ठ परिचय है।

उन्हें याद है, काफी पहले एक बार एक कार्यवश वे बग़ल के गाँव में जा रहे

थे कि रास्ते में उनके इलाक़े के 'मरखहवा' साँड़ ने उन्हें पटक दिया था। वहाँ आसपास के खेतों में काम करने वाले दूसरे गाँव के लोगों ने तत्काल उन्हें पहचान लिया था कि यह तो बैसाडीह के कीर्तनिया भाई की आवाज़ है।

उन्हें याद है, अभी दिल्ली आने से पहले रात के अँधेरे में कपिलदेव काका की बैठक की ओर बढ़ते उनके पदचाप की आवाज़ सुन लोग समझ जाते थे कि कीर्तनिया बाबा आ रहे हैं।

जैसे-जैसे गाँव नज़दीक आता-जाता है, कीर्तनिया बाबा का मन हुलसित-पुलकित होने लगता है। अचानक अपने ग्रामीण स्टेशन का नाम देख युवावस्था की तरह वे फुर्ती से उठते हैं और गाड़ी से नीचे उतर जाते हैं। उन्हें लगता है अन्तरिक्ष से धरती पर वे लौट आये हैं।

उनके पैरों में दोगुनी शक्ति आ जाती है। फिर अपने जेब से परिचय-कार्ड निकाल वे टुकड़े-टुकड़े कर देते हैं और तेज़-तेज़ कदम बढ़ाते हुए गाँव की ओर चल देते हैं।

सो दुविधा पारस नहिं जानत

इन्द्रदेव के अभिनन्दन-समारोह से सम्बन्धित निमन्त्रण-पत्र जब से दयाशंकर को मिला है, एक अनाम-सी पीड़ा ने उन्हें बेचैन कर दिया है। यद्यपि निमन्त्रण-पत्र की सूचना से वह पहले ही से अवगत थे और इस विषय को लेकर चिन्तित भी हो उठे थे, लेकिन निमन्त्रण-पत्र ने साक्षात् सामने उपस्थित होकर उनका मुँह चिढ़ा दिया है तथा उनकी पीड़ा और व्यथा को पूरी तरह उभार दिया है।

इस नयी सरकार ने इन्द्रदेव को निर्भीक, ईमानदार और सच्चा राष्ट्रसेवी घोषित करते हुए उसे एक महत्त्वपूर्ण पद भेंट किया है। उसी के उपलक्ष्य में इस अभिनन्दन-समारोह का आयोजन किया गया है।

दयाशंकर को शुरू से ही यह बात अजीब-सी लगती है कि कोई जादूगर मिट्टी के टुकड़ों को कैसे मिठाइयों में परिवर्तित कर देता है···कि कैसे कौवे को मोर बना देता है···इन्द्रदेव के साथ भी बिलकुल ऐसा ही हुआ है। लेकिन जादूगर का तिलिस्मी संसार तो घण्टे दो-घण्टे का होता है। पर इन्द्रदेव का परिवर्तन तो इतनी-सी देर के लिए नहीं हुआ है! अगर ऐसा हुआ रहता, तो यह अभिनन्दन-समारोह क्यों मनाया जाता···? इसलिए दयाशंकर का आश्चर्य चरम सीमा पर पहुँच गया है।

यह वही इन्द्रदेव है, जिस पर पिछली सरकार के शासनकाल में हत्या, बलात्कार, अपहरण और लूट के अनेक मुकदमे दर्ज थे। इन्द्रदेव को ज़िन्दा या मुर्दा लाने वाले को पिछली सरकार ने एक बड़ा इनाम देने की घोषणा की थी। लेकिन सरकार बदलते ही सब कुछ बदल गया है और सज़ा की जगह इन्द्रदेव के लिए सिंहासन प्रस्तुत किया गया है।

दयाशंकर निमन्त्रण-पत्र को उलट-पलटकर देखते रहते हैं। निमन्त्रण-पत्र के आमुख पर सन्त की मुद्रा में हाथ जोड़े और माला पहने इन्द्रदेव की तसवीर छपी है। निमन्त्रण-पत्र के अन्दर एक ओर इन्द्रदेव को राष्ट्रभक्त, राज्य-शिरोमणि, समाजसेवक, सच्चा क्रान्तिकारी आदि सम्बोधनों से विभूषित किया

गया है, तो दूसरी ओर अभिनन्दन-समारोह के कार्यक्रम का विवरण दिया गया है।

दयाशंकर की उम्र अस्सी पार कर चुकी है। यह बात दूसरी है कि उनका प्राप्य उन्हें न देकर किसी अन्य को दे दिया जाता रहा है। परिणामत: वे शुरू से ही उपेक्षित रहते आये हैं। लेकिन इसके बावजूद उनकी स्मृति कोई उनसे छीन नहीं सका है। सब कुछ वह देखते आये हैं, इसीलिए परिवर्तित स्थितियों के बीच अतीत की याद उन्हें बरबस ही ताज़ा हो जाती है।

वर्षों पहले, जाड़े की एक दोपहर, नगर के चन्द्रमा सेठ के यहाँ शोरगुल सुनाई पड़ा था। आसपास के लोग वहाँ पहुँचने लगे थे। दयाशंकर के निवास से चन्द्रमा सेठ का निवास नज़दीक ही था, वह भी वहाँ जा पहुँचे थे। वहाँ पहुँच-कर उन्होंने देखा कि चन्द्रमा सेठ के छोटे पुत्र की हत्या कर दी गयी है। लाश दरवाज़े पर पड़ी है तथा सारा परिवार विलाप कर रहा है। दयाशंकर को वहाँ पहुँचते ही यह सूचना मिल गयी थी कि यह काम इन्द्रदेव का है। इन्द्रदेव ने उस लड़के का अपहरण किया था और फिरौती के रूप में लाखों रुपयों की माँग की थी। लेकिन सेठ जी रुपये न देकर पुलिस की सहायता ले रहे थे, यह उसी का परिणाम था। सेठ की पत्नी विलाप करती हुई अपने पति को कोस रही थी कि उसके कथनानुसार रुपये न देकर उन्होंने पुलिस पर भरोसा करके बेटे को गँवा दिया···

यह दृश्य देख सबका हृदय दहल उठा। हालाँकि लोग जानते थे, इन्द्रदेव अपनी क्रूरता के आगे बच्चे, बूढ़े या स्त्री किसी की भी परवाह नहीं करता है। लेकिन उसके आतंक से भयभीत लोग खुलकर उसकी इस क्रूरता का विरोध भी तो नहीं कर पाते थे!

इसके कुछ ही दिनों बाद दूसरी घटना घटी। इन्द्रदेव के दो आदमी रामदयाल साव के राशन-गोदाम में पहुँचे और कुछ बोरे अनाज की माँग की। कहा, "इन्द्रदेव ने भेजा है।" रामदयाल साव इससे पहले भी इन्द्रदेव को कई बार 'सलामी' दे चुके थे। लेकिन यह सोचकर कि इस तरह तो इन्द्रदेव का मन बढ़ता ही जा रहा है, उन्होंने इस बार मना कर दिया। कहा, "फिर कभी आइएगा ···अभी स्टॉक का हिसाब करना है···"

लेकिन यह क्या! उसी रात पुलिस थाने के नज़दीक स्थित उस गोदाम को लूट लिया गया। बाद में यह पता चला कि इस लूट में इन्द्रदेव ने पुलिस को भी उसका पर्याप्त हिस्सा दिया था।

फिर तीसरी घटना। कॉलेज जाती एक सुन्दर युवती इन्द्रदेव को जँच गयी। बस, उसके घर और कॉलेज के बीच ही उसका मुँह बन्द कर अपने साथियों सहित इन्द्रदेव उसे लेकर लापता हो गया। उस लड़की के माँ-बाप रोते-छटपटाते और

उसे खोजते रहे, लेकिन उसका कहीं पता न चला। घटना के आठवें दिन रेलवे लाइन के किनारे उस लड़की की कटी हुई लाश मिली। पोस्टमार्टम रिपोर्ट से बात स्पष्ट नहीं हो सकी। लेकिन इन्द्रदेव के साथियों में से ही फूटकर यह बात शहर में पसर गयी कि लड़की ने स्वयं आत्महत्या की है।

फिर चौथी घटना। शहर के एक मुहल्ले में एक मकान मालिक और किरायेदार को लेकर झगड़ा चला आ रहा था। मकान मालिक वर्षों से रह रहे पुराने किरायेदार को हटा, भाड़ा बढ़ाकर नया किरायेदार रखना चाहते थे। लेकिन वह पुराना किरायेदार न तो मकान छोड़ने को तैयार था और न एक सीमा से अधिक भाड़ा बढ़ाने को ही। मकान मालिक की इस ज़्यादती के खिलाफ़ वह मुकदमा करने जा रहा था। लेकिन इसी बीच इन्द्रदेव को रुपये देकर मकान मालिक ने रास्ते का रोड़ा हटवा दिया। इन्द्रदेव अपने लोगों के साथ आया और सरेआम उस किरायेदार को मार-पीटकर एक घण्टे के अन्दर उसके परिवार को बाहर निकाल दिया और सरो-सामान उसको मकान से निकाल सड़क पर फेंक दिया।

फिर पाँचवीं घटना। इन्द्रदेव की रखैल युवती को उसके कुछ प्रतिद्वन्द्वी भगाकर ले आये और शहर के एक मुहल्ले में रहने लगे। अपने तईं उन्होंने युवती को छिपाकर कर रखा था। लेकिन इन्द्रदेव को उसका सुराग मिल ही गया। एक रात उसने अपने साथियों के साथ धावा बोल दिया। दोनों ओर से जमकर मार-काट हुई। इस आपसी लड़ाई में दोनों ओर के तीन अपराधकर्मी तो मरे ही, मुहल्ले के दो शरीफ़ नागरिकों की भी जानें गयीं!

दयाशंकर को याद है, इन्द्रदेव के इस तरह बढ़ते आतंक से तंग आकर नगर के लोग उनसे मिलकर कहने लगे थे कि वे एक बहादुर समाजसेवी हैं···स्वतन्त्रता-संग्राम के दौरान अंग्रेजों से लड़ चुके हैं।···देश और समाज के समक्ष उपस्थित बाधाओं को खत्म करने के लिए शुरू से ही लगे रहे हैं। इन्द्रदेव से भी नगर के लोगों की रक्षा अब उन्हीं के हाथ की बात है। इस अपराधकर्मी को ठिकाने लगाने के लिए अब उन्हें आगे आना चाहिए। सारे शहर के लोगों की निगाह उन्हीं के ऊपर टिकी हुई है।

इन्द्रदेव के कुकृत्यों के विरुद्ध दयाशंकर स्वयं पहल करने जा रहे थे, इस सन्दर्भ में नगर के लोगों के आग्रहपूर्ण आमन्त्रण से उनका उत्साह और अधिक बढ़ गया। बस, वह इन्द्रदेव के विरुद्ध निकल पड़े। देश और समाज की सेवा तथा जन-कल्याण को दयाशंकर अपने जीवन में सर्वोपरि स्थान देते हैं। वह उस भारतीय संस्कृति के पक्षधर हैं, जिसकी मान्यता है—'परहित सरिस धर्म नहिं भाई।'

इसी मान्यता के लिए दयाशंकर ने अपना पूरा जीवन अर्पित कर रखा है।

पत्नी के रहते हुए भी उन्होंने दाम्पत्य और गार्हस्थ सुख का भोग नहीं किया। असल में भोग-विलास को उन्होंने सुख माना ही नहीं। वह तो सच्चा सुख जन-सेवा को मानते हैं। उनका त्याग, सेवा-कार्य, राष्ट्रभक्ति की निष्ठा और समाज-सुधार की भावना देख लोग दंग रह जाते हैं। इस सन्दर्भ में लोग अकसर ही कहते रहे हैं कि उनके सम्मान लायक कोई भी पद इस देश में नहीं···कि उनको पाकर राष्ट्र धन्य है···आदि-आदि।

यह दयाशंकर के कार्य का ही परिणाम था कि पुलिस इन्द्रदेव को पकड़ने के लिए तत्पर हो गयी थी। दयाशंकर की वजह से ही इन्द्रदेव की गिरफ़्तारी के लिए पुलिस ने इनाम की घोषणा की थी, हालाँकि इस सन्दर्भ में इन्द्रदेव की ओर से दयाशंकर को दो-तीन धमकी भरे पत्र मिले थे कि उनका सफाया कर दिया जायेगा···वे बीच में न आयें, लेकिन वह तनिक भी नहीं डरे। समाजसेवा के दौरान अपनी जान को उन्होंने कभी महत्त्व नहीं दिया था। धर्म और मानव-कल्याण के कार्य करते हुए अगर वह मारे जाते हैं, तो इससे अच्छी मौत और क्या हो सकती है!

और शायद यही होता। असामाजिक तत्त्वों द्वारा मार दिये जाने वाले अनेक गुमनाम समाजसेवियों की शृंखला की वह कड़ी बन जाते। लेकिन इन्द्रदेव ने अपना कार्यक्षेत्र बदल दिया। उनके छोटे शहर को छोड़कर राजधानी के बड़े शहर से जा जुड़ा। उन्हीं दिनों वह एक राजनीतिक दल और उसके प्रमुख नेता के सम्पर्क में आया। वह राजनीतिक दल सत्ता से अलग विपक्ष में था तथा सत्ता हथियाने के लिए जी-तोड़ परिश्रम कर रहा था। उस दल को इन्द्रदेव जैसे व्यक्ति की सख़्त आवश्यकता थी। और इन्द्रदेव को भी अपनी सुरक्षा के लिए एक राजनीतिक ढाल की ज़रूरत थी। बस दोनों एक-दूसरे से घनिष्ठ हो गये। अब इन्द्रदेव अपने व्यक्तिगत स्वार्थ के लिए कम राजनीतिक उद्देश्य के लिए ही ज्यादा लूटपाट और हत्याएँ करने लगा। उस राजनीतिक दल और उसके प्रमुख नेता की ओर से इन्द्रदेव को मनोवांछित सुख-सुविधाएँ मिलने लगीं। साथ ही उसे सामाजिक सम्मान भी प्रदान कराया जाने लगा। दल की ओर से उसे यदा-कदा मंच पर चढ़ाया जाता और एक कर्मठ कार्यकर्ता के रूप में लोगों के सामने प्रस्तुत किया जाता।

उन्हीं दिनों विभिन्न मुकदमों के सिलसिले में इन्द्रदेव दो-तीन बार गिरफ़्तार भी किया गया, लेकिन उसके दल ने जेल में उसे राजनीतिक बन्दी की मान्यता दिलायी तथा एक कुख्यात अपराधकर्मी के रूप में उसकी गिरफ़्तारी के लिए घोषित इनाम आदि की धारणा को भी अपने प्रयास से निराधार साबित कराया। और हर गिरफ़्तारी के बाद शीघ्र ही उसे छुड़ा लिया। यह बात दयाशंकर को बहुत खराब लगी। उनकी तरह सोचने वाले अन्य लोगों को भी, लेकिन वे मन

मसोस कर रह गये।

राजनीतिक दल के अन्दर रहकर इन्द्रदेव पहले की अपेक्षा ज्यादा उत्पात करता रहा। लेकिन अब अपराधकर्मी के रूप में नहीं, एक सबल प्रतिपक्षी कार्यकर्ता के रूप में उसकी चर्चा होती। कुछ समय बाद चुनाव की घोषणा हुई। इन्द्रदेव ने अपनी कार्य-प्रणाली तेज़ कर दी। अपने दल को विजयी बनाने के लिए जगह-जगह बूथ कैप्चर करने से लेकर अनेक हत्याएँ करते हुए लोगों को आतंकित कर उनका मत हासिल करने के लिए उसने एड़ी-चोटी का पसीना एक कर दिया। इन्द्रदेव के लिए यह सुखद संयोग ही साबित हुआ कि उसका दल भारी बहुमत से जीत गया और पिछली सरकार को हटा सत्तासीन हो गया। सत्ता में आते ही इन्द्रदेव के दल ने उसके ऊपर से सारे मुकदमे उठा लिये तथा उसे सच्चा राष्ट्र-सेवी और नयी आज़ादी का प्रणेता तथा क्रान्तिकारी घोषित किया। इसके बाद उसे एक महत्त्वपूर्ण पद भेंट करते हुए अब जगह-जगह उसके अभिनन्दन-समारोह का आयोजन शुरू कर दिया है···

निमन्त्रण-पत्र लेकर दयाशंकर बैठे हैं। उनका मन तिक्त हो गया है। आज ही नागरी प्रचारिणी हॉल में दोपहर को समारोह है। वह समझ नहीं पाते हैं कि समारोह में जायें या न जायें ? हालाँकि उनके जाने या नहीं जाने से कोई फ़र्क पड़ने वाला नहीं है। मात्र दर्शक के रूप में उन्हें निमन्त्रित किया गया है···

उन्होंने राष्ट्रसेवा और जनकल्याण के लिए अपना सारा जीवन होम कर दिया था। इस क्रम में कई बार जेल गये, मार खायी, कष्ट सहे, लेकिन अपने कर्तव्य से विमुख नहीं हुए, फिर भी देश ने उन्हें कभी सम्मानित नहीं किया, न कोई पद ही दिया। यह सरकार, इससे पिछली सरकार, उससे पहले की सरकार, किसी ने उनका प्राप्य उन्हें देने की कोशिश नहीं की। लेकिन इसके लिए वह कभी चिन्तित नहीं हुए। वह उस भारतीय संस्कृति को आदर्श मानकर चलते हैं, जहाँ नाम को नहीं, काम को ही सच्चा प्राप्य माना जाता है। तुलसी, कबीर, सूर, कालिदास सबने अपनी रचनाओं के माध्यम से जन-सेवा की, लेकिन अपना परिचय तक नहीं दिया है। सबने अपने को गौण मानते हुए अपने कार्य को ही प्रमुखता दी है। दयाशंकर भी अपने को इसी परम्परा का सेवक समझते हैं। लेकिन मुजरिम को न्यायाधीश बना दिया जाये, यह बात उन्हे अच्छी नहीं लगती है। उनकी चिन्ता का मुख्य कारण यही है। इसी को लेकर वह बेचैन हो गये हैं।

हर नयी सरकार बनने के बाद जब राष्ट्रभक्ति और देशसेवा के लिए खास-खास लोगों को पद और सम्मान से विभूषित किया जाता है, तो उनके प्रशंसक उनसे मिलकर कहते हैं कि यह सम्मान उन्हें ही मिलना चाहिए था···कि इसके

वास्तविक हक़दार तो वह ही हैं। लेकिन वह अपने प्रशंसकों को समझा देते हैं कि पद और सम्मान की उन्हें कोई कामना नहीं ···

उनके निकट के कुछ लोगों ने उन्हें कई बार यह सुझाव दिया है कि वे किसी राजनीतिक दल और उसके वरिष्ठ सदस्यों के सम्पर्क में आयें, तभी उनकी जन-सेवा रँग लाएगी, अन्यथा उनका त्याग और असाधारण महत्त्व का कार्य गुमनामी के अँधेरे में ही ढँका रहेगा, लेकिन हर बार उन्होंने लोगों को समझा दिया है कि ऐसा वे कदापि नहीं करेंगे। सत्ता पाने के उद्देश्य से प्रेरित राजनीति को उन्होंने भ्रष्टाचार के रूप में देखा है। उसके साथ वह कभी तालमेल नहीं बैठा सकते। सिर्फ़ जनसेवा की राजनीति उन्हें पसन्द है और ऐसी राजनीति अभी विकसित नहीं हुई है। इसलिए वे राजनीति से अलग ही रहते हैं।

इधर कुछ वर्षों से दयाशंकर यह महसूस कर रहे हैं कि अधिकांश लोगों की धारणा उनके प्रति बदलती जा रही है। अधिकांश लोग पद और सम्मान से ही किसी के कार्य का मूल्यांकन करते हैं। इसीलिए वे दयाशंकर को लेकर यह कहने लगे हैं कि वे सच्चे राष्ट्रसेवी नहीं···समाजसेवा का ढोंग करते हैं। अगर वास्तव में इस योग्य रहते, तो अन्य लोगों की तरह देश के नक़्शे पर ज़रूर उभरते।

दयाशंकर की इच्छा होती है कि ऐसे लोगों को बता दें कि देश के नक़्शे पर उभरना ही देशसेवा करना नहीं होता है। लेकिन चुप ही रहते हैं। किस-किससे कहें ! जानते हैं, पद और सम्मान के आधार पर ही किसी के व्यक्तित्व का मूल्यांकन करने वाले लोग उनकी बात नहीं समझ पायेंगे। उलटे 'खट्टे अंगूर कौन खाये' कहावत के तहत उनके कथन की खिल्ली उड़ाने लगेंगे।

दयाशंकर की निगाह घड़ी पर चली जाती है। समारोह का समय नज़दीक आता जा रहा है। मन-ही-मन सोच रहे थे कि समारोह में नहीं जायेंगे। ऐसे समारोह में क्या जाना ! लेकिन यह जानने की जिज्ञासा भी उनके अन्दर तीव्र होने लगती है कि जिन लोगों के कहने पर इन्द्रदेव के ख़िलाफ़ वह कमर कसकर निकल पड़े थे, वे ही लोग आज कैसे इन्द्रदेव का अभिनन्दन करेंगे ? क्या इतनी जल्दी वे सब कुछ भूल गये ? सचमुच यह दृश्य देखने लायक होगा। क्या लोग घृणा और प्रेम की स्वाभाविक स्थिति के वश में भी नहीं रहे ?

और इस जिज्ञासा के तहत दयाशंकर चल पड़ते हैं। हमेशा की तरह उन्होंने सफ़ेद कुरता और धोती पहन रखी है। उनके हाथ में एक घड़ी है, पाँव में चप्पल। घर से निकलकर वह गली में आ जाते हैं, फिर गली को लाँघते हुए मुख्य सड़क पकड़ लेते हैं। यह मुख्य सड़क सीधे नागरी प्रचारिणी हॉल से होकर गुजरती है।

आधी दूरी तय कर लेने के बाद चित्रगुप्त कॉलोनी के सामने रामरूप के मकान के पास अचानक उनके क़दम धीमे पड़ जाते हैं। रामरूप हिन्दी के अच्छे लेखक

हैं। दयाशंकर इस बात को लेकर बहुत गर्व का अनुभव करते हैं कि उनका शहर छोटा है, लेकिन इस छोटे शहर की धरती ने राष्ट्रीय स्तर की प्रतिभाओं को जन्म दिया है। जब रामरूप का साहित्य पढ़ते हैं, तो दयाशंकर उनके चिन्तन के प्रवाह में बहने लगते हैं। रामरूप को जो भी बात कहनी होती है, वह अपने साहित्य के माध्यम से इतनी कलात्मकता और सूझ-बूझ के साथ कहते हैं कि लोगों के मन में कहीं गहरे तक उतर जाती है। तेजस्वी साहित्यकार हैं। उनकी तरह वह भी किसी राजनीतिक दल या प्रसिद्ध राजनीतिक व्यक्तियों से साँठ-गाँठ नहीं कर सके, इसीलिए कुछ पा नहीं सके और एक अच्छे साहित्यकार के रूप में देश के नक़्शे पर उभर कर नहीं आये। इस बात को लेकर उन्हें बहुत दुःख है। कहते हैं कि हिन्दी की विभिन्न समितियों, परिषदों और अकादमियों में महत्त्वपूर्ण पदों पर उन्हीं लोगों को रखा गया है, जो हिन्दी की नहीं, बल्कि अपने राजनीतिक आकाओं की सेवा करते हैं···इस बात की पीड़ा से वे निरन्तर जलते रहते हैं कि उनका हक़ उन्हें नहीं मिला।

दयाशंकर ने कई बार उन्हें समझाया है कि गीता के निष्काम कर्म की तरह फल की चिन्ता किये बग़ैर वे कार्य करते रहें। उन जैसे साधकों के लिए यही सबसे अच्छा है। लेकिन रामरूप मानते नहीं। प्रतिक्रिया में कुण्ठित होने लगे हैं। लिखना कम कर दिया है। शराब पीने लगे हैं। ग़ाली-ग़लौज की शब्दावली का इस्तेमाल करने लगे हैं···

दयाशंकर अपना उदाहरण देते हुए रामरूप से पूर्ववत् लिखते रहने का आग्रह करते रहे हैं, लेकिन रामरूप के ऊपर इसका असर नहीं हुआ। दयाशंकर को अपवाद ठहराते हुए वह कहते हैं कि सब ऐसे नहीं हो सकते हैं। सूचना के तौर पर वह बताते हैं कि उचित हक़ न मिल पाने के कारण यहाँ की अधिकांश प्रतिभाएँ विदेशों में चली जाती हैं, और अपनी प्रतिभा से विदेशों को उन्नत एवं समृद्ध बनाती हैं। साथ ही वह यह भी कहते हैं कि प्रतिक्रिया में अनेक प्रतिभाएँ ग़लत मोड़ लेकर हिंसा आदि का सहारा लेने लगती हैं। लेकिन दयाशंकर को यह दोनों मार्ग अच्छे प्रतीत नहीं होते हैं। देश से पलायन करने, या हिंसक वृत्ति अख़्तियार कर लेने की क्या ज़रूरत है! जब सेवा-कार्य शुरू किया है, तो कुछ पाने की तृष्णा ही छोड़ देनी चाहिए। जीवन-निर्वाह भर तो समाज से मिल ही जायेगा···ख्याति और आत्मप्रचार से क्या लाभ!

इस सन्दर्भ में रामरूप से अलग दयाशंकर की चिन्ता का विषय दूसरा है। उन्हें यह चिन्ता है कि जब रक्षक को ही भक्षक की गद्दी पर बैठा दिया जाये, तो कैसे सहें? सचमुच यह वेदना असहनीय है। सत्ता के लोभ में राजनीति तो भ्रष्ट हो ही चुकी है, वह विभिन्न नियुक्तियों एवं अनुशंसाओं द्वारा देश और समाज को भी बरबाद करने पर तुली हुई है। इस सन्दर्भ में दयाशंकर ने कुछ

राजनीतिज्ञों के सामने अपनी शिकायत निर्भीक स्वर में व्यक्त की, तो उन्होंने कहा कि युद्ध और प्रेम की तरह राजनीति में भी कुछ बुरा नहीं होता है। लेकिन दयाशंकर को उनका उत्तर फरेब से भरा लगता है। युद्ध, प्रेम और राजनीति ही क्यों, दुनिया की किसी भी स्थिति में अच्छा, अच्छा ही रहता है और बुरा, बुरा ही। अच्छे को बुरा और बुरे को अच्छा बनाने वाले लोग ही अपनी सुविधा के लिए ऐसी दलील गढ़ते हैं।

दयाशंकर रामरूप के मकान से आगे निकल जाते हैं। फिर शीघ्र ही नागरी प्रचारिणी हॉल के क़रीब पहुँच जाते हैं। समारोह का समय हो गया है, लेकिन आम भारतीय नेताओं की तरह इन्द्रदेव का शुभागमन अभी नहीं हुआ है। इसीलिए कार्यक्रम की शुरुआत रुकी हुई है। दयाशंकर एक क्षण तक हॉल के बाहर खड़े रहते हैं।

नागरी प्रचारिणी हॉल की सजावट देख दयाशंकर दंग रह जाते हैं। किसी नयी दुल्हन की तरह हॉल को सजाया गया है। रंग-बिरंगी ध्वजाएँ और पताकाएँ फहरा रही हैं। पूरे हॉल को फूलमालाओं से लाद दिया गया है। इत्र, सेंट और अगरबत्तियों की खुशबू वातावरण में फैली हुई है।

दयाशंकर हॉल के अन्दर प्रवेश करते हैं। अन्दर की सजावट बाहर की सज्जा को भी मात दे रही है। मंच-सज्जा तो देखते ही बनती है। दर्शकों एवं श्रोताओं से हॉल लगभग भर चुका है। पीछे कुछ कुरसियाँ खाली नज़र आती हैं। वह वहाँ पहुँचकर एक कुरसी पर बैठ जाते हैं।

दयाशंकर को यह देखकर गुस्सा आता है कि लोग इन्द्रदेव के अभिनन्दन समारोह में इस तरह क्यों उमड़ पड़े हैं! क्या ये लोग नहीं जानते हैं कि यह वही इन्द्रदेव है'''इतनी जल्दी इसके कारनामों को कैसे भूल गये लोग! उन्हें लगता है कि शायद उनकी तरह ही 'नज़ारा' देखने की जिज्ञासा से लोग आ गये हों, लेकिन फिर उन्हें लगता है कि नहीं, अपने शहर की इस भीड़ को वह अच्छी तरह जानते हैं। इसे अच्छे-बुरे की कोई पहचान नहीं। भीड़ सड़क के किनारे मदारी को देखकर भी इसी तरह जुट जाती है और किसी सन्त या राजनेता के आने पर भी। अगर इस भीड़ के पास समझ होती, तो इस अवसर पर कदापि नहीं जुटती। अगर वह देखते कि इन्द्रदेव के चन्द चमचे और दल वालों के सिवाय पूरा हॉल ख़ाली है, तो उन्हें हार्दिक खुशी होती। तब अपने शहर की जनता पर वह गर्व करते। लेकिन फिर वह सोचते हैं कि आजकल तो भाड़े पर, या येन-केन प्रकारेण भीड़ जुटा ली जाती है। वह एक बार फिर आँखें फाड़-फाड़कर हॉल की भीड़ को देखते हैं। नहीं, यह बाहर से भाड़े पर लायी गयी भीड़ नहीं है। ये उनके शहर के ही नागरिक हैं। इन्हें वे वर्षों से देखते आ रहे हैं।

अचानक हॉल के अन्दर शोरगुल तेज़ हो जाता है। फिर यह सूचना आती

है कि इन्द्रदेव जी आ गये । पूरे हॉल की निगाह मंच पर चली जाती है । कुछ ही मिनटों में अपने दल के चन्द कार्यकर्ताओं के बीच घिरे किसी देवदूत की तरह इन्द्रदेव का मंच पर आगमन होता है । उसके आते ही जयकार शुरू हो जाती है—देशभक्त इन्द्रदेव, ज़िन्दाबाद !···राष्ट्रसेवी इन्द्रदेव ज़िन्दाबाद !···क्रान्तिकारी इन्द्रदेव ज़िन्दाबाद !···देशभक्त कैसा हो, इन्द्रदेव जैसा हो···आदि नारों एवं जयकारों के साथ इन्द्रदेव को फूलमालाओं से लाद दिया जाता है ।

दयाशंकर हतप्रभ देखते रहते हैं । हॉल में बैठे सिर्फ़ इन्द्रदेव के दल वालों ने ही जयकार नहीं बोली है, अधिकांश लोगों ने उनका साथ दिया है । दयाशंकर को पुनः ग़ुस्सा आता है कि इन लोगों को क्या हो गया है ? इन्हें तो विरोध करना चाहिए था । अगर विरोध नहीं कर सके, तो मौन रहकर अपना तिरस्कार व्यक्त करते । लेकिन ऐसा न कर उसका अभिनन्दन कर रहे हैं ! उन्हें लगता है कि सभी उनकी तरह नहीं हो सकते । बहुरूपिया को देखकर भ्रम में पड़ जाने वाले लोग राष्ट्र के एक महत्त्वपूर्ण पद और सम्मान से विभूषित व्यक्ति की कैसे अवहेलना करें ? ये लोग रोज़ी-रोटी के लिए विभिन्न धन्धों में फँसे हैं । इन्हें किसी की पिछली बातें याद करने की फुरसत ही कहाँ है । सच तो यह है कि अख़बार और पत्रिकाओं की सुर्खियों तथा आकाशवाणी एवं टेलीविज़न के प्रसारणों के माध्यम से ही ये जान पाते हैं कि फिलहाल कौन व्यक्ति क्या है । इनके मन में बस वही छवि होती है । विभिन्न माध्यमों से प्रचारित इस तथ्य से अलग, यथार्थ कुछ और है, इससे वे अनभिज्ञ ही रहते हैं···इसके अतिरिक्त किसी प्रभावशाली पद पर आसीन व्यक्ति के विरोध से नही, समर्थन और सम्पर्क से ही लाभ होता है, इस मानसिकता से भी वे ग्रस्त हैं । दयाशंकर देख रहे हैं, उनके शहर के कुछ गणमान्य व्यक्ति मंच पर इन्द्रदेव के आसपास बैठे उसके सम्पर्क में जाने के लिए बेचैन नज़र आते हैं । उनके प्रति दयाशंकर का मन घृणा से भर जाता है ।

जय-जयकार एवं माल्यार्पण के बाद स्वागत-गान शुरू हो जाता है । इस कार्य के लिए स्कूल-कॉलेज की छह-सात सुन्दर कन्याओं को पहले से ही चुनकर प्रशिक्षित किया जा चुका है । स्वागत-गान गाने के बाद वे बारी-बारी से इन्द्रदेव की आरती उतारने लगती हैं । दयाशंकर की निगाह नीचे झुक जाती है । उनके शहर वालों ने हद कर दी···और क्या देखेंगे वे ?

अब स्थानीय और बाहर के आये प्रमुख वक्ता बारी-बारी से इन्द्रदेव का यशोगान करते हुए उसका अभिनन्दन शुरू कर देते हैं । दयाशंकर के कानों में शब्द सुनायी पड़ते हैं—"भारतमाता की कोख से हज़ारों-लाखों के बीच इन्द्रदेव जैसे सपूत कोई एक-दो ही पैदा होते हैं । इस वीर राष्ट्रभक्त को जनसेवा के लिए जेल की तरह-तरह की यातनाएँ सहनी पड़ी हैं । पिछली ज़ुलमी सरकार ने इस निर्भीक क्रान्तिकारी को मुजरिम बनाने की भरपूर कोशिश की थी, लेकिन

शोषण और दमन पर आधारित उस पिछली सरकार का तख्ता पलटने में इस वीर ने सुभाषचन्द्र बोस और सरदार भगतसिंह की परम्परा का नया अनुसरण किया···यह कहना तनिक भी अतिशयोक्तिपूर्ण न होगा कि आज हमें जो नयी आजादी मिली है, उसके चन्द महत्त्वपूर्ण प्रणेताओं में इन्द्रदेव जी एक हैं। ऐसे व्यक्तियों से हमें सबक लेना चाहिए। इतिहास के पृष्ठों पर ऐसे ही व्यक्तियों का नाम स्वर्ण अक्षरों में अंकित होता है।

दयाशंकर से अब और नहीं सुना जाता है। वे चुपके से हॉल के पिछले दरवाजे से बाहर निकलकर चल देते हैं। उनका मन अत्यन्त व्यथित और उद्विग्न हो उठा है। लेकिन उनसे तेज चला भी नहीं जाता है। लगता है, जैसे पाँव मन-मन भर के बोझिल हो गये हों। स्वयं पर उन्हें खीज आने लगती है। वह महसूस करते हैं कि उनको छोड़कर इस परिवर्तित यथार्थ को सबने स्वीकार कर लिया है। उनकी तरह कोई और व्यथित नहीं है, तो कहीं ऐसा तो नहीं कि वह ही ग़लत हों···राजनीति ने इन्द्रदेव का कायापलट कर दिया है। अब वह पहले वाला इन्द्रदेव नहीं रहा। पहले की धारणा से उसका मूल्यांकन करना ठीक नहीं होगा, शायद इसीलिए लोगों ने उसके प्रति अपनी धारणाएँ बदल ली हैं। वह घर लौटते हुए गहरे अन्तर्द्वन्द्व के बीच घिर जाते हैं।

दयाशंकर के मन में यह प्रश्न उठता है कि राजनीति इतनी सामर्थ्यवान कैसे बनी? वह तो प्रारम्भ से ही देखते आ रहे हैं कि सत्ता में बने रहने के लिए, या हार जाने के बाद पुनः सत्ता प्राप्त करने के लिए राजनीति कौन-सा दुष्कर्म नहीं करती। उसे तो शक्तिहीन और श्रीविहीन होना चाहिए! यह तो पारस पत्थर का गुण है कि इन्द्रदेव जैसे लोहे को अपने स्पर्श से सोना बना दे···

और पारस पत्थर का स्मरण आते ही सूरदास की वह कविता दयाशंकर को याद आ जाती है, जिसे वे अक्सर गुनगुनाते रहते हैं—

इक लोहा पूजा में राखत, इक घर बधिक परौ।
सो दुविधा पारस नहिं जानत, कंचन करत खरौ।

दयाशंकर बराबर सोचते हैं कि पारस पत्थर में यह कैसी विलक्षणता है कि वह भेद-भाव से परे है। चाहे मन्दिर का लोहा हो, या कसाई के घर का, किसी भी लोहे को अपने स्पर्श मात्र से वह सोना बना देता है। दयाशंकर ने पारस पत्थर नहीं देखा है। वह इस पचड़े में नहीं पड़ना चाहते हैं कि पारस पत्थर का ज़िक्र काल्पनिक है या वास्तविक, उन्हें तो लगता है कि सूरदास ने अपने आराध्य भगवान श्रीकृष्ण को लक्ष्य करके यह कहा है कि अपने सम्पर्क में आने वाले हर किसी को वह सोना बना देते हैं (दिव्यत्व प्रदान कर देते हैं)। लेकिन यह गुण राजनीति कैसे पा गयी? क्या राजनीति ईश्वरीय गुणों से सम्पन्न होती है? क्या उसके

दुर्गुण प्रभु की रची हुई इस सृष्टि की तरह लीला मात्र हैं? क्या उसका वास्तविक स्वरूप कायापलट करने वाली इस ईश्वरीय शक्ति के माध्यम से ही प्रकट होता है ? निःसन्देह यह शक्ति पारस पत्थर की तरह विलक्षण है···

जिस राजनीति को भ्रष्ट और गर्हित समझकर दयाशंकर उससे कभी नहीं सटे, वही राजनीति अब नये रूप और अर्थ में उनके सामने उभर आती है। उन्हें स्मरण आता है, उनके कुछ मित्र अकसर कहते थे कि जो शक्ति राजनीति में है, वह कहीं नहीं है। राजनीति चाहे, तो रातों-रात किसी गुमनाम व्यक्ति को देश का सबसे महत्त्वपूर्ण व्यक्ति बना दे। इसीलिए प्रश्न यह नहीं है कि किस क्षेत्र में किसकी कैसी उपलब्धि है, प्रश्न यह है कि राजनीति के साथ किसके गहरे सरोकार हैं? उपलब्धिहीन को उपलब्धिपूर्ण साबित करा देना राजनीति के बायें हाथ का खेल है। लेकिन दयाशंकर अपने मित्रों की बात अनसुनी कर देते। राजनीति उन्हें फूटी आँखों नहीं सुहाती। लेकिन अब राजनीति की दुष्कर्मरूपी विभिन्न लीलाओं का प्रश्न नहीं, पारसरूपी ईश्वरीय गुणों से उसकी सम्पन्नता का है। इसे वे कैसे त्याज्य समझें?

दयाशंकर पश्चात्ताप और दुःख के गहरे सागर में डूबने-उतरने लगते हैं। वह सोचने लगते हैं कि क्या सचमुच राजनीति से अलग रहकर उन्होंने अच्छा नहीं किया? राजनीति के इस रूप का ऐसा साक्षात्कार उन्हें पहले क्यों नहीं हुआ था? वह अब तक कहाँ भटक रहे थे? किस लोक में थे? कबीर ने ठीक ही लिखा है, मुझको कहाँ ढूँढो बन्दे, मैं तो तेरे पास में।

दयाशंकर डूबते-उतराते मन और उदास चेहरा लिये अपने घर पहुँचते हैं। शाम घिर रही होती है। वह देखते हैं, उनकी मेज पर निमन्त्रण-पत्र की शक्ल का एक और पत्र पड़ा है। यह कहाँ से आया है? वह उसे खोलकर पढ़ने लगते हैं। चन्दे के लिए आग्रह पत्र है। प्रसिद्ध साहित्यकार रामायण जी गम्भीर रूप से बीमार हैं। वह आर्थिक दृष्टि से इतने कमज़ोर हो गये हैं कि स्वयं इलाज करा सकने में सक्षम नहीं हैं, इसीलिए चन्दा हेतु पत्र भेजा गया है। पत्र छपा हुआ है। अन्य लोगों के पास भी भेजा गया होगा। दयाशंकर गहरे आश्चर्य में पड़ जाते हैं। रामायण जी तो पिछली सरकार के चहेते लेखक थे। सरकारी कोष से अच्छी अनुदान-राशि पाते थे। बराबर अखबार की सुर्खियों में रहते थे। उनको शिखर पर पहुँचाने वाली सरकार के सत्ता से हटने के कुछ दिनों बाद ही उनकी यह स्थिति हो गयी है!

अचानक दयाशंकर का मुरझाया चेहरा खुशी से खिल उठता है। राजनीति पारस नहीं हो सकती। वह इस सत्य से नये सिरे से आलोकित हो उठते हैं कि राजनीति जब तक सत्ता में रहती है, तभी तक पारस के गुण से ओतप्रोत होती है। सत्ता से हटते ही उसका बनाया सोना मिट्टी मे मिल जाता है। उसकी तुलना पारस के साथ कभी नहीं की जा सकती।

तीन यार

रोज़ की भाँति तीनों मोहल्ले के नुक्कड़ पर बैठे ताश खेल रहे थे। उनके मुँह में पान की गिलौरी थी जिसकी वजह से वे मुँह चलाते जा रहे थे। साथ ही बीच-बीच में होंठों में दबी सिगरेट का कश भी लेते थे।

इसी वक़्त सलवार-कमीज़ पहने और दुपट्टा ओढ़े एक सत्रह-अठारह साल की लड़की उधर से होकर गुज़री। लड़की को देखते ही एक ने कहा, "नयी चिड़िया है।"

दूसरे ने कहा, "चिड़िया का रंग सुनहला है।"

तीसरे ने कहा, "चिड़िया पालने लायक है।"

वह लड़की इन फिक़रों को अनसुना कर आगे बढ़ती रही। इस पर पुनः पहले ने कहा, "एक नज़र हमारी ओर भी। हम देर से पलकें बिछाये बैठे हैं।"

लड़की से अब और नहीं सहा गया। पलटकर उसने गुस्से में तीनों को देखा। फिर अपने गन्तव्य की ओर न जा पाँव पटकते हुए वापस लौट चली। इस पर वे तीनों ठहाका मारकर हँस पड़े। फिर समवेत स्वर में एक अश्लील फ़िल्मी गीत गुनगुनाने लगे।

इसके थोड़ी ही देर बाद आँखों पर चश्मा लगाये एक भद्र-से दिखने वाले सज्जन क्रोध में तमतमाते हुए आये और उन तीनों से उलझ पड़े, "तुम्हीं सबों ने मेरी बच्ची को छेड़ा है?"

उत्तर में तीनों ने कुछ नहीं कहा। सिर्फ़ उनके चेहरे को घूरते रहे। इस पर वे आगबबूला होते हुए बोले, "क्या तुम सबों के ज़िम्मे कोई काम नहीं? गुण्डे-बदमाश की तरह शरीफ़ घर की लड़कियों को छेड़ते रहते हो। मैं तुम्हें ठीक कर दूंगा, हवालात···"

इस बार तीनों ने एक-दूसरे को देखा और उन सज्जन पर टूट पड़े, "कौन है बे?···कब से इस मोहल्ले में आया है? हमें पहचाना नहीं? तेरी ऐसी की तैसी···" और उन तीनों ने उन्हें घेर लिया। उलटा चोर कोतवाल को डाँटे

कहावत को चरितार्थ होते देख अचानक उन सज्जन की बोलती बन्द हो गयी। उन्होंने इधर-उधर देखा—सड़क पर, दुकानों के समीप, गली में कुछ छिटपुट लोग अपनी दिनचर्या मे लगे थे। उन तीनों के साथ उनके प्रसंग से वे सब अवगत थे। लेकिन हस्तक्षेप या बीच-बचाव करने कोई नही आया। वे जानते थे कि उनके इस नैतिक प्रश्न पर आसपास के लोग उनका साथ देंगे, इसीलिए अकेले होते हुए भी वे आ डटे थे। लेकिन ऐसा कुछ भी नहीं हुआ।

अब तक उन तीनों में से एक ने अपना रामपुरी चाकू निकाल कर उनके पेट में सटा दिया था। फिर गुरु-गम्भीर आवाज़ में बोला, "पहुँचा दूँ उस दुनिया में…?"

भय से उनका चेहरा स्याह पड़ने लगा। इस पर उन्हें डाँटते और धमकाते हुए उन तीनो ने कहा, "पहली बार है, इसीलिए छोड़ देते हैं। आइन्दा बिना पोस्टमार्टम किये नही छोड़ेगे।"

मैं अपनी खिड़की से सब कुछ देख रहा था। वे सज्जन अपनी नौकरी के स्थानान्तरण के सिलसिले में हाल ही में मेरे शहर आये थे और दुर्भाग्य से मेरे मोहल्ले में ही डेरा ले रखा था। उन युवकों को वे जानते होते तो उनके पास जाने का दुस्साहस कभी नहीं करते।

उन युवकों की हरक़तों से तग आकर मेरे मोहल्ले की लड़कियों ने तो उस गली से जाना बन्द कर दिया है। स्थानीय लोग उन युवको से उलझना नहीं चाहते। उनसे उलझकर कौन अपनी इज्जत गँवाये? हालाँकि ऐसी बात नहीं कि उनकी जोड़ का तोड़ कभी न मिला हो। दो-तीन बार वे पीटे गये हैं। एक-दो बार हवालात की हवा भी खा आये हैं। लेकिन उनमें कोई परिवर्तन नहीं आया है। यह देखकर मोहल्ले के लोगों ने अपने में ही परिवर्तन कर लिया है।

मैं देख रहा था, उन सज्जन को परास्त कर वे विजेता की तरह हँस रहे थे और अपनी मूँछों पर ताव दे रहे थे। अचानक इसी दौरान एक मूँगफली वाला उनकी गिरफ़्त में आ गया। वह मूँगफली लेकर उसी रास्ते से गुज़र रहा था। उसे देखकर एक ने कहा, "इधर आना मूँगफली वाले। हम तीन आदमी हैं… जितना ठीक समझे दे-दे…!"

इस पर मूँगफली वाले ने एक क्षण सोचा। फिर प्रत्येक को पचास-पचास ग्राम के हिसाब से डेढ़ सौ ग्राम मूँगफली तौल कर दे दी। यह देख पहले ने कहा, "इतने से क्या होगा? आधा किलो तौल…आधा किलो।"

इस पर वह भौंचक हो उन्हें देखने लगा। लोग पचास ग्राम या अधिक-से-अधिक सौ ग्राम मूँगफली लेकर खाते हैं। लेकिन ये लोग आधा किलो ले रहे हैं! लेकिन इससे उसे क्या मतलब। उसके लिए तो अच्छा ही होगा कि एक ही जगह सब बिक जाये। उसने आधा किलो तौल दिया और चुपचाप खड़ा हो गया।

जब उन युवकों ने पैसे नहीं दिये और मूँगफली खाना शुरू कर दिया तो उसने कहा, "पैसे दे दीजिए बाबू···।"

जवाब में दूसरे ने कहा, "किसी और दिन आकर ले जाना।"

मूँगफली वाले ने विनती की, "एक ही दिन में मेरा धन्धा बैठ जायेगा बाबू···रोज़ बेचकर जाता हूँ, तो उसी पैसे से अगले दिन के लिए मूँगफली ख़रीदता हूँ।"

इस पर तीसरे ने कहा, "कहीं से जुगाड़ कर लेना।"

अपने धन्धे को चौपट हुआ देख मूँगफली वाला बोल पड़ा, "पैसे नहीं थे तो मूँगफली नहीं लेते।"

लेकिन उसका यह कहना हुआ कि पहले ने उसे कस कर एक धक्का लगाया, "दो पैसे का मूँगफली वाला ! तेरी ये मज़ाल ?"

अधेड़ उम्र का मूँगफली वाला गिर गया। उसका खोमचा उलट गया। मूँगफलियाँ रास्ते पर बिखर गयीं। इस पर दूसरे ने कहा, "नाली में फेंक दे इसकी सारी मूँगफलियाँ !"

लेकिन तीसरे ने कहा, "छोड़ दे, आदमी समझदार होगा तो अब दोबारा नहीं माँगेगा।"

वह मूँगफली वाला समझदार था। तीसरे की बात समझ गया। रास्ते पर बिखरी मूँगफलियों को उठाकर चुपचाप चलता बना। फिर उन तीनों से पैसे की माँग नहीं की।

वे मूँगफली खाते, ठहाका लगाते और ताश खेलते रहे। जब मूँगफलियाँ समाप्त हो गयीं तो उनमें से एक ने पास वाले पान की दुकान की ओर आवाज़ लगायी, "ए रघु ! तीन जगह पान लाना !"

जवाब में रघु शीघ्र ही तीन बीड़ा पान लेकर आ गया और बोला, "इस पान को लेकर नब्बे रुपये हो गये। पैसे मिल जाते तो दुकान के लिए ज़रूरी चीज़ें ख़रीद लाता।"

इस पर दूसरे ने कहा, "चिन्ता मत करो रघु, सब मिल जायेंगे।"

तीसरे ने कहा, "कहीं से हाथ पर पैसे आने दो। याद है न तुझे, पिछली बार पान के ढाई सौ रुपये एक ही मुश्त दिये थे !"

रघु वापस दुकान पर चला गया। पान के बीड़े मुँह में डाल वे पुनः ताश खेलने लगे।

मैं इन तीनों को अच्छी तरह जानता हूँ। इनमें से एक का नाम है वंशीधर, दूसरे का अवधेश और तीसरे का चन्द्रदीप। ये जब छोटे थे, उसी वक़्त से इन्हें देखता आ रहा हूँ। ये किसी अजनबी या विशिष्ट परिवार के नहीं, हमारी और आपकी तरह ही निम्न मध्यवर्गीय परिवारों की पैदाइश हैं। इनके बारे में मैंने

घण्टों सोचा है। मुझे लगा है, इनका सबसे बड़ा क़ुसूर यह है कि ये बेरोज़गार हैं। लम्बी बेरोज़गारी ने इन्हें इस मोड़ पर ला खड़ा किया है। मेरे मोहल्ले में शिक्षित बेरोज़गारी का यह एक साधारण दृश्य है।

आपको यह जानकर आश्चर्य होगा कि ये तीनों एम०ए० पास हैं। यह बात दूसरी है कि ये मैट्रिक की योग्यता भी नहीं रखते हैं। ईमानदारी से मैट्रिक की परीक्षा ली जाये तो ये तीनों अनुत्तीर्ण घोषित हो जायेंगे। लेकिन एम०ए० की डिग्री लेकर बैठे हैं।

असल में यह उन वर्षों की देन है जब राजनीति में छात्रों का सक्रिय सहयोग लिया गया था। उस सहयोग से बनी सरकार छात्रों के हाथ की कठपुतली साबित हुई थी। नक़ल करने से छात्रों को रोक नहीं सकी। उसी बहती गंगा में ये एम० ए० कर गये। हालाँकि परीक्षाओं के उस निर्विघ्न माहौल में भी एम० ए० करने की उनकी कोई खास इच्छा नहीं थी। वे जिन परिवारों के हैं, उन परिवारों में मैट्रिक के बाद ही क्लर्क, किरानी बन युवक गृहस्थी की गाड़ी खींचने लगते हैं। लेकिन अथक परिश्रम के बाद भी उन्हें कहीं नौकरी नहीं मिली। इस सन्दर्भ में उनके पास न घूस की मोटी रक़म थी, न ऊँची पहुँच और न विभिन्न प्रतियोगिताओं में सफल होने की योग्यता। इस स्थिति में वे बैठे-बैठे क्या करते? एम० ए० कर गये।

मित्र रूप में इनकी संख्या चार थी। इनका चौथा मित्र सरजू था, जो अपवाद साबित हुआ। नौकरी पा गया। असल में चुनाव के दिनों में एक प्रत्याशी के संकेत पर उसने कई बूथों को कैप्चर किया था। प्रतिपक्षी लोगों से मारपीट की थी। उसकी यह योग्यता स्कूल-कॉलेज की डिग्रियों से बड़ी साबित हुई थी। फिर सत्ता में जाते ही उस प्रत्याशी ने सरजू को व्यवस्थित कर दिया। आजकल वह दिल्ली में कार्यरत है। सरजू की तरह इन तीनों ने भी चुनाव के दिनों में अपना खून-पसीना एक किया था। लेकिन ये धोखा खा गये। इनके प्रत्याशी सरजू के प्रत्याशी की तरह ईमानदार साबित नहीं हुए, सत्ता में जाते ही भूल गये।

मुझे लगता है कि अगर वास्तव में ये मैट्रिक की योग्यता भी रखते तो अवश्य ही कहीं चुन लिये गये होते। लेकिन जानता हूँ, इसमें इनका कोई दोष नहीं। शिक्षा कितनी महँगी हो गयी है, यह बात किसी से छिपी नहीं है। अच्छे प्राइवेट स्कूलों में पढ़ना, होस्टल आदि का महँगा खर्च वहन करना, ट्यूशन रखना, अच्छी किताबें तथा पत्र-पत्रिकाएँ खरीदना, यह सब पैसे वालों के वश की बात है। इसीलिए नौकरियों की तथाकथित योग्यता उनके बच्चे ही धारण कर पाते हैं, दोनों जून दाल-रोटी में परेशान निम्न और निम्न-मध्यवर्गीय परिवार के बच्चे नहीं। इसीलिए अयोग्य होने की उनकी नियति कभी खण्डित नहीं होती है।

वे तीनों अपनी प्रकृति से ही बिगड़े हुए युवक हैं और कभी सुधर नहीं सकते, यह मानने को मैं कतई तयार नहीं। मुझसे कई बार उन्होंने याचना के-से स्वर में आग्रह किया है, "सर, आप एक प्रतिष्ठित लेखक-प्राध्यापक हैं। आपकी पहुँच दूर तक है। हम लोगों को कहीं घुसाइए न···!"

और मैं छटपटा कर रह जाता हूँ। कितना अच्छा होता अगर मैं इस लायक रहता कि उन्हें व्यवस्थित करा पाता।

उन तीनों को लेकर यह शिकायत है कि वे रातों में राहजनी एवं चोरी-बदमाशी करते हैं। मैं इस विवाद में पड़ना नहीं चाहता। वे जिस रूप में रह रहे हैं, उसे देखकर किसी के मन में यह बात उठ सकती है। मुझे लगता है, अगर यह बात सही है तो जरूर ये युवक ग़लती कर रहे हैं। लेकिन फिर मेरे समक्ष यह प्रश्न उठ खड़ा होता है कि ये युवक और क्या करें। एम० ए० की डिग्री लेकर रिक्शा चलायें? उनकी उम्र के डिग्रीहीन अशिक्षित युवकों के लिए नगर में कामों की कोई कमी नहीं। उन्हें मटरगस्ती करते हुए कभी नहीं देखा जा सकता। लेकिन उन तीनों के नाम पर विश्वविद्यालय ने जो डिग्री जारी कर दी है, उसने उन्हें कहीं का रहने नहीं दिया है। प्रतिक्रिया में इस समाज के प्रति वे क्रूर और अमानवीय होते जा रहे हैं।

मैं यह बात स्पष्ट कर देना चाहता हूँ कि तमाम खामियों के बावजूद उन युवकों का एक गुण मुझे बहुत पसन्द है। वह गुण उनकी घनिष्ट दोस्ती का है। वे तीनों तीन जाति के हैं तथा तीनों की आकृति एवं रंग-रूप भी एक-दूसरे से भिन्न है, फिर भी व्यवहार के धरातल पर उनमें अद्भुत प्रेम और समानता है। वे दूसरों से चाहे लाख अभद्र व्यवहार करें, आपस में उनकी तू-तू, मैं-मैं कभी नहीं होती। मैंने देखा है, कभी-कभी एक ही सिगरेट को बारी-बारी से तीनों पी लेते हैं। कोई भेद-भाव नहीं। ताश के खेल में वे एक-दूसरे से जरूर लड़ते हैं। लेकिन शीघ्र ही एक-दूसरे के सीने से लग जाते हैं। मेरे जानते, यह अच्छी बात है। सभ्य कहे जाने वाले और विभिन्न पदों पर आसीन हम जल्द ही एक-दूसरे से कटने लगते हैं। जाति के आधार पर, वर्ग के आधार पर, धर्म के आधार पर, रंग के आधार पर एक-दूसरे से हमारी दूरी बढ़ती चली जाती है। हम अपने दायरे के लोगों से भी अन्तरंग सम्बन्ध नहीं बना पाते हैं। छोटे-छोटे स्वार्थों की टकराहट पर तू-तू, मैं-मैं कर बैठते हैं। प्रयत्नपूर्वक बनाये हमारे आत्मीय सम्बन्ध भी खण्डित होकर औपचारिक हो जाते हैं। इस स्थिति में कमाते और लोगों के बीच रहते हुए भी हम अकेले होते जा रहे हैं। लेकिन वे बेरोज़गार युवक गर्दिशों के बीच भी तमाम भेदभाव से ऊपर एक-दूसरे का दामन थामे हैं। अकेलेपन का दंश वे कभी नहीं झेलते। मेरे जानते उनका यह गुण प्रशंसनीय और अनुकरणीय है।

\+ \+ \+

अपनी खिड़की से उन युवकों की हरकतों एवं क्रिया-कलापों को रोज देखता आ रहा था। लेकिन इसी बीच एक आवश्यक कार्यवश मुझे अपने गाँव जाना पड़ा। वहाँ खेती-गृहस्थी के सिलसिले में ऐसा उलझ गया कि महीनों लग गये। से डाक छुट्टी की दरख्वास्त भेज वहीं पड़ा रहा।

वहाँ से जब लौटा तो यह देखकर मुझे सुखद आश्चर्य हुआ कि मेरे मोहल्ले के नुक्कड़ की बैठकबाजी खत्म हो गयी थी। यह सब कैसे हुआ? वे तीनों कहाँ चले गये? इस सन्दर्भ में मैंने लोगों से पूछताछ की तो पता चला कि शहर में कोई नया कॉलेज खुला है, जिसमें तीनों को नियुक्त कर लिया गया है। यह सुनते ही कॉलेज-सचिव को बधाई देने की बात मेरे मन में उठी। फिर अगले दिन पूछते-पूछते मैं उस कॉलेज तक पहुँच गया।

कॉलेज-सचिव बाहर के आदमी थे। उन्होंने गर्मजोशी से मुझसे हाथ मिलाया तथा बताया कि इस शहर को उपयुक्त समझ कर ही उन्होंने कॉलेज खोला है। उन्हें विश्वास है, यहाँ कॉलेज जल्द ही जम जायेगा।

मैंने जब बंशीधर, अवधेश और चन्द्रदीप की नियुक्ति के लिए उन्हें बधाई दी तो हँसते हुए वे कहने लगे, "भई, नयी संस्थाओं को जमाने के लिए ऐसे भी लोगों को रखना पड़ता है।"

उस वक़्त उनकी बात मैं नहीं समझ सका। लेकिन जल्द ही वहीं पर मिले अपने कुछ परिचितों से जान गया। अपने कॉलेज में डोनेशन के नाम पर एक मोटी रकम लेकर ही उन्होंने अधिकांश लोगों को नियुक्त किया था। इस सन्दर्भ में किसी नयी संस्था से सम्बन्धित तमाम बातों को सोचते हुए उन्हें कुछ मुस्टण्डों की भी ज़रूरत थी। इसीलिए बिना कुछ लिये उन तीनों को रख लिया था। वहीं मुझे यह भी जानकारी मिली कि समान योग्यता होते हुए भी उन तीनों को तीन पदों पर रखा गया था। वंशीधर को लेक्चरर के रूप में, अवधेश को लाइब्रेरियन के रूप में तथा चन्द्रदीप को ऑफिस क्लर्क के रूप में।

मैंने देखा, किराये के एक मकान में कॉलेज खोला गया था। चूँकि शहर के प्रतिष्ठित कॉलेजों में नामांकन के लिए ऊँचे अंक की शर्त आवश्यक है, इसीलिए सामान्य अंक वाले काफ़ी विद्यार्थी इस कॉलेज में आ गये थे और आते जा रहे थे।

सचिव से मिलकर उनके कमरे से मैं बाहर निकला ही था कि कॉलेज-प्रांगण में वंशीधर से मुलाक़ात हो गयी। मुझे देखते ही वंशीधर आदर और नम्रता से मेरे समीप बढ़ आया, "प्रणाम सर! यहाँ कैसे आना हुआ? क्या कोई काम है?"

मैंने कहा, "नहीं, कोई काम नहीं है। आप ही लोगों को बधाई देने चला आया हूँ।"

इस पर वह हाथ जोड़कर नम्रता से बोला, "यह बहुत अच्छा हो गया सर, बहुत अच्छा!"

मैंने पूछा, "आपके दोनों मित्रों का क्या हाल है ?"

वह बोला, "उनके बारे में मत पूछिए सर, वे कमीने और धोखेबाज़ साबित हुए ।"

मैंने प्रश्न किया, "आप तो एक-दूसरे के अच्छे मित्र थे ?"

उसने कहा, "मित्र क्या थे सर, कोई जगह नहीं थी इसीलिए साथ बैठते थे । लेकिन वक़्त आने पर सब पहचान में आ गये ।"

मैंने पूछा, "आखिर क्या हुआ ?"

इस पर वह फट पड़ा, "चन्द्रदीप को तो आप जानते हैं सर, उसकी नियुक्ति क्लर्क में हुई है और मेरी नियुक्ति लेक्चरर में । लेकिन छात्रों और प्राध्यापकों के बीच कहीं भी मुझे देख मेरा नाम लेकर या तू या तुम्हारा कहकर उच्चारण करने लगता है ।

"यह बात मुझे भी खराब लगती और मेरे साथ के लोगों को भी । उसे एक-दूसरे के पद का खयाल करना चाहिए था। लेकिन जब वह नहीं माना तो एक दिन मैंने कस कर डाँट दिया । उसी दिन से मुँह फुलाये हुए है तथा मेरे विरुद्ध षड्यन्त्र रच रहा है । मेरी प्रगति उससे देखी नहीं जाती । ईर्ष्या से जल रहा है । इस बात के लिए भी वह क्षुब्ध है कि जब मेरी तरह एम० ए० है तो उसे क्लर्क क्यों बनाया गया ?

"और अवधेश इससे भी गया-गुज़रा है सर । संयोग से यह कॉलेज जिस जाति विशेष का प्रतिनिधित्व करता है, अवधेश उसी जाति का है । वह इस बात को लेकर बेचैन है कि दूसरी जाति का होते हुए भी सचिव ने मुझे लेक्चरर क्यों बनाया ? लेकिन बताइए इसमें मेरा क्या दोष ? अपनी जाति के लोगों के साथ मिलकर अन्दर-ही-अन्दर मेरे विरुद्ध वातावरण तैयार कर रहा है। वह इस कोशिश में है कि मुझे लेक्चरर से नीचे धकिया कर मेरी जगह ले ले । मेरे विरुद्ध प्रचार करता फिरता है कि मुझे पढ़ाने नहीं आता । उसके ऊपर जाति का रंग चढ़ गया है। वह मेरा पत्ता काटना चाहता है। लेकिन बच्चू को मैं भी छोड़ूँगा नहीं । वह लंगी लगाऊँगा कि सँभल नहीं पायेंगे ।"

वंशीधर से मिलने के बाद अवधेश और चन्द्रदीप से भी मिला । उन दोनों ने भी इसी तरह की बातचीत की, बल्कि एक-दूसरे के प्रति अपनी प्रतिक्रिया इससे भी कड़वे शब्दों में व्यक्त की ।

उन तीनों की नियुक्ति सुन मुझे बहुत खुशी हुई थी । लेकिन उनका आपसी सम्बन्ध इस तरह चटकता देख अच्छा नहीं लगा ।

उस मुलाक़ात के बाद वंशीधर, अवधेश और चन्द्रदीप से मेरी कई बार मुलाक़ात हुई, पर हर मुलाक़ात के दौरान उनके बीच पैदा हुए द्वेष और वैर-भाव को मैंने बढ़ते हुए ही पाया । उनका आपसी सम्बन्ध कभी मेरे लिए आकर्षण

का विषय था लेकिन अब आम सम्बन्धों की तथाकथित भूमि पर उनका सम्बन्ध भी लौट आया था। जाति और पद की भिन्नता का रंग उनके ऊपर पूरी तरह चढ़ गया था।

उन्हीं दिनों एक दिन यह सूचना मिली कि वह नया कॉलेज टूट गया। डोनेशन के रूप में तथा छात्रों के नामांकन के रूप में प्राप्त लाखों रुपयों को लेकर सचिव और प्राचार्य भाग गये। वे बाहर के थे। उनका सही पता-ठिकाना किसी को मालूम नहीं था।

कॉलेज टूटने की सूचना से मुझे जितना आश्चर्य हुआ उससे अधिक आश्चर्य अपने ऊपर हुआ कि अजनबी लोगों द्वारा खोले गये कॉलेज पर मैंने विश्वास कैसे कर लिया था। आये दिन अखबारों में फर्ज़ी व्यक्तियों द्वारा बेरोज़गारों के ठगने के किससे पढ़ता आ रहा था। लेकिन उस वक़्त मेरी बुद्धि भी मारी गयी थी। सचिव की मीठी-मीठी बातों ने मुझे भी छल लिया था।

मैंने सोचा कि वंशीधर, अवधेश और चन्द्रदीप से मुलाक़ात होने पर उन्हें समझाऊँगा। इस दुर्घटना से व्यथित हुए उनके मन को सांत्वना प्रदान करूँगा। लेकिन वे नहीं मिले। पता नहीं, सचिव और प्राचार्य की खोज में वे निकले थे या कहीं और ? आपस में उनकी अब मित्रता भी नहीं थी कि उन्हें कहीं एक साथ देखा जा सके।

बीतते समय के अनुसार धीरे-धीरे उनकी स्मृति मेरे मन में हलकी पड़ने लगी। लेकिन कुछ ही दिनों के अन्तराल के बाद आज सुबह अचानक खिड़की खोलने पर उन तीनों को पूर्ववत् ताश खेलते देख मुझे गहरा आश्चर्य हुआ। एक क्षण के लिए मुझे अपनी आँखों पर विश्वास नहीं हुआ। मैं अपलक उन्हें देखता रहा, वे ही तीनों थे। नुक्कड़ पर उसी तरह आ जमे थे।

ये यहाँ पुनः कैसे आ गये ? मैं देर तक विस्मय में पड़ा रहा। फिर इस विस्मय के उत्तर में मेरे अन्दर से स्वतः जवाब आया, यहाँ न आते तो और कहाँ जाते ? कॉलेज टूटने के बाद लौटकर उन्हें अपने इस पुराने खोल में ही तो आना था। जहाज़ के पंछी और जाते किधर ? इस पर पुनः एक दूसरा प्रश्न खड़ा हुआ कि इनके बीच तो द्वेष और वैर-भाव पैदा हो गया था ? लेकिन इसका जवाब भी अन्दर से मुझे मिल गया। मनुष्य की स्वार्थप्रेरित भावनाएँ टिकाऊ तो होती नहीं, पद और स्थितियों के अनुकूल बदलती जाती हैं। इनके साथ भी ऐसा ही हुआ है।

उन्हें पूर्ववत् शरारत करते और ठहाके लगाते देख मुझे लगा कि मोहल्ले के माथे से टली मुसीबत अब पुनः लौट आयी है। हम मोहल्लेवासियों के लिए यह अच्छा नहीं हुआ। लेकिन इसके बावजूद उनका आपसी सम्बन्ध पूर्णतः आत्मीय देख मुझे ख़ुशी भी हुई।

एक और मृत्युंजय

राघव शरण ने अस्थायी कार्यों को कभी पसन्द नहीं किया। जो कार्य स्थायी नहीं, उसमें उन्होंने हाथ ही नहीं लगाया और अगर लगाया तो फिर अपने लिए उसे स्थायी बनाकर ही छोड़ा। चन्द दिनों का स्वर्गीय सुख भी उन्हें प्रिय नहीं। कम या अधिक, सुख जो भी मिले, वह बराबर मिलता रहे। उनकी मान्यता है कि अपने लिए मनुष्य जो भी सुख अर्जित करे, वह स्थायी रूप में अर्जित करे, ताकि उसका उपभोग सदैव करता रहे।

अपने इसी दृष्टिकोण के तहत प्रारम्भ में जब वे अस्थायी नौकरी में आये तो अनवरत प्रयत्न और अथक परिश्रम के फलस्वरूप अपनी नौकरी को स्थायी बनाकर ही शान्त हुए। अब सहज ही उन्हें नौकरी से निकाला नहीं जा सकता। किराये के मकानों में अस्थायी रूप से रहना भी उन्हें कष्टदायक प्रतीत होता था। मकान मालिक कभी भी मकान खाली करने के आदेश दे देते थे। फलतः रुपये एकत्रित कर उन्होंने नगर में अपना बढ़िया मकान बना लिया। अब किसी मकान मालिक की उन्हें परवाह नहीं। स्वयं या परिवार के साथ कहीं आने-जाने के क्रम में उन्हें भाड़े के वाहन कभी समय पर मिल जाते तो कभी नहीं मिलते, इसीलिए उन्होंने कार एवं स्कूटर दोनों खरीद लिये। उनकी पत्नी को सिनेमा देखने का बेहद शौक़! लेकिन अस्थायी रूप में नगर के कभी इस हॉल में तो कभी उस हॉल में जाना उन्हें स्वीकार्य नहीं। परिणामतः उन्होंने वीडियो और रंगीन टी० वी० ले लिया। इसी तरह अच्छे होटलों एवं पार्कों में मिलने वाले अधिकांश सुखों को उन्होंने अपने घर पर ही एकत्रित कर लिया। अब उन्हें किसी चीज़ की ज़रूरत नहीं। समर्पित सुन्दर पत्नी और तमाम आधुनिक सुख स्थायी रूप में उपलब्ध। वे आनन्द और चैन की वंशी बजाने लगे। लेकिन अचानक इसी बीच पैंतालिस की उम्र में ही पेट की एक भयंकर बीमारी की पकड़ में वे आ गये। जाँच-पड़ताल के बाद चिकित्सकों ने 'लिवर-कैंसर' की घोषणा की तथा उन्हें चन्द दिनों का मेहमान बताया ···!

राघव शरण की ज़िन्दगी में यहीं से भयंकर परिवर्तन शुरू होता है। उनके पाँव के नीचे की ज़मीन खिसकती जान पड़ती है। उनकी सारी आशाओं पर पानी फिर जाता है। पूरी दुनिया उन्हें बदली हुई जान पड़ने लगती है। उन्होंने सारे स्थायी सुखों का इन्तज़ाम कर लिया था। लेकिन अब कोई भी सुख उनके किसी काम का नहीं। जब वे ही स्थायी नहीं हो सके तो इन स्थायी सुखों की कैसी उपयोगिता? अपना पिछला किया-कराया सब उन्हें बेकार लगने लगता है। कितनी आशाएँ एवं उम्मीदें सँजोकर उन्होंने यह सुखद दुनिया बसायी थी। लेकिन सब कुछ छोड़कर बीच में ही चले जाने की बारी आ गयी। वे बेहद दुःखी, चिन्तित एवं गमगीन रहने लगते हैं।

राघव शरण के ऊपर एकाएक आये इस आसन्न संकट से उनके परिवार के लोग भी व्यथित एवं परेशान हो जाते हैं। राघव शरण द्वारा अर्जित सुखों का ही इस्तेमाल परिवार के सभी सदस्य कर रहे थे, इसीलिए उनका परेशान होना स्वाभाविक ही था। वे अपने तई लिवर-कैंसर के इलाज की बेहतर-से-बेहतर सुविधाएँ उन्हें मुहैया कराने लगते हैं। लेकिन कोई फ़ायदा नहीं···! फिर भी अपने सन्तोष के लिए वे लगे रहते हैं। लेकिन राघव शरण की चिन्ता उनकी अपेक्षा कहीं बहुत गहरी है। कोई किसी का लाख आत्मीय क्यों न हो, जिसके ऊपर घटित होता है, दुःख और पीड़ा का वास्तविक अनुभव वही कर पाता है।

राघव शरण अनुभव करते हैं कि एक ओर खुद उनके द्वारा अर्जित सुखों का मोहक संसार है तो दूसरी ओर सामने साक्षात् काल खड़ा है जो शीघ्र ही उस मोहक संसार से उन्हें विलग कर देगा। राघव शरण की जीवन-दृष्टि और चिन्तन में यहीं से बदलाव शुरू होता है। उन्होंने सबसे पहले शरीर के स्थायित्व की बात ही क्यों नहीं सोची थी? अन्य सुखों का अर्जन क्यों किया था? वे कितने मूर्ख साबित हुए? कितना बड़ा धोखा खाया? शरीर गला कर उन्होंने सब कुछ हासिल किया। उनका परिश्रम देखकर लोग दंग रह जाते थे। भौतिक सुखों को एकत्रित करने के लिए वे पागलों की तरह लगे रहे। न कभी समय पर खाना खाया, न आराम किया। लम्बे संघर्ष के बाद अब सुख भोगने के लिए वे तैयार हुए थे कि अचानक सब कुछ छोड़कर चले जाने की बारी आ गयी···।

राघव शरण को अपने मुहल्ले के लोगों की मूर्खता याद आ जाती है। आधुनिक सुविधाओं से पूर्ण उनका घर और समृद्धि देख सब उनके नक़्शे क़दम पर चलने लगे हैं। उनकी ही तरह तमाम भौतिक सुखों को स्थायी रूप में एकत्रित करने के लिए जी-जान से लगे हैं। उन्हें लगता है, सिर्फ़ उनके मुहल्ले के लोग ही क्यों, पूरा देश और पूरी दुनिया इसी उद्देश्य में लगी हुई है! लेकिन क्या वे नहीं जानते कि मृत्यु कभी भी उनकी चीज़ों से उन्हें अलग कर देगी? फिर इस तरह जान लुटाकर वे उनका संग्रह क्यों करते हैं? इस पर उन्हें एक जवाब यह सूझता

है कि स्वयं न सही; उनके बाल-बच्चे तो उपभोग करेंगे और उनका नाम लेंगे। लेकिन यह जवाब उन्हें वाजिब नहीं लगता है। मरने के बाद वे देखने तो आएँगे नहीं कि उनके बाल-बच्चे सुख पा रहे हैं या दुःख ! बाल-बच्चे समझदार होंगे तो विरासत में पिता के कुछ न छोड़ने पर भी सुख-समृद्धि एकत्रित कर लेंगे और नासमझ होंगे तो विरासत की सारी सम्पत्ति चन्द मिनटों में ही लुटा देंगे। इसीलिए बाल-बच्चों के लिए ही लोग स्थायी सुखों का संग्रह करते हैं. यह तर्क सार्थक नहीं। तब फिर लोग ऐसा क्यों करते हैं ? इस पर उन्हें लगता है कि पूरी दुनिया उनकी तरह ही भ्रम और धोखे में है। यथार्थ स्थिति का ज्ञान किसी को नहीं। मृत्यु को सब भूले बैठे हैं। अचानक जब मृत्यु सामने आती है तब उन्हें ज्ञान होता है। लेकिन उस वक़्त ज्ञान के सदुपयोग के लिए समय तो बचता नहीं। सिर्फ़ अफ़सोस होता रहता है।

राघव शरण सोचते हैं कि मनुष्य ने जंगलों-पहाड़ों को काटकर गाँव और नगर बसाया। कल-कारखानों का निर्माण किया। अपने रहने, खाने, पहनने और ऐशो-आराम का सारा प्रबन्ध किया। तब फिर मृत्यु पर विजय प्राप्त करने की कोशिश क्यों नहीं की ? इस पर उन्हें स्वतः जवाब मिलता है कि मनुष्य मृत्यु पर विजय प्राप्त करने के लिए शुरू से ही प्रयत्नशील रहा है। विभिन्न चिकित्सा-पद्धतियों के माध्यम से चिकित्सक मरने वाले रोगियों को बचाने के लिए ही प्रयासरत होते हैं। अमेरिका आदि अनेक विकसित देशों में हिमीकरण पद्धति से अब भी अरबपतियों की लाशें उस वक़्त के लिए सुरक्षित रखी जा रही हैं जब विज्ञान मृतकों को जीवित बनाने में सक्षम हो सके। लेकिन पता नहीं, कभी ऐसा हो सकेगा भी या नहीं ?

अपनी जानकारी के तहत राघव शरण को एक-एक कर अनेक चेहरे याद आते हैं जो कैंसर की बीमारी की चपेट में आये थे, दवा कराते-कराते थक गये, लेकिन ठीक नहीं हुए। उनमें पूँजी रखने वाले कुछ लोगों ने विदेशों में जाकर ऑपरेशन कराया। फिर भी नहीं बच सके। इस सन्दर्भ में राघव शरण ने अनुभव किया है कि कैंसर किसी बीमारी का नहीं, मृत्यु का ही नाम है। कैंसर ही क्यों, मृत्यु के लिए दुनिया की प्रायः सभी बीमारियाँ सिर्फ़ बहाना भर ही हैं। वास्तविक बीमारी तो मृत्यु ही है। राघव शरण ने ऐसे लोगों को भी मृत्यु का शिकार होते देखा है, जिन्हें कोई बीमारी नहीं थी। भले-चंगे थे। लेकिन अचानक हार्ट अटैक हुआ और गुज़र गये। कुछ अच्छी सेहत वाले व्यक्ति प्रतिदिन की भाँति बिस्तरे पर सोये तो सोते ही रहे। कुछ लोग ऑफ़िस से थके-हारे घर पर आकर चाय पीये और चले गये। रास्ते में, दफ़्तर में, खेत-खलिहान में कब मृत्यु पकड़ ले कुछ पता नहीं। मृत्यु के लिए अब किसी बीमारी का भी बहाना नहीं। चिकित्सकों ने बीमारियों के इलाज के लिए विभिन्न पद्धतियाँ विकसित

कीं तो मृत्यु साक्षात् सामने खड़ी हो गयी और सब पस्त हो गये। लेकिन राघव शरण दूसरों का मरना सुन और देखकर पहले कभी भी इस तरह मृत्युभय से आक्रान्त नहीं हुए थे। अगर पहले इस तरह आक्रान्त हुए रहते तो यह आलीशान भवन और इसके अन्दर प्रायः सभी सुखों का निर्माण वे नहीं करते। उनसे होता ही नहीं। इसीलिए उनकी व्यथा बहुत गहरी है। वे अनुभव करते हैं कि अगर अपने लिए इतना सुन्दर संसार उन्होंने नहीं बनाया होता तो मृत्यु से वे इस तरह पीड़ित नहीं होते। अभावों के बीच रहने वाले लोगों की मृत्यु उन्होंने देखी है। सहज रूप से वे मृत्यु को स्वीकार कर लेते हैं। उसकी तरह भय से घबराते-छटपटाते नहीं। लेकिन चाहकर भी अपने वैभवपूर्ण संसार का मोह राघव शरण त्याग नहीं पाते हैं।

राघव शरण की चिन्ताएँ निरन्तर बढ़ती जाती हैं। जब से चिकित्सकों ने कैंसर की घोषणा करते हुए उन्हें चन्द दिनों का मेहमान बताया है, तब से सोते-जागते, उठते-बैठते हर वक़्त मृत्यु उन्हें भयभीत किये रहती है। वे व्यग्रता एवं बेचैनी से यह सोचने लगते हैं कि कितना अच्छा होता अगर वे जी जाते! क्या कोई ऐसी राह नहीं जिस पर चलकर इस शरीर को स्थायित्व प्रदान किया जा सके? वे दूर तक अपनी दृष्टि दौड़ाते हैं। प्रायः सभी चिकित्सा पद्धतियाँ और अन्य उपाय उन्हें मृत्यु के समक्ष पराजित नज़र आते हैं। इसी सन्दर्भ में अचानक अध्यात्म एवं भारतीय धर्मग्रन्थों की ओर भी उनका ध्यान जाता है। उनके मित्र सदासुख पिछले काफ़ी समय से सन्तों की संगति में रहने लगे हैं। जब भी मिलते हैं, आध्यात्मिक बातों की चर्चा प्रारम्भ कर देते हैं। राघव शरण ने उनकी बातों को कभी पसन्द नहीं किया। उन्हें यह सब फालतू, निस्सार और मनगढ़न्त बातें लगतीं। लेकिन अब उन्हीं बातों में उन्हें सार नज़र आने लगता है तथा उनका आकर्षण तेज़ी से उस ओर बढ़ने लगता है।

सदासुख बताते हैं कि मरने पर शरीर का नाश हो जाता है, लेकिन आत्मा नहीं मरती···।

सदासुख यह भी बताते हैं कि एक सन्त का कहना है कि देह और आत्मा का सम्बन्ध अभेद होता है।

सदासुख कहते हैं कि सदियों पहले अपने यहाँ श्री शुक्राचार्य जी के पास वह संजीवनी विद्या थी, जिससे मरे हुए व्यक्ति को भी वे जिला देते थे। लेकिन आज वह विद्या विलुप्त हो गयी है। रामायण और महाभारत के कई चरित्र आज भी सशरीर जीवित हैं। उदाहरणस्वरूप हनुमान जी, विभीषण, अश्वत्थामा, वेदव्यास, शुकदेवजी, बलि आदि।

सदासुख बताते हैं कि अपने देश में अभी भी अनेक साधु-सन्त और योगी-संन्यासी हिमालय पर्वत पर रहते हैं, जिनकी उम्र कई सौ वर्षों की हो गयी है···।

राघव शरण के दादा धार्मिक व्यक्ति थे। वे एक प्रसिद्ध सन्त के शिष्य थे। घर पर नियमित रूप से पूजा-पाठ करते तथा पूरे मन से धार्मिक ग्रन्थों का अध्ययन करते थे। उनकी मृत्यु के बाद लाल रंग के कपड़े में बँधे धार्मिक ग्रन्थ वर्षों से आलमारी के एक कोने में पड़े रहे। कभी किसी ने नहीं छुआ। लेकिन राघव शरण उस बण्डल को खोलकर वेद, पुराण, उपनिषद्, रामायण, महाभारत आदि का अध्ययन शुरू कर देते हैं। घर के लोग समझते हैं कि सामने उपस्थित मृत्यु को देखकर अपना परलोक सुधार रहे हैं। लेकिन वे तो एक दूसरे सत्य की खोज में हैं—मृत्यु पर विजय पाने का सत्य।

राघव शरण अनुभव करते हैं कि उनके जीवन की अवधि कम है तथा प्राचीन धार्मिक ग्रन्थ विपुल मात्रा में हैं। अल्पावधि में सब पढ़ लेना सम्भव नहीं। पता नहीं, सत्य वे पा भी सकेंगे या अध्ययन के क्रम में ही गुजर जायेंगे।

कैंसर की बीमारी और मृत्यु-चिन्ता से राघव शरण का बदन पीला, उदास, निस्तेज और दुबला होने लगता है। उनकी पत्नी अपने जाते हुए सुहाग को देखकर छिप-छिपकर रोती रहती है। सारा परिवार दुःख और व्यथा में डूबता जाता है। राघव शरण के न रहने की कल्पना मात्र से ही उनके परिवार के होश उड़ने लगते हैं। ऐसे ही समय एक रात अपने बिस्तरे पर पड़े-पड़े राघव शरण की व्यथा और बेचैनी चरम बिन्दु पर पहुँच जाती है। उन्हें लगता है कि कायरों और बुज़दिलों की तरह वे चुपचाप आने वाली मृत्यु का इन्तज़ार कर रहे हैं। कि उन्हें इस तरह हाथ-पर-हाथ रखकर नहीं बैठना चाहिए। कि इस महल में छिप-कर जब वे मृत्यु से बच नहीं सकते तो फिर यहाँ क्यों छिपे हैं ? सत्य की खोज में क्यों नहीं निकलते ? जोखिम मोल लेकर और घर-परिवार को त्याग कर ही सत्य को पाया जा सकता है। मृत्यु आनी होगी तो कहीं भी आयेगी। बैठकर धीरे-धीरे काल के गाल में जाने की अपेक्षा काल को परास्त करने के लिए संघर्ष-यात्रा पर चल देना ही बेहतर होगा…! आधी रात की इस बेला में जब घर-परिवार और सारा शहर सोया है, गौतम बुद्ध की तरह अपनी पत्नी, बाल-बच्चे, महल और सारे वैभवों को त्यागकर चल देना चाहिए…!

और राघव शरण चल देते हैं…!

घर से भागने के बाद राघव शरण ने कैसे रातों-रात वह शहर छोड़ दिया ? कि कैसे विभिन्न तीर्थों एवं धर्म-स्थलों में घूमते हुए उन्हें सन्तों की संगति प्राप्त हुई ? कि कैसे जंगलों और पहाड़ों से गुज़रते हुए हिमालय की तराई में एक सिद्ध महात्मा का उन्हें दर्शन हुआ ? कि कैसे उस महात्मा जी ने उन्हें अपना शिष्य बनाया ? कि कैसे गुरुदेव के निर्देशन में योग-साधना से वे अवगत हुए ? कि अपने गुरुदेव के आदेशानुसार एक निर्जन स्थान में कैसे वे लम्बे समय तक साधनारत रहे ? कि कैसे उन्हें अमरत्व की प्राप्ति हुई ? यह बहुत लम्बी कहानी है। यहाँ

विस्तार से उसका जिक्र सम्भव नहीं हो पायेगा। उनके बारे में संक्षिप्त सूचना यह है कि घर से भागने के 120 वर्ष बाद अमरत्व प्राप्त कर वे वापस लौट चलते हैं।

हज़ारों मील की लम्बी यात्रा के फलस्वरूप राघव शरण जब अपने शहर पहुँचते हैं तो पाते हैं कि उनका शहर आश्चर्यजनक रूप से बदल गया है। वे पहचान नहीं पाते हैं कि यह उनका शहर है, जिसके हर मुहल्ले और चौराहे से वे परिचित थे। जिसकी हर गलियाँ जानी-पहचानी थीं। अपने इस छोटे शहर को टहलने के क्रम में ही वे इस छोर से उस छोर तक नाप लेते थे। लेकिन अब वह शहर यह रहा नहीं। शहर के बाहर दूर तक फैले जंगल का कहीं अता-पता नहीं। उस जंगल में एक-से-एक हिंसक जानवर रहते थे। लेकिन उस जंगल के स्थान पर ऊँची-ऊँची अट्टालिकाएँ बन गयी हैं। शहर का सबसे बड़ा मुहल्ला बस गया है। उस मुहल्ले को देखकर कोई यह सोच ही नहीं सकता है कि कभी यहाँ कोई घना जंगल भी होगा। शहर के बाहर की बस्तियाँ नदी-नाले और मैदान सब शहर की परिधि में आ गये हैं। शहर ने अपने आसपास के इलाक़ों को अजगर की तरह लील लिया है। शहर के बाहर के प्राकृतिक दृश्य और शहर को स्वच्छता प्रदान करने वाले वातावरण सब शहर की पेट में समा गये हैं। उन्हें यह देखकर गहरा आश्चर्य होता है कि उनका साफ़-सुथरा छोटा शहर एक प्रदूषणयुक्त महानगर में बदल गया है। उन्हें यह सब अच्छा नहीं लगता है। यह सब क्यों हो गया? कैसे हो गया? अपने जिस शहर का सपना सँजोये वे लौटे थे, वह शहर कहाँ चला गया? उनका मन तिक्त हो जाता है।

राघव शरण को बहुत पूछताछ करने के बाद अपने शिवपुरी मुहल्ले का पता मिलता है। उनके मुहल्ले का नाम शिवपुरी से कैसे सुन्दरपुरम हो गया, उन्हें कोई जानकारी नहीं मिलती है। वो तो एक-दो बुड्ढे बताते हैं कि सुन्दरपुरम ही पहले का शिवपुरी मुहल्ला है, तब वह जान पाते हैं।

अपने मुहल्ले में पहुँचकर राघव शरण पाते हैं कि शहर की तरह उनके मुहल्ले का नक्शा भी पूरी तरह बदल गया है। न वे गलियाँ हैं। न वे मकान हैं। लोगों ने अपनी इच्छानुसार इतना परिवर्तन किया है कि अब वह मुहल्ला रहा ही नहीं। उन्होंने सोचा था कि बिना किसी से कुछ पूछे सीधे अपने मकान पर पहुँच जायेंगे। लेकिन उन्हें अपना मकान पहचान में ही नहीं आ रहा है। सारी दोपहरी पूरे मुहल्ले का चक्कर लगाते-लगाते जब वे थक जाते हैं और परेशान हो उठते हैं तो पूछना शुरू करते हैं। अपने तीनों पुत्र ज्वाला प्रसाद, बाला प्रसाद और लाला प्रसाद का नाम लेकर वे पूछते हैं कि उनका घर कहाँ है? जवाब में लोग बताते हैं कि उस नाम के आदमी यहाँ नहीं। इस पर वे बहुत दुःखी हो जाते हैं। क्या वे किसी दूसरे शहर और किसी दूसरे मुहल्ले में पहुँच गये हैं?

राघव शरण के दिमाग़ में एक बात सूझती है। अब वे जिस किसी से अपने पुत्रों के बारे में पूछना चाहते हैं, पहले उसका हुलिया लेने लगते हैं कि वह इस मुहल्ले में कब से रह रहा है? इस सन्दर्भ में वे पाते हैं कि स्थायी रहने वाले नहीं के बराबर हैं। अधिकतर किरायेदार हैं। कुछ मकान मालिक भी मिलते हैं। लेकिन किरायेदारों की तरह ही अस्थायी। दूसरी जगह का मकान बेचकर यहाँ बनाया है या हाल ही में नौकरी के सन्दर्भ में स्थानान्तरण होकर आने पर मकान ख़रीद लिया है। और स्थायी रूप से यहाँ रहेंगे, इसकी भी कोई निश्चिन्तता नहीं। कहीं भी और कभी भी मकान बेच देंगे। ख़रीद लेंगे।

राघव शरण चिन्ता में पड़ जाते हैं कि अपना मकान वे कैसे ढूंढ़ें? मुहल्ले के स्थायी बाशिन्दे तो अब रहे नहीं। वे महसूस करते हैं कि उनके ज़माने के इस स्थायी मुहल्ले की स्थिति चलती हुई ट्रेन की हो गयी है जिस पर लोग समयानुसार उतरते-चढ़ते रहते हैं। उन्हें इन्हीं यात्रियों में अचानक पीर के मज़ार के बूढ़े मौलवी साहब मिल जाते हैं, जो बताते हैं कि ज्वाला प्रसाद, बाला प्रसाद और लाला प्रसाद वर्षों पहले दिवंगत हो चुके हैं। कि उनके लड़के भी बूढ़े हो गये। कि उनके नाती-पोते जवान हो गये हैं!

पुत्रों के निधन की सूचना से उनका मन व्यथित हो जाता है। उन्हें लगता है कि पुत्र जब गुज़र गये तो उनकी माता तो पहले ही गुज़र गयी होगी। एक क्षण तक दुःखी मन से सोचने के बाद जब वे अपना नाम लेकर मौलवी साहब से पूछते हैं कि उस नाम के आदमी के बारे में वे जानते हैं तो वे बताते हैं कि नहीं। तब वे मौलवी साहब से अपने दिवंगत पुत्रों का निवास पूछ दुःखी मन से वहाँ चल देते हैं।

अपने घर के समीप पहुँचकर राघव शरण को गहरी पीड़ा होती है। उनका मकान कहाँ चला गया, जिसे वे अब तक ढूंढ़ते रहे थे? उन्होंने अपने हाते में चारों तरफ़ काफ़ी ज़मीन छोड़कर बीच में मकान बनाया था। मकान एक तल्ला था। ऊपर छत पर सिर्फ़ एक बड़ा-सा कमरा था। शेष छत जान-बूझकर उन्होंने खाली छोड़ दी थी। गर्मी की रातों में तारों भरे आकाश के नीचे वे अपने परिवार के साथ खुली छत पर सोते थे। जाड़े के दिनों में अपने मकान के बग़ल की ख़ाली ज़मीन में फूल-पत्तियों के बीच धूप का सेवन करते थे। उन्होंने ऐसा मकान बनाया था कि उस मकान में रहकर सुविधापूर्वक समय-समय पर धरती और आकाश का सेवन किया जा सके। लेकिन वे देखते हैं कि अब उस स्थान पर एक विशाल बहुमंज़िली इमारत खड़ी है—नीचे से लेकर कई तल्ले ऊपर तक छोटे-छोटे क्वार्टरों की शृंखलाएँ! उनके एक मकान की जगह पर लगभग साठ क्वार्टर एक-दूसरे के ऊपर खड़े हैं और सब भरे हुए हैं। पता नहीं, इनमें सिर्फ़ उनके परिवार के लोग ही हैं या अन्य किरायेदार भी। उन्हें अपना यह परिवर्तित

मकान बिलकुल अरुचिकर प्रतीत होता है। धरती-आकाश के बीच टँगे कबूतरखाने की तरह। इन दड़बेनुमा घरों में लोग कैसे रहते हैं? क्या उन्हें ऊब और घुटन महसूस नहीं होती? क्या धरती और आकाश के नैसर्गिक सुख-सौन्दर्य का पान वे नहीं करना चाहते! उनके वंशजों ने उनके मकान की यह कैसी दशा कर दी? क्या उन्होंने इसे इस रूप में परिवर्तित किया। सब कुछ जानने की दुःखद जिज्ञासा उन्हें बेचैन कर देती है। मकान से बाहर आ रहे एक व्यक्ति को वे अपनी ओर मुखातिब करते हैं—"सुनिये!"

वह व्यक्ति नज़र उठाकर उनका हुलिया देखता है। फिर जवाब देता है—"मैं एक ज़रूरी काम में हूँ। मुझे फ़ुर्सत नहीं।"

वे कहते हैं—"एक मिनट मेरी बात तो सुन लीजिए।"

इस बार वह आदमी उनकी ओर देखता भी नहीं। जाते हुए ही कहता है—"इन क्वार्टरों में बहुत लोग रहते हैं। किसी से कुछ माँग लीजिए।"

वह आदमी चला जाता है। राघव शरण फटी-फटी आँखों से उसे देखते रहते हैं। उस व्यक्ति ने उनके साथ कैसा अशिष्ट व्यवहार किया? क्या वह उनके परिवार का ही कोई सदस्य है या किरायेदार वग़ैरह? कोई भी हो! दरवाज़े पर आये अतिथि के साथ भला ऐसा व्यवहार किया जाता है?

अपने शहर और मुहल्ले का अरुचिकर परिवर्तन देखकर लौट आने का राघव शरण का सारा उत्साह तो ऐसे ही समाप्त हो गया था, इस घटना के बाद तो वे और अधिक उदासीन हो उठते हैं। चुपचाप खड़े-खड़े उस जाने वाले व्यक्ति के बारे में सोचते रहते हैं। अन्ततः यह सोचकर अपने मन को हल्का करते हैं कि उनकी तगड़ी क़द-काठी, माथे और दाढ़ी के लम्बे घने बाल, साधु-संन्यासियों की वेश-भूषा देखकर ही उस व्यक्ति ने उनकी उपेक्षा की है। उसे लगा है कि कुछ माँगने के उद्देश्य से ही वे आये हैं। लेकिन उनके ज़माने में तो साधु-अतिथियों का स्वागत और अधिक किया जाता था···?

पुनः एक व्यक्ति उस मकान से निकलता है। वे उस व्यक्ति के समीप लपकते हुए पुनः आवाज़ लगाते हैं—"सुनिये!"

वह व्यक्ति भी पलटकर उनका हुलिया देखता है। फिर बिना मुँह से कुछ बोले हाथ के इशारे से उन्हें मकान की ओर बढ़ जाने का संकेत करते हुए बिना रुके आगे बढ़ जाता है। राघव शरण अनुभव करते हैं कि पहले व्यक्ति की तरह यह व्यक्ति भी उन्हें भिखमंगा समझकर ही आगे बढ़ जाता है। लेकिन किसी से बातचीत किये बिना सिर्फ़ वेश-भूषा देखकर उसके बारे में कोई धारणा बना लेना कितनी ग़लत बात है!

इस बार बाहर से एक व्यक्ति आता है और उस बहुमंज़िली इमारत की ओर बढ़ता है। राघव शरण पुनः आवाज़ लगाते हैं—"एक मिनट सुनिएगा।

भाई !"

लेकिन वह व्यक्ति न तो पलटकर उनकी ओर देखता है, न मुँह से कुछ बोलता है और न हाथ से कोई संकेत ही करता है। शायद आते हुए उसने उन्हें देख लिया है। वह तेजी से सीढ़ियाँ चढ़ते हुए तीन-मंजिले के एक क्वार्टर के सामने की बालकनी में पहुँच जाता है, जहाँ से खड़ा होकर उन्हें हिकारत की नज़रों से घूरने लगता है।

राघव शरण महसूस करते हैं कि तीनों व्यक्तियों ने उनकी उपेक्षा की है। पहले से दूसरे और दूसरे से तीसरे की उपेक्षा उन्हें ज़्यादा कड़वी लगी है। अब किसी और से कुछ भी पूछने की उनकी इच्छा जाती रही। अपने ही दरवाज़े पर उन्हें कितना अपमानित होना पड़ रहा है। घर से बाहर पहाड़ों एवं जंगलों पर रहने की अवधि में उन्होंने सुना था कि देश का सर्वांगीण विकास हो रहा है। गाँवों एवं शहरों को आदर्श के साँचे में ढाला जा रहा है। लोगों को शिक्षित बनाने के साथ-साथ उनके जीवन को सुखी एवं समृद्धशाली बनाने का प्रयास जारी है। राघव शरण सोचते हैं कि क्या यह उसी प्रयास का परिणाम है? उनकी पीड़ा और बढ़ जाती है···!

राघव शरण के साथ उन तीनों व्यक्तियों ने ऐसा बेरुखा व्यवहार क्यों किया, इस विषय पर बहुत विचार-विमर्श करने के बाद वे इस निष्कर्ष पर पहुँचते हैं कि आगन्तुकों या अजनबी लोगों के प्रति उनका दृष्टिकोण ऐसा ही बना दिया गया है। दूसरी बात वे यह महसूस करते हैं कि वे तीनों बहुत जल्दी में थे। शायद उनके पास एक मिनट के लिए भी अतिरिक्त समय नहीं। लेकिन यह ठीक तो नहीं। मनुष्य का दृष्टिकोण ऐसा हो जाय और वह इतनी जल्दबाजी में रहने लगे कि बुनियादी मानवीय गुणों से वंचित हो जाय तो फिर मनुष्य और पशु में अन्तर ही क्या रह जायेगा? वे भारी मन लिये चुपचाप खड़े रहते हैं। मकान से बाहर जाते एवं भीतर आते व्यक्तियों से अब वे कुछ भी नहीं पूछते हैं।

देर तक राघव शरण को इस तरह खड़े देख नीचे के क्वार्टर के दरवाजे पर एक वृद्ध महिला उपस्थित होती है। उसके हाथों में भिक्षा देने के लिए एक पात्र है, जिसमें अनाज के कुछ दाने हैं। राघव शरण को वह समीप बुलाती है। राघव शरण का अन्तर मर्माहत हो जाता है। अपने जिस घर के लिए अमरत्व प्राप्ति कर वे व्यग्रता से वापस लौटे हैं, उस घर के सामने अब उनकी हैसियत मात्र एक भिखारी की हो गयी है। वे एक क्षण के लिए पूर्ववतः खड़ रहते हैं। फिर अपने पीड़ित मन को दृढ़ करते हुए यह सोचकर उस वृद्धा के समीप चल देते हैं कि इसी बहाने उस वृद्धा से अपने बेटों-पोतों की जानकारी प्राप्त करेंगे।

जब राघव शरण उस वृद्धा के समीप पहुँचते हैं तो वह भिक्षा-पात्र उनकी ओर बढ़ाने लगती है। इस पर वे हाथ जोड़कर जवाब देते हैं—"माता जी, मैं

क्षिभा माँगने नहीं आया हूँ। वर्षों पहले यहाँ मेरा मकान था। मेरे परिवार के लोग थे। उन्हीं की खोज-खबर लेने आया हूँ···!"

इस पर वह वृद्धा पूछती है—"किन लोगों की ?"

वह बताते हैं—"ज्वाला प्रसाद, बाला प्रसाद एवं लाला प्रसाद की···!"

वृद्धा कहती है—"इन लोगों को मैं नहीं जानती। इनका नाम पहले भी मैंने नहीं सुना है···।"

वे वृद्धा से पूछते हैं—"आपके पति हैं ? शायद वे कुछ बता सकें···?"

वृद्धा जवाब देती है—"मेरे पति वर्षों पहले दिवंगत हो चुके हैं।"

इस पर वे पुनः प्रश्न करते हैं—"तब आपके परिवार में और कोई पुरुष पात्र ?"

वृद्धा बताती है—"मेरा लड़का है। बैंक में नौकरी करता है, दफ़्तर गया है। शाम को आयेगा। लेकिन फिर नाइट कॉलेज चला जायेगा। उसके पास एक मिनट का भी समय नहीं···!"

राघव शरण पूछते हैं—"अच्छा, यह तो बताइये कि यह आप लोगों का अपना घर है या आप लोग किराये पर हैं ?"

वह कहती है—"हम लोग किराये पर हैं।"

राघव शरण के चेहरे पर पुनः चिन्ता की लकीरें उभर आती हैं। अब वे क्या करें ? किससे पूछें ? किंकर्तव्यविमूढ़ की स्थिति में उस वृद्धा के समक्ष खड़े रहते हैं। इस पर वह वृद्धा कहती है—"उस दायीं ओर के क्वार्टर में प्रसाद टाइटिल के एक व्यक्ति रहते हैं। शायद वे आपको कुछ बता सकें।"—और वृद्धा हाथ के इशारे से उस क्वार्टर की ओर संकेत करती हैं। इसके बाद मन्त्र-चालित मशीन की भाँति वे उस क्वार्टर के समीप चल देते हैं।

उस क्वार्टर के समीप पहुँचकर राघव शरण देखते हैं कि नरेश प्रसाद के नाम का एक बोर्ड लगा है। वे दरवाज़े पर दस्तक देते हैं। अन्दर से एक सत्रह-अट्ठारह साल की क्वाँरी कन्या आती है। फिर उनका हुलिया देख बिना उनसे कुछ पूछे वापस चल देती है। शायद उन्हें भिखारी आदि समझ कुछ ले आने जा रही हो। लेकिन वे आवाज लगाकर बीच में ही उसे रोक लेते हैं—"बेटी, मैं कुछ माँगने नहीं आया हूँ। इस मकान में श्री नरेश प्रसाद रहते हैं ?"

वह कहती है—"हाँ, वे मेरे डैडी हैं।"

इस पर वे कहते हैं—"मुझे उनसे मिलना है।"

कन्या अन्दर चली जाती है। फिर शीघ्र ही वापस आती है—"आपका क्या नाम है ? आप कहाँ से आये हैं ?"

वे जवाब देते है—"मेरा नाम राघव शरण है। मैं हिमालय की तराई से

आया हूँ।"

कन्या फिर अन्दर जाती है। फिर वापस आती है—"क्या काम है ? किसी मन्दिर आदि के लिए चन्दे की बात है क्या ?"

वे कहते हैं—"नहीं, मैं कुछ भी लेने नहीं आया हूँ। उनसे मुझे एक आवश्यक जानकारी लेनी है।"

वह पुनः अन्दर जाती है। फिर बाहर आकर कहती है—"इस समय डैडी आराम कर रहे हैं। शाम पाँच बजे आइयेगा···।"

वे अनुनय के-से स्वर में कहते हैं—"बेटी, मैं बहुत दूर से आया हूँ और देर से जानकारी के लिए भटक रहा हूँ···।"

कन्या फिर अन्दर चली जाती है। इस बार थोड़ी देर बाद आँखों पर चश्मा लगाये एक वृद्ध अन्दर से आते हैं—"क्या काम है ? आप कौन हैं ?"

राघव शरण एक क्षण तक वृद्ध को देखते हैं। फिर पूछते हैं—"ज्वाला प्रसाद, बाला प्रसाद एवं लाला प्रसाद के बारे में आप जानते हैं ?"

इस पर वे वृद्ध राघव शरण के चेहरे पर अपनी नजरें टिकाते हुए कहते हैं—"उनके बारे में आप क्या जानना चाहते हैं ? मैं बाला प्रसाद का ही पुत्र हूँ।"

बस, इतना सुनते ही राघव शरण का चेहरा खिल उठता है। वे 'आप' की जगह 'तुम' का सम्बोधन करते हुए सुखद आश्चर्य से बोल उठते हैं—"तुम बाला के पुत्र हो ? युग-युग जियो बेटा ! मैं तुम्हारा दादा राघव शरण हूँ। यह मेरे मकान की कैसी दुर्गति बना रखी है तुम सबों ने ? परिवार का हाल सुनाओ ! और कौन-कौन लोग बचे हैं परिवार में···?"

इस पर वे क्रोध प्रकट करते हुए सख़्त शब्दों में कहते हैं—"ए साधु ! यहाँ तुम्हारी दाल गलने वाली नहीं। दुनिया बहुत आगे बढ़ चुकी है। मैंने अपने बाल धूप में सफ़ेद नहीं किये हैं। किसी और को मूर्ख बनाना। यहाँ से अपना रास्ता नापो···!"

यह सुन राघव शरण के होश उड़ जाते हैं। अचानक वे आसमान से जमीन पर आ गिरते हैं। उन्होंने सोचा था कि घर पहुँचने पर उनके वंशज सुखद आश्चर्य से उछल पड़ेंगे। कि उनके मुहल्ले से होते हुए यह ख़बर सारे शहर में फैल जायेगी। कि लोग उनका दर्शन करने एवं आशीष पाने के लिए उमड़ पड़ेंगे। कि उनके वंशज उनका पाँव पखारेंगे। आरती उतारेंगे। उनकी पूजा करेंगे। लेकिन यहाँ तो बिलकुल उल्टी बातें घटित हो रही हैं। लोगों को यह क्या हो गया है ? लोग ऐसा कैसे बन गये हैं ?···

राघव शरण भौंचक हो उस वृद्ध की ओर ताकते रहते हैं। उस वृद्ध के पास आस्था और विश्वास नाम की कोई चीज नहीं। अपने जिस मकान और परिवार

में स्थायी रूप से रहने के लिए वे अमरत्व प्राप्तिकर लौटे हैं, क्या यही उनका मकान और परिवार है ? अगर ये लोग उन्हें पहचान भी लेते हैं तो क्या ऐसे लोगों के बीच वे रह पायेंगे ? एक दु:खद पश्चात्ताप भरे अन्तर्द्वन्द्व के बीच वे घिर जाते हैं। उन्हें चुपचाप खड़े अपने ऊपर टकटकी लगाये देख वे वृद्ध कहते हैं—"किसी गाँव में चले जाओ साधु ! वहाँ ठगना आसान होगा। यहाँ किसी को ठग नहीं पाओगे···।"

—और वे वृद्ध तिरस्कार भरी निगाहों से उन्हें घूरते हुए अन्दर चले जाते हैं। राघव शरण की इच्छा होती है कि वर्षों का मोह त्याग वापस लौट जाएँ। अब यहाँ रहा ही क्या ? फिर यह सोचकर कि उनका परिवार बड़ा था, अन्य सदस्यों से भी मिल लें···अन्य सदस्य कैसे हैं ? कौन-कौन बचे हैं ? सबको देखने-जानने की जिज्ञासा से वे रुक जाते हैं।

कुछ समय बीत जाता है। चिन्ताओं में डूबे वे ऐसे ही खड़े रहते हैं। अचानक वह कन्या किसी कार्यवश दरवाज़े की ओर फिर आती है। उन्हें पूर्वतः दरवाज़े पर खड़े पा तेज़ी से अन्दर लौट जाती है। इस बार वे वृद्ध ग़ुस्से में तमतमाते हुए आते हैं—"क्या विचार है साधु ! सीधे मन से वापस चले जाओगे या पुलिस को बुलाना पड़ेगा···।"

राघव शरण कहते हैं—"ईश्वर साक्षी है बेटा ! मैं किसी को ठगने या किसी से कुछ भी लेने नहीं आया हूँ···अपने घर-परिवार के लोगों की जानकारी ले लूँ और उनसे मिल लूँ तो चला जाऊँगा···।"

वे वृद्ध कहते हैं—"इससे बड़ा फ़रेब और क्या करोगे ? जो दादा सैकड़ों वर्ष पहले कैंसर की बीमारी से मर चुके उनके नाम पर धोखा देने आये हो···!"

इस पर राघव शरण कहते हैं—"मैं कैंसर से मरा नहीं था बेटा ! तुम्हारे बाप बाला ने बताया होगा, मैं आधी रात को घर से भाग गया था···फिर जंगलों और पहाड़ों की खाक छानते हुए मुझे सन्तों की संगति प्राप्त हुई थी। इसके बाद वर्षों की साधना के पश्चात यहाँ लौटा हूँ···!"

वे वृद्ध कुटिल भंगिमा प्रदर्शित करते हुए कहते हैं—"अच्छी कहानी गढ़ ली है साधु ! लेकिन तीर्थ के पण्डे तो तुमसे भी आगे कई पीढ़ियों का इतिहास अपने पास रखते हैं। पर अब कोई मूर्ख नहीं रहा। तुम तो सिर्फ़ एक दिवंगत व्यक्ति का नाम बेच रहे हो। यहाँ तो कई लोगों ने अपने को ईश्वर घोषित कर दिया है···उनमें कुछ ईश्वर अभी भी जेलों में बन्द हैं !"

राघव शरण चौंक उठते हैं—"क्या कहा ! लोगों ने अपने को ईश्वर घोषित कर लिया है और ईश्वर जेलों में बन्द हैं···हे भगवान, यह सब मैं क्या सुन रहा हूँ···!"

वे वृद्ध कहते हैं—"भोले न बनो साधु ! वे सब तुम्हारी तरह ही हैं। प्रपंच

छोड़कर कहीं और प्रस्थान करो !"

राघव शरण को यह समझ में नहीं आता है कि इस आदमी से वे बात आगे बढ़ायें तो कैसे ? एक ही भाषा में दोनों की जीवन-दृष्टि का अन्तर इतना विकसित हो चुका है कि एक दूसरे के लिए शब्दों का अर्थ पूर्णतः बदल गया है। राघव शरण सोचते हैं कि अपने कथन को विश्वसनीय बनाने के लिए कौन-सी बात कहें, कोई सूत्र उन्हें हाथ नहीं लगता है। अन्ततः निराश हो अनुनय के-से स्वर में कहत हैं—"ज्वाला प्रसाद और लाला प्रसाद के पुत्र कहाँ हैं ?"

इस पर वे वृद्ध कहते हैं—"उनकी जानकारी लेकर क्या उन्हें भी धोखा देने पहुँचोगे···लेकिन वहाँ कोई धोखे में नहीं आयेगा···।"

राघव शरण कहते हैं—"नहीं···नहीं···मैं अपने को कैसे बताऊँ कि···मेरी प्रार्थना है मुझे कुछ जानकारी दे दो···।"

इस पर वे कहते हैं—"क्या जानकारी लोगे ? ज्वाला प्रसाद के बाल-बच्चे नहीं हुए। वे वर्षों पहले गुजर गये। मैं अपने बाप का अकेला हूँ। मुझे एक लड़का है और एक लड़की। लाला प्रसाद के चार लड़के और तीन लड़कियाँ हैं। वे काफ़ी समय से दिल्ली में रह रहे हैं। उनके बच्चें विदेशों से शिक्षा लेकर लौटे हैं। वे अपने गेट पर भी तुम्हें खड़ा नहीं होने देंगे। मेरी तरह उनके पास समय नहीं कि तुम्हारे साथ वक़्त ज़ाया करेंगे···।"

इसके बाद राघव शरण पूछते हैं—"ज्वाला प्रसाद आदि की माता का निधन कब हुआ था ? कैसे हुआ था ?"

वृद्ध कहते हैं—"इसकी मुझे कोई जानकारी नहीं।"

अब राघव शरण पूछते हैं—"ज्वाला प्रसाद आदि की तीन बहनें थीं—सुनन्दा, सुनयना और सरस्वती···उनके परिवार का क्या समाचार है ? वे लोग कहाँ हैं ? कौन-कौन बचे हैं ?"

वृद्ध कहते हैं—"किसी पण्डे के गिरोह के आदमी मालूम पड़ते हो साधु···पूरी जानकारी लेकर आये हो···लेकिन आज के इस वैज्ञानिक युग में अब किसी को भी छल नहीं पाओगे···मुझे ज्वाला प्रसाद आदि की बहनों के बारे में विशेष जानकारी नहीं···पुराने सम्बन्ध आज नहीं चलते···किसको इतनी फ़ुर्सत है··?"

अब राघव शरण पूछते हैं—"पुराने मकान की जगह यहाँ यह कबूतरख़ाना कैसे खड़ा हो गया ?"

वृद्ध कहते हैं—"इसे कबूतरख़ाना कहते हो साधु ! ये क्वार्टर बहुत आराम-दायक एवं सुविधाजनक हैं। विज्ञान के विकास की देन हैं ये क्वार्टर कि इतनी कम ज़मीन में इतने फ्लैट्स बन गये। इन फ्लैटों में जागरूक लोग रहते हैं···उनके समक्ष तुम्हारी दाल गलने वाली नहीं···पुराना मकान किसी को पसन्द

नहीं था···काफ़ी जमीन के बीच एक छोटा-सा मकान···जमीन की बर्बादी थी। वर्षों पहले ज्वाला प्रसाद आदि ने ही भवन निर्माण से सम्बन्धित एक को-ऑपरेटिव के हाथों पुराना मकान और सम्बन्धित ज़मीन बेच दी थी। नये सिरे से बन जाने के बाद इसी में का एक क्वार्टर मैंने अपने लिए ले लिया है···और क्या पूछोगे ? अब तो जान छोड़ो; मैं रिटायर्ड आदमी हूँ इसीलिए इतना समय भी दे दिया। और लोग तो तुमसे बातचीत ही नहीं करेंगे···।''—इतना कहकर वे वृद्ध अन्दर चले जाते हैं। राघव शरण भौंचक हो खड़े रहते हैं। कुछ वर्षों के अन्तराल में ही वे अपने घर-परिवार के लिए कितने अजनबी बन गये हैं ! अगर वे जानते कि दुनिया इतनी बदल जायेगी तो इस दुनिया के लिए इतनी आसक्ति पालते ही नहीं। उन्हें गहरा पश्चात्ताप होने लगता है। अमरत्व प्राप्ति के बाद वे पहली बार थकान का अनुभव करते हैं। फिर समीप ही एक कोने में खुले आसमान के नीचे कुश की अपनी आसनी बिछा बैठ जाते हैं।

शाम घिरने लगती है। विभिन्न दफ़्तरों से कार्य कर औरत-मर्द तथा स्कूल-कॉलेजों से पढ़कर लड़के-लड़कियाँ वापस आने लगते हैं; उनके हाते की बहुमंज़िली इमारत के सामने स्कूटर, मोटर साइकिल, जीप, कार और रिक्शों का ताँता लग जाता है। विभिन्न सवारियों से उतरकर लोग सीढ़ियों के सहारे अपने-अपने दड़बों में घुसते चले जाते हैं। राघव शरण को यह देखकर गहरा आश्चर्य होता है कि इतने लोग इस इमारत में कैसे अँट गये और कैसे रह लेते हैं ? उनकी आँखों के सामने अतीत का वह दृश्य घूम जाता है जब इस जगह प्रकृति के खुले वातावरण में उनका एक छोटा-सा प्यारा मकान था···! क्या लोगों के रहने के लिए अब पर्याप्त जगह नहीं रह गयी है। या इसी तरह दड़बों में रहना ही लोगों को पसन्द है, उन्हें कुछ भी समझ नहीं आता है !

राघव शरण अपने पोते को लेकर सोचते हैं कि उसे उनकी बातों पर तनिक भी विश्वास नहीं। अगर विश्वास न भी होता तब भी सहानुभूतिपूर्वक उनकी पूरी बात तो उसे सुननी चाहिए थी। उनकी बातों की सत्यता की जाँच करनी चाहिए थी। लेकिन जैसे पहले ही से धारणा बनी हो कि उनकी तरह के लोग पाखण्डी होंगे, उसी तरह का व्यवहार उसने किया। तो क्या उनकी वेशभूषा में पहले भी किसी ने आकर उसे धोखा दिया है ? अगर ऐसा हुआ है तो उसे बताना चाहिए था। फिर उनके कानों में अपने पोते का यह कथन गूँजने लगता है कि कई लोगों ने अपने को ईश्वर घोषित कर दिया है और कई ईश्वर जेलों में बन्द हैं। तो क्या यह सब भी यहाँ होने लगा है ? हे प्रभु ! मैं यह सब क्या सुन रहा हूँ ? क्या यह मेरा शहर नहीं ? मेरा घर-परिवार नहीं ? सब कुछ इस रूप में कैसे बदल गया

उन्हें अच्छी तरह याद है, जब वे यहाँ रहते थे तो दुनिया इस रूप

में बदलती हुई तनिक भी जान नहीं पड़ती थी। फिर एकाएक इतना कैसे बदल गयी ?

शाम गहरा जाती है। अचानक एक युवक मोटर साइकिल से आता है और उनके पोते के क्वार्टर की ओर चल देता है। वे ग़ौर से उसे देखने लगते हैं शायद उनके पोते का लड़का हो ! उनके पोते ने बताया था कि उसे एक लड़का और एक लड़की है। लड़की को तो वे देख ही चुके हैं। लड़की की तरह ही नाक-नक़्स देख उन्हें लगता है कि अवश्य यह उसी का लड़का है। फिर उनकी आँखें स्नेह से भर जाती हैं। अपने परिवार की तीसरी पीढ़ी को वे देख रहे हैं···!

वह युवक क्वार्टर के अन्दर जाता है। फिर शीघ्र ही बाहर आता है और इधर-उधर नज़र घुमाकर किसी को ढूँढ़ने लगता है। फिर उन पर नज़र पड़ते ही उनके समीप बढ़ चलता है। उनका मन ख़ुशी से हुलसित-पुलकित होने लगता है। घर के अन्दर उनके बारे में जानकारी प्राप्त कर उनके पोते का लड़का उनसे मिलने आ रहा है। लेकिन समीप आने पर इससे पहले कि अपना आशीष भरा हाथ वे उसके माथे पर रखते वह क्रुद्ध शब्दों में कहता है—"तो तुम्हीं हो जो मेरे डैडी को धोखा देने आये हो···अभी आज के अखबार में तुम्हारी तरह ही एक विदेशी गुप्तचर के पकड़े जाने की ख़बर आयी है···इसी लिबास में तथा इसी तरह बाल-दाढ़ी बढ़ाकर वह जासूसी करता था···अभी अपना रास्ता लोगे या पुलिस को बुलवाऊँ ?"

राघव शरण के मुँह में स्नेह-आशीष के शब्द भरे थे। लेकिन अचानक उनकी बोलती बन्द हो जाती है। उनके पोते का लड़का तो उनके पोते से भी बेरुखा और अमानवीय है! वे अवाक् हो उसके चेहरे की ओर ताकने लगते हैं कि उनके वंशज कितने गये-गुज़रे हैं !

उन्हें चुप देख वह युवक पुनः पाँव पटकते हुए गरजता है—"गूँगे-बहरे हो क्या ? तुम्हीं से पूछ रहा हूँ···यहाँ से हटोगे या पुलिस को खबर करूँ ?"

एक क्षण के लिए राघव शरण को समझ में नहीं आता है कि वे क्या करें। फिर स्वतः उनके मुँह से बोल फूट पड़ते हैं—"बेटा ! इस रात को कहाँ जाऊँ ? किसी से कुछ भी माँग नहीं रहा हूँ। किसी को कुछ भी अनिष्ट पहुँचाने नहीं आया हूँ। रात-भर मुझे रहने दो। सुबह चला जाऊँगा···।"

वह युवक क्रुद्ध नज़रों से एक क्षण के लिए उन्हें घूरता रहता है। फिर वापस क्वार्टर में चला जाता है।

राघव शरण के अन्दर दुःख, पीड़ा, आश्चर्य एवं पश्चाताप के भाव चरम बिन्दु पर पहुँच जाते हैं। वे इस जगह के मालिक थे—इस परिवार के स्वामी। लेकिन यहाँ के अब वे भिखारी, पाखण्डी और जासूस बन गये हैं। उनकी इच्छा

होती है कि चिल्ला-चिल्लाकर इस बहुमंज़िली इमारत में रहने वाले तमाम लोगों को अपनी कहानी बता दें। लेकिन फिर उन्हें लगता है कि उनकी बात लोग क्यों सुनेंगे? अगर सुनेंगे भी तो कतई विश्वास नहीं करेंगे···उलटे उन्हें सिर-फिरा, पाखण्डी या घुसपैठी समझ दण्डित करना शुरू कर देंगे। इसीलिए अन्दर से उफनते हुए भी कुछ कह नहीं पाते हैं। अपने भीतर के तूफ़ान को अन्दर-ही-अन्दर जज्ब करते रहते हैं।

राघव शरण के अन्दर क्रोध की शुरुआत यहीं से होती है। उन्हें लगता है कि 'बिनु भय होहिं न प्रीति।' अधिकार माँगने से नहीं मिलता। अपने अधिकार एवं हक़ के लिए लड़ना ही पड़ता है। उन्हें अदालत की सहायता लेनी चाहिए। अदालत से जब अपने होने की प्रमाणिकता लेकर आयेंगे तब उनके वंशजों को पता चलेगा! लेकिन फिर उन्हें लगता है कि अदालत में उनके वंशजों की तरह ही लोग होंगे। वहाँ न तो कोई उनकी बात मानेगा और न सुनवाई ही करेगा। उनकी तरह के लोग तो अब रहे नहीं। इस बिन्दु पर पहुँचकर वे महसूस करते हैं कि युग के परिवर्तन के साथ सारे मूल्य एवं नियम-क़ानून इस तरह बदल गये हैं कि वे बिलकुल अकेले पड़ गये हैं—नक़्क़ारखाने में तूती की आवाज़ की तरह।

शाम रात में बदल जाती है। रात का पहला पहर शुरू हो जाता है। बहु-मंज़िली इमारत के विभिन्न क्वार्टरों में बिजली की बत्तियाँ जल जाती हैं। सड़क के किनारे की ट्यूब लाइट प्रकाशमान हो जाती है। स्त्री-पुरुष के विभिन्न जोड़े हाथ में हाथ डाले सड़क पर निकल आते हैं।

राघव शरण एक कोने में छिपकर बैठे सब कुछ देख रहे हैं। क्या ये पति-पत्नी हैं या ग़ैर औरत-मर्द? ग़ैर औरत-मर्द इस रूप में नहीं हो सकते! अवश्य ये पति-पत्नी ही होंगे! लेकिन पत्नी-पत्नी हैं तो क्या प्रेमाभिव्यक्ति के लिए एकान्त स्थान इन्हें नहीं मिलता? इस तरह सड़क पर खुलेआम एक-दूसरे का हाथ थामे चलना घोर अनैतिक एवं अशिष्ट कार्य है। नयी उम्र के बाल-बच्चों पर इसका कितना बुरा असर होगा?

वे देखते हैं कि बहुमंज़िली इमारत के सामने रंग-बिरंगी पोशाकों में इत्र और सेंट की ख़ुशबू बिखेरते अनेक युवक जुटने लगते हैं। फिर मुँह से अलग-अलग ढंग की ध्वनियाँ निकालते हैं। प्रत्युत्तर में बहुमंज़िली इमारत की विभिन्न खिड़कियाँ खुल जाती हैं, जहाँ युवा लड़कियों के चेहरे दिखाई पड़ने लगते हैं। किसी खिड़की से पत्र गिराया जाता है। किसी खिड़की से मुआयना करने के बाद लड़की शीघ्र ही अपने प्रेमी के पास नीचे उतर आती है। फिर आलिंगन एवं प्रेमालाप का दृश्य शुरू हो जाता है···।

कुमार्ग की ओर बढ़ रही इस नयी पीढ़ी को देखकर राघव शरण सोचते हैं

कि क्या इनके अभिभावक इससे अवगत नहीं? फिर उन्हें लगता है कि सब क्वार्टरों से तो लोग देख ही रहे हैं। देखते हुए भी न देखने का अभिनय कर रहे हैं। तो क्या अब यह सब वर्जित नहीं रहा है? घोर व्यभिचार और अनाचार का युग आ गया है···।

राघव शरण देखते हैं कि अचानक जीन्स की पैण्ट पहने पतली-पतली टाँगों वाला एक युवक सिगरेट पीते हुए उनके पोते के क्वार्टर के समीप आ जाता है। फिर मुँह से सीटी बजाता है। जवाब में उनके पोते की कन्या तत्क्षण बाहर आ जाती है। वह युवक कन्या का हाथ अपने हाथ में ले लेता है। फिर एक किनारे सटकर खड़े दोनों गुपचुप करने लगते हैं।

राघव शरण का ख़ून खौल जाता है। उनके खानदान की लड़की इस रूप में और इस छोकरे की यह मजाल! पीठ पीछे ये लोग जो कुछ करें, अपनी आँखों के सामने वे यह कदापि बर्दाश्त नहीं करेंगे। हालाँकि उन्हें लगता है कि परिवार के लिए अब तो वे कुछ रहे नहीं। साथ ही बीच में हस्तक्षेप करने का परिणाम भी अच्छा नहीं होगा। फिर भी वे अपने को रोक नहीं पाते हैं। तत्काल उन दोनों के बीच पहुँच जाते है। वे दोनों अचानक उन्हें अपने समीप आया देख घबरा जाते हैं। वे सबसे पहले कन्या को दुत्कारते हैं—"शर्म नहीं आती तुम्हें···भला सयानी लड़की ग़ैर युवक के साथ इस तरह मिलती है···पूरे खानदान की इज्जत मिट्टी में मिला रही हो···भागो घर के अन्दर नहीं तो एक तमाचा कस कर लगाऊँगा···!"

वह लड़की माथा झुकाये घर के अन्दर चली जाती है। अब वे इस युवक को पकड़ते हैं—"किसी दूसरे के घर पर पहुँच उसकी लड़की को कुपथ पर ले जाते हुए तुम्हें तनिक भी भय नहीं···भ्रष्ट, कुमार्गी, कुपथगामी···आइन्दे से इधर कभी पाँव मत रखना नहीं तो दोनों टाँगें तोड़ दूंगा···।"

वह युवक उनकी लम्बी-तगड़ी क़द-काठी को देख विरोध नहीं करता है। हाथ बाँधे वापस चला जाता है। लेकिन उसकी भृकुटी तनी रहती है।

राघव शरण क्रोध से हाँफने लगते हैं। हाँफते हुए ही अपनी जगह आते हैं और पद्मासन लगा बैठ जाते हैं। उनका मन अशान्त एवं उद्विग्न हो उठा है। वे प्रभु के नाम का जप करते हुए अपने चित्त को सहज बनाने लगते हैं।

रात का दूसरा पहर शुरू हो जाता है। प्रेमाभिव्यक्ति में लीन जोड़े अपने-अपने दड़बों में वापस चले जाते हैं। सर्वत्र सूनापन बिखर जाता है। राघव शरण का मन अभी पूरी तरह सहज भी नहीं हो पाया है कि देखते हैं, सड़क को लाँघकर चार-पाँच युवक उनकी तरफ़ आ रहे हैं। युवकों के हाथ में हण्टर, बेल्ट, रॉड, हॉकी आदि हैं। समीप आने पर वे पहचान जाते हैं, उनके पोते की कन्या को गुमराह करने वाला युवक अपने कुछ साथियों को लेकर आया है। इससे पहले

कि वे पास आने का कारण पूछते, वह युवक अपने साथियों से कहता है—"यही साधु है!"

इस पर उसका एक साथी कहता है—"इसकी दाढ़ी नोच ली जाय!"

दूसरा कहता है—"इसका पाँव पकड़कर घसीटा जाय।"

तीसरा कहता है—"पहले जमकर इसकी मरम्मत की जाय।"

लेकिन चौथा कहता है—"साधु-सन्त मालूम पड़ता है। इस बार धमका कर छोड़ दिया जाय। आगे फिर ग़लती करेगा तो दण्डित किया जायेगा।"

इसके बाद उनके पोते की कन्या का आशिक वह युवक एक लम्बी चाकू राघव शरण के पेट में सटाते हुए कहता है—"ए साधु! इस बार छोड़ देता हूँ। आइन्दे से बीच में टोक-टाक किया तो समूचा रामपुरी पेल दूँगा··· समझे?"

वे युवक धमका कर चल देते हैं। राघव शरण को काटो तो खून नहीं। उनके साथ कभी ऐसा भी होगा, उन्होंने स्वप्न में भी नहीं सोचा था। हे प्रभो, अब और कौन-सा समय दिखाओगे? अन्दर ही अन्दर उन्हें ग़ुस्सा भी आता है कि छोकरों के खिलाफ़ प्रतिकार क्यों नहीं किया? चुप क्यों रह गये? या तो इन छोकरों की धुनाई कर देते या उनके हाथों पीटे जाते? शोरगुल सुन लोग-बाग जुटते तो अवश्य कोई फ़ैसला होता। इस पर उन्हें लगता है कि लोग छोकरों का पक्ष ले लेते। सम्मिलित रूप से सब उन्हें पाखण्डी और घुसपैठी समझते। तब उनकी और 'भद्' हो जाती।

राघव शरण के मन की अशान्ति और अधिक बढ़ जाती है। जब से वे आये हैं, कितनी उपेक्षा, अपमान और तिरस्कार का सामना उन्हें करना पड़ रहा है। किसी ने भी उनका कुशल-मंगल नहीं पूछा। एक गिलास पानी पीने का भी आग्रह नहीं किया। और तो और, खुद उनके घर वालों ने भी दुत्कार दिया! उनके मुँह से अपने परिवार, आसपास के लोग और पूरे शहर के खिलाफ़ बद्दुआएँ निकलने लगती हैं। फिर किसी तरह अपने मन को नियन्त्रित कर वे पूर्वत: प्रभु का नाम जपते हुए अपने को शान्त करने लगते हैं।

रात का तीसरा पहर प्रारम्भ हो जाता है। वे नित्यक्रिया से निबटने के लिए तैयारी करने लगते हैं। अक्सर वे ब्रह्ममुहूर्त में ईश्वर की उपासना करते आये हैं। लेकिन यहाँ उनकी अपनी जगह नयी और अनपहचानी हो गयी, इसीलिए वे तीसरे पहर के प्रारम्भ में ही चल देते हैं। पता नहीं, कोई सरोवर या कोई वाटिका नजदीक मिले या दूर जाना पड़े?

राघव शरण अपने मुहल्ले को पार करते हुए आगे बढ़ चलते हैं। सड़क के आर-पार दोनों ओर विशाल बहुमंज़िली इमारतें खड़ी हैं। इमारतों के भीतर बिजली की दूधिया रोशनी जगमगा रही होती है, जो खिड़कियों एवं दरवाज़ों

की दरारों से छन-छनकर सड़क पर आ रही होती है। राघव शरण अनुमान लगाते हैं कि इन इमारतों के निर्माण में काफ़ी धन लगा होगा। वर्षों पहले उन्होंने जो अपना मकान बनाया था, उसी दौरान उन्हें यह अनुभव हुआ था कि मकान बनाने का कार्य काफ़ी खर्चीला होता है। उस हिसाब से वे सोचते हैं कि इन इमारतों के निर्माण में बेशुमार सम्पत्ति खर्च हुई होगी। इस बिन्दु पर पहुँचकर उन्हें लगता है कि लोगों की समृद्धि बढ़ी है। लेकिन मात्र वैभवशाली होने से ही तो मनुष्य का विकास नहीं होता। मानवता से रहित यह विकास कदापि श्रेयस्कर नहीं।

राघव शरण एक मुहल्ले को पार कर दूसरे मुहल्ले में प्रवेश करते जाते हैं। शहर से बाहर किसी सरोवर या वाटिका की तलाश में वे बढ़े जा रहे हैं। अचानक वे एक ऐसे मुहल्ले में पहुँच जाते हैं कि उन्हें अपनी आँखों पर विश्वास नहीं होता है। यहाँ इमारतें नहीं, सड़क के दोनों किनारे कच्ची मिट्टी के ढहते-गिरते मकान तथा झुग्गी-झोपड़ियाँ खड़ी हैं। झोंपड़ियों से सटकर पूरे शहर की नाली गुज़रती है, जो बेहद दुर्गन्ध देती है। इस दुर्गन्ध के बीच वे लोग कैसे रहते हैं ?

राघव शरण देखते हैं, इमारत वाले मुहल्लों की भाँति यह मुहल्ला सोया नहीं है। झोंपड़ियों के भीतर मल-मूत्र पर रिरियाते नंग-धड़ंग बच्चे नज़र आते हैं तथा दम्पती लड़ते झगड़ते और गुदड़े-चिथड़े के बीच सोये-बैठे। फटेहाल और अभावों से पीड़ित लोग दीखते हैं। एक झोंपड़ी में मर्द अपनी औरत पर प्रहार करता है। जवाब में वह औरत भी मर्द पर प्रहार करती है। तब क्रोध में आकर मर्द, औरत की साड़ी पकड़कर इतने झटके से खींचता है कि फटी-पुरानी साड़ी खुल जाती है। राघव शरण आगे बढ़ जाते हैं। एक दूसरे घर में देखते हैं कि औरत क्रोध में आकर मर्द के माथे पर तसले से इस तरह प्रहार करती है कि माथा फूट जाता है। वह माथा पकड़कर बैठ रहता है। कुछ क्षण तक उस मुहल्ले का दृश्य देखने के बाद उन्हें सहज ही यह ज्ञात हो जाता है कि भीषण ग़रीबी के चलते ही वे यहाँ इस रूप में हैं और इस तरह आपस में लड़-झगड़ रहे हैं। एक ही शहर में इतनी विषमता ? एक ओर बहुमंज़िली इमारतें दूसरी ओर ऐसी स्थिति ! उनके समय में भी विषमता थी। लेकिन विषमता से एक वर्ग का जीवन स्तर इस तरह प्रभावित हो, ऐसा कदापि नहीं था। अमीर-गरीब, बड़े-छोटे, सब थे। सबों में अन्तर था। लेकिन अपने-अपने ढंग से सब ख़ुशहाल थे।

राघव शरण आगे बढ़ते जाते हैं। शहर ख़त्म होता ही नहीं। क्या शहर के बाहर अब खुली जमीन नहीं ? वे शहर के बाहर निकल जाने के लिए बेचैन हो उठते हैं तथा तेज़-तेज़ चलने लगते हैं। लेकिन मकानों के काफ़िले समाप्त होते ही

नहीं। उन्हें लगता है, अब कोई सरोवर या वाटिका वे नहीं पा सकेंगे। चलते-चलते ही अगर भोर हो जायेगी तो उनका नियम भंग हो जायेगा। उन्हें हर हालत में ब्रह्ममुहूर्त तक अपनी जगह वापस हो जाना है, इसीलिए सरोवर या वाटिका की आस छोड़ अब वे शहर के भीतर ही कोई जलाशय आदि ढूँढ़ने लगते हैं, ताकि शीघ्र ही नित्यक्रिया से निबट सकें।

अचानक राघव शरण को शहर से होकर गुजरती एक नहर दिखाई पड़ती है। उनके व्यग्र मन को थोड़ी शान्ति मिलती है। सरोवर या वाटिका न सही, नहर तो है। किसी तरह काम चला लेंगे।

राघव शरण नहर के पास पहुँच जाते हैं। लेकिन यह क्या ? नहर से तेज बदबू आ रही है। यह कैसी बदबू है ? कहीं यह नहर न होकर शहर की गन्दगी के निकास के लिए कोई बड़ा-सा नाला तो नहीं है ? फिर उन्हें लगता है, नाला इतना बड़ा और चौड़ा हो नहीं सकता है। साथ ही नाले से इस तरह का तीखा दुर्गन्ध भी नहीं आ सकता है। दुर्गन्ध से ऐसा प्रतीत होता है कि नाक फट जायेगी। उबकाई आने लगेगी···।

हठात् राघव शरण की निगाह नहर के पश्चिम में दूर तक उठी विशाल चहारदीवारी और आसमान की ओर धुआँ छोड़ती ऊँची चिमनियों पर जा टिकती है। तो क्या उनके शहर में कोई बड़ा कारखाना स्थापित हो गया है ? वे समझ जाते हैं, यह नहर, नाला और वास्तविक नहर नहीं, फैक्ट्री के गन्दे पानी के निकास का मार्ग है। वे देर से सोच रहे थे कि आसमान की हवा स्वच्छ क्यों नहीं है ? अब उन्हें इसका भी पता चलता है। लेकिन उनके भरे-पूरे शहर को प्रदूषित करने के लिए यहाँ फैक्ट्री क्यों बनायी गयीं ? जान-बूझकर कल-कारखाने वाले बड़े नगरों में न बस वे साफ-सुथरे इस छोटे-से शहर में बसे थे। उसी वक़्त बुद्धिजीवियों के बीच इस पर विचार किया जा रहा था कि औद्योगिक विकास के प्रदूषण से लोगों को कैसे बचाया जाय। कई विद्वानों ने यह सुझाव भी दिया था कि भरी-पूरी बस्तियों और स्वच्छ शहरों से दूर वियावान बंजरों में कारखानों का निर्माण किया जाय। लेकिन क्या बाद के वर्षों में इस विषय पर विचार नहीं किया गया ? पहले की अपेक्षा यहाँ की हवा-पानी कितनी ग़न्दी और वातावरण कितना घुटन भरा हो गया है ? क्या अब वे इस शहर में पहले की तरह चैन से रह सकेंगे ? फिर उनके अन्दर से स्वतः जवाब आता है—वे रहें या न रहें, और लोग तो रह ही रहे हैं···!

नहर के रूप में प्रवाहित फैक्ट्री के दूषित जल से अलग हट जाने की इच्छा राघव शरण को होने लगती है। लेकिन हट नहीं पाते हैं। न चाहते हुए भी उसी दूषित जल से नित्य-क्रिया सम्पन्न करते हैं। इसके अतिरिक्त और कोई दूसरा विकल्प उन्हें सूझता ही नहीं।

नित्य-क्रिया से निपट राघव शरण वापस चल देते हैं। उनका मन सन्तुष्ट नहीं हो पाया है। शुद्ध हवा-पानी से वे वंचित रह गये। उनके साफ-सुथरे स्वच्छ शहर को कारखाना खोलकर बर्बाद कर दिया गया है। अच्छा हुआ, उनके परिवार वालों ने उन्हें नहीं पहचाना! अगर वे पहचान भी लेते तो क्या धूल, धुएँ और दुर्गन्ध से भरे इस शहर में अब वे रह सकते थे? उन्हें खुले और स्वच्छ वातावरण में रहने की आदत पड़ गयी है। इस जगह अब उनसे रहा नहीं जायेगा।

यहाँ राघव शरण के मन में यह प्रश्न उठता है कि देश के विकास के लिए ही तो कारखानों का निर्माण किया गया है। इससे देश की प्रगति होगी। देश आत्म-निर्भर होगा। लेकिन फिर उनके अन्दर से यह प्रश्न उठता है कि सब कुछ मनुष्य को स्वस्थ, सुखी एवं दीर्घायु बनाने के लिए ही किया जाता है। किसी भी प्रगति और विकास का महती उद्देश्य यही होता है। लेकिन यहाँ तो बिलकुल विपरीत परिणाम घटित हो रहे हैं। इस ओर विशेष ध्यान जाने की आवश्यकता है, अन्यथा जिस मनुष्य के नाम पर दुनिया विकसित की जा रही है, वह विकसित तो हो जायेगी, लेकिन मनुष्य रोगी, दुखी और अल्पायु हो जायेगा। परिणामतः वह विकसित दुनिया का सुख भोग नहीं पायेगा। लेकिन वे कहें तो किससे कहें? पीढ़ियों का अन्तराल इतना बढ़ चुका है कि संवाद की कड़ी बीच में ही टूट गयी है।

राघव शरण अपनी जगह वापस चले आते हैं। रात का तीसरा पहर बीत चुका होता है।

भोर होने पर अखबार वाले की आवाज़ से राघव शरण का ध्यान भंग होता है। वे सुनते हैं, अखबार वाला चिल्ला-चिल्लाकर कह रहा होता है—"नगर के आठ व्यक्तियों की गोली मार कर निर्मम हत्या···चार बहुएँ जलायी गयीं··· तीन बैंक लूटे गये···दो अवयस्क लड़कियों के साथ बलात्कार···!"

राघव शरण सोचते हैं, सुबह-सुबह यह कैसी बुरी खबर सुनने को मिली। अब तो सारा शहर बन्द हो जायेगा। कई दिनों तक शहर पर मायूसी छायी रहेगी। अचानक यह अनहोनी कैसे हो गयी?

बहुमंज़िली इमारत की खिड़कियाँ और दरवाज़े खुलते हैं। फिर अखबार लेकर बन्द हो जाते हैं। सड़क पर भीड़ नहीं जुटती। लोग प्रतिक्रिया में नहीं आते। राघव शरण का पोता भी अपने घर से निकलता है। फिर उन पर नज़र पड़ते ही कहता है—"सुबह हो गयी साधु! अब अपना रास्ता लो···!" और अखबार लेकर घर के अन्दर चला जाता है।

राघव शरण को आश्चर्य होता है, इतने हिंसात्मक उपद्रव के बाद भी लोगों में कोई परिवर्तन नहीं। वे देखते हैं, धीरे-धीरे लोग अपने-अपने कार्यों में जुटने

लगते हैं। लोगों की मशीनी दिनचर्या प्रारम्भ हो जाती है। फिर लोगों की गति एवं व्यवहार देख यह अन्दाज़ा लगा पाना मुश्किल जान पड़ता है कि नगर में इतनी हत्याएँ एवं उपद्रव हुए हैं। राघव शरण यह समझ नहीं पाते हैं कि लोग इन घटनाओं को इतनी सहजता से कैसे ले पाते हैं? उनके ज़माने में हत्याएँ होती थीं तो हफ़्तों शहर बन्द रहता था। लोग उदास एवं मायूस दीखते थे। आतंकवाद के ख़िलाफ़ सामूहिक जेहाद छेड़ने के लिए सड़कों पर उतर आते थे। लेकिन क्या अब हत्या आदि की घटनाएँ इतनी आम हो गयी हैं कि लोग उन्हें सहजता से लेने लगे हैं?

राघव शरण को अतीत की घटनाएँ याद आ जाती हैं। अपने इस शहर से सटे जंगलों में वे मित्रों के साथ शिकार करने जाते थे। हरियालियों के बीच घास चरते हिरण के झुण्डों में से एक-दो हिरण वे अवश्य मार लेते थे। उस वक़्त देखते, अपने मरे साथियों को छोड़कर आगे निकल गये हिरण अपने साथियों के लिए तनिक भी मायूस नज़र नहीं आते। पुनः आपस में अठखेलियाँ करते हुए घास चरने लगते। तो क्या बहुमंज़िली इमारतों में रहने वाले इन लोगों की मानसिकता पशुओं की तरह हो गयी है?

\+ \+ \+

सुबह का सूरज प्रकाशमान हो जाता है। राघव शरण अपनी बड़ी बेटी सुनन्दा को बहुत मानते थे, इसीलिए उसकी शादी दूर न कर अपने इसी शहर में किये थे, ताकि वह बराबर नज़दीक रह सके। सुनन्दा के पति का अपना मकान था। सुनन्दा के परिवार में और कौन-कौन लोग बचे हैं? वे कैसे हैं? सुनन्दा के घर के पास ही शिवदयाल का घर था। शिवदयाल उनके घनिष्ठ मित्र थे। शिवदयाल ने ही सुनन्दा की शादी करवायी थी। वे कैंसर की व्याधि से ग्रस्त हुए थे तो शिवदयाल ने उनके इलाज में कोई कोर-कसर बाक़ी नहीं छोड़ी थी। शिवदयाल का क्या हुआ? उनके बेटे-पोते कैसे हैं? सुनन्दा और शिवदयाल के परिवार से मिलने के लिए राघव शरण चल पड़ते हैं। उन्हें लगता है, युगानुकूल उनके पोते-परपोते की तरह वे भी बेरुखा व्यवहार करेंगे। लेकिन अब किसी के व्यवहार से उन्हें कोई मतलब तो है नहीं। अपने मन की शान्ति के लिए वे जानकारी ले लेंगे। किसी से कुछ और तो उन्हें लेना है नहीं!

राघव शरण अपने मुहल्ले को पार कर आगे बढ़ जाते हैं। अपने परिवर्तित मुहल्ले की जानकारी प्राप्त करने के लिए उन्हें जितनी पूछताछ करनी पड़ी थी और परेशानी उठानी पड़ी थी, उससे कम पूछताछ और कम परेशानी में ही उन्हें सुनन्दा और शिवदयाल का मुहल्ला मिल जाता है। लेकिन यह क्या! मुहल्ले के नाम पर कारखाने के क्वार्टरों की एक लम्बी कॉलोनी बस गयी है! एक रंग के एक जैसे क्वार्टर! किसमें कौन रहता है, जानना मुश्किल। वे

सुनन्दा के पति और शिवदयाल का नाम लेकर पूछते हैं। कुछ लोग तो कोई जवाब नहीं देते। कुछ जवाब देते तो कहते कि इन नामों को नहीं जानते। उन्हें देर से बेचैन और परेशान देख सड़क के किनारे का एक पान वाला कहता है—"साधु बाबा! जिन लोगों को आप खोज रहे हैं, उनके पद और क्वार्टर नं० बताइये। यहाँ नाम से कोई किसी को नहीं जानता···।"

वे कहते हैं—"वर्षों पहले यहाँ उनके मकान थे···।"

पान वाला कहता है—"गुजर गये लोगों के बारे में यहाँ कोई जानकारी आपको नहीं मिलेगी···।"

राघव शरण गहरे आश्चर्य में पड़ जाते हैं। वर्षों पहले उन्हें इस बात की आशंका थी कि औद्योगिक विकास के साथ मनुष्य की वास्तविक पहचान ग़ायब न हो जाय? और आज वे वही देख रहे हैं। अब नाम, रूप-रंग और गुण नहीं, पद और क्वार्टर नम्बर ही मनुष्य की पहचान है। लेकिन यह क़तई मुनासिब नहीं!

राघव शरण को सुनन्दा और शिवदयाल के बारे में कोई जानकारी नहीं मिल पाती है। निराश हो वे अपने अन्य परिचितों की खोज में चल पड़ते हैं। पता नहीं, उन परिचितों के परिवार के लोग भी मिल सकेंगे या नहीं?

अपने शहर की विभिन्न गलियों से गुज़रते हुए राघव शरण जहाँ कुछ ओर पूरी तरह परिवर्तन देखते हैं, वहीं कुछ ओर पुरानी चीज़ें भी नज़र आ जाती हैं, जैसे—कब्रिस्तान, गिरजाघर, महावीर स्थान, चमकीली कोठी। पुरानी चीज़ें यथावत् देख राघव शरण रुक जाते हैं। उनकी आँखों के सामने अतीत के दृश्य गुज़रने लगते हैं। उन चीज़ों का जी भर मुआयना करने के बाद वे आगे बढ़ते हैं।

सुबह से शाम तक राघव शरण अपने शहर का चक्कर लगाते रहते हैं। फिर शाम घिरते ही अपने मुहल्ले में वापस आ जाते हैं और पूर्वतः अपनी जगह आसन बिछाकर बैठे रहते हैं। वे काफ़ी थक गये हैं। जहाँ तक सम्भव हो सका है, अपने शहर को उन्होंने घूम-घूमकर देखा है।

राघव शरण आराम की मुद्रा में अभी इत्मीनान से बैठे भी नहीं थे कि सहसा उनके पोते और परपोते की नज़र उन पर जा पड़ती है। फिर दोनों बाप-बेटे बाज़ की तरह झपटते हुए उनके पास पहुँच जाते हैं—"फिर तुम आ गये साधु! अभी यहाँ से भागो···यहाँ डेरा-डण्डा जमाना चाह रहे हो···अब हम एक क्षण भी तुम्हें बर्दाश्त नहीं करेंगे···।"

राघव शरण को समझ में नही आता है कि वे क्या जवाब दें! अनिर्णय की स्थिति में भौंचक हो वे उन दोनों का मुँह ताकने लगते हैं। इस पर वे दोनों चिल्लाते हैं—"देर मत करो साधु! यहाँ किसी को चकमा नहीं दे पाओगे···एक रात कहकर फिर यहाँ आ धमके···जाल बिछा रहे हो···अभी इसी क्षण यहाँ से निकल जाओ···।"

राघव शरण किंकर्तव्यविमूढ़ हो निश्चल बने रहते हैं। इस वक़्त वे जायें तो कहाँ जायें ? इस पर वे दोनों चिल्लाते हुए उनके हाथ पकड़ खींचने लगते हैं—"भागो···निकलो···अभी पुलिस बुलाते है···!"

शोरगुल सुन और हाथापाई की स्थिति देख कुछ लोग वहाँ आ जुटते हैं। आने के बाद अधिकांश लोग उनके पोते-परपोते का ही समर्थन करते हैं। एक कहता है—"ऐसे लोग पाखण्डी होते हैं···ठगने और धोखा देने के लिए जाल बिछाते हैं···।"

दूसरा कहता है—"इस वेश में घुसपैठी और विदेशी जासूस भी चलने लगे हैं···इनसे सतर्क रहने की ज़रूरत है···।"

तीसरा कहता है—"पुलिस बुलाकर जेल भिजवा दिया जाय···।"

चौथा कहता है—"पहले खींचकर सड़क पर कर दिया जाय···।"

इसी वक़्त वह वृद्ध महिला, जिसने उन्हें प्रसाद टाइटिल का घर बताया था, आती है। उन्हें साधु-सन्त समझ लोगों से कहती है—"इस रात में छोड़ दिया जाय···साधु-सन्त लगते हैं···सुबह हटा दिया जायेगा···।"

इस पर उनका पोता कहता है—"कल ही इसे कह दिया था कि मत आना···लेकिन फिर आ गया···।"

वह वृद्धा राघव शरण से पूछती है—"सुबह चले जाओगे साधु ?"

वे कहते हैं—"हाँ।"

इस पर उनका परपोता कहता है—"सीधे मन से यह कभी नहीं जायेगा···।"

अब भीड़ से एक-दो व्यक्ति कहते हैं—"सुबह जाने को कह रहा है तो रात-भर देख लिया जाय···।"

और इसी बात पर लोग मह्टिया जाते हैं। फिर उन्हें यह धमकाते हुए कि सुबह होते ही चले जाना, सब अपने-अपने दड़बों में चले जाते हैं।

राघव शरण दुःख, चिन्ता एवं घनीभूत पीड़ा से व्यथित हो उठते हैं। अगर वे जानते कि उनके साथ ऐसा होगा तो दुबारा यहाँ कदापि नहीं आते। जिस जगह के वे स्वामी थे, जहाँ उन्होंने एक-एक पैसा संचित कर अपना बसेरा बनाया था, उसी जगह से उन्हें बेरहमी से खदेड़ा जा रहा है। रह-रहकर अन्दर से उन्हें स्वयं पर ग़ुस्सा आता। उन्हें क्यों काठ मार गया था ? अपने पोते और परपोते को दो-चार हाथ कसकर लगा देते। जो होता सो झेल लेते। अपने हक़ एवं अधिकार से लिए शहीद होने में कोई पाप नहीं···!

रात गुजरती जाती है। राघव शरण सोचते रहते हैं···कितनी उमंग कितना उत्साह एवं क्या कुछ शुभ सोचते हुए वे अमरत्व पाकर वापस चले थे। लेकिन यहाँ बिलकुल उल्टे परिणाम हासिल होने लगे हैं। काश ! उन्हें इस सत्य का ज्ञान

पहले हुआ रहता कि युगान्तर का अनुभव इतना कटु होगा तो वे दीर्घ जीवन के लिए प्रयास करते ही नहीं···।

अपने युग की स्मृतियाँ हृदय में बसाये इस परिवर्तित युग पर जब वे विचार करते हैं, तो उन्हें लगता है कि जीवन की शैली बिलकुल बदल गयी है। संस्कार बदल गये हैं। रहन-सहन के ढंग बदल गये हैं। विचार और मूल्य बदल गये हैं। शहर में घूमते हुए राघव शरण ने लोगों को देख-सुनकर और पूछकर जो जानकारी हासिल की है, उसने उन्हें और विस्मय में डाल दिया है। अब परिवार नाम की कोई चीज़ नहीं। पति कभी भी पत्नी को छोड़कर दूसरी औरत रख लेता है। पत्नी भी पति को त्याग कर ग़ैर मर्द का वरण कर लेती है। पिता-पुत्र, भाई-भाई, भाई-बहन, माँ-बेटा कोई भी सम्बन्ध अब पहले की तरह आत्मीय एवं मानवीय धरातल पर नहीं। हर सम्बन्ध का मेरुदण्ड अर्थ हो गया है। जहाँ बाप बेटे साथ हैं, वहाँ किसी न किसी आर्थिक स्रोत से ही बँधे हैं···। आदमी निहायत अकेला और हद दर्जे का स्वार्थी हो गया है। कम समय में ज़्यादा-से ज़्यादा सुखोपभोग के लिए लोगों ने नीति, मर्यादा, न्याय सबको ताक़ पर रख दिया है। पाप-पुण्य की कोई व्याख्या नहीं रही है।

राघव शरण सोचते हैं कि क्या मृत्यु की याद इन्हें नहीं? मृत्यु के आगे तो इनका कोई भी छल-छद्म चलने वाला नहीं! फिर ये मृत्यु-भय से आक्रान्त क्यों नहीं? आने वाली मृत्यु को देखते हुए भी अपनी उच्छृंखल एवं उन्मत्त भोगेच्छा को नियन्त्रित क्यों नहीं करते? अपने नश्वर क्षणभंगुर सुख के बीच इन्हें कोई भी ख़लल बर्दाश्त क्यों नहीं होता? इस पर जब राघव शरण गहराई से विचार करते हैं तो उन्हें लगता है कि मृत्यु सबको याद है। मृत्यु-भय से सभी अवगत हैं। शायद यही वजह है कि अल्पावधि में ही ज़्यादा से ज़्यादा सुखों के उपभोग में लगे हैं। कल की किसी को चिन्ता नहीं। जितने दिन भी हैं, जमकर सुख भोग लें। स्थायी कुछ भी नहीं, इसीलिए स्थायी सुख के लिए चिन्तित भी नहीं। इस बिन्दु पर राघव शरण को लगता है कि वे ही नासमझ थे। इतमीनान से उपभोग के लिए सुखों का संचय करते रहे। फिर सामने आयी मृत्यु देख भयभीत हो गये··· और अब दीर्घायु होकर लौटे हैं तो दुनिया ही बदल गयी है···।

राघव शरण को महसूस होता है कि इस बदले हुए युग के सभी लोग एक ओर हैं और वे अकेले दूसरी ओर! कहीं ऐसा तो नहीं कि वे ही ग़लत हों और ये सब सही? एक साथ इतने व्यक्ति ग़लत हो सकते हैं क्या···?

राघव शरण का मन आशंकित हो उठता है। क्या मृत्यु पर विजय प्राप्त कर वे ग़लत हो गये हैं? इस पर उन्हें लगता है, हाँ! मृत्यु सत्य है···आवश्यक है··· जीवन की पूर्णता है। जो अपने समय एवं युग के अन्तर्गत नहीं मरता, वह कहीं का नहीं रहता···! और अर्धरात्रि की बेला में, जिस वक़्त पहली बार राघव शरण घर से भागे थे, उसी वक़्त पुनः वापस चल देते हैं।

डॉ. सेन का सपना

अपनी लेबोरेटरी में काम करते-करते डॉ. सेन को यह पता नहीं चल पाता है कि कब सुबह हुई। कब दोपहर और कब शाम ? पूरी निष्ठा एवं लगन के साथ अपने काम में वे लगे रहते हैं। काम करते-करते थक जाते हैं तो लेबोरेटरी में ही सो रहते हैं। लेबोरेटरी में उनके सोने, खाने, रहने आदि की सारी व्यवस्था कर दी गयी है। विज्ञान के क्षेत्र में असाधारण महत्त्व के कई शोध-कार्य वे सम्पन्न कर चुके हैं। दुनिया के श्रेष्ठ वैज्ञानिकों की श्रेणी में उनका नाम आदर के साथ लिया जाता है। इस क्षेत्र में उनसे अभी बहुत अपेक्षाएँ एवं सम्भावनाएँ हैं।

डॉ. सेन बिस्तर से उठने से लेकर थककर सोने तक लेबोरेटरी के अपने प्रयोगों म इस तरह आकण्ठ डूबे रहते हैं कि हाथ-मुँह धोने, नहाने, समय पर भोजन करने, तरीक़ से कपड़े पहनने, बाल-दाढ़ी बनाने आदि की उन्हें सुध नहीं रहती। कभी दिन का खाना रात में खाते तो रात का खाना दिन में, कभी कुछ खाते ही नहीं, सिर्फ़ चाय पर ही रह जाते। कपड़े गन्दे हो जाते, बदलने की याद नहीं। बाल-दाढ़ी भयंकर रूप से बढ़ जाते, बनाने की चिन्ता नहीं। इस सन्दर्भ में उनके सहयोगी जब नम्रतापूर्वक उनका ध्यान आकृष्ट करते तब महीनों बाद कभी एक-दो दिन के लिए वे नियमित हो पाते। लेकिन फिर अपनी वही पुरानी रफ़्तार पकड़ लेते। कार्य को वे सर्वाधिक महत्त्व देते हैं। उनकी मान्यता के अनुसार जीवन की सार्थकता किसी लक्ष्य विशेष की पूर्ति में ही है। लक्ष्यविहीन भोगी-विलासी जीवन को वे पशु-जीवन की संज्ञा देते हैं।

डॉ. सेन कार्य करते हुए अक्सर सोचते रहते हैं कि विज्ञान का वास्तविक उद्देश्य क्या होना चाहिए। मनुष्य को जगली एवं बर्बर जीवन से खींचकर विज्ञान ने उसे इतनी सुविधाएँ हासिल कर दी हैं कि रहने के लिए शीत-ताप से मुक्त भवन बन गये हैं। घर बैठे सारी दुनिया की ख़बरें देखने-सुनने को मिलने लगी हैं, हवाई मार्ग से यात्रा करने की सुगमता प्राप्त हो गयी है। मनुष्य जीवन को अभावों से रहित एवं परिपूर्ण बनाने के लिए विज्ञान ने इतना कुछ किया है कि

उसकी उपलब्धियों को एक-एक कर गिनाना सम्भव नहीं हो पायेगा। विज्ञान के अभाव में तो अब मनुष्य-जीवन की कल्पना ही नहीं की जा सकती है। विज्ञान की शक्ति और सामर्थ्य को मद्देनज़र रखते हुए कुछ देशों में विशिष्ट लोगों के शव दफ़नाये नहीं जाते हैं। वैज्ञानिक उपकरणों के माध्यम से उन्हें उस समय के लिए सुरक्षित रखा जा रहा है जब विज्ञान मरे हुए व्यक्ति को पुनः जीवित बनाने में सफल हो सके। लेकिन दूसरी तरफ़ विज्ञान ने कुछ ऐसे हिंसक अस्त्रों को भी जन्म दिया है कि आदमी आदमी को मिनटों में ख़त्म कर देने में सफल हो जाता है। यह विज्ञान की शक्ति का दुरुपयोग है। चाकू का निर्माण फल काटने, सब्ज़ी आदि तराशनें के लिए किया गया है, आदमी की गर्दन काटने के लिए नहीं; गोले, बारूद, बन्दूक हिंस्र, जंगली जानवरों से सामना करने के लिए बनाये गये है। लेकिन इनके प्रयोग मनुष्य समुदाय के ऊपर ही सफलनापूर्वक होने लगे हैं।

डॉ. सेन बराबर यह सोचते हैं कि विज्ञान ने ऐसी चीजों का आविष्कार क्यों किया ? विकास के कार्य दस हों और विनाश का कार्य एक भर तो भी इससे वास्तविक प्रगति बाधित होती है। तब सही अर्थों में विकास कहाँ होता है ? इस विषय पर बहुत माथापच्ची करने के बाद सेन साहब को लगता है कि व्यक्तिगत रूप से होने वाले इन छोटे-छोटे हिंसात्मक कार्यों को कम करते हुए उन्हें एक हद तक नियन्त्रित किया जा सकता है। लेकिन बम (एटम बम, अणु बम, हाइड्रोजन बम आदि) जैसी महाविनाशकारी वस्तुओं के प्रभाव को कैसे सीमित किया जा सकता है ? उसके एक प्रहार से एक ही साथ लाखों व्यक्ति अकाल मृत्यु को प्राप्त होते हैं।

डॉ. सेन हिरोशिमा और नागाशाकी की पूरी कहानी से अवगत हैं। बम-प्रहार के बाद वहाँ के औरत-मर्द, बूढ़े-बच्चे प्राण रक्षा के लिए घरों से निकल अनुकूल जगह की तलाश में व्यग्र हो गये थे। लेकिन कहीं कोई जगह अनुकूल नहीं। हर जगह विषैली गैस ! तड़पते-छटपटाते लोग लाशों का ढेर बनते गये थे ! दुनिया के इतिहास में सबसे जघन्य मानव-संहारक कार्य ! इस कार्य को याद करने के बाद चाँद एवं उससे आगे अन्य ग्रहों तक पहुँची विज्ञान की प्रगति भी डॉ० सेन को बौनी मालूम पड़ने लगती है। यह विज्ञान का दुरुपयोग है। ग़लत दिशा में उसका विकास है। अगर इसे रोका नहीं गया तो कभी वह समय आ सकता है जब अपने समस्त ज्ञान-विज्ञान के साथ यहाँ तक पहुँचा मनुष्य प्रलय का ग्रास बनेगा। तब नयी सृष्टि की शुरुआत पुनः आदिम वर्बरता से होगी। कहने की आवश्यकता नहीं कि मानव की विकास-यात्रा में यह इतिहास की सबसे बड़ी दुर्घटना होगी।

पिछले कई वर्षों से इस भावी दुर्घटना को रोकने के लिए डॉ. सेन अपने प्रयोगों में व्यस्त हैं। वह एक ऐसी वस्तु के निर्माण में लगे हैं जो बम की विनाश-

कारी शक्ति को ख़त्म कर बम की ज़हरीली गैस को तत्क्षण ऑक्सीजन में बदल दे। यह कार्य कठिन है, लेकिन इसे पूरा करने के लिए डॉ० सेन कृतसंकल्प हैं। विज्ञान के विकास के कई कार्य वे कर चुके हैं। अब उसकी शक्ति के नियन्त्रण में लगे हैं। यह कार्य उनके जीवन का सबसे बड़ा एवं आखिरी कार्य है। 'करो या मरो' सिद्धान्त के आलोक में इस कार्य के साथ वे भिड़े हैं।

डॉ. सेन इस विचार के तहत कार्य कर रहे हैं कि विष की शक्ति को विष से ही कम किया जा सकता है। बम से मिलते-जुलते पदार्थों का मिश्रण बनाते और उन्हें अपने अनुकूल वे परिवर्तित करते रहते हैं। जिस वस्तु के निर्माण में वे लगे हैं, उसे इतना सामर्थ्य-सम्पन्न बनाने की उनकी योजना है कि बम विस्फोट का पूर्वाभास उसे स्वतः हो जाये और उसकी शक्ति को वह तत्काल अपने नियन्त्रण में ले ले। छोटे स्तरपर बारूद के सीमित विस्फोटों को नियन्त्रण में लेकर उसकी विषैली गैस को ऑक्सीजन बनाने का कार्य उन्होंने शुरू किया है। फिर बड़े स्तर पर उन्हें पूर्ण करने में लगेंगे। डॉ. सेन जानते हैं यह कार्य वर्षों की साधना एवं तपस्या का है।

लगातार चौदह-पन्द्रह घण्टे कार्य करने के बाद डॉ. सेन को नींद आने का आभास होने लगता है। वे घड़ी देखते हैं, रात के तीन बज चुके हैं। लेबोरेटरी के साथ के कमरों में उनके कुछ सहयोगी सो गये हैं तथा कुछ उनके आदेश की प्रतीक्षा में जगे रहते हैं। एक सहयोगी को बुलाकर वे कहते हैं, "आज कुछ भी खाने की इच्छा नहीं···!"

सहयोगी कहता है, "कल भी आपने नहीं खाया था। सिर्फ़ चाय पीकर ही रह गये थे।"

वे कहते हैं, "सो कर उठूंगा तो कुछ दे देना।"

इसके बाद उस सहयोगी के साथ जगे अन्य सहयोगियों को सोने का आदेश दे वे लेबोरेटरी के एक कोने में लगे अपने बिस्तरे पर जा लेटते हैं।

काम करते-करते अरुचि हो जाये या सुस्ती का अनुभव होने लगे तो काम करना डॉ. सेन उचित नहीं समझते हैं। अरुचि और अनिच्छा के साथ किया गया कार्य कभी सफल नहीं होता। इसीलिए वक़्त-बेवक़्त की परवाह किये बग़ैर डॉ. सेन जब भी बोझिलता का अनुभव करते हैं, आकर सो रहते हैं। फिर नींद खुलने के बाद जैसे ही ताज़गी का एहसास होता है, काम में लग जाते हैं।

बिस्तरे पर गिरने के बाद डॉ. सेन को नींद आने में देर नहीं लगती है। दरअसल, नींद की इच्छा के साथ ही वे बिस्तरा पकड़ते हैं। इस सन्दर्भ में डॉ. सेन ने यह अनुभव किया है कि जो लोग नींद की इच्छा का ख़याल किये बग़ैर सोते हैं, वे ही अनिद्रा के शिकार होते हैं।

सचेतन अवस्था के कार्य समाप्त होने के बाद डॉ. सेन के अचेतन अवस्था के

कार्य प्रारम्भ हो जाते हैं। अपने प्रयोग के लिए एक आवश्यक तत्त्व की खोज में वे उड़े जा रहे हैं—ठीक उसी तरह, जिस तरह हनुमानजी संजीवनी बूटी की खोज के लिए उड़े थे। अपेक्षित तत्त्व की प्राप्ति के बाद वे उड़ते हुए ही अपनी लेबोरेटरी में पहुँचते हैं। फिर उसका इस्तेमाल शुरू कर देते हैं। इसी तरह जब जिस चीज़ की ज़रूरत पड़ती है, वे उड़कर उसे उपलब्ध करते हैं।

क्रमानुसार डॉ. सेन के कार्य मनोवांछित स्वरूप ग्रहण करने लगते हैं। बारूद के धुएँ को क्षणभर में ऑक्सीजन बनाने का सूत्र उन्हें हाथ लग जाता है। अब वे इस सूत्र के आधार पर पहले छोटे, फिर मँझले, फिर बड़े प्रयोगों के माध्यम से इसकी सफलता एवं सार्थकता की जाँच करते हैं। अपने कार्य को लक्ष्य के समीप पहुँचता देख उन्हें अपार खुशी एवं भरपूर सन्तुष्टि होती है। अब कार्य की सिद्धि के लिए व्यापक स्तर पर अपने अन्तिम प्रयोग के संयोजन में वे लग जाते हैं।

अपने इस अन्तिम प्रयोग के लिए डॉ. सेन समुद्र के किनारे के निर्जन भू-भाग को चुनते हैं। अपनी नव-निर्मित वस्तु उस भू-भाग के मध्य रख, हवाई जहाज से वहाँ दुनिया के सबसे विनाशकारी बम-विस्फोट का समय निर्धारित करते हैं। बहुत दौड़-धूप के बाद डॉ. सेन को इस प्रयोग की स्वीकृति मिली है। सबसे विनाशकारी बम की विध्वंसता को मद्देनज़र रखते हुए इस प्रयोग की अनुमति डॉ. सेन को नहीं दी जा रही थी। लेकिन छोटे-बड़े अपने पिछले प्रयोगों के आधार पर डॉ. सेन ने दृढ़ शब्दों में यह विश्वास दिलाया है कि बम-विस्फोट के दुष्प्रभाव को वे तनिक भी कारगर नहीं होने देंगे।

डॉ. सेन के इस प्रयोग की चर्चा पूरी दुनिया में फैल जाती है। टी. वी. और आकाशवाणी के माध्यम से इस प्रयोग को देखने-सुनने के लिए लोग अपने कार्य छोड़ आँख-कान टिकाने लगते हैं।

नियत समय पर हवाई जहाज से बम-विस्फोट किया जाता है। लोग धड़कते हृदय से इस घटना को देखते-सुनते हैं। लेकिन एकदम चमत्कार जैसा घटित हो जाता है। पृथ्वी पर बम के पहुँचने से पहले ही डॉ. सेन की वस्तु को बम विस्फोट का पूर्वाभास हो जाता है। फिर वह तत्क्षण बम की विनाशकारी शक्ति को नियन्त्रित करते हुए उसके विषैलेपन को शीतल समीर में बदल देती है। पूरी दुनिया के लोग सुखद आश्चर्य से विस्फारित नेत्रों एवं कानों द्वारा इस घटना को देखते-सुनते हैं। फिर डॉ. सेन के नाम की जयकारी शुरू हो जाती है। डॉ. सेन को लोग खुशी एवं उल्लास से हाथों पर टाँग लेते हैं, उनके ऊपर फूलमालाओं की वर्षा होने लगती है। देखते-देखते फूलमालाओं की पर्वताकार चोटी निर्मित हो जाती है, जिस पर बैठकर डॉ. सेन उपस्थित लोगों की शुभकामनाएँ ग्रहण करते और हाथ जोड़कर उन्हें अपना स्नेह अभिवादन समर्पित करते हैं।

इस घटना के बाद डॉ. सेन रातों-रात दुनिया के सबसे महत्त्वपूर्ण व्यक्ति बन

जाते हैं। उनके नाम, कार्य एवं उनकी तस्वीरों से संसार भर के अखबार रँग जाते हैं, कहीं 'शान्ति देवता' की संज्ञा उन्हें दी जाती है, तो कहीं 'सबसे बड़ा मानव हितैषी', तो कहीं 'सृष्टि रक्षक', तो कहीं 'विज्ञान सम्राट', तो कहीं 'महा-मानव', तो कहीं 'ईश्वर अवतार' की।

डॉ. सेन को इस कार्य के लिए नोबेल पुरस्कार से लेकर दुनिया के अनेक विशिष्ट पुरस्कारों से सम्मानित किया जाने लगता है। लेकिन किसी भी पुरस्कार को ग्रहण करने वे नहीं जाते हैं। कहते हैं कि पुरस्कार-सम्मान के लिए उन्होंने यह कार्य नहीं किया। एक मनुष्य होने के नाते मानव समुदाय के पक्ष में यह कार्य उन्हें करना था। यह उनका वैज्ञानिक दायित्व था।

डॉ. सेन के इस कार्य की सराहना एवं प्रशंसा इतनी प्रचुर मात्रा में होनी शुरू होती है कि दुनिया के अखबारों के आधे से अधिक पृष्ठ इसी से भरे रहने लगते हैं जिनके माध्यम से यह कहा जाता है कि अब विज्ञान सिर्फ मानव विकास के ही कार्य कर सकता है, विनाश के नहीं। कि विज्ञान की विनाशकारी शक्ति को एक महामानव ने नियन्त्रित कर लिया है। कि शान्ति की अखण्ड सार्व-भौमिकता को अब कोई खण्डित नहीं कर सकता। कि धरती पर स्वर्ग बसाने के लिए एक देवदूत आ गया है। कि अब हिरोशिमा और नागाशाकी की पुनरावृत्ति इस धरती पर कभी नहीं होगी···आदि-आदि।

व्यावहारिक धरातल पर पूरी दुनिया में इस कार्य का ऐसा असर होता है कि अपनी शक्ति के उन्माद में कमज़ोर देशों को तंग करने वाले शक्तिशाली देश भी ठण्डे पड़ जाते हैं। जिन्हें कभी बराबरी का दर्जा नहीं देते थे, उन्हें बराबरी का दर्जा देने को मजबूर हो जाते हैं। लेकिन यह बात उन्हें अच्छी नहीं लगती है। उनके आतंक से दुनिया काँपती थी। उनके पक्ष में यह उचित नहीं हुआ। डॉ. सेन ने उन्हें विषहीन सर्प बना दिया। अब कोई क्यों उनसे भय खायेगा? क्यों उनका महत्त्व स्वीकार करेगा? हालाँकि ऐसा चन्द देश ही महसूस कर रहे थे। दुनिया के शेष देशों में तो डॉ. सेन के इस कार्य की जयकारी आसमान छूने लगी थी। कुछ खास देशों को छोड़कर प्रायः सभी देश डॉ. सेन को अपने यहाँ बुलाकर सम्मानित करने लगते हैं। इस सन्दर्भ में डॉ. सेन कहीं से भी मुद्रा, प्रशस्ति एवं कोई भेंट स्वीकार नहीं करते हैं। विशाल मानव-समुदाय के स्नेह-प्यार को ही अपना वास्तविक प्राप्य मानते हैं।

डॉ. सेन ने अपनी वस्तु का नाम 'शान्ति पिण्ड' रखा था। लेकिन लोक-प्रियतावश लोग उसे 'संहार-रक्षक' एवं 'विध्वंस-अवरोधक' भी कहने लगते हैं। सेन साहब 'शान्ति-पिण्ड' के निर्माण के सूत्रों को अन्य वैज्ञानिक निर्माणों की तरह गोपनीय नहीं रखते हैं। सारी दुनिया के सामने उसका रहस्योद्घाटन कर देते हैं ताकि हर देश इसे बना सके। सेन साहब की आन्तरिक इच्छा तो यह है

कि 'शान्ति पिण्ड' हर देश के हर शहर एवं हर गाँव में ही नहीं, हर घर में भी रखी जाये।

डॉ. सेन से मिलने के लिए दुनिया के कोने-कोने से वैज्ञानिक एवं पत्रकार आने लगते हैं। डॉ. सेन लोगों से मिलने-जुलने के लिए अपनी दिनचर्या के बीच कुछ समय निर्धारित कर देते हैं। इसी समय के अन्दर वह लोगों से मिलने-जुलते हैं। अब उनकी दिनचर्या नियमित हो जाती है। वे प्रतिदिन शेव करते हैं। साफ़-सुथरे कपड़े पहनते हैं। समय पर खाना खाते हैं। प्रयोग के दौरान वर्षों से अपनी पत्नी एवं बाल-बच्चों से वे अलग रहते आये थे। लेकिन अब पुनः उनके साथ रहते हुए आनन्दमय पारिवारिक जीवन जीने लगते हैं। लक्ष्य की प्राप्ति के बाद की आन्तरिक प्रसन्नता ने उनके जीवन को खुशियों से भर दिया है। उन्हें लगता है कि उनका जीवन सार्थक हो गया। मनुष्य होकर मानव समुदाय के पक्ष में अगर वे कुछ नहीं करते तो यह जीवन कदापि सार्थक नहीं होता। अब तो जीवन के प्रति उनके अन्दर पुनः रुचि एवं आशक्ति पैदा हो जाती है। सृष्टि की हर चीज़ में वे आनन्द लेने लगते हैं। दुनिया उन्हें अच्छी लगने लगती है।

ऐसे ही वक़्त एक रात अपने कमरे में सोये-सोये डॉ. सेन देखते हैं कि आकाश मार्ग से गुब्बारे की शक्ल में कोई यान तेजी से धरती की ओर आ रहा है। डॉ. सेन के कमरे के आसमान की ओर का दरवाज़ा खुला था, इसीलिए वे सब कुछ साफ़-साफ़ देख रहे थे। वह यान बिना किसी आवाज़ की पूरी गति के साथ नीचे उतर रहा था। उस यान को जानने की जिज्ञासा डॉ. सेन के मन में तीव्र हो जाती है। वे बिस्तरे पर उठ बैठते हैं और एकटक उस यान की ओर देखने लगते है। कहीं उड़नतश्तरी तो नहीं, जिसकी चर्चा वे वर्षों से सुनते आ रहे हैं। दूसरे ग्रहों के जीव धरती पर किसी रहस्य की खोज में तो नहीं आ रहे ? यह क्या ! वह यान क्षणभर में डॉ. सेन के छत के क़रीब आ पहुँचा ! अरे उस यान से यह कैसी गैस निकल रही है ? गैस लगते ही डॉ. सेन नशे का अनुभव करने लगते हैं। आँखें बोझिल हो उठती हैं। इससे पहले कि साथ के बिस्तर पर सोयी अपनी पत्नी को जगाते, कुछ नकाबपोश व्यक्ति आकर उन्हें धर दबोचते हैं और उनका आँख-मुँह बन्द कर उन्हें उठा ले चलते हैं। यह घटना इतनी शान्ति और सतर्कता के साथ होती है कि उनकी पत्नी एवं परिवार के अन्य सदस्य जाग भी नहीं पाते हैं। शायद उस यान से निकलने वाली गैस ने सबों की नींद को और अधिक गहरा दिया था।

डॉ. सेन अनुभव करते हैं कि नकाबपोश व्यक्ति उन्हें टाँगकर यान में ला बैठाते हैं। फिर तत्क्षण यान तीव्र गति से आकाश की ऊँचाइयों को नापते हुए अपने गन्तव्य की ओर बढ़ चलता है। डॉ. सेन के आँख-मुँह इतने कसकर बाँध दिये हैं कि वे कुछ भी बोल सकने में असमर्थ हैं। उनकी बेचैनी बढ़ती जाती है कि कहीं

दूसरे ग्रह के लोग उनके कार्य से नाराज़ होकर उनका अपहरण तो नहीं कर रहे? लेकिन उनका कार्य तो किसी को नाराज़ करने वाला नहीं, समस्त जीव-जगत् के लिए हितकर है। डॉ. सेन को वे सब नीचे उतारते हैं और एक जगह ले जाकर बैठा देते हैं। अब डॉ. सेन की आँखों से पट्टी हटायी जाती है तथा उनका मुँह खोल दिया जाता है।

डॉ. सेन पाते हैं कि वे एक भव्य एवं अत्यन्त सुसज्जित कमरे में बैठे हैं। उनके आगे एक खूबसूरत बड़ी-सी गोलाकार मेज़ पड़ी है। मेज के मुख्य किनारे के पास बैठा एक लम्बा-चौड़ा अधेड़ उम्र का व्यक्ति उन्हें घूर रहा है। अन्य कई व्यक्ति डॉ. सेन के आसपास बैठे हैं। यहाँ किसी के चेहरे पर नक़ाब नहीं। वे देखते हैं कि सब उन्हीं की तरह के मनुष्य हैं, किसी दूसरे ग्रह के जीव नहीं, इसी धरती के वासी। लेकिन उनको वे इस तरह क्यों पकड़ लाये? उन्होंने कौन-सी ग़लती की है? डॉ. सेन यह सब सोच ही रहे थे कि सामने वाला व्यक्ति बोल उठता है, "अच्छा, तो यही है डॉ. सेन?"

डॉ. सेन के साथ बैठा एक व्यक्ति उत्तर देता है, "जी सर!"

इस पर वह व्यक्ति क्षण भर तक डॉ. सेन को तौलती निगाहों से घूरने के बाद पूछता है, "जानते हो डॉ. सेन, कहाँ आ पहुँचे हो?" फिर स्वयं वह व्यक्ति गम्भीर आवाज़ में कहता है, "थोड़ी देर बाद सब जान जाओगे···तुमने हमारी सारी गरिमा और प्रतिष्ठा समाप्त कर दी है···"

"मैंने तो ऐसा कुछ नहीं किया!" डॉ. सेन सफ़ाई देते हैं। इस पर वह कुटिल आवाज़ में कहता है, "बच्चा न बनो सेन! क्या यह सच नहीं है कि अपने कार्य से तुमने महाशक्तियों की प्रभुता को चुनौती दी है?"

"मैंने मानव-समुदाय के पक्ष में कार्य किया है!" इस बार डॉ. सेन दृढ़ता के साथ जवाब देते हैं। अपने अपहरण का रहस्य उन्हें समझ में आ जाता है। इस पर वह व्यक्ति गरजते हुए कहता है, "पूरी दुनिया हमारा रौब मानती थी··· प्रत्यक्ष या परोक्ष हम सब पर शासन करते थे···लेकिन तुमने हमारी शक्ति को सीमित कर हमें सामान्य बना दिया···अब कोई देश हमारा अंकुश क्यों मानेगा? हमारी विशिष्टता क्यों स्वीकार करेगा? हमें क्यों बड़ा समझेगा?"

डॉ. सेन उसी दृढ़ता के साथ जवाब देते हैं, "मानवता किसी भी देश से बड़ी चीज होती है।"

इस पर वह गुस्सा प्रकट करते हुए कहता है, "हमें बरबाद कर समझाने की कोशिश न करो डॉक्टर सेन···तुमने जो किया है, उसका मूल्य तुम्हें चुकाना होगा!"

"अपने कार्य के लिए मैं कोई भी मूल्य चुकाने को तैयार हूँ।" डॉ. सेन के शब्दों की दृढ़ता और बढ़ जाती है। वे तनकर बैठ जाते हैं। साधना और तपस्या

का तेज उनके चेहरे से फूटने लगता है।

"हम तुम्हारी हत्या कर देंगे !" वह व्यक्ति अपनी क्रूरता प्रकट करते हुए कहता है।

"जैसी आपकी इच्छा !" डॉ. सेन तनिक भी विचलित नहीं होते हैं। इस पर वह व्यक्ति मेज़ में लगा बटन दबाता है। तत्क्षण एक दैत्याकार मनुष्य हाथ में चमकता हिंसक हथियार लिये बग़ल के कमरे से आ जाता है।

अब वह व्यक्ति उसे आदेश देता है, "डॉ. सेन की हत्या कर दो !"

आदेश पाते ही वह दैत्याकार मनुष्य अपना हथियार डॉ. सेन के ऊपर तानता है और निशाना साधते सुए तेज़ी से वार करता है···

डॉ. सेन की नींद टूट जाती है। सपना बिखर जाता है। वे पसीने से तर-बतर हो चुके हैं। उनके अंग-अंग रोमांचित हो उठे हैं। अजीब सपना देखा उन्होंने···!

लैबोरेटरी की दीवार घड़ी की ओर देखते हैं। दिन के ग्यारह बज रहे होते हैं। अपने सपने को याद कर सोचते हैं, 'काश ! यह सच होता ?'

गंगिया फुआ

लम्बी बीमारी के बाद आज सुबह एकदम तड़के ही गंगिया फुआ का निधन हो गया। लेकिन मरने के बाद अचानक उनके व्यक्तित्व का एक ऐसा पहलू उभर कर सामने आया है, जिसने समूचे परिवार को आश्चर्य में डाल दिया है। कभी किसी ने नहीं सोचा था कि गंगिया फुआ ऐसी भी हो सकती हैं ! जीवन में उनको लेकर जितनी टिका-टिप्पणियाँ कभी नहीं हुई थीं, उतनी टिका-टिप्पणियाँ शुरू हो जाती हैं। अगर वे जीवित रहतीं तो उनसे कसकर जवाब-तलब किया जाता। डाँटा-फटकारा जाता। सम्भवतः घोर उपेक्षाओं का सामना उन्हें करना पड़ता। लेकिन सबको मात दे, अपना नश्वर शरीर छोड़ वे सदा-सदा के लिए जा चुकी हैं। अब सब हाथ मलते हुए पछता रहे हैं और सोच रहे हैं कि कैसी औरत थी ? सबको कितना बड़ा चकमा दिया ?

मैं आपको बता दूँ, भोजपुर जिले के बैसाडीह नामक गाँव में रहने वाला मेरा परिवार बहुत बड़ा है और संयुक्त रूप में रहता है। मेरे बाबूजी चार भाई हैं और उनकी हम दर्जनों सन्तानें। शादी-ब्याह के बाद अब हमारी सन्तानों का आगमन भी शुरू हो गया है। हमारे परिवार की जीविका का साधन कृषि है। मुझे लगता है, शायद यही कारण है जिसकी वजह से हम संयुक्त हैं। मेरे परिवार के किसी भी सदस्य को नौकरी मुहैया नहीं हुई है। हालाँकि इसके लिए हम कई उम्मीदवार तैयार हो चले हैं, जो कॉलेज में पढ़ने के साथ-साथ विभिन्न दफ़्तरों में नौकरी पाने के लिए अर्जियाँ भी देने लगे हैं।

मेरे बाबूजी की तीन बहनें थीं, उनमें गंगिया फुआ को छोड़कर शेष दो बहनों की जहाँ शादियाँ हुई हैं, वहीं वे रच-बस गयी हैं तथा पर्व-त्योहार एवं शादी-ब्याह के अवसर पर ही हमारे यहाँ आती हैं। लेकिन उन लोगों से भिन्न गंगिया फुआ लम्बे समय तक हमारे यहाँ रह कर ही स्वर्ग सिधारी हैं।

माँ बताती हैं—गंगिया फुआ की जब शादी हुई थी तब मेरा जन्म भी नहीं हुआ था। बाद में जन्म होने और होश सँभालने के बाद गंगिया फुआ से मेरा

परिचय हुआ था। गंगिया फुआ का असली नाम फूलमती देवी था। लेकिन चूँकि उनकी शादी गंगा पार के एक गाँव में हुई थी, इसीलिए वे गंगिया फुआ बन गयी थीं। हालाँकि परिवार में व सब की फुआ ही नहीं थीं, बाबूजी लोगों की बहन और माँ लोगों की ननद लगती थीं। लेकिन परिवार में ज्यादा संख्या हम बच्चों की थी जिनकी वे फुआ थीं। इसीलिए मुख्य रूप से गंगिया फुआ के नाम से ही वे जानी और सम्बोधित की जाती थीं।

मुझे याद है, काफ़ी पहले जब मैं छोटा था, गंगिया फुआ अपनी ससुराल में ही रहती थीं। उन्हीं दिनों एक दिन उनकी ससुराल से एक व्यक्ति यह सन्देश लेकर आया कि गंगिया फुआ के पति स्वर्ग सिधार गये। अचानक मेरे पूरे परिवार में मातम छा गया। माँ एवं चाची आदि घर की सभी औरतें रोने लगीं। पिताजी तथा चाचा आदि सभी लोग माथा पकड़कर बैठ गये। पिताजी ने कहा—"गंगिया के साथ यह ठीक नहीं हुआ—ईश्वर ने असमय में ही उसे विधवा बना दिया।"

मँझले चाचा ने कहा—"गंगिया के जीवन में सिर्फ़ दुःख-ही-दुःख लिखा है—इतनी दौड़-धूप और खोजबीन कर उसकी शादी की गयी, लेकिन अच्छा घर नहीं मिला···उस पर दूसरा दुःख कि वह निःसन्तान रही···इस पर अब तीसरा और सबसे बड़ा दुःख कि वह विधवा हो गयी···।"

मँझले चाचा ने कहा—"गंगिया दीदी की किस्मत ही ओछी है। न जाने पूर्व जन्म में उसने कौन-सा ऐसा अपराध किया है कि इस तरह दण्ड भुगत रही है!"

छोटे चाचा ने कहा—"गंगिया दीदी को अब यहीं बुला लिया जाये। अब उसका ससुराल में रहा ही क्या? पुश्तैनी मकान के सिवाय कोई जगह-ज़मीन भी तो नहीं। उस पर भी परिवार इतना बड़ा कि मकान में मात्र एक कमरा ही गंगिया दीदी के हिस्से में आयेगा। उस कमरे को लेकर वह कैसे जियेगी? क्या खायेगी? कौन उसकी परवरिश करेगा? उसकी ससुराल वालों का व्यवहार उसके प्रति ठीक नहीं। बाँझ कह-कहकर तो वे वैसे ही उससे नफ़रत करते थे। अब तो उसका जीना मुहाल कर देंगे···।"

छोटे चाचा की इस बात ने अचानक सबका ध्यान इस ओर केन्द्रित कर दिया। असल में गंगिया फुआ के पति एक प्राइवेट कम्पनी में नौकरी करते थे। उनकी आय अच्छी थी। यही देखकर गंगिया फुआ की उनसे शादी की गयी थी। लेकिन एक दिन कम्पनी के दफ़्तर जाते हुए गंगिया फुआ के पति बस-दुर्घटना के शिकार हो गये। उनकी दायीं टांग टूट गयी। परिणामतः कम्पनी की नौकरी छूट गयी। वे अपने गाँव लौट आये। गाँव पर आजीविका की समस्या हल करने के लिए उन्होंने कातिब का काम शुरू कर दिया। अपने दालान पर बैठकर वे

गाँव में होने वाले रेहन, बयनामा, बटाईदारी आदि के काग़ज़ लिखने लगे थे। लेकिन गंगिया फुआ का यह सहारा भी अब छिन गया था।

पिताजी ने कहा, "सचमुच गंगिया को अब यहीं बुला लेना ठीक होगा···।"

अब तक यह सूचना पाकर टोला-पड़ोस के लोग भी जुट आये थे। बातचीत के तत्कालीन विषय से अवगत होने के बाद बग़ल वाले रामधनी काका ने कहा—"लड़की के लिए तो नैहर और ससुराल दो ही आश्रय-स्थल हैं। नैहर से चली तो ससुराल में बसी और ससुराल से टूटी तो फिर नैहर से जुड़ी···।"

घर की सभी औरतों में बड़ी-बुजुर्ग मेरी माँ भी आँसू पोंछकर बातचीत में शामिल हो गयीं। माँ ने कहा, "ननद जी को जल्दी ही बुला लिया जाये··· जैसे इतने लोग रह रहे हैं वैसे वे भी रहेंगी···यहाँ उन्हें कोई तकलीफ़ नहीं होगी···इस घर की बेटी हैं···बुरे दिन आने पर यहाँ नहीं रहेंगी तो और कहाँ जायेंगी···?"

माँ की बात का सबने समर्थन किया। अन्ततः यही तय हुआ कि गंगिया फुआ को यहीं बुला लिया जाय।

फिर अगली सुबह उसी सन्देशवाहक के साथ छोटे चाचा गंगिया फुआ की ससुराल के लिए रवाना हो गये। पिताजी ने उन्हें सब कुछ अच्छी तरह समझा दिया था।

मुझे भली भाँति याद है, छोटे चाचा एक पखवारे के बाद लौटे थे। फूफा का श्राद्ध-कर्म आदि कराकर ही व आये थे। अपने साथ गंगिया फुआ को वे बलगाड़ी में ले आये थे। अपने सरोसामान के साथ रोती हुई गंगिया फुआ जब बैलगाड़ी से उतरकर हमारे घर आयीं तो गाँव-भर की औरतों ने उन्हें आ घेरा। फिर मेरी माँ और चाची लोगों के साथ ही गाँव की औरतों ने भी अपने-अपने तरीके से गंगिया फुआ को समझाना एवं सान्त्वना देना शुरू किया।

मैंने सुना, औरतों ने मुख्य रूप से सिर्फ़ दो बातें ही गंगिया फुआ को समझायीं। पहली बात तो यह कि फूफा की आयु उतने ही दिन की थी। जन्म-मृत्यु ईश्वर के हाथ की चीज़ है। मनुष्य का इसमें कोई वश नहीं। विधि का लिखा टाला नहीं जा सकता, इसीलिए फूफा को लेकर उन्हें बहुत रोना-पछताना नहीं चाहिए। और दूसरी बात यह कि उनका नैहर इतना भरापूरा है। उन्हें कोई तकलीफ़ नहीं होगी। आधी से अधिक उम्र तो उनकी बीत ही चुकी है। ज़िन्दगी के बचे-खुचे दिन भी नैहर में हँसी-खुशी से कट जायेंगे। इसीलिए उन्हें कोई चिन्ता नहीं करनी चाहिए।

मैंने गंगिया फुआ को देखा, एक सफ़ेद सूती साड़ी पहने वे बुढ़ियों जैसी लगती थीं। हालाँकि मेरे पिताजी एवं मँझले चाचा से वे छोटी थीं। लेकिन दुःख एवं

विपत्तियों ने उन्हें असमय में ही बुढ़िया बना दिया था। उनके माथे के आधे से अधिक बाल सफ़ेद हो गये थे। चेहरे पर झुर्रियाँ उभर आयी थीं। आगे के कुछ दाँत टूट गये थे। आँखें अन्दर धँसने लगी थीं। पैर खुरदरे हो चले थे और बेवाइयाँ फटने लगी थीं। हाथ की नसें उभर आयी थीं तथा उनके हाथ लकड़ी की तरह सूखे-सूखे लगते थे।

हमारे यहाँ गंगिया फुआ को एक कमरा दे दिया गया। उसी कमरे में उनके बक्से-ट्रंक आदि सब रख दिये गये तथा उसी में उनके रहने-सोने आदि की व्यवस्था कर दी गयी। जहाँ तक मुझे याद है, मेरे यहाँ आने के बाद दस-पन्द्रह दिनों तक गंगिया फुआ असहज बनी रहीं। फूफा को याद करके जब-तब रोने लगतीं। लेकिन समय बीतने के अनुसार वे सहज होने लगीं। यह देखकर हमें बेहद प्रसन्नता हुई कि शीघ्र ही गंगिया फुआ सहज होकर इस तरह हमारे परिवार में रच-बस गयीं। लगता ही नहीं था कि बाहर से आयी हैं।

गंगिया फुआ संघर्षशील और कर्मठ महिला थीं। घर-गृहस्थी के कामों में वे पूरे मन से लगी रहती थीं। कृषि पर आश्रित होने की वजह से मेरे परिवार में करने को पर्याप्त कार्य थे। लेकिन गंगिया फुआ ने कई महत्त्वपूर्ण कार्यों की ज़िम्मेदारी अपने ऊपर ले ली थी।

गंगिया फुआ बहुत अधिक पढ़ी-लिखी महिला नहीं थीं। सिर्फ़ चिट्ठी-पत्री लिखना-बाँचना जानती थीं। लेकिन अपने इसी लिखने-बाँचने के बल पर गृहस्थी के कार्य से बचे समय में वे श्रीरामचरितमानस पढ़ती थीं। उनके पास रामचरित-मानस की जो प्रति थी, उसके अक्षर बहुत छोटे-छोटे थे। बूढ़ी हो चली आँखों की जाती हुई रोशनी की वजह से छोटे-छोटे अक्षरों को पढ़ने में उन्हें कठिनाई होती थी। इसीलिए एक दिन उन्होंने मुझे कुछ रुपये दिये कि मोटे अक्षरों का रामचरितमानस मैं उन्हें ला दूँ। कॉलेज में पढ़ने मैं शहर जाता था। मैंने गीता प्रेस, गोरखपुर से प्रकाशित मोटे अक्षरों का रामचरितमानस उन्हें ला दिया था। उसके बाद वे घर में सबसे अधिक मुझे मानने लगी थीं। मेरी माँ से भी अधिक मेरा ख्याल रखती थीं।

गिरती हुई उम्र में जहाँ अपने परिवार के अन्य सदस्यों को मैंने आलस का शिकार होते देखा है, वहाँ गंगिया फुआ इसका अपवाद थीं। आलस उन्हें छू तक नहीं पाया था। कृषि-कार्य में तत्पर मेरे पिताजी और चाचा लोग किसी सामान के लिए घर में आकर जैसे ही आवाज़ लगाते, सबसे पहले गंगिया फुआ उपस्थित हो जातीं तथा तत्क्षण आवश्यक सामग्री लाकर उन्हें देतीं। घर के बच्चे किसी बात के लिए ज़िद करके रोने लगते और किसी से चुप नहीं होते तो गंगिया फुआ ही क़िस्से कह-कहकर उन्हें चुप करातीं। घर के बच्चों को उनसे अतिशय प्रेम हो गया था। वे उन्हें घेरे रहते थे। अगर परिवार के किसी सदस्य की तबीयत खराब

हो जाती तो वे चौबीसों घण्टे उसकी सेवा में तत्पर रहतीं तथा उसके आरोग्य-लाभ के लिए विभिन्न देवी-देवताओं से प्रार्थना किया करतीं। वे हमारे परिवार के लिए वरदान साबित हो गयी थीं। अपनी भूमिका से घर-बाहर सारे सदस्यों को वे सुविधाएँ पहुँचा रही थीं। घर में कोई काम हो, कोई समस्या उत्पन्न हुई हो, गंगिया फुआ उसमें जी-जान से लगी नज़र आतीं। वे सुबह एकदम तड़के ही उठती थीं तथा रात में परिवार के सारे सदस्यों के खा-पीकर इतमीनान हो जाने के बाद अन्त में सोती थीं।

आज मैं सोचता हूँ कि गंगिया फुआ मेरे परिवार की होकर भी परिवार के अन्य सदस्यों की अपेक्षा इतनी परिश्रमी एवं फुर्तीली कैसे थीं? तब मुझे लगता है कि कोई जन्मजात न तो आलसी होता है और न परिश्रमी एवं फुर्तीबाज़ ही। सब वक़्त करा देता है। गंगिया फुआ विधवा थीं। निःसन्तान थीं। ससुराल को छोड़कर नैहर में आ बसी थीं। इस स्थिति में अगर वे आलस करतीं और आराम से रहतीं तो अवश्य बोझ बन जातीं। इसलिए उन्होंने समय के अनुकूल अपने को ढाल लिया था।

परिवार के ऊपर आये आकस्मिक संकट के वक़्त गंगिया फुआ कितने काम की महिला साबित होती थीं, इससे सम्बन्धित एक घटना मुझे याद आती है। बकाये पनीवट की वसूली के लिए सरकारी कर्मचारी पुलिस के साथ हमारे यहाँ आ धमके थे। उस वक़्त हमारे यहाँ लगान देने भर को नगद रुपये नहीं थे। असल में हमारे जैसे किसान कुछ ज़मीन के मालिक ज़रूर हैं और एक बड़े परिवार का भरण-पोषण भी करते हैं, लेकिन घर में पर्याप्त नग़द रुपयों से वंचित रहते हैं। मितव्ययिता से जीवन गुज़ारते हैं। रुपयों की तीव्र आवश्यकता पर गाँव के बनिया-महाजन से कर्ज़ लेते हैं या संचित किया हुआ अनाज बेचते हैं या खेत के एक टुकड़े को रेहन या बय करते हैं। लेकिन उस दिन बेचने लायक घर में संचित अनाज भी नहीं था तथा दूसरे माध्यम से रुपये एकत्रित करने में समय लगता। लेकिन सरकारी कर्मचारी अब और समय देने को तैयार नहीं थे। इसीलिए पिताजी सहित परिवार के सभी सदस्य चिन्तित थे और सरकारी कर्मचारियों को समझा-बुझा रहे थे। लेकिन अन्ततः सरकारी कर्मचारी नहीं माने और कुर्की-माल जब्ती के लिए बैल खोलने लगे। इस स्थिति में कोई रास्ता निकलता न देख गंगिया फुआ तेज़ी से सामने आयीं और कर्मचारियों से कहा—"बैल मत खोलिये···लगान के रुपये मैं अभी देती हूँ···।"—और वे अपने बक्से में से वर्षों से सँजोकर रखे रुपये निकालकर ले आयीं।

इस घटना के बाद वे मेरे परिवार की नज़रों में महान् बन गयीं। सब हृदय से उन्हें चाहने और आदर देने लगे। एक तरफ़ से वे मेरे घर की गृह-लक्ष्मी और स्वामिनी के रूप में स्थापित हो गयीं। यह बात मुझे अच्छी लगी। वे वास्तव

में इस योग्य थीं। लेकिन हर चीज की एक उम्र होती है। लोहे की मजबूत मशीन भी पुरानी होकर घिस जाती है, जंग खाकर टूट जाती है फिर उस मानव शरीर का क्या भरोसा? इस क्षणभंगुर शरीर को गिरते देर नहीं लगती। विविध सांसारिक दु:खों को झेलते-झेलते गंगिया फुआ की काया तो ऐसे ही क्षीण हो गयी थी। बीतते समय के अनुसार घर-गृहस्थी के मोर्चे पर वे देर तक डटी न रह सकीं। बुखार, पेचिश और गठिया से परेशान होकर पड़ गयीं। एक बीमारी कम होती तो दूसरी बढ़ जाती। बग़ल के गाँव वाले वैद्य जी आकर देख गये। बुढ़ापे की लाइलाज बीमारी बताया—असामयिक बुढ़ापे की दर्द और बेचैनी की दवा दे गये। ठीक होने का आश्वासन नहीं दिया। समय पूर जाने का संकेत किया। इसके बाद वही गंगिया फुआ जो सारे घर के कार्यों को अपने हाथ पर लिये फिरती थीं, अपने कमरे की खटिया पर निर्जीव की तरह पड़ी नज़र आने लगी थीं।

गंगिया फुआ की बीमारी के दिन मुझे याद आते हैं तो लगता है, सचमुच यहाँ की धारणाएँ, आस्थाएँ, सम्बन्ध, कार्य सब स्वार्थ पर आधारित हैं। जब तक स्वार्थ सधता रहा, सब ठीक है। लेकिन स्वार्थ खण्डित होते ही सारी व्याख्याएँ बदल गयीं।

गंगिया फुआ की बीमारी के आरम्भ में दस-पन्द्रह दिनों तक तो सब उनकी चिन्ता करते रहे तथा खोज-खबर लेते रहे। लेकिन आज मुझे लगता है कि यह स्वार्थवश ही मेरे परिवार वालों ने किया था। चूँकि गंगिया फुआ घर के सारे कार्य करती थीं और यह अपेक्षा थी कि ठीक होने पर पुनः वे कार्य-भार ग्रहण कर लेंगी, इसीलिए लोग उनको लेकर चिन्तित हो गये। लेकिन यह जान चुकने के बाद कि गिरती उम्र की बीमारी है, धीरे-धीरे सब उनके प्रति उदासीन और तटस्थ रहने लगे।

गंगिया फुआ मुझे मानती थीं और मेरी भी उनमें श्रद्धा थी। शायद इसी-लिए बीमारी के दिनों में मैं यदाकदा उनके समीप जाता और सेवा जैसा कुछ कार्य करता। लेकिन कॉलेज में पढ़ने जाने के चलते मुझे पर्याप्त समय नहीं मिलता। साथ ही उनके पास महिलाओं की आवश्यकता मैं महसूस करता। इसके अति-रिक्त यह बात भी मैं स्पष्ट कर देना चाहता हूँ कि उनकी मृत्यु के बाद आज उनके बारे में यहाँ सहानुभूतिपूर्ण वक्तव्य मैं दे रहा हूँ। लेकिन उस वक़्त मेरी भी बुद्धि मारी गयी थी। किसी-न-किसी रूप में मैं भी उनके प्रति उदासीन हो गया था। शायद यह खण्डित स्वार्थ का ही रूप हो, जिसके लिए आज मुझे गहरा खेद है।

जिस गंगिया फुआ को गृह-कार्य के चलते मेरे परिवार के लोग सर-आँखों पर उठाये रहते थे, लम्बी बीमारी से ग्रस्त होने के बाद वही गंगिया फुआ सबकी

नजरों में बेकार हो गयी थीं। बीतते समय के अनुसार वे चलने-फिरने और उठने-बैठने लायक भी नहीं रह पायी थीं। शुरू में माँ-चाची सुबह-शाम नित्य-क्रिया के लिए उन्हें उठाती-बिठातीं तथा कुछ खाने को देतीं। लेकिन बाद में उनके बहुत गिड़गिड़ाने और पुकारने पर उपेक्षा से उनके पास जातीं तथा उनका बिस्तर साफ़ करते हुए उलाहना के स्वर में कहतीं···"यह बुढ़िया मर भी नहीं रही है···सारे घर को परेशान कर रखा है···।"

उन दिनों मैं अपने परिवार के मुँह से बराबर यह सुनता था कि गंगिया फुआ मर क्यों नहीं रही है? उनकी लम्बी बीमारी से सब परेशान थे और चाह रहे थे कि वे गुजर जायें। परिवार के लिए वे बोझ बनती जा रही थीं। अनिच्छा से भी उनके लिए कुछ-न-कुछ करना ही पड़ता था। लम्बी अवधि तक घर में खाटसायी रूप में उनकी उपस्थिति अच्छी नहीं लगती थी। लेकिन मृत्यु तो किसी के बुलाने से आती नहीं और बीमारियों के साथ भी उसका सम्बन्ध सीधा होता नहीं। देखा गया है कि चलने-फिरने वाले व्यक्ति भी अचानक मृत्यु के शिकार हो जाते हैं। इसके विपरीत लम्बी बीमारी भोगने वाले व्यक्ति भी जल्दी नहीं मरते।

मेरे जानते गंगिया फुआ की जिन्दगी के वे सबसे दुःखद दिन थे। कष्ट, पीड़ा, अपमान और घोर उपेक्षाओं के बीच वे जी रही थीं। हालाँकि बीमारी से शर.र के अवश हो जाने पर भी सोचने-समझने और बातचीत करने की उनकी शक्ति छिन्न नहीं हुई थी। उन्हीं दिनों एक रात जब हम खाना खाने बैठे थे तो विशेष आग्रह कर उन्होंने हम सबको बुलाया। फिर पिताजी, चाचा लोग, माँ आदि सभी औरतें तथा हम लड़के (युवक) उनके समीप चल पड़े। हमें लगा, शायद वे मरने वाली हैं इसीलिए हम लोगों से विदा लेना चाहती हैं। गाँव में कई लोगों के साथ ऐसा हो चुका था कि अपनी मृत्यु का पूर्वाभास उन्हें हो गया था। फिर अन्त समय में सारे परिवार को बुलाकर उन लोगों से भेंट की थी। लेकिन गंगिया फुआ के समीप पहुँचने पर हम लोगों को पता चला कि विषय कुछ दूसरा है। गंगिया फुआ ने एक ऐसी सूचना दी कि सुखद आश्चर्य से हम सभी अभिभूत हो उठे।

गंगिया फुआ ने कहा कि उन्होंने काफ़ी रुपये बचाकर रखे हैं, कि उनके पति जब नौकरी करते थे और खर्च के लिए रुपये देते थे तो आधा वे बचा लेती थीं, जो आज तक उनके पास सुरक्षित हैं। कि वे रुपये वे हम लोगों को दे देंगी, कि मरते समय बतायेंगी कि रुपये कहाँ हैं, कि उनकी इच्छा है कि उन रुपयों से इस परिवार के नाम पर खेत खरीद लिये जायें या इस मिट्टी के मकान के स्थान पर ईंटों का मकान बनवा लिया जाये या इसी तरह का कोई अन्य स्थायी कार्य किया जाये, जिससे उनका नाम अमर रह सके, कि वे अब कुछ ही दिनों की मेहमान

हैं, इसीलिए यह बता देना उन्होंने आवश्यक समझा···।

आप अन्दाज लगा सकते हैं, तमाम सुविधाओं से वंचित हमारे जैसे निम्न-मध्यम वर्गीय किसान परिवार के लिए यह सूचना कितनी सुखद हो सकती है! हमें लगा कि हमारे परिवार के भाग्योदय का शुभ मुहूर्त अब आ गया है! अर्थ के अभाव में हमारे कई कार्य रुके हुए थे। कई महत्त्वपूर्ण योजनाएँ स्थगित थीं। परिवार के विकास एवं आर्थिक सम्पन्नता के लिए पिताजी कृषि कार्य के साथ-साथ कोई व्यवसाय या लघु-उद्योग स्थापित करना चाहते थे। मिट्टी के ढहते-गिरते घर को अच्छी तरह मरम्मत करवाना चाहते थे। लेकिन चाहते हुए भी हम कुछ कर नहीं पा रहे थे। शायद अब कुछ कर सकेंगे। अपने बन्द परिवेश को तोड सकेंगे। पंखहीन बने घर के हम युवक शायद अब उड़ान लगा सकेंगे। कहने की आवश्यकता नहीं कि मेरे पूरे परिवार में ख़ुशी की लहर दौड़ गयी, जिसने सबको बेहतर भविष्य के लिए अनुप्रेरित एवं अनुप्राणित करना शुरू कर दिया···।

मुझे यह देखकर अच्छा लगा कि दूसरी सुबह गंगिया फुआ के प्रति मेरे परिवार की भावनाएँ पूरी तरह बदल गयी थीं। वे पुनः मेरे परिवार की नज़रों में आदरणीय, श्रद्धेय एवं पूज्य हो गयी थीं। उनके द्वारा बिना आवाज़ लगाये माँ, चाची आदि घर की औरतें उनके समीप पहुँचकर हृदय से उनकी सेवा में लग गयीं। महीनों से गन्दे पड़े उनके बिस्तरे एवं कपड़ों को साफ़ किया गया। जाड़े की धूप से वे खाटसायी होने के बाद से ही वंचित थीं। कौन उन्हें धूप में ले आता। लेकिन अब पिताजी और चाचा स्वयं उन्हें टाँगकर धूप में ले आये और उनके सेवा-सत्कार में लग गये। बीमारी के कारण उपेक्षित होकर लट बन गये उनके बालों को माँ आदि ने सुलझाया तथा साफ़-सुथरा किया। गर्म पानी में तौलिया भिगोकर उनके हाथ-पाँव एवं बदन को साफ़ किया गया। उनकी रुचि के अनुकूल खाना बनाकर उन्हें दिया गया।

गंगिया फुआ के प्रति उमड़ आये मेरे परिवार के प्रेम और सेवा भाव ने मेरे घर की मायूस स्थिति को पूरी तरह बदल दिया था। मैंने अनुभव किया, सचमुच जिस परिवार में आपसी सद्भाव, प्रेम और बुज़ुर्गों-पराश्रितों के प्रति सेवा-भाव हो, वह परिवार स्वर्ग बन जाता है! गन्दी स्थितियों में उपेक्षित पड़ी गंगिया फुआ की उपस्थिति अच्छी नहीं लगती थी। लेकिन अब तो वे सजी-सजायी गुड़िया की तरह लगती थीं। चलने-फिरने की शक्ति से लाचार वे पूर्वतः खटिया पर ही पड़ी रहती थीं। लेकिन इस तरह साफ़-सुथरे ढंग से उन्हें रखा जाता कि देखकर आन्तरिक आनन्द की प्राप्ति होती।

यह कहते हुए मैं हार्दिक प्रसन्नता का अनुभव कर रहा हूँ कि गंगिया फुआ कीचड़ से निकलकर फूलों की सेज पर आ गयी थीं। उनके भाग्य ने अजीब पलटा

खाया था। कुछ समय बीत जाने के बाद उन्हीं दिनों मेरे पिताजी एवं चाचा लोगों ने गंगिया फुआ से आकर कहा कि जो रुपये देने के लिए उन्होंने रखे हैं, वह अभी ही दे दें, ताकि वे अपने कार्य आगे बढ़ा सकें। जब उन्हें देना ही है तब वे इस समय दें या मरते वक़्त, कोई अन्तर तो नहीं···।

इस पर गंगिया फुआ ने अत्यन्त विनीत स्वर में आग्रह किया कि इस समय उनके रुपये न लें। रुपयों को तो अपने साथ वे ले जायेंगी नहीं। उन्हें देने के लिए ही उन्होंने रखा है···समय पर सब कुछ बता देंगी···सौंप देंगी।

गंगिया फुआ की बात सबको पसन्द आयी। सब मान गये। उनकी बात पर अविश्वास करने का प्रश्न ही पैदा नहीं होता था। पनीवट का लगान उन्होंने दिया था। हमारे मन में इस बात का विश्वास दृढ़ हो गया था कि संग्रह करके जो रुपये उन्होंने रखे हैं उसी का एक छोटा हिस्सा लगान के वक़्त दिया था। शेष रुपये अब भी उनके पास हैं।

मेरे जानते गंगिया फुआ की जिन्दगी के वे सबसे सुखद दिन थे। घर के औरत-मर्द, बच्चे सब उनकी देख-रेख एवं सेवा-सुश्रूषा में लगे रहते। दिन में सुबह, दोपहर, शाम तीन बार उनके बदन में तेल की मालिस की जाती। दो बार उनके कपड़े बदले जाते। उनकी रुचि के अनुकूल खाद्य-सामग्री उन्हें उपलब्ध करायी जाती। गाँव के पण्डित जी को तय कर दिया गया था कि वे प्रतिदिन शाम को उन्हें श्रीमद्भागवत महापुराण सुना जाया करें।

इस सन्दर्भ में गंगिया फुआ को देखकर मुझे यह अनुभव हासिल हुआ कि सुख-सुविधाओं से किसी की पीड़ाओं का कम किया जा सकता है लेकिन उसकी आयु नहीं बढ़ायी जा सकती। यह भोजपुरी कहावत सत्य प्रतीत होता है—
"गई जवानी फिर ना लौटे, कितनो दूध मलिदा खाव।"

गंगिया फुआ के साथ ऐसा ही हुआ। उन्हें मृत्यु के क़रीब जाने से रोका नहीं जा सका। लम्बी बीमारी के बाद आज सुबह एकदम नीमअँधेरे ही उनका निधन हो गया।

गंगिया फुआ मर रही थीं तो परिवार के प्रायः सभी सदस्य उनको घेरे थे और कान खड़े कर यह प्रतीक्षा कर रहे थे कि वे अपने रुपयों के बारे में बतायें। लेकिन उन्होंने कुछ भी नहीं बताया। एक-एक कर उन्हें तीन बार हिचकी आयी और वे सदा के लिए शान्त हो गयीं।

गंगिया फुआ की जिस तरह सेवा-टहल हो रही थी, उसे देखते हुए मैंने सोचा था कि उनकी मृत्यु के बाद उनके वियोग में हमारा सारा परिवार चीख-चीखकर रोयेगा। लेकिन ऐसा कुछ भी नहीं हुआ। उनकी लाश को छोड़ पिताजी आदि सभी उनके बक्से-ट्रंक खोल उन रुपयों को ढूंढ़ने लगते हैं। जिज्ञासावश, यन्त्रचालित मशीन की भाँति मेरे भी पाँव वहाँ जा पहुँचते हैं। उन बक्से-ट्रंकों

में गंगिया फुआ के पहले के रजाई, कम्बल, तोसक मिलते हैं। उनकी कुछ पुरानी साड़ियाँ मिलती हैं। एक पैकेट में तह करके रखे गये फूफा के कुछ कपड़े और तस्वीरें मिलती हैं। शायद उनकी स्मृति को ताजा रखने के लिए फुआ ने रखा था। लेकिन रुपये कहीं नहीं मिलते।

इस पर मँझले चाचा कहते हैं—"उतने रुपये बक्से ट्रंक में नहीं रखा होगा··· बक्से-ट्रंक का क्या भरोसा। अवश्य इसी कमरे में कहीं गाड़कर उसने रखा होगा···।"

मँझले चाचा के सुझाव के बाद तत्क्षण दो-तीन कुदाल आ जाते हैं और उस कमरे की कच्ची ज़मीन की खुदाई शुरू हो जाती है। लेकिन कहीं एक पैसा भी नहीं मिलता है। कमरे के कोनों में तथा छप्पर आदि में भी ढूँढ़ लिया जाता है। "गंगिया ने धोखा दिया।" कमरा खोदकर थके चाचा लोग गालियाँ बकने लगते हैं—"सुसरी ने सबको मूर्ख बनाया···।"

पिताजी कहते हैं—"गंगिया बहुत धूर्त और चालबाज निकली···।"

माँ कहती हैं—"यह शुरू की ही पातकी थी···झूठी···फ़रेबी। अपनी करनी से ही पति को खा गयी···बाँझ रही···।"

मँझली चाची कहती हैं—"इस चुड़ैल ने कितना धोखा दिया···कैसी प्रपंची थी···।"

छोटी चाची कहती हैं—"कलमुँही कहीं को···।"

छोटे चाचा कहते हैं···"इस हरामजादी को छोड़ दिया जाये, इसका दाह-संस्कार न किया जाये—लाश फेंक दी जायेगी···कुत्ते सियार खा जायेंगे···।"

गंगिया फुआ की लाश के चारों ओर बैठ मेरे परिवार के सदस्य देर तक उन्हें कोसते हुए अपना आक्रोश व्यक्त करते रहते हैं। चूँकि लाश के साथ मार-पीट नहीं की जा सकती, इसीलिए अन्दर तक भर आये अपने क्रोध को उगलते रहते हैं। फिर इस सूचना पर टोला-पड़ोस के लोगों के जुट आने तथा यह सोच-कर कि लाश गन्ध देने लगेगी, न चाहते हुए भी हमारे परिवार के लोग उन्हें लेकर श्मशान की ओर चल देते हैं। लोकलाज की दृष्टि के चलते उनकी लाश को हम फेंक नहीं पाते हैं। दाह-संस्कार में लग जाते हैं।

गंगिया फुआ का अन्तिम संस्कार सम्पन्न कर अभी-अभी हम लौटे हैं। इस अवसर पर मैं सोच रहा हूँ कि गंगिया फुआ इतनी सीधी-सादी, भोली-भाली, दुःखो की मारी और निष्कपट महिला थीं। फिर उन्होंने ऐसा क्यों किया? तब मुझे लगता है कि जिन स्थितियों के बीच वे जी रही थीं, उन स्थितियों में ऐसा बन जाने के लिए समय ने उन्हें बाध्य किया था। यह समय की माँग थी।

□

सिम्बोंगा की वापसी

रोज़ की भाँति दिन भर रांची शहर में मज़दूरी करने के बाद साँझ होते ही जतरू मुण्डा अपनी बस्ती की ओर लौट चलते हैं। राँची शहर से दूर, जंगलों एवं पहाड़ों के उस पार उनकी बस्ती है। जाड़े की साँझ। जल्द ही धुँधलका घिरने लगता है। गिरती उम्र के कारण जतरू की आँखों की रोशनी मन्द हो गयी है। धुँधलके में वे अच्छी तरह देख नहीं पाते हैं, इसीलिए तेज़-तेज़ क़दम बढ़ाते हुए चलने लगते हैं।

जतरू मुण्डा की बस्ती के तथा आसपास की अन्य आदिवासी बस्तियों के मज़दूर औरत-मर्द भी लौट रहे होते हैं। इनमें ज़्यादा संख्या महिलाओं की है। जतरू को यह बात बराबर खटकती रहती है कि उनके कुनबे के मर्द निरन्तर देह-चोर होते जा रहे हैं। घर-बाहर की सारी ज़िम्मेदारियाँ औरतों के कन्धों पर आती जा रही हैं। मर्द काम-धाम कुछ करेंगे नहीं, उलटे हँड़िया पीकर मेहरिया से लड़ेंगे। वो तो आदिवासियों के देवता सिम्बोंगा ने उनके समाज की महिलाओं को मज़बूत, गठीला और तन्दुरुस्त बनाया है कि वे सब कुछ सँभाल लेती हैं। लेकिन यह ठीक तो नहीं कि औरत निरन्तर खटती रहे और मर्द काम से जी चुराते हुए हँड़िया पीते रहें।

जतरू देखते हैं, गाँव लौट रही दो जवान लड़कियाँ खिलखिलाती जा रही हैं तथा उनके साथ चलते दो युवक उन्हें छेड़ते जा रहे हैं। एक युवक कहता है, "क्यों तेतरी, वादा करके छटकती ही रहेगी ?"

तेतरी चौंकते हुए पूछती है, "यह क्या बोल रहे हो ?"

अब दूसरा युवक आवाज कसता है, "जान-बूझकर अनजान न बनो। इस तरह तड़पाना ठीक नहीं।"

इस पर तेतरी अपने साथ की लड़की के गले में हाथ डालते हुए शोख अन्दाज में कहती है, "कैसा वादा सखी ?" और दोनों खिलखिला कर हँस पड़ती हैं।

जतरू को बेहद गुस्सा आता है। इन छोकरे-छोकरियों को बड़े-बूढ़ों से तनिक भी लाज-शरम नहीं। उनका समाज तो पहले ऐसा नहीं था। व जंगलों-पहाड़ों में रहते थे। निर्बन्ध विचरते थे। फिर भी एक अनुशासन था। अपनी तरह की एक मर्यादा थी। इस तरह सरेआम, राह चलते छेड़खानी की बात वे सोच ही नहीं सकते थे। लेकिन अब उनका समाज किस रूप में आ गया है? वे महसूस करते हैं, इससे उनके बाल-बच्चों पर बहुत बुरा असर हो रहा है। छोटी उम्र के बच्चे भी गन्दी हरकतें करते पाये जाने लगे हैं। इस सन्दर्भ में जतरू को लगता है कि यह शहर के प्रभाव का ही परिणाम है। जैसे-जैसे राँची शहर विकास करता गया है, उनकी बस्तियाँ खराब होती गयी हैं। शहर ने उन्हें रोजगार अवश्य मुहैया कराया है, लेकिन अपनी गन्दगी भी उन्हें दे डाली है। इसीलिए शहर से जहाँ एक ओर जतरू को कुछ फ़ायदा लगता है, वहीं दूसरी ओर घाटे-ही-घाटे नजर आते हैं।

जतरू सुनते हैं—उनके क़रीब से गुज़र रहे दो अधेड़ उम्र के मज़दूर हँड़िया के नशे में लड़खड़ाते हुए आपस में बतियाते जा रहे हैं। एक कहता है, "साहब मज़दूर छोरियों को माल बोलता है···गठी हुई देह पर मरता है···आज एक छोरी को फुसला रहा था कि मैंने देख लिया···फिर अपन को ख़ूब खिलाया-पिलाया···रुपया भी दिया···"

दूसरा कहता है, "मैं जिस साहब के यहाँ काम करता हूँ, वह बहुत रुपयों वाला है···अपने देश ले जाने के लिए मुझसे एक आदिवासी छोरी माँग रहा है···बदले में इतना रुपया देने को कह रहा है···!" वह दोनों हाथ फैलाकर बताता है।

जतरू के तन-बदन में आग-सी लग जाती है। उनकी इच्छा होती है कि दोनों के गरेबान पकड़कर मुँह पर एक-एक तमाचा लगायें और कसके झिड़कें। लेकिन यह सोचकर कि वे वृद्ध हैं और वे दोनों उनसे छोटे हैं तथा पिये हुए हैं, वे महटिया जाते हैं। साथ ही यह सोचकर भी कि वे किस-किस को डपटें और समझायें? सबकी हालत तो यही है। दारू और रुपये के आगे अपने समाज की प्रतिष्ठा तथा अपनी माँ, बहन और बेटियों की इज़्ज़त की बात किसी के सामने नहीं। धर्म और ईमान सबने बेच दिया है। आगे न जाने और क्या-क्या देखने को मिले? यह राँची शहर जो न करा दे।

जतरू को एक घटना याद आती है। शहर में एक बड़ा मकान बन रहा था। अपने इलाक़े के मज़दूर औरत-मर्दों के साथ वे भी काम कर रहे थे। बिगू लड़का की जवान बेटी मुनेसरी भी काम करती थी। मालिक उसे आँखें फाड़े निहारता रहता और गाहे-बगाहे किसी बहाने अपने कमरे में बुला लेता। यह बात उनकी बरदाश्त के बाहर होती गयी थी। एक दिन उन्होंने छिपकर मालिक के कमरे में देखा और हल्ला मचाया। उनका अनुमान था कि सच्चाई से अवगत होने के

बाद उनके साथी भड़क उठेंगे तथा तीर-कमान ले उस मकान को घेर लेंगे। लेकिन ऐसा कुछ भी नहीं हुआ। उलटे उनके साथियों ने डाँट-डपट कर, उन्हीं को समझा कर चुप करा दिया तथा उनकी बात को झूठा करार दे दिया। असल में मालिक ने सबको दारू पिला कर तथा रुपये छींट कर अपने वश में कर लिया था। उसी दिन से जतरू को यह चिन्ता खाये जा रही है कि शहर के प्रभाव में निरन्तर खराब होते जा रहे अपने समाज को अब कैसे बचाया जाये।

अभी परसों ही की बात है। मालिक एक महीने के काम का हिसाब कर रहे थे। सरना तिग्गा बीमार हो जाने के चलते दो दिन नहीं आया था। लेकिन मालिक ने पाँच दिन की मज़दूरी काट ली। सरना ने कहा कि उसका सिर्फ़ दो दिन ही नागा हुआ है। पर मालिक ने अपनी डायरी देख कर कहा कि पाँच दिन। जतरू ने अन्य मज़दूरों क साथ मालिक पर दबाव देने की कोशिश की। लेकिन उसके साथी सहमत नहीं हुए। मालिक लोग तगड़े-तगड़े मज़दूरों को मिला लेते हैं और अन्य मजदूरों का शोषण करते हैं। जतरू को लगता है कि उनके लोग एक हो जायें तो बाहर से आकर शहर में बस रहे साहब उन्हें ठग नहीं पायेंगे। उनकी एक आवाज़ पर काँप उठेंगे। पहले वे बहुत भय खाते थे। उन्हें ठगने और उनकी छोरियों को बहलाने-फुसलाने में डरते थे। अब उनकी एकता को ख़त्म कर वे सफल हो गये हैं।

जतरू सोचते हैं कि उनके लोगों की एकता क्यों ख़त्म हो गयी? इस पर हमेशा की भाँति अपनी समझ के अनुसार उन्हें लगता है कि जब ख़ून ही एक नहीं रहा, तो फिर एकता कैसी? आदिवासी तो अब एक ख़ून के रहे नहीं। ईसाइयों ने उनके ख़ून को अलग-अलग कर दिया। जतरू ने देखा है। वे जब बहुत छोटे थे, उसी वक़्त से ईसाई संस्थाएँ इस क्षेत्र में डेरा डालने लगी थीं। उन संस्थाओं ने भोले-भाले आदिवासियों को लोभ-लालच दे ईसाई बनाना शुरू किया था। फलतः काफ़ी आदिवासी अपना धर्म छोड़ ईसाई बन गये थे और आज भी बन रहे हैं। पुराने गिरजाघर के पादरी ने जतरू को भी खूब समझाया था। नौकरी, शहर में मकान जैसे अनेक प्रलोभन दिये थे। लेकिन उन्होंने अपना धर्म नहीं छोड़ा। अपने परिवार में भी किसी को ईसाई नहीं बनने दिया। ईसाई बने आदिवासी उन पर हँसते हैं कि अपने धर्म से चिपके हुए वे कष्ट भोग रहे हैं। लेकिन उन सिरफिरों को वे क्या जवाब दें?

जतरू आधी से अधिक यात्रा तय कर लेते हैं। अब और थोड़ी दूर चलना है। सामने की पहाड़ी ढलान के पास उस घने बगीचे के पीछे वाली ही उनकी बस्ती है। शाम का धुँधलका आसपास के जंगलों एवं पहाड़ियों पर फैलने लगता है। दूर की चीज़ें अब दिखायी नहीं पड़ती हैं। अचानक कोई जतरू को पुकारता है, "जतरू भाई हो, जरा रुकना।"

जतरू पहचान जाते हैं। यह आवाज़ उनके पड़ोसी गाँव के बिरसा होरो की है। बिरसा होरो उनकी उम्र के हैं तथा उनसे उनकी अच्छी पटती भी है। वे देखते हैं, रास्ते के किनारे की एक पहाड़ी चट्टान पर बैठे बिरसा होरो खैनी मल रहे हैं। जतरू उनके समीप पहुँचकर कहते हैं, "रोको मत, बिरसा भाई! अँधेरा घिर रहा है, अँधेरे में मुझे नहीं सूझता।"

इस पर बिरसा होरो एक चुटकी खैनी जतरू को देते हुए कहते हैं, "लो, खैनी खाओ, जतरू भाई, सुस्ताने के लिए यहाँ बैठ गया था। चलो मैं भी चलता हूँ, उस अगले मोड़ से अपनी बस्ती चला जाऊँगा।"

दोनों मित्र खैनी खाते हुए चल देते हैं। बिरसा होरो कहते हैं, "शरीर थकता जा रहा है। एकमुश्त राँची से गाँव नहीं जाया जाता। दम फूलने लगता है। बीच में बैठकर सुस्ताना पड़ता है।"

जतरू कहते हैं, "मुझसे भी अब पहले की तरह काम नहीं होता। जल्दी ही थक जाता हूँ। उम्र भी तो हम दोनों की काफ़ी हो गयी।"

एक क्षण तक मौन हो वे दोनों चलते रहते हैं। फिर मौन तोड़ते हुए बिरसा होरो कहते हैं, "मन बड़ा दुःखी है, जतरू भाई। कल मेरी भैंस चोरी चली गयी। छोरा जंगल से भैंस चरा कर ले आया था और दरवाज़े पर बाँध दिया था। लेकिन रात होते ही न जाने कौन खोल ले गया।"

जतरू कहते हैं, "अभी दस दिन भी तो नहीं होने पाया है, मेरी बस्ती के डोमन उरांव की दो गायें तथा भिखारी मुण्डा की तीन भैंसें चोरी चली गयी हैं। कई लोगों के यहाँ सेंध मार कर चोर कपड़ा-बर्तन और अनाज भी लेते गये हैं।"

इस पर बिरसा कहते हैं, "कैसा समय आ गया है! हम लोगों के ज़माने में मवेशी जंगलों में चर कर स्वयं घर आ जाते थे। किसी के यहाँ किवाड़ बन्द नहीं किया जाता था। फिर भी कभी किसी की कोई चीज़ चोरी नहीं जाती थी।"

इस पर जतरू कहते हैं, "हम लोगों के ज़माने की बात तो नये लोग सुनना भी नहीं चाहते हैं। उन्हें शहर की हवा लग गयी है। चोरी, बेईमानी, फ़रेब को ही बढ़िया काम समझने लगे हैं। लेकिन इसका परिणाम अच्छा नहीं होगा···सब भोगेंगे। शहर वाले इन्हें बिगाड़ कर लूट रहे हैं और खूब लूटेंगे!"

बिरसा कहते हैं, "हम लोगों का समाज दलदल में धँसता जा रहा है। इसे बचाने के लिए कुछ करना चाहिए।"

जतरू कहते हैं, "इन नये लोगों के सामने अकल ही नहीं काम करती। हम लोगों की उम्र के लोग तो अब रहे नहीं। इक्के-दुक्के लोग बचे हैं···मैं तो इसी चिन्ता से गला जा रहा हूँ कि अपने समाज को कुमार्ग से कैसे रोका जाये।"

इसी तरह दोनों मित्र अपने बदले हुए समाज पर अपनी चिन्ता एवं पीड़ा व्यक्त करते हुए चलते रहते हैं। अगला मोड़ आने पर बिरसा होरो, जतरू से विदा ले अपनी बस्ती की ओर चल देते हैं। जतरू भी चुपचाप अपनी बस्ती की ओर बढ़ते रहते हैं। उनका अन्तर तो वैसे ही क्षुब्ध, दुखी एवं व्यथित था, बिरसा होरो की बातों से उनकी पीड़ा और अधिक बढ़ जाती है। उनके ज़माने के लोग जब भी मिलते हैं, अक़सर ही ऐसा हो जाता है। कितना अच्छा होता अगर उनका ज़माना वापस आ जाता! अपने बाल-बच्चों को पहले की भाँति देखकर उनका हृदय जुड़ा जाता। लेकिन क्या ऐसा हो सकता है? क्या कोई ऐसी युक्ति है जिसके द्वारा उनके पथभ्रष्ट समाज को रास्ते पर लाया जा सके? चिन्ताओं में डूबे जतरू अपने घर पहुँचते हैं। फिर हाथ-मुँह धोने और नित्यक्रिया से निपटने में लग जाते हैं।

\+ + +

रात में सारा घर सो जाता है। सारी बस्ती सोयी रहती है। लेकिन जतरू की आँखों में नींद नहीं। बिरसा होरो की भैंस चोरी चली गयी। पिछले काफ़ी समय से निरन्तर खराब होते जा रहे अपने समाज को देखते हुए वे सोचते आ रहे थे कि उनका समाज अब चेतेगा···अब चेतेगा···लेकिन वह उलटे बिगड़ता ही जा रहा है।

जतरू को अच्छी तरह याद है, उनके ज़माने के लोग निश्छल, ईमानदार, भोले, मेहनती और जो कुछ मिल जाये, उसी में सन्तोष करने वाले थे। लेकिन शहर ने उन्हें झूठा, चोर, बेईमान, फ़रेबी और असन्तोषी बना दिया है। शहर से धूर्तता और मक्कारी का पाठ सीख-सीखकर नयी उम्र के लड़कों ने उनकी बस्ती को बरबाद कर दिया है। जतरू जब डूबकर यह सोचते हैं कि उनका बनवासी समाज शहर के प्रभाव में क्यों आ गया, तो उन्हें दो कारण स्पष्ट नज़र आते हैं। पहला कारण यह कि ईसाइयों ने उन्हें धर्मभ्रष्ट किया तथा दूसरा यह कि जिस जंगल और पहाड़ पर वे आश्रित थे, निर्भर थे, वे जंगल और पहाड़ भी शहर और कारखानों के पेट में समाते गये। अन्ततः मजबूर होकर उन्हें शहर की शरण लेनी पड़ी। लेकिन उनके लोगों को धर्म-ईमान नहीं छोड़ना चाहिए था। अपने कुनबे का ख्याल रखना चाहिए था।

अपने पर्व-त्योहारों को याद कर-करके जतरू का मन बेचैन हो जाता है। करमा और सरहुल का त्योहार वे कितने उल्लास से मनाते थे। लेकिन धीरे-धीरे वह उत्साह और उल्लास जाता रहा है। उनके नाच-गाने कितने अच्छे होते थे। मादल की थाप पर वे रात-रात भर नाचते-गाते रहते थे। लेकिन अब वह माहौल कहाँ! शहर में पढ़ने वाले उनके नाती-पोते पिछड़ापन कह-कह कर उसे छोड़ते जा रहे हैं, जबकि एक ज़माना था कि अंग्रेज़ साहब उनका नाच देखने ही उनकी

बस्ती आते थे तथा उन्हें ढेर-सी बख्शीश देते थे।

अतीत को याद कर जतरू का मन रुआँसा हो जाता है। वे बिस्तर पर पड़े-पड़े ही हाथ जोड़कर सिम्बोंगा से प्रार्थना करते हैं कि वे उनके समाज को बचाते क्यों नहीं ? जतरू को यह समझ नहीं आता है कि सिम्बोंगा कहाँ जाकर छिप गये हैं। वापस क्यों नहीं आते ? जतरू को स्पष्ट महसूस होता है कि सिम्बोगा की कृपा से ही उनका समाज ठीक था। सिम्बोंगा ने आना बन्द कर दिया है, इसीलिए उनके लोग भटक गये हैं। पहले जब भी उनके लोग ग़लती करते थे, सिम्बोंगा जंगलों में आकर किसी को दर्शन दे जाते थे। फिर उनके समाज के लोग एक जगह जुटते थे। भटके हुए लोग सब के समाने अपनी ग़लती स्वीकार कर प्रायश्चित करते थे। इस तरह सिम्बोंगा की कृपा से उनका समाज बिगड़ने नहीं पाता था।

फागु कुजूर की घटना जतरू की आँखों के सामने अब भी हू-ब-हू घूम जाती है। ठेगु मुण्डा जब अपने परिवार के साथ जंगलों में गये थे, तो चुपके से उनके घर में घुस फागु कुजूर ने चोरी की थी। जंगल से वापस आने पर ठेगु मुण्डा ने शोर मचाया था, लेकिन चोर की जानकारी नहीं मिल पायी थी। इसके ठीक तीसरे दिन जंगल में लकड़ी तोड़ रहे महँगू मुण्डा को सिम्बोंगा नज़र आ गये। सफ़ेद घोड़े पर सिम्बोंगा की लम्बी-तगड़ी सफ़ेद 'आकृति तथा बढ़ी हुई सफ़ेद दाढ़ी ! महँगू चिल्लाते हुए बस्ती में आये तथा बताया कि सिम्बोंगा आये थे। फिर यह सुनते ही उनकी समूची बस्ती सकते में आ गयी। सब डर गये कि सिम्बोंगा क्यों आ गये ? किसने ग़लती की ? बस्ती के बीचोंबीच स्थित बरगद के नीचे सभी लोग तत्काल जुट आये। सब ग़मगीन हो सोचने लगे कि किसने कौन-सा अपराध किया ? इसी बीच फागु कुजूर ने अपने आप सब के सामने ठेगु मुण्डा के यहाँ की चोरी स्वीकार की और प्रायश्चित किया।

रात बीतती जाती है, लेकिन जतरू सो नहीं पाते हैं। कभी इस करवट तो कभी उस करवट होते हुए अतीत की घटनाओं को याद करते रहते हैं। उनका समाज फिर सही रास्ते पर आ जाये, इसके लिए वे सघन बेचैनी और चरम पीड़ा का अनुभव करने लगते हैं।

दूसरी सुबह नित्यक्रिया से निपटने के लिए जंगल गये जतरू चिल्लाते हुए वापस आते हैं, "सिम्बोंगा आये थे···सिम्बोंगा आये थे···"

उन्होंने सोचा था कि यह खबर सुनते ही समूची बस्ती घबरा जायेगी। फिर एक जगह जुट सभी अपनी-अपनी ग़लतियों के लिए प्रायश्चित करेंगे। लेकिन ऐसा कुछ भी नहीं होता है। उलटे, शहर में पढ़ने और नौकरी करने वाले नयी उम्र के छोकरे कहते हैं, "बूढ़े का माथा फिर गया है।"

एक कहता है, "मैं भी तो जंगल की ओर से आ रहा हूँ। कहाँ आये थे

सिम्बोंगा ?"

दूसरा कहता है, "वैज्ञानिक लोग चाँद और अन्य ग्रहों पर पहुँच रहे हैं और यह बूढ़ा अभी भी सिम्बोंगा की बात कर रहा है। इसीलिए आदिवासी समाज अभी भी पिछड़ा हुआ है।"

बस्ती के अन्य लोग भी जतरू की बातों पर विश्वास नहीं करते हैं। जतरू की उम्र के उनके मज़दूर साथी सुकरा मुण्डा ही सिर्फ़ उनके पास आते हैं। फिर दोनों मिलकर, एक जगह बैठकर दुखी मन से यह विचार करते हैं कि सिम्बोंगा का भी डर अब लोगों को नहीं रहा। पता नहीं आदिवासी समाज का क्या होगा ?

नये दम्पती

मनोज और सुनीता दोनों पति-पत्नी एक-दूसरे से आ उलझते हैं। वे नये दम्पती हैं। शादी की पहली वर्षगाँठ भी नहीं मना पाये हैं। यह उनके भाग्य की विम्डबना है कि शादी के कुछ ही दिनों बाद अपने अधिकारों को लेकर एक-दूसरे से उलझने लगे हैं। इस सन्दर्भ में पिछले दिनों बात आगे बढ़ने से पहले या तो सुनीता ही मौन हो जाती थी या मनोज ही चुप लगा जाता था और उनका विवाद कुछ समय के लिए ख़त्म हो जाता था। लेकिन अपने अधिकार क्षेत्र में कमी महसूस करते हुए वे अन्दर से उफ़नते रहते थे। उनके अन्दर का वही उफ़ान आज चरमबिन्दु पर पहुँच जाता है, जहाँ दोनों में से कोई मौन रहना श्रेयस्कर न समझ, एक-दूसरे को वादी-प्रतिवादी मान अपना पक्ष प्रस्तुत करना शुरू कर देते हैं।

मनोज गुस्से में कहता है—"शादी के बाद से ही मैं प्रतीक्षा करते आ रहा हूँ कि धीरे-धीरे तुम मेरे अनुकूल बनने की कोशिश करोगी। लेकिन तुम तो प्रतिकूल ही बनती चली गयी—!"

इस पर सुनीता भी गर्म हो उठती है—"मुझे ही अपने अनुकूल बनाने के बारे में क्यों सोचते हो···स्वयं मेरे अनुकूल बन जाने के लिए प्रयास क्यों नहीं करते हो?"

यह सुन मनोज अपने पुरुष होने का अहंकार प्रकट करता है—"मैं तुम्हें कैसे समझाऊँ सुनीता कि तुम औरत और पत्नी हो!"

इस पर सुनीता भी आवेश में आ जाती है—"तो क्या औरत और पत्नी सिर्फ़ अनुकूल बनने के लिए ही होती है? पुरुष और पति उसके अनुकूल नहीं बन सकते···?"

मनोज का गुस्सा और बढ़ जाता है—"मुझे दुःख है सुनीता कि तुम्हें पढ़ी-लिखी और तेज़-तर्रार लड़की समझकर ही मैंने तुमसे शादी की थी, लेकिन अपनी उस प्रतिभा का तुमने दुरुपयोग करना शुरू कर दिया है।"

इस बार सुनीता चोट खायी नागिन की तरह फुँफकार उठती है—"शादी से पहले के तुम्हारे विचारों की तुलना में आज के तुम्हारे विचारों को देख कर मैं भी हैरत में पड़ गयी हूँ। काश ! मैं यह पहले जान गयी होती···। उस वक़्त तो औरत-मर्द और पति-पत्नी के सम्बन्धों को लेकर तुम्हारे विचार खुले हुए और व्यापक थे···तुम्हारे उन्हीं विचारों ने मुझे और मेरे घर वालों को तुम्हारी ओर आकृष्ट किया था।"

जबाब में मनोज अपने को सँभालता है—"उस वक़्त तुम बाहर की लड़की थी, मेरी पत्नी नहीं···।"

प्रत्युत्तर में सुनीता पुनः उसे पछाड़ती है—"तो इस इसका मतलब यही कि बाहर से लड़की को फँसा कर पत्नी बनाने के लिए विचार खुले हुए रखे जाते हैं और बाद में पत्नी पर शासन करने के लिए विचारों को संकीर्ण बना लिया जाता है···।"

एक क्षण के लिए मनोज सकते में आ जाता है। लेकिन हथियार न डाल पैंतरा बदलते हुए मोर्चा सँभालता है—"तुम ग़लत दलील दे रही हो···थ्योरी और प्रैक्टिकल में कुछ तो अन्तर होता ही है···उस समय हम कोरे आदर्श के बीच थे, अब पति-पत्नी के यथार्थ जगत में आये हैं···इस बिन्दु पर विचारों में परिवर्तन तो होगा ही।"

इस पर सुनीता क्रोध में उबल पड़ती है—"तुम किस यथार्थ की बात कर रहे हो···? एक-दूसरे को खुले दिल से समझना और एक-दूसरे के अधिकारों का स्वागत करना या किसी को दबा कर रखना तथा ज़बरन उसके ऊपर शासन करना···?"

प्रत्युत्तर से मनोज तैश में आ जाता है—"मैं तुमसे सीधे-सीधे पूछता हूँ सुनीता कि, मैंने तुम्हें कब दबाया और कैसे तुम्हारा शोषण कर रहा हूँ। पति होने के नाते सिर्फ़ यही न चाहता हूँ कि तुम मेरी रुचियों के अनुकूल नाश्ता और खाना बनाकर मुझे दिया करो। दफ़्तर जाते समय दरवाज़े तक आकर मुझे छोड़ दो। दफ़्तर से थका-हारा शाम को घर लौटूँ तो अपनी मुस्कान से मेरा मन हल्का कर दो। इसमें कहाँ दबाना और शोषण करना है? कौन पति यह नहीं चाहता? इस कार्य को तो पत्नियाँ अपना सौभाग्य मानती हैं···।"

जवाब में सुनीता पैने लहज़े में कहती है—"मुझे उल्लू न बनाओ मनोज ! जिन मूर्ख पत्नियों ने इसे अपना सौभाग्य बनाया है, उन्हीं ने पुरुषों के इस शोषण को विस्तार पाने के लिए मार्ग दिया है। इससे बड़ा शोषण और क्या हो सकता है कि तुम दफ़्तर में जाकर मित्रों के साथ हँस-बोलकर अपना मन बदल लेते हो और यहाँ घर में अकेली पड़ी मैं तुम्हारी प्रतीक्षा करते-करते बोर होती रहती हूँ। दफ़्तर से तुम्हारे आने तक मेरा मूड ख़राब हो जाता है, इस स्थिति में मैं मुस्कुराहट के साथ तुम्हारा स्वागत कैसे करूँ? मैं कोई यन्त्रचालित मशीन नहीं

मानवी हूँ। इसके अतिरिक्त घर के सारे कार्यों का बोझ मेरे ऊपर सौंप तुम निश्चिन्त हो गये हो। जिसके यहाँ दो-दो चार-चार नौकर हैं, उसके यहाँ हर व्यक्ति की रुचियों के अनुकूल खाना नहीं बन पाता, फिर मैं अकेली कैसे सब कर लूँ? तुम तो चाहते हो कि अपनी रुचियों एवं आकांक्षाओं को मैं ताख़ पर रख दूँ, अपने विवेक के अनुसार जीने के फैसले को त्याग दूँ और सुबह से शाम तक तुम्हारी तीमारदारी में लगी रहूँ तो ठीक है। लेकिन इससे मेरे व्यक्तित्व का विकास तो बाधित हो ही जायेगा, मैं हीनभावना की शिकार भी हो जाऊँगी जो मुझे कतई पसन्द नहीं···।"

इस पर मनोज आक्रोश में तिलमिला उठता है—"तो तुम क्या चाहती हो कि मैं तुम्हारे साथ लगकर खाना बनवाऊँ? घर के काम-काज निबटवाऊँ?"

जवाब में सुनीता पूर्वतः दृढ़ बनी रहती है—"हाँ, हम दोनों को मिलजुल कर घर के कार्य निपटाने चाहिए तथा एक-दूसरे की इच्छाओं-आकांक्षाओं का आदर करते हुए एक-दूसरे को ख़ुश रखना चाहिए···।"

मनोज उसकी दलील को खण्डित करने का प्रयास करता है—"तुम जानती हो सुनीता कि मैं नौकरी करता हूँ···रुपये कमा कर लाता हूँ, जिससे घर का ख़र्च चलता है···इस स्थिति में जब एक कार्य मैं करता हूँ तो दूसरे कार्य की ज़िम्मेवारी स्वतः तुम्हारे ऊपर आ जाती है।"

मनोज की चालाकी सुनीता समझ जाती है। उसकी घेरेबन्दी पर एक ज़ोरदार प्रहार करती है—"तुम अकेले क्यों नौकरी करते हो? नौकरी के लिए मैं आवेदन दे रही थी। मेरे रिज़ल्ट भी अच्छे हैं। लेकिन तुमने रोक दिया। मैं चाहती थी कि जब हम दोनों नौकरी करने लगेंगे तो आर्थिक दृष्टि से हमारी स्थिति अच्छी हो जायेगी, तब हम गृह-कार्य के लिए एक नौकर भी रख लेंगे। लेकिन तुमने कहा कि इससे दाम्पत्य जीवन दुःखी हो जायेगा। सुखमय दाम्पत्य जीवन हम नहीं बिता सकेंगे। उस वक़्त मैं तुम्हारे कथन का वास्तविक अर्थ नहीं जान सकी थी। लेकिन अब समझ गयी हूँ कि दाम्पत्य-जीवन में तुमने अपने अकेले के सुख की बात की थी। तुम्हारे सुख में ही मैं अपना सुख मानने लगूँ, यही तुम्हारी मंशा है।"

मनोज पुनः अपने को बचाता है—"तुम मुझ पर ग़लत आरोप लगा रही हो···मैंने तुम्हें 'हाउस वाइफ़' के रूप में रखने के लिए नौकरी से मना किया था।"

इस पर सुनीता 'हाउस वाइफ़' का नाम सुनते ही आग-बबूला हो उठती है—"ठीक कह रहे हो मनोज! इस 'हाउस वाइफ़' के नाम पर ही तो हम महिलाओं को छला जाता है। कितना ख़ूबसूरत शब्द दिया है तुम सबों ने—'हाउस वाइफ़'। लेकिन इसकी व्याप्ति किस रूप में होती है—'पुरुष की

नौकरानी, सेविका और रखैल, के रूप में। पुरुष के घर को सजा-सँवार कर रखे, उसकी रुचियों के अनुसार खाना बना कर खिलाये, उसकी सेवा-शुश्रूषा करे तथा उसकी इच्छा के अनुसार समय-असमय बिछती रहे, यही तो है 'हाउस वाइफ़'। मैं पूछती हूँ, 'हाउस वाइफ़' की जब बात चली तो 'हाउस हज़बैण्ड' की बात क्यों नहीं चली ? मैं तुमसे कहती हूँ, तुम नौकरी छोड़ दो, मैं नौकरी कर लेती हूँ और जिन शर्तों पर मुझे 'हाउस वाइफ़' के रूप में रखना चाहते हो उन्हीं शर्तों पर 'हाउस हज़बैण्ड' के रूप में रहो तो जानूँ ?"

मनोज क्रोध में उबलने लगता है—"तुम बहुत बहक-बहक कर बात कर रही हो सुनीता···मैं तुम्हें पीट दूँगा।"

सुनीता उसी तेवर में कहती है—"यह कोई नया कार्य करने के लिए तुम नहीं कह रहे हो मनोज···पहले भी एक-दो बार कह चुके हो···सच तो यह है कि अनपढ़ और अपने अधिकारों से अनभिज्ञ पत्नियों को पति इसी रास्ते अपने अनुकूल बनाते हैं···जैसे डण्डे के बल पर पशुओं को पालतू बनाया जाता है। लेकिन तुम कान खोलकर सुन लो, इस माध्यम से मुझे अपने रास्ते नहीं ला सकोगे। ऐसा करके भले ही मेरे इस शरीर पर कुछ क्षणों के लिए अधिकार पा लोगे, लेकिन मेरे मन और विचार अपने अनुकूल नहीं बना पाओगे···।"

अब मनोज अपने पुरुष होने का अहंकार का प्रयोग दुबारा करता है—"मैं अब तक तुमसे सीधे-सीधे नहीं कह रहा था···सोच रहा था कि तुम पढ़ी-लिखी हो, तुम्हें बुरा लगेगा। लेकिन अब साफ़ कह रहा हूँ, तुम औरत हो और मैं मर्द हूँ। औरत और मर्द में सदियों से अन्तर चला आ रहा है और रहेगा। औरत कभी भी मर्द की बराबरी नहीं कर सकती।"

जवाब में सुनीता अपने को तनिक भी कमज़ोर होने नहीं देती है—"क्यों ? सिर्फ़ तुम्हारे कहने भर से ही तो औरतें अधिकारशून्य नहीं हो जायेंगी !"

मनोज गरजता है—"तुम क्या समझ रही हो कि यह मेरी बात है ? यह विभिन्न धर्मशास्त्रों एवं पुराणों की बात है। आदिकाल से ही ऐसा होता रहा है।"

सुनीता गुस्से में लाल हो उठती है—"धर्मशास्त्रों एवं पुराणों की रचना पुरुषों ने की है, इसीलिए उन्होंने अपने पक्ष को श्रेष्ठ दर्शाया है। और फिर, उस वक़्त दुनिया का वैज्ञानिक विकास नहीं हुआ था। शारीरिक एवं पाशविक शक्ति की ही समाज में प्रधानता थी। औरत और धरती पर जो बलपूर्वक कब्ज़ा कर लेता था, वह उसकी चीज़ हो जाती थी। औरतों को पराश्रित एवं परावलम्बी बना दिया गया था, जिससे पुरुष उन्हें अपने अधीन रख सुख लूटा करते थे। लेकिन अब वह समय नहीं रहा। नारी-यातना के उस युग से हम बहुत आगे निकल आये हैं···!"

मनोज अपनी ऐंठ प्रकट करता है—"उच्च शिक्षा प्राप्त कर तुम दम्भी हो गयी हो, सुनीता। तुम्हारे अनुसार तो सभी प्राचीन धर्म-ग्रन्थ एवं शास्त्र ग़लत हो गये ?"

सुनीता सबल शब्दों में प्रतिकार करती है—"मैं इस लम्बे विवाद में पड़ना नहीं चाहती मनोज ! लेकिन जिन ग्रन्थों में पति, पत्नी की इच्छा के विरुद्ध उसे जुए के दाव पर लगा देता था, किसी के कह देने मात्र से उसे घर से निकाल देता था, वह सब मुझे न्यायसंगत नहीं लगता। अब वह सम्भव नहीं। कभी औरतों को ज़बरन सती भी बनाया जाता था, विधवा बन कर जीवन भर दुःख झेलते रहने की भी व्यवस्था थी। लेकिन आज उस रूप में औरतें कहाँ सती होती हैं ? उस रूप में विधवाएँ कहाँ नज़र आती हैं ? अब वह समय दूर नहीं मनोज, जब विकसित देशों की तरह किसी नारी को यहाँ भी वैधव्य का दुःख नहीं झेलना पड़ेगा···।"

मनोज गुस्से में एक लम्बी साँस छोड़ता है—"अब मैं समझा कि तुम कहाँ से बोल रही हो ! विदेशों की वर्जनाहीन और उन्मुक्त नारी को तुमने आदर्श बनाया है। लेकिन जानती हो, उनका दाम्पत्य जीवन कितना दुःखी होता है ! भारतीय दम्पती को देखकर वे तरसती रहती हैं कि कैसे एक पति एक स्त्री को जीवन भर साथ रख लेता है। वहाँ तो पति मिट्टी के कुल्हड़ों की तरह पत्नियाँ बदलते रहते हैं···।"

जवाब में सुनीता उसकी दलील को पुनः निराधार साबित करती है—"मेरी आँखों में धूल झोंकने की कोशिश न करो मनोज ! दफ्तर की ओर से तुम विदेश हो आये हो तो मैं भी अपने पापा के साथ कई देशों में घूम आयी हूँ। परिवार और सम्बन्धों के मामले में वहाँ की नारियाँ पुरुषों की अपेक्षा तनिक भी उपेक्षित नहीं। अपनी इच्छा के अनुसार सम्बन्ध बनाने और अपने विवेक के अनुसार जीने की पूरी आज़ादी उन्हें है।"

मनोज झल्लाता है—"तो क्या यहाँ की सभी वर्तमान मान्यताएँ ग़लत हो गयी हैं ? आज भी यहाँ लाखों-करोड़ों पत्नियाँ पति को सुखी एवं दीर्घायु बनाने के लिए तीज-त्योहार करती हैं, व्रत-उपवास रखती हैं !"

जवाब में सुनीता तीखे शब्दों में इसका रहस्योद्घाटन करती है—"धीरे-धीरे यह परम्परा भी ख़त्म हो जायेगी। जैसे-जैसे महिलाएँ शिक्षित एवं जागरूक होती जा रही हैं, अपने अधिकार समझने लगी हैं। मैं पूछती हूँ, पति पत्नियों के लिए व्रत-उपवास क्यों नहीं करते ? जो महिलाएँ पूरी तरह पति पर ही निर्भर हैं, वे ही पति को देवता मानकर व्रत-त्योहार करती हैं। लेकिन विकास के साथ उनकी यह नियति भी खण्डित हो रही है। मैं तो साफ़ देख रही हूँ, दुनिया के किसी भी क्षेत्र में महिलाएँ आज पुरुषों से पीछे नहीं हैं। फिर दाम्पत्य जीवन में वे

'हेय' बनकर क्यों रहे ?''

मनोज पुनः उसे दबोचने की कोशिश करता है—''अगर औरतें हेय नहीं रहतीं तो पुत्र-जन्म को शुभ एवं पुत्री जन्म को अशुभ क्यों समझा जाता है ? पुत्रियों का पिता समाज में विवश-लाचार क्यों बन जाता है ? दहेज के नाम पर लड़कियों के साथ अत्याचार क्यों होते हैं ? बहुओं को क्यों ज़िन्दा जलाया जाता है ?''

जवाब में सुनीता उसकी घेरेबन्दी को पुनः तोड़ती है—''प्राचीन मान्यता के तहत ही पुत्री जन्म को कुछ दकियानूसी विचार वाले अशुभ मानते हैं।···शिक्षित और विकसित परिवारों में तो मैंने ऐसा कहीं नहीं सुना। जलायी जाने वाली बहुएँ भी पराश्रित होती हैं। नौकरी करने वाली किसी बहू को दहेज़ के नाम पर जलाया गया हो, ऐसा नहीं के बराबर ही सुनने को मिलता है।''

अब मनोज फिर पैंतरा बदलता है—''तुम्हारे लिए तो सारी बातें उल्टी हो गयी हैं। लेकिन जब तुम्हारे अनुसार दुनिया इतनी विकसित हो गयी है, तब भी आज पत्नी के नाम के अन्त में पति के नाम की ही उपाधि क्यों लगती है ? पति के नाम के अन्त में पत्नी के नाम की उपाधि क्यों नहीं लगती ?''

सुनीता की सजगता और जागरूकता पुनः बनी रहती है—''यह भी तुम्हारे पुरुष प्रधान समाज की ही चतुराई है। प्रकारान्तर से पत्नी को पति के अधीन रखने का ही यह एक नुस्खा है। लेकिन मेरी कई ऐसी विवाहित सहेलियाँ हैं, जिन्होंने इस नुस्खे से भी अपने को बचा रखा है।''

मनोज व्यंग्य में हँसता है—''तुम इसे नुस्खा कहती हो सुनीता! यह भारतीय कानून के अन्तर्गत आता है।''

प्रत्युत्तर मे सुनीता गम्भीर आवाज़ में अपनी आस्था व्यक्त करती है—''भाषा पहले बनती है मनोज ! व्याकरण बाद में। कानून समाज के रीति-रिवाज एवं परम्पराओं को मद्देनज़र रखकर ही बनाये जाते हैं। जब परम्पराएँ बदलती हैं तो कानून को भी बदलना पड़ता है, अन्यथा वह अप्रासंगिक हो जाता है। तुम देखना मनोज, इस कानून को बदलना पड़ेगा। मैं कहती हूँ कि जो औरत अपने जीविकोपार्जन की क्षमता रखती है तथा पुरुष के मुक़ाबले हर कुछ करने को तैयार है, उसे पुरुष से नीचा या घटकर बताना उसके साथ अन्याय नहीं तो और क्या है ?''

अपना पक्ष कमज़ोर पड़ता देख मनोज नारी की सनातन कमज़ोरी की ओर उसका ध्यान आकृष्ट करता है—''तुम्हारे भेज़े में तो कोई बात आने वाली नहीं। लेकिन कान खोलकर सुन लो कि ईश्वर ने ही स्त्री को संरचनात्मक रूप में इस तरह बनाया है कि वह पुरुष का मुक़ाबला कभी नहीं कर सकती है। स्त्री-पुरुष जब एक-दूसरे के निकट आते हैं तो उसकी परिणति नौ महीने तक स्त्री को ही

झेलनी पड़ती है। प्रसव पीड़ा के कष्ट से उसी को गुजरना पड़ता है। इसके बाद सन्तान के रूप में एक नयी आसक्ति की गिरफ्त में वही आती है। पुरुष इस झमेले में नहीं पड़ता। स्त्री को जख्म देकर वह बरी हो जाता है। स्त्री चाहकर भी उसे जख्म नहीं दे पाती। ईश्वर ने स्त्री को यह सामर्थ्य दी ही नहीं···।"

मनोज की यह बात सुन सुनीता पहली बार अनुत्तरित महसूस करती है। एक क्षण के लिए उसका चेहरा पराजय-बोध से लाल हो जाता है। फिर वह अपने को संयत कर कहती है—"नहीं, विज्ञान ने इसका समाधान भी दे दिया है। इसके अतिरिक्त, अगर ईश्वर ने इस रूप में पुरुष की अपेक्षा स्त्री को कमजोर बनाया है तो उसे एक विलक्षण शक्ति से सम्पन्न भी किया है। उस शक्ति से पुरुष वंचित है। इसीलिए ईश्वर के ऊपर आरोप न लगाओ। उसके यहाँ अन्याय नहीं होता।"

मनोज गर्व से पूछता है—"वह कौन-सी शक्ति है, जरा मैं भी तो सुनूं?"

सुनीता सधे हुए लहज़े में कहती है, "वह शक्ति स्त्री-पुरुष के सम्बन्धों के बीच स्त्री की निर्णायक भूमिका का होना है। स्त्री किसी भी पुरुष को अपने एक संकेत मात्र से निकट कर लेती है। लेकिन पुरुष ऐसा चाहकर भी नहीं कर सकते। तुम्हें याद होगा, तुम्हारे सभी साथी मुझे चाहते थे। लेकिन उनके अन्दर यह शक्ति नहीं थी कि वे अपनी ओर मुझको आकृष्ट कर सकें। मैंने उन सबों के बीच से अपना संकेत दे तुम्हें निकट कर लिया! कॉलेज जीवन में तो तुमने अनुभव किया ही है, अपने दफ़्तर में भी आये दिन देखते हो, पुरुष चाहकर भी किसी स्त्री से दोस्ती नहीं कर पाते। लेकिन स्त्री जिस पुरुष को चाहती है, उससे दोस्ती बना लेती है···।"

सुनीता की इस बात पर मनोज भी अपने को अनुत्तरित महसूस करता है। पराजय-बोध से उसका चेहरा भी लाल हो जाता है। फिर शीघ्र ही वह अपने को संयत करते हुए कहता है—"पैसा खर्च करके तो पुरुष जैसी स्त्री से चाहे, सम्पर्क कर सकता है···।"

सुनीता उसी तेज़ी से जवाब देती है—"पैसा खर्च करके पुरुष सिर्फ़ वेश्या से ही सम्पर्क स्थापित कर सकता है, हर स्त्री से नहीं।"

मनोज पुनः उसको कमज़ोर साबित करने की कोशिश करता है—"स्त्री के निकट पहुँच पुरुष उसे बर्बाद करके अलग हो जाता है, अपनी मनचाही स्त्री के साथ ही टिकता है। इसमें स्त्री की जीत कहाँ, प्रकारान्तर से तो उसकी हार ही है।"

सुनीता उसके इस तर्क को भी झटक देती है—"नासमझ और अशिक्षित स्त्री ही बर्बाद होती है, शिक्षित और जागरूक नहीं।"

बहस करते-करते दोनों थक जाते हैं। एक-दूसरे से कहने के लिए अब और कुछ भी उनके पास नहीं बचता है। परिणामतः बैठक से उठकर दोनों अपने-

अपने कमरे में चले जाते हैं। रात का खाना भी वे नहीं खाते हैं। बिस्तर पर पड़े रहते हैं।

रात बीतती जाती है, लेकिन उन्हें नींद नहीं आती है। एक-दूसरे की बातें उनके कानों में गूंजती रहती हैं। पहले वे सोचते थे कि उनका पक्ष ही सबल होगा। लेकिन एक-दूसरे की सुनने के बाद उनके होश ठिकाने आ गये हैं। मनोज सोचता है कि सुनीता ने ठीक ही कहा है, सम्बन्धों के मामले में स्त्रियों की भूमिका ही निर्णायक होती है, पुरुषों के पास यह विलक्षण शक्ति नहीं। मनोज को अपने कॉलेज के वे दिन याद हैं, जब कुमुद को वह बेहद चाहता था। कुमुद उसी के साथ एम० ए० की छात्रा थी। लेकिन उसके चाहने से कुछ भी नहीं हुआ। कुमुद ने जिसे चाहा, उसी को अपना जीवन-साथी बनाया। मनोज को तो डाँट मिली, झिड़कियाँ सुनने को मिलीं! इसके अतिरिक्त आज सचमुच महिलाएँ किसी भी क्षेत्र में पुरुषों से पीछे नहीं। वह बेकार ही ग्रन्थि पाले बैठा था। सुनीता ने उसके अधिकार एवं सीमाओं का उसे सही ज्ञान करा दिया।

इधर मनोज की बातों को याद कर-करके सुनीता भी सोच रही थी कि महिलाएं सचमुच पुरुषों का मुक़ाबला नहीं कर सकतीं। मनोज ने कितना सच कहा है कि सरचनात्मक स्तर पर महिलाएँ पुरुषों की तुलना में आ ही नहीं सकतीं। अपनी विलक्षणता से महिलाएं पुरुषों को ज़रूर आकृष्ट कर लेती हैं; लेकिन अधिकांश पुरुष उनके जीवन में सिर्फ़ जख्म देने ही तो आते हैं। जख्म देकर नौ दो ग्यारह हो जाते हैं। सुनीता ने अपने पड़ोस की संगीता दीदी का दुःख देखा है। एक नौजवान इंजीनियर को अपना जीवन-साथी बनाने के लिए संगीता दीदी ने उसे अपने निकट आने का अवसर दिया था। लेकिन इसकी परिणति कितनी बुरी हुई थी। संगीता दीदी को कभी न भुलाये जा सकने वाला जख्म देकर वह उन्हें छोड़ गया था। बाद में संगीता दीदी ने एक व्यक्ति से शादी कर नये सिर से जीवन जीने की कोशिश की। लेकिन उनकी खुशियाँ फिर वापस नहीं आयीं। वह बेकार ही पुरुषों की बराबरी की धारणा से ग्रस्त थी···मनोज ने स्त्रियों के वास्तविक अधिकार एवं सीमाओं से उसे अवगत करा दिया है।

दूसरी सुबह नित्य क्रिया से निबट कर नाश्ते की मेज़ पर दोनों आ मिलते हैं, जैसे वे एक-दूसरे से मिलने के लिए ही बेचैन हों। मिलते ही सुनीता कहती है—"मुझे माफ कर देना मनोज···आवेश में मैंने बहुत उल-जलूल बक दिया है।"

जवाब में मनोज कहता है—"मैंने क्या तुम्हें कम कहा है···मुझे भी माफ़ कर देना···"

शायद पाठकों को अब यह बताने की आवश्यकता नहीं कि इसके बाद सुनीता और मनोज के बीच फिर कभी विवाद नहीं हुआ और न एक-दूसरे को लेकर उन दोनों ने कभी तनाव ही महसूस किया! ▭

एक गाँव की अन्तःकथा

एक गाँव की अन्तःकथा प्रस्तुत करने के लिए अपने गाँव आ पहुँचा हूँ। मेरे मन में अपने गाँव और यहाँ के लोगों के प्रति बहुत प्यार है, आकर्षण है। छुट्टियों में यहाँ जब भी आता हूँ, बचपन की स्मृतियों के साथ गाँव की विगत यादें हरी हो जाती हैं। शहर में नौकरी से जुड़ने के चलते मुझे अपने इस गाँव से अलग रहना पड़ रहा है, जिसकी पीड़ा अक्सर मेरे मन को सालती रहती है। हालाँकि शहर में यहाँ की अपेक्षा मैं ज्यादा सुविधाओं से जुड़ा हूँ। फिर भी वह जगह मुझे रास नहीं आती। मेरे मन-प्राणों में तो अपने गाँव की यह धरती और यहाँ का खुला माहौल बसा हुआ है। शहर के प्रदूषण से तो कभी-कभी दम घुटने लगता है। इसके अतिरिक्त उतने बड़े शहर में मैं अजनबी बनकर जीता हूँ। आराम से रहने और आधुनिक सुविधाएँ भोगने के सिवाय वहाँ किसी को किसी से मतलब नहीं। लेकिन यहाँ आते ही मेरी पहचान वापस लौट आती है। यहाँ मैं भीड़ का अंग नहीं। एक खास व्यक्ति हूँ। यहाँ किसी का भाई, किसी का बेटा, किसी का चाचा, किसी का देवर, किसी का नाती बनकर जीता हूँ। मेरे जानते मनुष्य के पृथक्-अस्तित्व के निर्माण और पहचान के लिए इस तरह जीना जरूरी है। इस सन्दर्भ में मैंने यह निर्णय किया है कि नौकरी से अवकाश ग्रहण करने के बाद शेष जीवन अपने इस गाँव में ही गुजारूँगा।

लगभग दस महीने बाद इस बार मेरा गाँव आना हुआ है। सुबह गाँव पहुँचा और दिनभर लोगों से मिलता-जुलता रहा। गाँव की परिवर्तित स्थितियों का का जायजा लेता रहा। चन्द घण्टों में ही दस महीने का अन्तराल समाप्त हो जाता है और गाँव अपने ताजा रूप में मेरी आँखों के सामने साकार हो उठता है।

घने बगीचों और खेतों से घिरा, कच्चे-पक्के मकानों का मेरा गाँव भोजपुर ज़िले का एक औसत गाँव है। इसे औसत गाँव की संज्ञा मैं इसलिए दे रहा हूँ कि ज़िले के अन्य गाँवों की तुलना में यह न तो बहुत बड़ा गाँव है और न बिलकुल छोटा ही। नब्बे-पंचानवे घरों की बस्ती है।

मेरे गाँव पहुँचने के लिए पहले मार्टिन कम्पनी की एक 'छोटी लाइन' (छोटी रेलगाड़ी) चलती थी—आरा-सासाराम लाइट रेलवे। इस रेलगाड़ी के माध्यम से ही हम गाँव से बाहर जाते थे और वापस गाँव लौटते थे। हालाँकि मेरा गाँव रेलवे लाइन के किनारे नहीं है, इसीलिए स्टेशन से उतरकर खेतों की पगडण्डियों के सहारे ढाई-तीन कि० मी० पैदल चलना पड़ता है, तब हम गाँव पहुँचते थे। बरसात के दिनों में तो हमारा सम्पर्क यातायात के माध्यमों से बिलकुल कट जाता था। छोटी लाइन को पकड़ने के लिए कभी-कभी गले भर पानी लाँघकर जाना पड़ता था, जो बहुत कष्टदायक प्रतीत होता था, लेकिन वह छोटी लाइन अब बन्द हो गयी है। उसके स्थान पर सरकारी और प्राइवेट बसें चलने लगी हैं। इसके साथ ही इस मायने में मेरे गाँव का भाग्योदय हुआ है कि दो प्राइवेट बसें मेरे गाँव से होकर भी गुज़रने लगी हैं। हालाँकि इसके लिए नयी सड़क का निर्माण नहीं हुआ है। मेरे गाँव की मृतप्राय सड़क को ही मिट्टी डालकर पुनर्जीवित कर दिया गया है।

इस सड़क को चालू करने के लिए मेरे गाँव को बहुत संघर्ष करना पड़ा है। एक बार मेरे गाँव के लोगों ने चुनाव का बहिष्कार किया था कि जब तक यह सड़क नहीं बनेगी, हम अपना मत नहीं देंगे। मेरे भोले गाँव ने सोचा था कि उनके द्वारा मत न दिये जाने पर बनने वाली सरकार में काफ़ी फ़र्क पड़ेगा। लेकिन ऐसा कुछ भी नहीं हुआ। सरकार बनी थी और धड़ल्ले के साथ चलने भी लगी थी। तब मेरे गाँव ने चुनाव बहिष्कार का रास्ता छोड़, प्रखण्ड विकास कार्यालय के समक्ष धरना देना और आवाज़ लगाना शुरू किया था। किन्तु इसके बाद भी कुछ नहीं हुआ, तब मेरे गाँव ने एक दिन क्षेत्र के एम०एल०ए० का घेराव किया। गाँव का कहना है कि घेराव के परिणामस्वरूप ही यह सड़क बनी, लेकिन जहाँ तक मैं समझता हूँ उक्त एम० एल० ए० ने अपने चुनाव-प्रचार अभियान के उद्देश्य से इस सड़क की मरम्मत करवायी है। इस क्षेत्र से ही वे चुनाव लड़कर विजयी होते हैं। उनके क्षेत्र के विभिन्न गाँवों को जोड़ने वाली यह सड़क उनकी जीप के चलने लायक नहीं रहेगी तो फिर वे मत हासिल करने में सफल कैसे होंगे? ख़ैर, जैसे भी हो, सड़क चालू हो गयी, इसे हम महती उपलब्धि मानते हैं।

हालाँकि दूसरी तरफ़ सड़क को देखकर पुनः चिन्ताएँ उठने लगी हैं। सड़क बनी क्या है, थोड़ी-बहुत मिट्टी डालकर गिट्टी के टुकड़े बिखेर दिये गये हैं। बसें इसे निरन्तर 'खंधारती' जा रही हैं। विधिवत् इसका निर्माण होगा, यह बात हम वर्षों से सुनते आ रहे हैं। अगर और चन्द वर्ष तक इस सड़क की यही स्थिति रही तो, यह लकीर रूपी अपने पुराने चोले में वापस चली जायेगी और पुनः पैदल यात्रा तय कर, हमें पुराने बस स्टैण्ड तक आना-जाना पड़ेगा।

मेरे इस गाँव में सभी जातियों के लोग तो नहीं रहते हैं, लेकिन कुछ प्रमुख तथाकथित बड़ी और छोटी जातियों के लोग हैं। इनमें बड़ी जाति की ही बहुलता है। जातिगत आधार पर होने वाले कार्य हमारे यहाँ सदियों से चले आ रहे हैं। जैसे पूजा-पाठ और कथा-वाचन पण्डित जी ही करते हैं। कपड़ा धोबी जाति के लोग ही धोते हैं। नाई जाति के लोग दाढ़ी बनाते हैं। चमार जूता सीते हैं। डोम सूप आदि बनाते हैं। लोहे का काम लोहार करते हैं। लकड़ी का काम बढ़ई। मिट्टी के घड़े आदि कुम्हार बनाते हैं। कानू 'घुनसार' झोंकते हैं, तेली तेल पेरते हैं। पासी ताड़ी बेचते हैं, कहार पानी भरते हैं आदि।

लेकिन इस पारम्परिक जातिगत पेशे में छिटपुट रूप से अब तबदीलियाँ भी शुरू हो गयी हैं। झगरू नाई का बेटा केदार पुलिस में भर्ती हो गया है। दाढ़ी-हज़ामत बनाने का कार्य उसे पसन्द नहीं आया। बिरदा चमार ने जूते सीने का काम छोड़ खेती करना शुरू कर दिया है। उसके कमाऊ बेटे ने कुछ खेत खरीद लिये हैं। रतन धोबी ने कपड़े धोना बन्द कर माल-मवेशियों का व्यवसाय शुरू कर दिया है। धोबी के पेशे में वह बहुत आर्थिक तंगी महसूस कर रहा था। तथाकथित बड़ी जाति के नवनिहाल सिंह अच्छे खेतिहर से भूमिहीन किसान-मजदूर बन गये हैं। उनके पुरखे बनिहार-चरवाह रखते थे, लेकिन अब वे स्वयं दूसरों के यहाँ बनिहारी-चरवाही करने लगे हैं।

इसके अतिरिक्त जातिगत धरातल पर एक बिलकुल अनोखी घटना मेरे गाँव में घटी है। उस घटना ने सदियों से रूढ़ मेरे गाँव के जातिवादियों की चूलें हिला दी हैं। वे यह सोचने को विवश हो गये हैं कि जाति का निर्माण ईश्वर ने किया है या मनुष्य ने।

मेरे गाँव के भदई के पुरखे पण्डित थे। लेकिन वह चमार है। इस सम्बन्ध में गाँव के लोग यह कहानी बताते हैं कि भदई के दादा बृजमोहन पण्डित बहुत रंगीले मिज़ाज के आदमी थे। गाँव की एक 'चमइन' (चमार की बेटी) उन्हें पसन्द आ गयी थी। फिर उन्होंने बिरादरी की परवाह किये बग़ैर उसे रख लिया था। उनकी ब्याहता पत्नी थी, लेकिन उसे कोई बच्चा नहीं हुआ था। चमइन भाग्यशाली साबित हुई। उसी ने मनोहर पण्डित को पैदा किया। लेकिन मनोहर पण्डित को गाँव ने 'दोगला' की संज्ञा दी। बिरादरी ने 'भवधि' तो बृजमोहन पण्डित से ही तोड़ दी थी। मनोहर पण्डित को तो बिरादरी के लोग चमार समझने लगे थे। जब अपनी बिरादरी में शादी नहीं हुई तो मजबूरी में मनोहर पण्डित ने भी एक चमइन रख ली। अब भदई पैदा हुए। तथाकथित बड़ी जाति के आक्षेप के फलस्वरूप भदई ने स्वेच्छा से चमार बिरादरी स्वीकार कर ली। कुछ ले-देकर चमारों ने भदई को अपने में मिला लिया। भदई की शादी चमार जाति की औरत के साथ ही विधिवत् हुई है। भदई के बच्चे पूछने पर अब अपनी

जाति चमार ही बताते हैं। भदई अपने नाम के पीछे भदई राम लिखता है, जबकि खेत के पुराने खतियानों में उसके दादा और बाप के नाम क्रमशः बृजमोहन पाण्डेय और मनोहर पाण्डेय ही मिलते हैं। लेकिन भदई के बच्चों के लिए अब वह विस्मृत होता इतिहास बनता जा रहा है। मेरे गाँव की जीविका का मुख्य स्रोत कृषि है। लोग खूब जमकर खेती करते हैं, लेकिन कुछ अन्य गाँवों की तरह सौ एकड़ का कोई भी काश्तकार मेरे यहाँ नहीं। इस सन्दर्भ में मेरा गाँव अपवाद है। पचास एकड़ से अधिक ज़मीन यहाँ किसी की नहीं। बढ़ती हुई जनसंख्या के अनुसार प्रत्येक परिवार के हिसाब से यह ज़मीन घटती ही जा रही है। इस सन्दर्भ में उल्लेखनीय बात यह है कि किसी के पास पाँच एकड़ है तो किसी के पास पच्चीस एकड़, तो किसी के पास एक धूर भी नहीं। ज़मीन के धरातल पर कोई समानता नहीं।

कृषि कार्य के लिए इधर हाल में दो समृद्ध खेतिहरों ने ट्रैक्टर खरीदे हैं, लेकिन गाँव के शेष किसान बैलों के माध्यम से ही खेती करते हैं। इसलिए प्रायः प्रत्येक घर के दरवाज़े पर बैल रँभाते या सानी खाते नजर आ जाते हैं। बैलों के अतिरिक्त खेत जोतने के लिए एक बनिहार (हलवाह) और बैलों को सानी-पानी देने के लिए एक चरवाह की ज़रूरत प्रायः हर अच्छे खेतिहर को पड़ती है। भूमिहीन ग़रीब इस कार्य के लिए 'साल माथ' (एक वर्ष के लिए) पर अनुबन्धित किये जाते हैं। छोटे किसान अपने ये कार्य स्वतः कर लेते हैं। बनिहार-चरवाह रखने का खर्च वे नहीं झेल पाते।

मेरे गाँव की ज़मीन सिंचित और असिंचित दोनों तरह की है। नहर का पानी जब आता है तो सिंचित ज़मीन को पटाने के लिए किसानों के बीच मारा-पीटी और खून-खराबी की अनेक घटनाएँ हो जाती हैं। इस सन्दर्भ में लोगों के बीच मुक़द्दमें वर्षों से चल रहे हैं। साथ ही हर वर्ष कोई न कोई नया मुक़द्दमा दर्ज भी हो जाता है। पानी पटाने को लेकर किसी वर्ष झगड़ा नहीं हुआ हो, मेरे जानते ऐसा कभी नहीं हुआ। पानी के लिए केस लड़ने वाले मेरे गाँव के कई मुक़द्दमेबाज़ों ने आन पर समूचे खेत बेच दिये। लेकिन राय-मशविरा के आधार पर दुश्मन से सुलह नहीं की। गणेशी महतो का स्थान इसमें सबसे आगे है। गाँव के नये मुक़द्दमेबाज़ गणेशी के दरवाज़े पर बैठकर अक्सर दाव-पेंच सीखते नज़र आते हैं।

असिंचित ज़मीन को पटाने के लिए लोगों ने कुएँ खुदवाकर रहट डलवा लिया है। कुछ लोगों ने बोरिंगें डलवा दी हैं। दो-तीन लोगों ने पम्पिंगसेट खरीद लिये हैं। इसके बावजूद प्रकृति के प्रतिकूल होने पर पानी के लिए लोगों को नाकों चने चबाने पड़ते हैं।

मेरा गाँव किसी बड़ी नदी के किनारे नहीं है, इसीलिए पानी की समस्या

बनी रहती ही है। लेकिन नदी से दूर होने का एक बड़ा फ़ायदा मेरे गाँव को यह है कि बाढ़ की चपेट में हम अक्सर नहीं आते हैं। लेकिन सूखे से हमें मुक्ति कहाँ ? अभी पिछले ही वर्ष हमारा गाँव भयंकर सूखे का शिकार हुआ। खरीफ़ और रबी की दोनों फ़सलें मारी गयीं, लेकिन इस पर भी पनीवट और मालगुजारी की लगान माफ़ नहीं हुई। सरकारी कर्मचारियों का कहना है कि गाँव को सरकार ने अकालग्रस्त घोषित नहीं किया है। इस पर मेरे गाँव ने लगान देना बन्द कर दिया। दोनों ओर से संघर्ष छिड़ गया। कर्मचारी पुलिस के साथ आते और गाय-भैंस खोलकर ले जाते। दरवाज़ों से चौखट-किवाड़ निकाल लेते। राज-शक्ति की क्रूरता के आगे मेरे गाँव को झुकना पड़ा। तब से मेरे गाँव ने यह मान लिया है कि मजबूरी और लाचारी का दूसरा नाम गाँव का किसान है। असहाय, असमर्थ, अपनी पीड़ा के इज़हार से वंचित। जितना लूटो, जितना टैक्स लाद दो, वह देगा नहीं तो जायेगा कहाँ ?

मेरे गाँव में बिजली अभी तक नहीं अब भी है। गाँव से बाहर खेतों से होकर उसके पोल गुज़रे हैं, जहाँ कुछ लोगों ने बोरिंगें डलवायी हैं। गाँव में बिजली आती, इससे पहले ही मनोज और रविन्दर नामक गाँव के दो युवक 'खिलवाड़' करते हुए बिजली के तार से सटकर मर गये। उनकी मृत्यु का सीधा और व्यापक असर हमारे गाँव पर पड़ा। फलस्वरूप लोगों ने गाँव में बिजली ले आने के लिए पहल नहीं की। इसके अतिरिक्त हिसाब लगाकर भी लोगों ने देख लिया है; डिबरी और लालटेन की तुलना में बिजली जलाना खर्चीला है।

मुझे इस बात को लेकर दुख है कि मेरे गाँव के लोग अब भी रूढ़ियों और अन्ध-विश्वासों से ग्रस्त हैं। गाँव के दक्खिन में ब्रह्म बाबा के चबूतरे पर प्रति शुक्रवार की शाम 'देवास' का आयोजन होता है, जहाँ अभावों और मनोव्याधियों से पीड़ित औरतें 'डायन' और 'भूत' खिलाती हैं तथा ओझा उनकी ओझाई करते हैं। इन रूढ़िगत धारणाओं में जकड़े लोग बीमारी आदि के वक़्त भी डॉक्टरी चिकित्सा से ज़्यादा महत्त्व झाड़-फूंक और मनौतियों को देते हैं। मेरे जानते अशिक्षा और अज्ञान के चलते ही इस ग़लत परम्परा से वे अब तक मुक्त नहीं हो पाये हैं। हालाँकि ऐसी बात नहीं कि मेरे गाँव के लोग बिलकुल अशिक्षित हैं। यहाँ के अनेक व्यक्ति पढ़-लिखकर शहरों में प्रोफ़ेसर इंजीनियर, डॉक्टर, वकील आदि हैं। लेकिन उच्च-शिक्षा से जुड़ते और पद पाते ही सब शहरवासी होते गये। यहाँ के लोगों का अज्ञान दूर कर इन्हें विकसित करने के लिए कोई नहीं रुकता है। इसीलिए रूढ़िगत अन्धकार की पर्तें अब तक यहाँ छायी हैं।

मेरे मन में अपने गाँव को लेकर जो दूसरी बात खटकती है, वह यह कि यहाँ लालन-पालन और शिक्षा-दीक्षा के स्तर पर लड़कियों को लड़कों की समानता नहीं प्रदान की जाती है। लड़कों को आकाश-कुसुम समझा जाता है तो

लड़कियों को पाँवों की धूल ! माँएँ अपनी बेटियों को यह सीख देती हैं कि मर्द मारे तो प्रसाद समझकर सह जाना। मर्द को देवता की तरह पूजना। उसके विरुद्ध सपने में भी न सोचना !···

मुझे लगता है, लड़कियों को पराया धन समझ तथा उनकी शादी में दिये जाने वाले दहेज के चलते ही लोग ऐसा करते हैं। शायद इसीलिए लड़कियों को सिर्फ़ चिट्ठी-पत्री बाँचने भर पढ़ाना ही उचित समझते हैं। अपवादस्वरूप कुछ लड़कियाँ अगर आगे तक पढ़ जाती हैं तो इसलिए कि उनके अभिभावक शहरों से जुड़े और प्रगतिशील विचारों के होते हैं।

मेरे गाँव को समझने के लिए गाँव की बैठकों को समझना जरूरी है। पहले गाँव में तीन-चार बैठकें लगती थीं, जहाँ प्रायः सभी लोग आते-जाते रहते थे। लेकिन अब तो बीस-पच्चीस बैठकें लगने लगी हैं—जाति के आधार पर, उम्र के आधार पर, गुट के आधार पर···ये बैठकें गाँव के भीतर बरगद के नीचे, शिवाले के पास, किसी के दालान पर, किसी की झोंपड़ी में लगती हैं तो गाँव के बाहर पुलिया पर, बगीचे में, खलिहान में लगती हैं। गाँव की सूचनाएँ इन बैठकों के माध्यम से क्षण भर में ही पूरे गाँव में पसर जाती हैं। घर-घर की सूचनाएँ इन बैठकों में जाने कैसे आ जाती हैं ? किसके यहाँ क्या बना है ? किसके यहाँ लड़ाई-झगड़ा हुआ है ? किसकी बेटी किसके बेटे के साथ ईख के खेत में पकड़ी गयी है ? किस बनिहार की बेटी जवान हो चली है ? किसकी फ़सल कैसी है ? इस साल धान की खेती में किसका नम्बर पहला है ? किसके यहाँ कौन मेहमान आये हैं ? किसके बेटे को कितना 'तिलक' मिल रहा है ? किसकी बेटी को कितना दहेज दिया जा रहा है ? किसका मकान मिट्टी की जगह पर ईंटों का बन रहा है ? कौन मजदूर गाँव छोड़कर शहर भाग गया ? अपने उपन्यास 'युद्धस्थल' में इन बैठकों की चर्चा मैंने विस्तार से की है।

मेरे गाँव में जो सबसे बड़ा परिवर्तन है, वह संयुक्त परिवारों के विघटन का है। प्रायः हर घर में चूल्हे अलग कर लिये गये हैं। दीवारें खड़ी हो गयी हैं। दस महीने की अल्पावधि में ही गाँव आने पर मुझे पता चला है कि तीस और चूल्हे अलग हो गये हैं। संयुक्त परिवार तो सिर्फ़ अपवाद के रूप में ही नजर आते हैं। लड़के की शादी नहीं हुई है, उस वक़्त तक तो ठीक है, लेकिन मेहरिया के आते ही चूल्हे अलग हो जाते हैं। बिसेसर और चनेसर दोनों भाइयों का प्रेम देख गाँव दाँतों तले अंगुली दबाता था। गाँव उदाहरण देता था कि भाई हो तो बिसेसर और चनेसर की तरह। बिलकुल राम-भरत की जोड़ी। लेकिन इस बार वे दोनों भी अलग हो गये हैं। बिसेसर से मैंने पूछताछ की तो उसने कहा, "हमारे लड़कों ने अलग करा दिया है···इन लड़कों के आगे हमारा वश ही क्या !"

संयुक्त परिवार के विघटन को लेकर गाँव के बुजुर्ग खेद प्रकट करते हैं।

लेकिन नौजवान इसे उचित ठहराते हैं। उनका कहना है कि संयुक्त परिवार की अपेक्षा अलग होकर आदमी ज़्यादा विकास करता है।

मैं इसी बिन्दु से देख रहा हूँ, क़स्बों और शहर की मिश्रित संस्कृति मेरे इस गाँव में घुसती जा रही है। खान-पान और रहन-सहन के स्तर पर भी मेरा गाँव बहुत बदल चला है। लड़के गलियों में बेल-बॉटम पहने सिगरेट का धुआँ उड़ाते नज़र आने लगे हैं। लड़कियाँ भी यदा-कदा मिनी-स्कर्ट और मैक्सी में दिखने लगी हैं। फैंटेबाज़ी, छूरेबाज़ी, चलती-फिरती प्रेम कहानियाँ! लेकिन मेरे जानते अनुकरण का यह सिर्फ़ बाह्य रूप है। एक तरफ रूढ़ियाँ, दूसरी ओर यह छद्‌म और आरोपित आधुनिकता। कोई संगति नहीं। चेतना के स्तर पर जब तक गाँव नहीं बदलेगा तब तक तो इस बाह्य परिवर्तन से वह हास्यास्पद ही नज़र आता रहेगा।

मुझे लगता है, क़स्बा शहर में और गाँव क़स्बे में परिवर्तित होने की प्रक्रिया में है, लेकिन मैं ऐसे परिवर्तन के पक्ष में नहीं कि गाँव क़स्बा या शहर बन जाये। तब गाँव की अपनी अस्मिता रह ही कहाँ जायेगी? शहर और क़स्बे की जागरूकता, वहाँ मिलने वाली आवश्यक सुविधाएँ अगर गाँव को मिल जायें तो मेरे जानते यह गाँव के हक़ में होगा।

मैं अपने गाँव के 'ग्राम-सुरक्षा-संघ' के बारे में भी आपको बता देना चाहता हूँ। पता नहीं, और गाँवों में ऐसे संघ बने थे या नहीं, लेकिन मेरे गाँव में इस नाम का एक संघ बना था। असल में हुआ यह था कि चोरी-बदमाशी का सिल-सिला एक लम्बे समय से मेरे गाँव में चला आ रहा था। शक्तिशाली लोग कम-ज़ोरों को गाहे-बगाहे दबा देते। किसी के खेत से धान के बोझे चोरी चले जाते, किसी के घर सेंध लग जाती। कुएँ से किसी का रहट चोरी चला जाता। लेकिन लोग सहते जाते। पर एक बार ऐसी दो घटनाएँ घटीं तो लोग अपनी सुरक्षा के लिए सम्मिलित ढंग से सोचने पर मजबूर हो गये। घटनाएँ भिखारी सिंह और ददन चौधरी से सम्बन्धित हैं। भिखारी सिंह गाँव के अच्छे खेतिहर हैं। उनके यहाँ एक रात डाका पड़ा। उनके घर वालों को चिल्लाहट पर गाँव के लोग पहुँचने लगे। लेकिन डाकुओं ने दूर से ही फायरिंग करके गाँव वालों की बीच में पड़ने से मना कर दिया। गाँव के लोग भिखारी सिंह के मकान से अलग हाथ बाँधे खड़े रहे और डाकू इत्मीनान से भिखारी सिंह को लूटते रहे। उनके घर में उपलब्ध सारी दौलत लूटकर तथा उनके परिवार वालों को घायल कर, डाकू फायरिंग करते चले गये।

मेरे गाँव के लिए यह बिलकुल नयी घटना थी। इससे पहले रातों में चोरियाँ होती थीं, लेकिन लोगों के जागते ही चोर भाग निकलते थे। इसीलिए इस घटना को लेकर खूब चर्चाएँ हुईं कि यह कैसे हो गया? बिना गाँव के सहयोग के बाहरी

डाकू आ नहीं सकते। ज़रूर गाँव के ही किसी भेदिये ने यह डकैती करायी है। भिखारी सिंह से दुश्मनी रखने वाले कई लोगों के नाम भी दबी ज़ुबान उभरने लगे ··!

अभी इस घटना की चर्चा ठण्डी भी नहीं होने पायी थी कि एक रात कुछ लोगों ने अपने खलिहान में सोये ददन चौधरी की हत्या कर दी। गाँव में वह पहली हत्या थी। गाँव दहशत से भर गया था। हत्या को लेकर भी चर्चाएँ शुरू हुईं। साथ ही गाँव के खेतिहर आपस में मिलकर यह योजना भी बनाने लगे कि इन वारदातों से बचने के लिए कुछ किया जाये।

सब डरने लगे थे कि अगर भिखारी सिंह और ददन चौधरी की तरह उनके ही साथ कुछ हो जाये तब ?···फलस्वरूप 'ग्राम-सुरक्षा-संघ' का निर्माण हुआ। बरगद के नीचे लगातार कई बैठकों के बाद संघ तैयार हो गया। संघ में गाँव की बड़ी और छोटी दोनों जाति के लोगों को सदस्य बनाया गया। समूचे गाँव से चन्दा लेकर संघ के पास कुछ राशि एकत्रित की गयी और संघ ने अपना कार्य शुरू कर दिया। संघ का काम रातों में पहरा देना तथा चोरी-बदमाशी के काम में पकड़े जाने वालों को दण्डित करना था।

संघ ने चन्द महीनों में ही गाँव का नक्शा बदल दिया था। खेत-खलिहानों में लोगों के अनाज पड़े रहते, कोई छूता तक नहीं। घरों के दरवाज़े खोलकर लोग सोते, लेकिन भूला-भटका भी कोई चोर नहीं आता। बाघ और बकरी को एक घाट पर पानी पिलाने वाली कहावत को संघ ने चरितार्थ कर दिया था। हालाँकि इसके पीछे संघ को कैसे-कैसे संघर्ष करने पड़े···एक-से-एक लोमहर्षक गाथाएँ हैं।

मुझे दुख के साथ यह लिखना पड़ रहा है कि कुछ समय बाद संघ को टूट जाना पड़ा। असल में संघ जब से बना था, कुछ असामाजिक तत्त्व तभी से उसे तोड़ने में लगे थे। संघ के ग़रीब और छोटी जाति के सदस्यों के भी कान भर दिये कि इस संघ से कोई फायदा होने वाला नहीं। खेतिहरों ने अपनी सुरक्षा के लिए इसे बनाया है। उन भूमिहीन ग़रीबों को लूटने ही कौन आयेगा ! यह बात उन्हें समझ में आ गयी। वे संघ से कटने लगे। दूसरी तरफ़ कुछ वरिष्ठ सदस्यों पर पक्षपात का भी आरोप लगा। संघ विवादास्पद होते हुए महत्त्वहीन बनता गया। फिर एक दिन टूटकर समाप्त हो गया।

अब पुनः गाँव पहले वाली स्थिति में आ गया है···बल्कि संघ टूटने के बाद स्थिति ज्यादा अराजक और भयावह हो गयी है। जिस पर कहर टूटता है, उसे अकेले झेलना पड़ता है। सामूहिक रूप से विचार करने वाली बात तो विदा हो चुकी।

गाँव की ग्राम पंचायत से भी आपका साक्षात्कार करा देना चाहता हूँ। चूँकि

मेरा गाँव बहुत बड़ा नहीं है, इसीलिए मेरे गाँव जैसे तीन गाँवों को मिलाकर ग्राम पंचायत का निर्माण किया गया है। ग्राम पंचायत के मुखिया और सरपंच चुनाव-प्रचार के दौरान ही यह जान जाते हैं कि कौन उनके पक्ष में है और कौन विपक्ष में ? फिर मुखिया और सरपंच बनते ही विपक्ष से मुँह मोड़ लेते हैं। पंचायत के माध्यम से विपक्ष को सुविधा-सहायता देने की बात तो दूर उन्हें तंग करने की योजनाएँ बनायी जाने लगती हैं, जो चुनाव के बाद की दूसरी रणनीति होती है। अपने पक्ष के सभी लोगों को भी मुखिया-सरपंच सटने नहीं देते। जब तक नहीं बने थे तब तक सबको अपना बनाये थे। लेकिन चुने जाते ही बदल जाते हैं। अपने चन्द परिवारजनों और दलालनुमा व्यक्तियों को छोड़कर पंचायत अन्य ग्रामीणों की ओर कोई ध्यान नहीं देती। प्रखण्ड विकास कार्यालय से मिलकर स्वयं दलाली करने लगती है। इस सन्दर्भ में मुखिया और सरपंच द्वारा वितरित किये जाने वाले खाद, चीनी, राशन आदि का व्यापक 'घालमेल' देखा जा सकता है।

मेरे गाँव की मुख्य राजनीतिक विचारधारा कौन-सी है, यह मैं आज तक नहीं जान सका हूँ। अवश्य ही कुछ लोग विभिन्न राजनीतिक विचारधाराओं से जुड़े होंगे, लेकिन व्यवहार के धरातल पर मैं उसे कभी नहीं देख सका। मेरी जानकारी के तहत जब-जब चुनाव हुए, उनमें एक बार सड़क को लेकर समूचे गाँव ने चुनाव का बहिष्कार किया था। उसके बाद व्यक्ति को मुख्य मानकर ही मत दिये गये, किसी राजनीतिक विचारधारा को महत्त्व नहीं दिया गया। चुनाव में खड़ा व्यक्ति अगर मेरे गाँव की मुख्य जाति का है या मेरे गाँव का सम्बन्धी है या मेरे गाँव से सरोकार रखता है तो उसे ही मत दिया जाता है। हालाँकि इस सन्दर्भ में विभिन्न जातियों वाले मेरे गाँव में अक्सर ही तनाव व्याप्त हो जाता है। पर सफलता उसी वर्ग को मिलती है, जो वर्ग बूथ पर कब्ज़ा कर लेता है। इस मामले में कई बार इस बूथ का चुनाव अवैध घोषित किया जा चुका है। फिर भी यह प्रक्रिया जारी है। इसको लेकर मेरे गाँव के कुछ हिस्सों में क्षोभ और असन्तोष पसरता जा रहा है। शायद यही कारण है कि टिपन दुसाध की मड़ई में हर रात गाँव के पिछड़े और तथाकथित छोटी जाति के लोग संगठित होने लगे हैं। परिणाम क्या होगा, कुछ भी कहा नहीं जा सकता।

सरकार ने गाँवों के लिए क्या किया है और क्या करने जा रही है, ये ख़बरें अख़बारों के माध्यम से आप पढ़ चुके होंगे। मुझे यह कहने में तनिक भी संकोच नहीं कि निःसन्देह सरकार ने आज़ादी के इतने सालों के दरम्यान गाँवों के लिए बहुत कुछ दिया है, लेकिन जिन माध्यमों से किया है और जिस रूप में किया है, उसकी एक हल्की झाँकी मैं प्रस्तुत कर देना चाहता हूँ।

सरकार की ओर से मेरे गाँव में बच्चों के लिए एक प्राथमिक पाठशाला है।

पाठशाला की तीन कोठरियों में से एक कोठरी में ज़ोरावर सिंह का भूसा भरा हुआ है। यह पाठशाला कब खुलती है, इसमें लड़के पढ़ते हैं या नहीं, शिक्षक कब आते हैं और कितने दिनों पर आते हैं, यह सब बता पाना सम्भव नहीं।

पाठशाला के अतिरिक्त मेरे गाँव की बग़ल में वयस्क शिक्षा का भी एक केन्द्र है, लेकिन यह तल्ख़ हक़ीक़त है कि इस शिक्षा के माध्यम से मेरे गाँव का एक भी वयस्क शिक्षित नहीं हुआ है। पता नहीं, अन्य गाँवों में इसकी क्या स्थिति है? वस्यक शिक्षा के शिक्षक और सुपरवाइज़र तो गाँवों से शुद्ध घी और सस्ते अनाज ख़रीद कर शहरों में सप्लाई करते हैं। इस तरह वेतन के साथ-साथ गाँवों से जुड़ने का दोहरा फ़ायदा उठाते हैं।

वयस्क शिक्षा के अतिरिक्त गाँव में प्राथमिक चिकित्सा केन्द्र भी है। इसका उद्देश्य गाँवों में इलाज की सुविधा प्रदान करना है। इसके लिए एक कम्पाउण्डर एवं एक नर्स की पोस्टिंग यहाँ की गयी है। सरकार की ओर से मुफ़्त वितरण के लिए आने वाली दवाइयों को यह महँगे दामों में बेचते हैं। इसके अतिरिक्त इलाज के प्रति इन्हें कोई दिलचस्पी नहीं। नर्स अधेड़ उम्र की है। लेकिन गठे बदन और चंचल नयनों वाली है। आधुनिक लिबास में अपने को आकर्षक बना, लिपस्टिक लगा गाँव आती है। पता नहीं, उसने कैसा जादू चला दिया है कि गाँव के नयी उम्र के लड़के और मनचले क़िस्म के बुज़ुर्ग उसके दीवाने हो उठे हैं। स्कूल की कोठरी में, बोरिंग के कमरे में, बगीचे की ओट में, खलिहान की मड़ई में कई लोगों के साथ कई बार वह पकड़ी गयी, लेकिन इसका उसे कोई ग़म नहीं। अपने वेतन से ज़्यादा पैसा वह इस माध्यम से प्राप्त कर लेती है। गाँव के वृद्ध कउड़ी पण्डित के अनुसार कातिक की कुतिया की तरह अपने पीछे-पीछे दस कुत्तों को चलाने में वह गर्व का अनुभव करती है।

दूसरी ओर कम्पाउण्डर 'नन्ह टोली' में आँखें सेंका करता है। कहाँ-कहाँ उसकी दाल गल चुकी है, इसकी चर्चा गाँव की बैठकों में होती है। अपने साथ-साथ वह गाँव के युवकों को भी लाभान्वित करता रहता है। बाँट-चोंटकर खाने वाला आदमी है, इसीलिए गाँव की ओर से उसका विरोध नहीं होता है।

इन संस्थाओं की कमियों-खामियों को देखने वाला कोई है, यह हम गाँव वाले आज तक नहीं जान सके। कुछ भद्र पुरुष कभी-कभी हाथों में बैग झुलाते हुए इन संस्थाओं में अवश्य आते हैं, लेकिन सेवा-सत्कार पा वापस लौट जाते हैं ··जैसे सिर्फ़ मेहमानबाज़ी के उद्देश्य से ही आये हों।

सरकार की ओर से गाँव के लिए वृद्धावस्था पेंशन, स्वतन्त्रता-सेनानी पेंशन, बेरोज़गारी भत्ते आदि की भी व्यवस्था है, लेकिन इन सुविधाओं की प्राप्ति के लिए बेरोजगरी भत्ते आदि की भी व्यवस्था है, लेकिन इन सुविधाओं की प्राप्ति के लिए हक़दारों को इतने व्यक्तियों और दरवाज़ों से होकर गुज़रना पड़ता है कि वे

परेशान हो जाते हैं। इस यात्रा में हर जगह घूस की राशि निर्धारित की जा चुकी है। इस सन्दर्भ में लेने वाले को देने पड़ जाते हैं। मुझे यह कहने में तनिक भी संकोच नहीं कि सरकार द्वारा मिलने वाली ये सुविधाएँ वितरण करने वाले सरकारी कर्मचारी मिल-जुलकर हड़प जाते हैं : अगर कुछ लोग प्राप्त करने में सफल हो जाते हैं. तो वे नहीं जो वास्तविक हक़दार होते हैं, बल्कि वे जो घूस की मोटी रक़म दे सकते हैं और पहुँच के स्तर पर अपने को दावेदार साबित कर सकते हैं। लाल-कार्ड के साथ भी यही स्थिति है।

गाँव के ग़रीबों को स्वतन्त्र रोजगार से जोड़ने के लिए बैंकों द्वारा गाय, भैंस, मुर्गी, बकरी आदि उपलब्ध करायी जाने लगी हैं। मेरे गाँव के भगन और ठेगु नामक दो बनिहार, बनिहारी छोड़कर 'किसी तरह' बैंक द्वारा भैंस प्राप्त करने में सफल हो गये, लेकिन भैंस लाने के बाद समस्या खड़ी हो गयी है कि वे उसे कहाँ चरायें। खेत वाले लोगों का कहना था कि उनके खेत-खलिहान और बगीचों में वे भैंस चरायेंगे तो वे उन्हें जिन्दा नहीं छोड़ेंगे। इस स्थिति से त्रस्त उन दोनों को एक हफ़्ते के अन्दर ही भैंस बेचनी पड़ी। सारे अरमान और सपने टूट गये। प्रतिक्रिया स्वरूप टिपन दुसाध की मड़ई में अब वे भी आक्रोश का बीज बोने लगे हैं।

अपने गाँव की इन तमाम असंगतियों को देखते हुए भी यह साबित करने के लिए मेरे पास अनेक प्रामाणिक तथ्य हैं कि गाँव के लोग शहरी प्रदूषण और अजनबी-पन से दूर अपनी पृथक् अस्मिता और पहचान के साथ जी रहे हैं, जो अपने-आप में एक उपलब्धि है। मेरे जानते अगर शहर की प्रमुख सुविधाओं से गाँव को जोड़ दिया जाये तो गाँव स्वर्ग हो जायेंगे। तब शहर में कोई रहना नहीं चाहेगा।

मैंने सुना है कि विकसित देशों के लोग शहर की अपेक्षा गाँवों में रहना पसन्द करते हैं। उनके गाँव आदर्श गाँव होते हैं। मैं उसी दिन की प्रतीक्षा कर रहा हूँ। काश ! निकट भविष्य में यह सम्भव हो पाता ?

एक रात एकाएक

रोज़ की भाँति अरुणेश जी रात दस बजते-बजते अपने परिवार के साथ सो गये थे। रात का खाना अपने नियत समय पर ही उन्होंने खाया था। इससे कुछ वर्ष पूर्व तो वे और पहले ही सो जाते थे। रात जल्दी सोने और सुबह तड़के उठने के हिमायती थे। अपनी इसी दिनचर्या को वे अपने स्वास्थ्य का राज मानते थे। लेकिर जब से घर में दूरदर्शन का आगमन हुआ था समाचार और धारावाहिकों के लिए सोने का समय उन्हें बढ़ाना पड़ा था।

अरुणेश जी की नींद आधी रात से पहले एक बार अवश्य टूटती थी और उन्हें बाथरूम जाना पड़ता था। चाहे वे रात को कम पानी पियें या अधिक, नींद का टूटना और बाथरूम जाना जैसे उनकी दिनचर्या में शुमार था। लेकिन उस रात नियत समय से पहले ही उनकी नींद तोड़ दी गयी। इससे पहले कि अपने समय पर वे स्वयं उठें, किसी कठोर वस्तु के तीखे स्पर्श ने उन्हें जगा दिया। फिर आँख खुलते ही वे चिल्ला पड़े—"चोर ···।" लेकिन एक लकार से अधिक उन्हें नहीं बोलने दिया गया—"चुप बूढ़े! अगर अब एक भी लब्ज़ निकाला तो भूनकर रख देंगे···।"

उन्होंने सोचा था कि उनके चिल्लाने मात्र से चोर भाग जायेंगे। वे जिस पीढ़ी के थे उनकी मान्यता के अनुसार चोरों का कलेजा रत्ती भर का होता है। गृहस्वामी के जाग उठने और आवाज़ लगा देने भर से ही वे नौ दो ग्यारह हो जाते हैं। लेकिन यहाँ तो स्थिति बिलकुल उल्टी थी। समाचार माध्यमों से इस तरह की घटनाओं से वे अवगत ज़रूर थे, लेकिन कभी इसके भुक्तभोगी नहीं थे, इसीलिए उनके लिए यह बिलकुल अप्रत्याशित घटना थी, एक भयानक हादसे की तरह।

उन्होंने अवाक् और विस्मित नेत्रों से देखा, आँगन की खिड़की के समीप आक्रामक मुद्रा में दो-तीन नकाबपोश व्यक्ति खड़े थे। उन्होंने खिड़की की सलाखों से दो लम्बी बन्दूक़ें घुसाकर उनके बदन से सटा दी थीं। स्थिति से

अवगत होते ही भय से वे कांप उठे। उनका चेहरा स्याह और जर्द पड़ गया। उन्हें आँगन की इस खिड़की के समीप नहीं सोना चाहिए था और यह खिड़की खुली नहीं छोड़नी चाहिए थी। पत्नी कहती थीं कि अपना बिस्तरा इस खिड़की से हटाकर कमरे के उस कोने में लगा लो और यह खिड़की भी रात में बन्द कर दिया करो, तो वे उसे समझा देते थे—"पिछवाड़े की सारी खिड़कियाँ तो बन्द हैं ही, आँगन वाली यह खिड़की भी बन्द कर दी तो कमरे में ऑक्सीजन कहाँ से आयेगी ?" उनका तर्क था कि आँगन तो एक ओर से उनके कमरों और दूसरी ओर से ऊँची दीवारों से घिरा है, इस स्थिति में इस खिड़की के खुले रखने में क्या भय ? यह तो सर्वथा निरापद और सुरक्षित है। लेकिन पत्नी की आशंका सही साबित हुई थी। अब उन्हें यह समझते देर नहीं लगी कि दीवार फाँदकर ही ये चोर-उचक्के आँगन में उतर आये हैं और खिड़की के पास उन्हें सोया पाकर बन्दूक़ भिड़ा दिये हैं।

अब उन्हें इस बात के लिए भी अफ़सोस हुआ कि आँगन वाला मकान उन्हें बनाना ही नहीं चाहिए था। उनका मित्र सिन्हा बराबर कहा करता था कि मकान में आँगन के लिए जगह छोड़कर उसका दुरुपयोग न करो···कि आँगन अब आउट डेटेड निर्माण हो गया है···कि आँगन को पाटकर और अपने कमरों से जोड़कर उसे डाइनिंग हाल बना दो···यह अधिक उपयोगी और सार्थक होगा। लेकिन सिन्हा जैसे अपने मित्रों की बात न मानकर उन्होंने आँगन वाला ही मकान बनाया। असल में उनका बचपन अपने गाँव में आँगन वाले अपने पुश्तैनी मकान में ही बीता था, इसीलिए उनकी नज़र में मकान में आँगन के होने का अपना अलग महत्त्व था। लेकिन अपनी उसी सोचावट के चलते आज वे मार खा गये।

अरुणेश जी जिस कमरे में सोये थे, वह बीच का कमरा था। उससे लगे दोनों किनारों के कमरों के दरवाज़े उनके कमरे में भी खुलते थे। उनमें से एक में उनकी पत्नी और बेटी तथा दूसरे में उनके दोनों बेटे और विकलांग चाचा। उनकी एक लकार की आवाज़ सुनकर ही वे जाग गये थे और लगातार पूछे जा रहे थे कि क्या हुआ।

"आप चुप क्यों हैं ? कुछ बोल क्यों नहीं रहे···?" पत्नी आवाज़ देती जा रही थी।

"क्या हुआ पिताजी ? कहाँ है चोर ? क्यों चिल्लाये आप ?"—बेटे पूछ रहे थे।

"क्या बउआ रहे हो अरुणेश ?···क्या सचमुच कहीं कुछ देखा है···?" चाचा कहे जा रहे थे। लेकिन वे जवाब दें तो कैसे ? सामने खड़े यमदूतों ने उन्हें कुछ भी बोलने से ना कर रखा था। भय से तो उनका कण्ठ सूख गया था तथा

वाणी कहीं गले के अन्दर ही खो गयी थी ।

जब कुछ क्षण तक उन्होंने कोई जवाब नहीं दिया तो आशंका और चिन्ता लिये उनकी पत्नी हाथ में टॉर्च जलाये उनके पास आ धमकी। लेकिन वहाँ का दृश्य देख बरबस वे चीख पड़ीं—"बचाओ···बचाओ···चोर···चोर···।"

इस पर यमदूतों ने डपटकर उन्हें भी चुप कर दिया—"मुँह बन्द कर बूढ़ी ···अपना भला चाहती है तो शोरगुल मत कर। नहीं तो तेरे इस बूढ़े को अभी पहुँचा देंगे उस मुकाम पर और एक ही झटके में तेरा भी काम तमाम कर देंगे···।"

अरुणेश जी की पत्नी का खुला मुँह बन्द हो गया। उन्होंने देखा, खिड़की से बन्दूक़ की एक नाल उनकी ओर भी तन गयी थी। वे तो जैसे भय से जड़वत्-सी हो गयीं। काटो तो ख़ून नहीं। हे भगवान, यह क्या हो गया? ये लुटेरे-हत्यारे कहाँ से आ गये···?

इस बीच अपनी माँ की चीख और चोरों की डपट सुन उनके दोनों बेटे अनिल और सुनील बेतहाशा दौड़ते हुए वहाँ आ पहुँचे। बेटी अर्चना भी गिरते-गिरते वहाँ आ गयी। विकलांग चाचा मदन भी पाँव घसीटते हुए पहुँच आये।

अब खिड़की पर खड़े यमदूतों ने क्रूर और भयावह शब्दों में आदेश दिया—"अगर जान प्यारी है तो जितनी जल्दी हो सके तुम सब एक जगह खड़े हो जाओ ···किसी ने भी अगर चालाकी करने की कोशिश की तो एक ही मिनट में सबकी अंतड़ियाँ बाहर निकालकर रख देंगे···।"

उनके आदेश के अनुसार अरुणेश जी और उनके परिवार के लोग एक ही जगह खड़े हो गये। अब तक यमदूतों के टॉर्च की तेज़ रोशनी ने उन्हें अपनी गिरफ़्त में ले लिया था। इस क्रम में उनके परिवारजनों ने एक-दूसरे की आँखों में देखा और जानना चाहा कि इस स्थिति में क्या किया जाये। लेकिन हरेक को एक दूसरे की आँखें पथरायी जान पड़ीं—हताश, निराश और विवश। परिणामत: बलि के बकरों की तरह सब असहाय, लाचार और निरीह बने खड़े रहे।

अब फिर उन्होंने उसी निष्ठुरता के साथ आदेश दिया—"तुम में से कोई एक आगे बढ़कर जल्दी से दरवाज़ा खोल दो नहीं तो सबको छलनी करके रख देंगे···धड़ कहीं गिरेगा और मुँह कहीं···।"

इस पर एक बार फिर अरुणेश जी के परिवारजनों ने उनकी ओर देखा। वे घर के मालिक थे। उनके आदेश से ही घर में कुछ होता था। इस संकट की घड़ी में भी सब उन्हीं का संकेत जानना चाहते थे। लेकिन उनकी आँखों में तो सिर्फ़ आतंक, अनिश्चय और किंकर्तव्यविमूढ़ के भाव थे···। इस स्थिति में सब यथावत् खड़े रहे।

एक क्षण बाद यमदूत फिर गरजे—"तो तुम सब ऐसे नहीं मानोगे···।" और

'धड़ाम' की तेज़ आवाज़ के साथ सामने की दीवार पर बन्दूक़ दाग दी उन्होंने। दीवार का एक हिस्सा खरखराकर टूट गया और 'धड़ाम' की तेज़ आवाज़ से पूरा मकान जैसे हिल गया। अरुणेश जी और उनके परिवार के लोग तो अन्दर तक दहल उठे। उनका कलेजा मुँह को आ गया···। हृदय की धड़कनें इतनी तेज़ हो गयीं कि वे सब काँपसे उठे। इस तरह की घटनाओं के दौरान आये दिन मारे जाने वाले लोगों के दृश्य उनकी आँखों के समक्ष घूम उठे। अब अरुणेश जी ने निर्णय लेने में और विलम्ब नहीं किया। उन्हें यह समझते देर नहीं लगी कि दीवार पर वार करके लुटेरों ने उन्हें सिर्फ़ धमकाया भर है। अगर उन्हें मारना रहता तो अब तक वे उनका काम तमाम कर देते···। उनका उद्देश्य उन्हें मारना नहीं, लूटपाट करना है। लेकिन अगर वे दरवाज़ा नहीं खोलेंगे तो आवेश में आकर वे उन्हें अवश्य मार देंगे। अक्सर लुटेरे गृहस्वामी और उनके परिवारजनों द्वारा विरोध और असहयोग करने पर उन्हें मार देते हैं···। साथ ही उन्हें यह भी लगा कि ये मामूली चोर-उचक्के नहीं, किसी कुख्यात गिरोह के संगठित लुटेरे हैं तभी तो चुपके से नहीं, बन्दूक़ की आवाज़ के साथ उन्हें लूटने को तत्पर हैं। इस तेज़ आवाज़ से उनके मुहल्ले वाले जाग गये हैं और उन्हें मालूम भी हो गया है कि उनके यहाँ डकैती पड़ी हुई है, शायद इसीलिए अपनी खुली खिड़कियों को वे जल्दी-जल्दी बन्द कर रहे हैं, जिसकी आवाज़ें उन्हें साफ़ सुनाई पड़ती हैं। कहाँ मुहल्ले वाले इस आफ़त में उनका साथ देते, इन लुटेरों का विरोध करते, लेकिन उल्टे भीगी बिल्ली की तरह दुम दबाये अपने घरों में सिमटते जा रहे हैं। इस स्थिति में शोरगुल मचा कर भी वे क्या कर लेंगे? ज़रूर उनके किसी दुश्मन ने लुटेरों को यह सूचना दे दी है कि अपनी बेटी अर्चना की शादी के लिए रुपये और गहने जुटा रखे हैं उन्होंने। खैर···। जान रहेगी तो फिर सब कुछ जुटा लेंगे ···इसीलिए अपने बड़े बेटे अनिल को तत्क्षण दरवाज़ा खोल देने का संकेत करते हैं···।

वे लुटेरे चौकस निगाहों से उनका संकेत भाँपते रहे और अपनी सख्त निग़रानी में अनिल का दरवाज़ा खोलना देखते रहे। फिर दरवाज़ा खुलते ही भरभरा वे अन्दर घुस आये। अब उनके परिवार को अपनी कड़ी पहरेदारी के बीच उन्होंने ले लिया। यह देख उनकी पत्नी का रहा-सहा धैर्य भी जाता रहा। एकदम अधीर होकर बिलख उठीं वे—"जो कुछ लूटना हो लूट लीजिए···लेकिन हमारे परिवार को मत मारिए···हम लोग चूँ तक नहीं करेंगे···आप लोगों का कुछ भी नहीं बिगाड़ेंगे···।"

"तो बता कहाँ रखा है माल···?"—उनमें से एक गरजा। जवाब में कुंजियों का गुच्छा अपने आँचल के छोर से खोलकर उनके सामने फेंकते हुए उन्होंने कहा—"जो कुछ है, सब उस कमरे में है···हमें छोड़ दीजिए और जो ले जाना हो ले

जाइये···।"

उनकी बात का विरोध पति, बच्चों और चाचा, किसी ने भी नहीं किया। सच तो यह है कि अन्दर-ही-अन्दर सबने उनकी इस बात से राहत की ही साँस ली। इस संकट की घड़ी में उनकी जान बच जाये, यही बहुत है! फिलहाल यह मुसीबत किसी तरह टल जाये, बाद में जो सोचना होगा, सोचेंगे।

कुंजियों का गुच्छा ले उनमें से कुछ उस कमरे की ओर चल पड़े तथा कुछ बन्दूक़ से उन्हें पूर्णतः घेरे रहे। शेष बचे लुटेरे आँगन में मुस्तैद नज़र आ रहे थे। शायद कुछ आँगन के बाहर भी हों।

उनको घेरे खड़े लुटेरों ने भी अब अपनी हरक़त प्रारम्भ कर दी—"इस छोकड़ी को छोड़ कर तुम सब उस कमरे में चले जाओ···।"

यह सुन जैसे अरुणेश जी के परिवार पर बिजली आ गिरी हो। उन्होंने सपने में भी नहीं सोचा था कि लुटेरों का ऐसा मन्तव्य भी हो सकता है। पहले लुटेरे आते थे तो धन-दौलत लूटकर ले जाते थे। किसी की इज़्ज़त बर्बाद नहीं करते थे। धन की क्षतिपूर्ति तो कर लेंगे वे। लेकिन इज़्ज़त की बर्बादी पर फिर कहीं के नहीं रहेंगे। उन्हें लगता है, ज़रूर अर्चना के कॉलेज के शोहदे छोकड़ों का ही यह काम है। पेशेवर लुटेरों को साथ लेकर आये हैं। लुटेरे लूटपाट में लगे हैं और ये शोहदे अपनी नीचता पर उतारू हैं। वे अक्सर अर्चना को डाँटते थे कि चुस्त और नये फैशन वाले पहनावे में कॉलेज न जाये···छात्र-छात्राओं से अधिक मेलजोल न बढ़ाये···कॉलेज के छात्र-संघ में अधिक सक्रिय न रहे···लेकिन अपनी माँ की दुलारी, माँ की सह पाकर उनसे चुपके अपनी राह पर चलती ही रही। उसकी ओर से पत्नी पहले ही उन्हें समझा देती कि इसमें वह क्या बुरा कर रही है? अब लड़कियाँ किसी भी मामले में लड़कों से पीछे नहीं, उनको तोप-ढाँक कर और दाब-जाँत कर क्या रखना? उन्हें लगता है, निःसन्देह यह उसी का परिणाम है। पिछले कुछ समय से अपने मकान के इर्द-गिर्द मँडराते हुए कॉलेज के कुछ शोहदों को भी वे देखा करते थे।

वे शोहदे अपनी माँग के प्रति और अधिक दृढ़ और क्रूर होते जा रहे थे—"तुम सबको सुनाई नहीं पड़ता है?···सीधे मन से इस छोकरी को छोड़कर तुम सब उस कमरे में जाते हो कि हम शुरू करें···इस छोकरी को तो हम ले ही लेंगे—तुम सबों का पोस्टमार्टम भी कर देंगे···।"

यह सुन अरुणेश जी ने अपने चाचा और बेटों की ओर देखा तथा बेटों और चाचा ने अरुणेश जी की ओर। उनकी आँखों के भाव कुछ बदल से गये थे। वे आँखों-ही-आँखों में एक-दूसरे से बहुत कुछ कहना चाह रहे थे। लेकिन किसी निर्णय पर नहीं पहुँच पा रहे थे। शायद वे यह कहना चाह रहे थे कि अब जीने का क्या अर्थ? इससे पहले कि अर्चना की इज़्ज़त लुटे उन्हें मर कर शहीद हो जाना

चाहिए…! अनेक बाप-भाइयों ने ऐसी कुर्बानी दी हैं…उन्हें आदर से स्मरण किया जाता है…खुद उनके गाँव का बिहारी अपनी बहन को उसके ससुराल से मायके ला रहा था। रास्ते में सौन के किनारे उसे अकेला पा कुछ बदमाश उसकी बहन की इज़्ज़त लूटना चाहे। लेकिन वह भिड़ गया। मरते दम तक वह उन बलात्कारियों से जूझता रहा जब तक कि वहाँ अन्य लोग नहीं आ गये…। उनके गाँव के जयकरण भी अपनी भतीजी की इज़्ज़त बचाने के लिए कट मरे थे। एक रात गाँव के कमीने जब उनके यहाँ घुसे और भतीजी की इज़्ज़त से खेलना चाहा और उनकी भतीजी ने जयकरण चाचा को आवाज़ लगायी तो छत पर सोये जयकरण उन बलात्कारियों के भाले की नोंक पर कूद गये थे और अपनी भतीजी की इज़्ज़त बचा ली थी…। लेकिन शहर में आने के बाद अरुणेश जी और उनके बेटे इसके विपरीत भी देख रहे थे। अपनी जान और धन-सम्पत्ति के लिए पत्नी सहित बहन-बेटियों को लोग सहजता से दाँव पर लगा देते थे। हालाँकि शहर का यह गर्हित-नपुंसक संस्कार उनकी चेतना पर अभी हावी नहीं हुआ था। फिर भी उन्हें लग रहा था कि उनकी जान भी न जाती और यह वारदात भी टल जाती तो अच्छा होता…। शायद इसीलिए निर्णय और अनिर्णय के बीच की कशमकश में थे वे।

इस बीच उनकी पत्नी हाथ जोड़-जोड़ कर गिड़गिड़ा रही थी—"मैं आप लोगों के हाथ जोड़ती हूँ, पाँव पड़ती हूँ…सारा धन-दौलत ले जाइये, लेकिन इज़्ज़त मत बर्बाद कीजिए…फिर हम किसी लायक नहीं रहेंगे…आप लोग तो मेरे बेटों के समान हैं, इसे अपने घर की बहन-बेटी ही समझें।"

इस दौरान रोती और काँपती हुई भयभीत अर्चना कसाई के खूँटे पर बँधी गाय की तरह कभी अपने भाइयों की ओर तो कभी अपने पिता एवं चाचा की ओर देखे जा रही थी…।

अब वे बलात्कारी ज़ोर-जबरस्ती पर उतारू होने लगे थे। अपने माँ-बाप, चाचा एवं भाइयों के पीछे छिपी अर्चना को पकड़ पाने के लिए बन्दूक़ की नोंक और हत्थे से उन सबों पर प्रहार करने लगे थे। लेकिन अर्चना को अपने पीछे छिपाये उसके पिता, चाचा एवं भाई इस तरह आपस में गुँथे खड़े हो गये थे कि उनके प्रहार को सहते हुए भी अर्चना को उनके सुपुर्द करने को तैयार नहीं…। इस स्थिति में बलात्कारियों के सामने अब अर्चना को पाने का एक मात्र रास्ता इन लोगों की हत्या था। वे अनुभव कर रहे थे कि वे लोग पूरी तरह अभी शहरी नहीं हुए। शहरी बाशिन्दे इतने निर्भीक, सहनशील और जोखिम उठाने वाले नहीं होते। उनका मनोबल भी ऐसा जीवट भरा नहीं होता…। ऐसे अवसरों पर वे न चाहते हुए भी हत्या का सहारा लेते हैं। लेकिन जानते हैं, हत्या के बाद लड़की पाने का सारा मज़ा किरकिरा हो जाता है…। इसीलिए आपस में वे गुफ्तगू करने लगे कि

इन्हें मार दिया जाये या छोड़ दिया जाये···। लेकिन इससे पहले कि वे कोई निर्णय लें, बाहर दरवाज़े पर कुछ लोगों के आने की आहट हुई और पुकारे जाने की तेज़ आवाज़ आयी—"अरुणेश भाई जगे हो कि सो गये हो···?"

अरुणेश जी के कान में यह आवाज़ अमृत के बूँद की तरह पड़ी। जैसे मरते को जीवन मिल जाये, उन्हें वैसा ही लगा। सुखद आश्चर्य से अपने परिवारजनों पर वे ताकने लगे। उनके साथ उनके परिवार के लोग भी इस आवाज़ को पहचानने लगे। यह उनके गाँव के सुमेसर महतो की आवाज़ थी। सुमेसर महतो अपने किसी कार्यवश जब भी शहर आते थे, उनके यहाँ ही ठहरते थे। हालाँकि अरुणेश जी को यह अच्छा नहीं लगता था। वे शहर के अपने मित्रों-परिचितों से अक्सर ही कहा करते थे कि गाँव से आकर शहर में उन्होंने मकान क्या बना लिया, गाँव वालों ने तो उनका जीना हराम कर दिया है। यहाँ सदर अस्पताल में इलाज कराने या कोर्ट-कचहरी से सम्बन्धित किसी कार्य के सिलसिले में उनके गाँव वाले जब भी आते हैं उन्हीं के निवास को अपना ठहराव बनाते हैं। कहते हैं कि जब उनके गाँव वालों का मकान शहर में है तब फिर वे क्यों दूसरी जगह जायें? कई बार तो खीझ कर अरुणेश जी ने बहाना भी करवा दिया था। लेकिन आज अपनी उस सोचावट पर उन्हें गहरा खेद हुआ। आज सुमेसर महतो की उपस्थिति उन्हें साक्षात् ईश्वर की उपस्थिति लगी—ग्राह से गज को उबारने आये ईश्वर की। लेकिन इस रात में अचानक क्यों आये सुमेसर महतो? फिर उन्हें हठात् स्मरण आया कि गाँव के काफ़ी लोगों के साथ सोनपुर मेले में गये थे सुमेसर महतो। हर साल उनके गाँव के लोग वहाँ जाते हैं। उनके गाँव के माल-गोरुओं की खरीद-बेच सोनपुर मेले में ही होती है। मेला विसर्जन का समय चल रहा है। अवश्य ये वहीं से आ रहे हैं। तभी तो दरवाज़े पर और लोगों के होने की आहट भी मालूम पड़ रही है···।

इधर वह आवाज़ सुनते ही लुटेरों के कान खड़े हो गये। वे तत्क्षण उन्हें छोड़ कर और लूटपाट बन्द कर आँगन में आ गये और थाह लेने लगे कि बाहर आने वाले कौन हैं और कितने हैं? उस गिरोह का सरगना जो लम्बा-तगड़ा था और जिसने उनकी पत्नी के हाथ से कुंजी ली थी, दौड़कर उनके पास आया और बन्दूक़ की नोंक से उन्हें धकियाते हुए-से पूछा—"जल्दी बता, बाहर कौन है?"

अरुणेश जी ने इस बार निर्भीक होकर जवाब दिया—"मेरे गाँव के लोग··· सोनपुर मेले से लौट रहे हैं।"

अब वह पुनः एक छलाँग में आँगन में चला गया। इस बीच उनमें से एक ने आँगन की छेद वाली दीवार पर चढ़कर चुपके से बाहर का मुआयना भी कर लिया और सबों को बता दिया कि गाँव वाले काफ़ी संख्या में हैं···। अब उस गिरोह का सरगना एक बार फिर अरुणेश जी के परिवार को धमका गया कि अगर वे कोई

आवाज़ निकालेंगे तो बेमौत मारे जायेंगे ।

इस बीच सुमेसर महतो तो पुकार ही रहे थे, गाँव के अन्य लोग भी आवाज़ लगाने लगे थे—"कैसी नींद लगी है अरुणेश···शहर में आकर बहुत सोने लगे हो···!"—यह जनेसर पाण्डय थे । गाँव में सबसे तेज़ दौड़ने वाले और गाँव के मरखाह जानवरों को भी सोझिया देने वाले···किसी भी गाय-बैल को लखेद कर पकड़ लेते हैं···।

"हम यहाँ से जाने वाले नहीं, अरुणेश । नींद का बहाना छोड़कर दरवाजा खोलो और देखो, इस बार मेले की सबसे नामी भैंस अपने गाँव जा रही है···।" यह महेन्द्रसिंह थे । उनके गाँव के पक्के निशानेबाज़ । उड़ती चिड़िया पर अगर निशाना साध लें तो फिर समझिये वह धरती पर है···।

"खोलो अरुणेश भाई···दरवाजा खोलो···।" यह मुरारी सिंह की आवाज है । मिलिट्री के अवकाश प्राप्त सूबेदार । छह फ़ीट का गबरू जवान । एक भैंस का दूध अकेले पीते हैं···चोर-लुटेरों के तो जानी दुश्मन हैं ।

इनकी आवाज़ पहचान-पहचान कर अरुणेश जी का संकट जाता रहा । उनका हृदय एक अपूर्व जोश एवं उत्साह से भरता गया । अब ये शहरी शोहदे-लुटेरे उनका कुछ नहीं बिगाड़ पायेंगे । उनके गाँव वाले ऐन मौक़े पर जुट आये हैं । अपने ग्रामवासियों के प्रति श्रद्धा से उनका अन्तर उमड़ने लगा । अब वे व्यग्रता और बेसब्री से उन्हें आवाज़ देने के अवसर की प्रतीक्षा करने लगे ।

इस बीच लुटेरे सोच रहे थे कि अरुणेश जी के परिवार से जवाब न मिलने पर उनके ग्रामीण लौट जायेंगे । लेकिन वे शहरी मेहमान नहीं, उनके गाँव के भाई-बन्धु थे, उनके यहाँ रहने का लक्ष्य बनाकर आये हैं तो फिर यहाँ से टसकने वाले नहीं···।

इधर जाने कैसे उनके गाँव वालों को यह सूचना मिल गयी कि अन्दर लुटेरे घुसे हैं । शायद मुहल्ले वालों में से किसी ने यह सूचना दे दी थी । फिर क्या था । इस सूचना से अवगत होते ही वे चिघाड़ने लगे थे—"कहाँ हैं लुटेरे···? देखना अरुणेश भाई वे भागने न पायें—हम दीवार फाँदकर आ रहे हैं···हम उन्हें नहीं छोड़ेंगे···अब वे हमसे बचकर नहीं निकल सकते···आज उनका कचूमर निकाल कर रहेंगे···अच्छे मौक़े पर जुट आये हैं हम···।"

यह सुन लुटेरों के बीच हड़कम्प-सा मच गयी । लेकिन अरुणेश जी एवं उनके परिवार के लोगों का हृदय तो खुशी से बल्लियों उछलने लगा ।

लुटेरों ने आकाश की ओर बन्दूक़ तान कर—'धड़ाम !···धड़ाम···!'—फायर किया । वे गाँव वालों को डरा देना चाहते थे कि हथियारों से लैस हैं और उनसे मोर्चा लेना आसान नहीं···। लेकिन गाँव वाले भी खाली हाथ नहीं थे । जवाब में उनकी ओर से भी ज़बर्दस्त फायरिंग हुई—'धड़ाम !···

धड़ाम···।'

अरुणेश जी जानते थे, उनके गाँव के लोग माल-मवेशियों की खरीद-बिक्री के लिए खाली हाथ मेला नहीं जाते। लाठी-भाला तो रखते ही हैं, देशी बन्दूक़ों से भी लैस होते हैं। गाँव में लाइसेंसी बन्दूक़ें तो सिर्फ़ दो-तीन ही हैं, लेकिन देशी बन्दूक़ें प्रायः हर घर में है। इनके बिना आज गाँव का आदमी रह ही नहीं सकता।

इधर गाँव के लोगों की ओर से जवाबी फ़ायरिंग की आवाज़ सुनी तो लुटेरों के जैसे होश उड़ गये। वे व्यग्र और बेचैन हो भागने के लिए उद्यत हो गये। अब तो बाहर के दोनों दरवाजों से भागना आग में कूदना था। दीवार फाँद कर मकान के पिछवाड़े से ही भागना सम्भव था। इस बीच गाँव वालों ने अपनी मोर्चाबन्दी भी प्रारम्भ कर दी थी—"कुछ लोग सामने रहें और कुछ लोग उस गली में खड़े हो जायें और कुछ लोग पिछवाड़े से मकान को घेर लें ताकि ये हरामी कहीं से भी निकलने न पायें···।"

अब लुटेरों के तो बदन में जैसे तितकी लग गयी थी। वे बदहवाश, सर पर पाँव रख दीवार फाँस-फाँद कर भागने लगे। इस स्थिति में न जाने कहाँ की शक्ति, कहाँ का उत्साह और कहाँ का जोश अरुणेश जी के अन्दर आ समाया कि वे चिल्लाते हुए लुटेरों की ओर दौड़ पड़े—"इस दीवार से पिछवाड़े की ओर भाग रहे हैं हरामी···।"

उनका यह उत्साह देख उनके परिवार के लोग भी चिल्ला पड़े—"इस ओर भाग रहे हैं···इस ओर···।"

लुटेरों ने अरुणेश जी और उनके परिवारजनों की आवाज़ें सुनीं। लेकिन अब यह हिम्मत कहाँ कि पलट कर वे वार करें। अब अपनी जान पर ही आफ़त आ गयी थी उन्हें। एकदम बिजली की-सी फुर्ती से वे उछलते-फाँदते और चौकड़ी भरते हुए भागे जा रहे थे।

अरुणेश जी ने दौड़कर बाहर का दरवाज़ा खोल दिया। उन्होंने देखा, आस-पास के घरों की बन्द खिड़कियाँ भी अब खुल चुकी थीं तथा मुहल्ले के लोग जुटने लगे थे। इस दौरान उनके गाँव वाले मेले में खरीदी अपनी मवेशियों को उनके हाते में इधर-उधर बाँध लुटेरों के पीछे पिल पड़े थे। उनकी दौड़ की पगध्वनि और आवाज़ें साफ़ सुनायी पड़ रही थीं—"उधर भागे जा रहे हैं उधर··· वैसे घेरो वैसे···अब धराया···अब धराया···यह पकड़ाया···वह पकड़ाया।"

अरुणेश जी का मुहल्ला नया था। कुछ घरों के बाद खेत थे और फिर गाँगी के किनारे का बाँध। शायद लुटेरों का पीछा करते हुए उनके गाँव वाले बाँध तक पहुँच गये थे। उनकी गरज-चिल्लाहट और शोरगुल की आवाज़ें बाँध की ओर से ही आ रही थीं। फिर 'जय बजरंगबली' का उद्घोष सुनायी पड़ा।

अरुणेश जी और उनके मुहल्ले वालों की जिज्ञासा बढ़ गयी। वे सुखद आश्चर्य में उस ओर देखने लगे जिधर से उद्घोष सुनायी पड़ रहा था। तो क्या लुटेरों को पकड़ लिया गाँव वालों ने या लूट का सामान हस्तगत कर लिया···?

उद्घोष का स्वर तेज़ होता गया। शायद लौट रहे थे गाँव वाले। अरुणेश जी और उनके मुहल्ले वालों की जिज्ञासा चरम पर पहुँचती जा रही थी। इस सन्दर्भ में जय बजरंग बली की ध्वनि मे अरुणेश जी को जैसा आभास हो रहा था वैसा ही घटित हुआ। उनका लूटा सामान तो हस्तगत कर ही लिया था, ग्रामवासियों ने दो लुटेरों को भी मार गिराया था, जिन्हें घसीटते हुए उनके दरवाज़े पर ला पटका था।

उन मारे गये लुटेरों को देखने के लिए तो जैसे सारा मुहल्ला उमड़ उठा था। लेकिन उनका हुलिया पहचान के परे हो गया था। जैसे साँप को मारकर उसका मुँह कुचल देते हैं लोग, वैसे ही गाँव वालों ने बन्दूक़ से उन्हें मारकर लाठी-भाले से उनका चेहरा धुन दिया था···।

अपने घरों में सहमे-सिकुड़े और छिपे लोग अब सीना ताने नज़र आ रहे थे। वे ग्रामवासियों की प्रशंसा करते हुए नहीं थकते थे। अचानक जैसे उनकी लुप्त वीरता को किसी ने जगा दिया हो··जैसे उनकी सारी कायरता और भीरुता कहीं गायब हो गयी हो···। वे लाश को घेरे जश्न-से मनाते जान पड़े और एक-दूसरे को सम्बोधित करते हुए भी—"इसी तरह हमें भी संगठित होकर रहना है और मौक़े पर कमर कसकर उतर जाना है··· जब ताल ठोंककर हम एक साथ उतर पड़ेंगे तो फिर कौन माई का लाल है जो हमारे मुहल्ले में चोरी-बदमाशी कर लेगा···। गाँव की यह सामूहिक शक्ति ही ग्रामवासियों की धरोहर है···इस शक्ति को बने रहना चाहिए और इसका अनुसरण हम नगरवासियों को भी करना चाहिए···।"

मुहल्ले वाले पूरे जोश-खरोश के साथ अपने उद्गार व्यक्त करते जा रहे थे। जैसे इस घटना ने कहीं गहरे में उद्वेलित कर दिया हो उन्हें। जैसे इसी अवसर पर अब वे कोई निर्णय लेकर रहेंगे। इसी बीच उनमें से किसी ने कहा—"अब सबसे पहले पुलिस को इसकी सूचना दे देनी चाहिए···।"

जवाब में उनके बीच से ही आवाज़ आयी—"पुलिस को सब पता है मेरे भाई···शहर में कहाँ क्या हो रहा है पुलिस से कुछ भी छिपा नहीं···। अरुणेश बाबू के यहाँ की डकैती की सूचना से पुलिस अनभिज्ञ नहीं होगी···लेकिन वह तो सूचनाओं पर नहीं, घटनाओं पर जुटती है···देखियेगा, थोड़ी देर बाद स्वयं पुलिस आयेगी और अपना कोरम पूरा करेगी।"

इधर अरुणेश जी तो अपने ग्रामवासियों के आतिथ्य और सत्कार में जुट गये थे। ग्रामवासियों के लाख कहने के बावजूद कि वे रास्ते में चुरा-चबेनी फाँकते

आये हैं, वे उनका भोजन बनवाने लगते हैं। अब इस सत्य से वे अवगत हो गये हैं कि अपने मूल से कटकर ही वे कमजोर हुए थे। अब अपने मूल से कभी नहीं कटेंगे…।

अरुणेश जी के यहाँ चूल्हा जल उठा था। पूड़ियाँ छानी जाने लगी थीं। नहीं लग रहा था कि उनके यहाँ डकैती हुई हो। ऐसा मन रहा था, जैसे कोई उत्सव हो, कोई प्रीतिभोज। सब्ज़ी की छौंक और गर्म पूड़ियों की भीनी-भीनी खुशबू हवा में तैरने लगी थी।

□□